# Wolfsp [illegible] Vampire

## Der Verrat

Mirjam Kul

Impressum: www.facebook.com/mirjamkul
Cover: Dalton Menezes

Lektorat: Rohlmann & Engels


1. Auflage
ISBN: 9781980414100

»Ungehorsam ist für jeden, der die
Geschichte kennt, die eigentliche
Tugend ( ...). Durch Ungehorsam
entstand der Fortschritt, durch
Ungehorsam und Aufsässigkeit.«

Oscar Wilde

# Prolog

*162 Jahre zuvor, Wales*

Sie gehörte zu den wenigen, die den Kampf gegen die Vampire vor zwei Monaten überlebt hatte. Ihr Rudel war schwer getroffen worden und sie hatte viele Freunde verloren, die sie liebte. Ihr älterer Bruder war seinen schweren Verletzungen erlegen und in ihren Armen gestorben. Die letzten Monate gehörten zu den schrecklichsten ihres Lebens.

»Konntest du ein wenig schlafen?« Steven steckte den Kopf zur Tür rein. Der Wolf war ein mutiger Kämpfer und sie liebte ihn seit über 20 Jahren. Er war nicht ihr Gefährte. Nein, das war er nicht. Dennoch lebten sie glücklich zusammen.

Manche Wölfe trafen ihre andere Hälfte nie. Sie hatte nicht zu jenen Wölfinnen gehört, die auf den Ritter in goldener Rüstung gewartet hatten, trotzdem war sie lange allein gewesen. Als sie Steven begegnet war, fühlte sie sich sofort zu ihm hingezogen und kurze Zeit später, hatten sie geheiratet.

»Ich habe mich nochmal hingelegt und bin tatsächlich eingenickt«, antwortete sie ihrem Mann. Sie wusste, dass er sich Sorgen um sie machte. Seit Tagen fühlte sie sich unwohl und bekam ständige Ohnmachtsanfälle. Das war bestimmt der Stress der letzten Wochen.

»Ich muss gleich weiter zur Besprechung mit Sean.« Steven zog sie in seine Arme. »Ich wollte nur kurz nach dir sehen.«

Sie lächelte. Ihr Steven war so fürsorglich und liebevoll. Warum hatte das Schicksal ihn nicht zu ihrem Gefährten erwählt?

*Was spielt das für eine Rolle?*, fragte sie sich. Sie hätte sich so oder so für ihn entschieden. Der Mann, den das Schicksal für sie auserkoren hatte, war ein Monster.

»Du kannst mich alleine lassen, Schatz. Ich mache einen kleinen Spaziergang und möchte noch nach Susan sehen. Du weißt es geht ihr sehr schlecht, seit ihre beiden Söhne gefallen sind.« Sie lächelte Steven tapfer zu und all seine Zuneigung für sie strahlte aus seinen Augen.

»Ich liebe dich, Darling. Bis später.« Er gab ihr einen zärtlichen Kuss und sie sah ihm mit einem Knoten in der Brust nach.

In den letzten Wochen hatte es nicht viele Zärtlichkeiten zwischen ihnen gegeben, dafür litt sie zu sehr unter den Erinnerungen der Vergewaltigung.

Sie straffte die Schultern - wie immer, wenn die Bilder an dieses Ereignis sie befielen.

Sie suchte nach ihrer Jacke und spazierte durch die Nacht. Die Hütte ihrer Freundin Susan lag nur zehn Minuten entfernt, wenn sie langsam spazierte. Sie sog die kühle Nachtluft ein.

Wie lange würde es dauern, bis sie die Vergangenheit hinter sich lassen konnte? Der schlimmste Schock war der Anblick seiner goldenen Augen gewesen, als er kam. Sie zitterte bei der Erinnerung an diesen Moment. Auch der Vampir hatte nicht damit gerechnet. Erschrocken hatte er sie angesehen und danach alle Soldaten zum Rückzug aufgefordert.

Vampire und Wölfe waren keine Seelenverwandten. Warum um alles in der Welt hatte das Schicksal in ihrem Fall anders entschieden? Dazu bekam sie noch einen Gefährten, der gefährlich und brutal war. Sie wollte ihn nie wiedersehen.

Während sie spazierte, fiel ihr Blick auf eine Gestalt, die sich auf sie zubewegte. Es war eine Frau, soviel konnte sie erkennen. Je näher sie sich kamen, desto deutlicher erkannte sie, dass es sich um eine Rothaarige handelte. Ihre langen Haare wehten im Wind. Ein schwerer Umhang schützte sie vor der Kälte.

Die Frau beäugte sie überrascht, als sie vor ihr stehen blieb. Ihr Blick wanderte an ihr herunter, bis er an ihrem Bauch hängen blieb.

»Es ist also wahr.«

Verdutzt runzelte die Wölfin die Stirn. »Was meinst du?«

Mit einem Mal veränderten sich die braunen Augen der Frau und färbten sich rot. Ihre Haare wehten nun so stark, als wäre ein Sturm aufgezogen. Ihre Stimme klang auf einmal deutlich verzerrt. »Das Schicksal hat dich dazu auserkoren, die verfeindeten Rassen zu einen. In dir wächst ein Kind heran, dass das mächtige Blut seines Vaters in sich trägt. Du wirst einem Vampirjungen das Leben schenken. Es ist deine Aufgabe, deinen Sohn zu schützen und ihm von seiner Bestimmung zu erzählen. Er wird die schwere Last auf seinen Schultern tragen, die Herrschaft des Königs der Vampire zu beenden. Dein Sohn wird den Weg für den Vampirprinzen Týr freimachen, der dazu bestimmt ist, König zu sein und den Frieden zwischen den Rassen zu sichern. Dein Sohn wird eine schwere Bürde tragen müssen, bis er seine Aufgabe erfüllt hat, aber danach er hat die Chance auf eine friedliche Zukunft an der Seite seiner Frau.«

Die Wölfin hörte die Worte der Prophezeiung und erlitt einen Schock. Die Frau vor ihr begann heftig zu zittern und ihre roten Augen traten aus den Höhlen. Sie schüttelte sich und brach schließlich zusammen.

Angsterfüllt näherte sie sich der ohnmächtigen Frau am Boden und drehte sie auf den Rücken. Ihre Augen waren geschlossen, aber ihr Herz schlug regelmäßig. In Ehrfurcht starrte sie in das Gesicht der Rothaarigen. Es musste sich um eine Seherin handeln.

Sie war nie zuvor einer Seherin begegnet, aber viele Geschichten rankten sich um ihr Dasein. Die Seherin würde sich im Nachhinein nicht an die Prophezeiung erinnern können. Das änderte nichts daran, dass ihre Zukunft sich soeben schlagartig geändert hatte. Sie könnte die Worte niemals vergessen.

Tränen füllten ihre Augen, als sie an sich herunter starrte. Aus der Vergewaltigung des Vampires war ein Kind entstanden, das sich dem mächtigeren Blut des Elternteils beugen musste. Ihr Sohn würde ein Vampir sein.

Nun liefen ihr in großen Bächen die Tränen aus den Augen. Sie konnte nicht in ihrem Rudel bleiben. Niemand würde es dulden, dass sie einen Vampir zur Welt brachte, der unter ihnen leben sollte. Und was würde Steven sagen? Bestimmt konnte er es nicht ertragen, wenn sie ein Kind von einem anderen Mann bekam.

Sie strich mit der Hand über ihren Bauch. Sie könnte sich gegen das Kind und gegen die Prophezeiung entscheiden. Visionen von Seherinnen waren nur Momentaufnahmen, die sich ändern konnten, wenn die Beteiligten sich anders entschieden. Dann würde die Bestimmung auf einen anderen übergehen. Zumindest erzählte man sich das.

Die Seherin begann, sich zu regen und die Wölfin kümmerte sich um sie. »Du bist ohnmächtig geworden. Kannst du aufstehen?«, fragte sie sanft.

»Danke. Ich hatte eine Vision, nicht wahr? Danach habe ich immer so starke Kopfschmerzen.« Die Rothaarige fasste sich an die Stirn.

Ihre Blicke trafen sich und die Wölfin schaute bedrückt zur Seite. Ihre Tränen verrieten sie.

»Egal, was ich zu dir gesagt habe: Du hast immer die Möglichkeit, eine eigene Entscheidung zu treffen. In der Regel sind meine Visionen nicht nur niederschmetternd, in ihnen liegt eine große Chance auf Veränderung.«

Die Wölfin nickte ihr dankbar zu.

»Ich spüre, dass du schwanger bist. Wenn meine Vision etwas mit diesem Kind zu tun hatte, hast du ja noch ein paar Wochen Zeit, darüber nachzudenken.«

Die Wölfin erhob sich und straffte die Schultern. Sie würde nicht aufgeben und ihren Kopf oben halten. Sie war eine Kämpferin!

»Ich bin übrigens Solana.« Die Seherin streckte ihr die Hand entgegen. Bevor sie etwas erwidern konnte, entzog Solana ihr die Hand und deutete eine Verbeugung an. Danach verschwand sie in der Nacht.

Die Wölfin entschied sich dagegen, ihre Freundin Susan zu besuchen, zu sehr tobten Solanas Worte in ihrem Inneren.

---

Schweißgebadet und am Ende ihrer Kräfte hörte die Wölfin den ersehnten Schrei ihres Sohnes, den sie gerade auf die Welt gebracht hatte.

»Er ist wunderschön!« Sie beobachtete, wie Steven ihren Jungen in den Armen hielt und ihn ehrfürchtig ansah.

Nachdem sie Steven die Wahrheit über ihre Schwangerschaft und die Prophezeiung anvertraut hatte, hatten sie das Rudel unter einem Vorwand verlassen. Seitdem lebten sie in einem sicheren Versteck. Der Wolf hatte sich für sie und das Kind entschieden und sie würden den Kleinen gemeinsam aufziehen.

Voller Ungeduld sah sie zu ihrem Mann. »Bitte gib ihn mir«, flüsterte sie aufgeregt.

Da legte ihr Steven das Baby auf die Brust und sie sah in die schönsten Augen, die sie je gesehen hatte. Ihr Herz zog sich zusammen bei der Liebe, die sie erfüllte. Sie schob instinktiv ihre durchgeschwitzte Bluse zur Seite und legte dieses kleine Wunder an ihre Brust. Der Kleine begann heftig zu saugen.

Mit Tränen des Glücks sah sie zu Steven. Ihr Mann setzte sich neben sie und streichelte den Kopf des Säuglings. »Wir werden ihm die beste Familie schenken, die er sich vorstellen kann. Ich schwöre dir, dass ich ihn schon jetzt liebe, als wäre er mein Fleisch und Blut.«

Sie glaubte ihm seine Worte und sie spürte sie tief in ihrer Seele. Steven würde so lange er lebte für seinen Ziehsohn sorgen.

»Sieh nur, wie perfekt er ist!« Sie beugte sich nah an das Gesicht ihres Kleinen und küsste ihn.

»Hast du dich mittlerweile für einen Namen entschieden?«, fragte Steven lächelnd. Sie waren unzählige Varianten durchgegangen.

»Er soll Cedric heißen. Er soll nie vergessen, wie sehr seine Mutter ihn liebt. Ich bete, dass meine Liebe ausreicht, um ihn zu beschützen und ihm ein gutes Herz zu schenken. Wenn sein Vater von seiner Existenz oder der Prophezeiung erfährt, wird er versuchen, ihn zu töten.«

Friedlich schlief ihr Sohn in ihren Armen und sie betete, dass sie viele Jahre mit ihm haben durfte, bevor das Schicksal ihn seinem leiblichen Vater gegenüberstellen würde.

# 1

*Im Hier und Jetzt, Rio de Janeiro, Brasilien*

Romy saß gedankenverloren auf der Fensterbank in ihrem Zimmer, das sie seit wenigen Tagen bewohnte. Sie stammte eigentlich aus Sao Paulo, wo sie viele Jahre gelebt hatte. Wirklich glücklich war sie dort nie gewesen. Romys Mutter war kurz nach ihrem dritten Geburtstag gestorben und Romy hatte nur vage Erinnerungen an sie. Ihr Vater Salvatore Garcia hatte sich vor zwei Jahren nach Manaus, in die Abgeschiedenheit des Dschungels, zurückgezogen. Er war über 600 Jahre alt und hatte zwei Töchter mit zwei verschiedenen Frauen gezeugt. Zu ihrer Halbschwester Fata hatte sie ein äußerst schwieriges Verhältnis. Fata hatte sich von Anfang an mit Romy verglichen und sie als Konkurrenz wahrgenommen. Auch Romys Mutter war Fata ein Dorn im Auge gewesen. Selbst nach ihrem Tod, äußerte Fata sich abfällig über sie.

Romy schnaubte bei dem Gedanken an die vielen Streitereien, die sie mit Fata gehabt hatte. Dabei war Fata über 120 Jahre älter als sie und hätte eigentlich keinen Grund gehabt, um die Liebe ihres Vaters zu buhlen.

»Ich bin ja nur der Fehler aus deiner Geschmacksverirrung mit meiner Mutter!«, war der regelmäßige Vorwurf, den ihre Halbschwester durchs Haus brüllte, während Romy versuchte, Tanzschritte aus dem Fernsehen einzustudieren. Die Welt des Tanzens war ihre Therapie. Schon als kleines Kind hatte sie im Tanzen ihr Glück gefunden.

Ihr Vater liebte sie auf seine Art, das wusste Romy. Leider hatte er sie das nur spüren lassen, wenn Fata nicht anwesend war. Nur dann spielte er mit ihr und kümmerte sich um sie. Vor Fata hatte er sich kühler gegeben und Romy eher höflich als liebevoll behandelt - als wäre seine Liebe zu ihr ein Geheimnis, das er vor Fata hütete.

Romy hatte das lange nicht verstanden, aber mittlerweile hatte sie ihre Theorien, warum ihr Vater sich so verhalten hatte, und gelernt, damit zu leben. Damit niemand ihre Einsamkeit und Traurigkeit bemerkte, lächelte sie. Romy lachte bis heute sehr viel. Dann reagierte ihr Umfeld freundlich auf sie und keiner kam ihr zu nahe.

Fatas Verhältnis zu ihrem Vater war anders. Sie stritten häufig und konnten sich dennoch nicht voneinander lösen. Romy empfand das Verhältnis als krank.

Fata war ihm nach Manaus gefolgt und lebte dort mit ihm zusammen. Ihren Vater hatte Romy seit seinem Umzug nicht mehr gesehen und mit Fata vermied sie jeden Kontakt, vor allem, seit sie sich vor einem halben Jahr in der Villa der Wölfe in Rio begegnet waren.

Romys Herzschlag beschleunigte sich. Sie wollte nicht darüber nachdenken. Es tat noch weh und sie kam einfach nicht darüber hinweg. Ihr Leben in den letzten Monaten war eine reine Katastrophe gewesen. Die Entführung des Vampirs Xander Morgan war nur die Spitze des Eisbergs. Sie hatte so viel Angst vor der Folter gehabt, dass sie alles und jeden verraten hatte - sogar ihre beste Freundin Elysa, den einzigen Halt, den sie in ihrem Leben besaß. Elysa war überhaupt der Grund, warum sie noch hier in Rio war. Mit ihr fühlte Romy sich ausgelassen und glücklich.

Elysa war ein quirlige, 25-jährige Wölfin, halb so alt wie sie, aber das machte in Wolfsjahren kaum etwas aus. Bis 150 Jahre galten sie als Jungspunde, die zwar schon vollwertige Mitglieder des Wolfsrudels waren, aber eben zu jung, um sich fortzupflanzen. Der Drang nach Freiheit war bei jungen Wölfen sehr ausgeprägt, so auch der Sexualtrieb. Der war überhaupt an ihrer Misere schuld!

Romy schüttelte den Kopf über sich selbst. Wenn sie nur nicht ihrer Libido voreilig nachgegeben hätte, wären ihre Probleme nur halb so groß!

Es klopfte an ihrer Tür und Elysa steckte den Kopf ins Zimmer. »Hey, die Jungs warten auf dich. Deine Schonfrist ist vorbei.« Ihre Freundin setzte einen mitfühlenden Blick auf.

Romy konnte das Verständnis in Elysas Augen kaum aushalten. Gleich würde ihre Freundin erfahren, mit wem sie es zu tun hatte. Wie feige Romy sie verraten hatte. Wahrscheinlich würde Elysa ihr die Freundschaft kündigen und sie fortjagen.

Romy schauderte. Wo sollte sie hin? Manaus fiel aus, nachdem Fata dort lebte, und Sao Paulo war undenkbar in der jetzigen Gefahrensituation.

»Romy, ich bin doch dabei. Wenn die Jungs sich nicht benehmen, fahren wir die Krallen aus!«, versuchte Elysa, sie aufzuheitern.

Romy nickte nur und setzte sich träge in Bewegung. Sie liefen durch den Flur des Schlosses der Vampire. Elysa war die Gefährtin des Vampirprinzen und hatte sich deswegen mit ihrem Bruder überworfen, der das Rudel in Rio anführte. Aus diesem Grund lebten sie seit kurzem mit einer Horde blutsaugender Kreaturen zusammen in einem Schloss. Romy störte das eigentlich nicht, der Abstand zum Rudel war für sie längst überfällig.

Sie betraten ein großzügiges Büro, in dem sich die Vampire Týr, Raphael, Chester, Kenai und Noah versammelt hatten und auf sie warteten. Týrs Augen wanderten direkt zu seiner Sonne Elysa. Romy sah die Leidenschaft in seinem Blick brodeln. Sie freute sich von Herzen für das Liebesglück der beiden, obwohl sehr viele Schatten darauf lagen. Gleichzeitig versetzte es ihr auch einen Stich. Denn auch sie war verliebt, aber darauf lag nicht nur ein Schatten, sondern sie war der Schatten.

Seufzend setzte sie sich auf den freien Stuhl, der in der Mitte des Raumes platziert war. Jetzt musste sie den anderen, Rede und Antwort stehen.

»Es tut mir leid, dass wir dich in diese Situation bringen müssen, aber es ist wichtig, dass du uns alles erzählst, was von Bedeutung sein könnte. Vielleicht hilft es uns dabei, diesen Bastard auszuschalten«, begann Týr die Befragung.

Romy nickte und schilderte ihre Erlebnisse während der Entführung. Sie war in ein Auto gezogen und per Flugzeug mit ungefähr 20 anderen Wölfinnen weggebracht worden. Schließlich hatte man sie in einen Kerker gesperrt. Von ihrer Kampfverletzung hatte sie sich schnell erholt, da ihr anscheinend Blut verabreicht wurde, während sie bewusstlos gewesen war. Sie beschrieb den Vampiren die Zelle, in der sie eingepfercht war, und schluckte, als sie zu dem Teil der körperlichen Untersuchung und Folter überging.

Die Vampire nickten wissend.

»Morgan suchte nach der Wölfin, die mein Zeichen trägt. Wenn Morgan Elysa in die Hände bekommen hätte, wäre das für ihn der Durchbruch gewesen«, brummte Týr.

Romy lief es kalt den Rücken herunter. Sie alle hatten Glück gehabt, dass Elysa in Manaus nicht gefasst worden war.

»Wer war alles im Raum?«, fragte Raphael, Týrs Nummer 2.

»Ich habe Morgan auf einer Art Thron sitzen sehen, mit zwei Leibwächtern zu seinen Seiten. Etwas abseits stand Wallis. Sein Gesicht war mit auffälligen Tätowierungen überzogen. Es waren drei weitere Vampire dort, die jeweils eine von uns untersuchten. Und die beiden Männer, die uns aus der Zelle geholt hatten.« Romy biss sich auf die Lippe.

»Hast du irgendwelche andere Namen mitbekommen oder Auffälligkeiten beobachten können?« Týr durchbohrte sie mit seinen hellblauen Augen.

Romy warf Elysa einen scheuen Blick zu. Der Prinz und seine Machtaura waren furchteinflößend, aber Elysa schien genau darauf abzufahren.

»Alle waren individuell gekleidet und sahen sich nicht ähnlich. Allerdings waren die Vampire allesamt groß und muskulös. Auffällig war, dass ihre Augen schwarz waren, so als ständen sie unter Dauerstrom. Na ja, und eben Wallis. Er hat mich unbedingt befragen wollen - und zwar alleine. Erst habe ich es nicht verstanden, weil ich ihn nie zuvor gesehen hatte. Er fragte nichts über das Rudel in Sao Paulo oder einen Alpha, wie ich es erwartete. Er wollte Informationen über Elysa.« Beschämt senkte sie den Blick.

Sie spürte, wie Elysa hinter sie trat und ihr die Hände auf die Schultern legte. »Es ist okay, Romy. Du trägst keine Schuld. Ich habe seine Stärke selbst erlebt und hätte seiner Befragung auch nicht standgehalten. Bitte mache dir keine Vorwürfe!«

Romys schaute ihre beste Freundin mit Tränen in den Augen an. »Ich habe dich verraten, Elysa. Ich habe ihm gesagt, wer du bist und dass Týr und du zusammen seid.« Romy stotterte die Worte. Ihre Freundin verdiente die Wahrheit.

»Romy, niemand hier gibt dir die Schuld an dem, was passiert ist! Du hast völlig richtig gehandelt, die Informationen an dieses Schwein weiterzugeben, damit er dich nicht unnötig quält!« Týrs Stimme klang fest und sicher. Romy versuchte die Lüge zu wittern, aber der Vampirprinz machte ihr tatsächlich keine Vorwürfe.

»Es ging also in der ganzen Befragung nur um Elysa?«, hakte Raphael nach.

»Genau. Wie sie heißt, woher sie kommt, wer sie beschützt, ob sie mit jemandem zusammen ist. Als ich ihm Elysas Verhältnis mit Týr eingestanden habe, ist er so ausgerastet, dass Morgan dazugekommen ist und wissen wollte, womit ich den Vampir aus der Fassung gebracht habe. Mein Eindruck war, dass Wallis normalerweise sehr kontrolliert ist und Morgan nichts von seiner Affinität für Elysa weiß. Wallis will Elysa für sich und nicht für Morgan oder diesen Krieg. Es hat ihm überhaupt nicht gepasst, dass sie die Frau ist, die sie die ganze Zeit gesucht haben.« Romy schluckte bei ihren Worten.

»Morgan hat Wallis befohlen, mich gehen zu lassen, als Týr am Treffpunkt aufgetaucht ist, aber er hat sich dem Befehl widersetzt. Er hat sich sogar mit dem anderen Vampir, der bei mir war, gestritten. Wallis wollte mich als Druckmittel behalten. Ich glaube, wenn Tjell die Wache nicht umgebracht hätte, hätte Wallis es getan, um seinen Alleingang zu vertuschen.« Romy hoffte, dass diese Informationen den Männern weiterhalfen.

Týr fluchte lauthals vor sich hin.

»Das untermauert meine Theorie, dass dieser Wallis stärker ist, als Morgan. Ich frage mich, ob Morgan das weiß, es aber duldet oder ob Wallis ihm etwas vorspielt. Fakt ist, dass er Morgan nicht treu ergeben ist, sondern seine eigenen Pläne verfolgt«, überlegte Chester laut.

»Das sehe ich genauso.« Kenai nickte.

»Interessant ist auch, dass er seine Gier nach Elysa über den Erfolg ihrer Mission stellt und damit über die Ambitionen, die Wölfe auszurotten. Er wäre sogar zu einer Paarung mit einer Wölfin bereit. Ich habe noch nie von derartigen Besitzansprüchen von Vampiren gehört. Außer natürlich bei Seelenverwandtschaften, aber das können wir in seinem Fall ausschließen.« Raphaels Gesicht drückte seine Nachdenklichkeit aus.

»Der Einzige, der hier einen Besitzanspruch stellen darf, bin ich!«, schnaubte Týr ungehalten.

Romy sah Elysa mit den Augen rollen. »Du könntest dich auch mal etwas lockerer machen, Vampir!«, tadelte sie ihren Prinzen.

»Du musst dich ja nicht mit einer gemeingefährlichen Stalkerin herumschlagen, die deinem Mann an die Wäsche will!«, konterte der Prinz beleidigt.

»Ich glaube, da draußen laufen genug Frauen herum, die dir gerne an die Wäsche wollen. Trotzdem benehme ich mich nicht so eifersüchtig«, erwiderte Elysa streitlustig.

»Könnt ihr eure Eheprobleme im Anschluss klären«, brummte Raphael.

»Wir haben doch alles besprochen. Komm, Romy, wir gehen!« Elysa griff nach ihrem Arm, um sie mitzuziehen.

»Wir haben noch ein paar Fragen!«, hielt Týr sie auf und deutete auf den Stuhl.

Romy seufzte. Immerhin war es bisher besser gelaufen, als sie befürchtet hatte. Niemand griff sie an, weil sie so eine Niete gewesen war. Sie selbst könnte sich ihren Verrat nicht so einfach verzeihen.

---

Tjell kämpfte seit einer halben Stunde gegen den Boxsack, um seine Aggressionen in den Griff zu bekommen. Er war schon als Kind aufbrausend und als Teenager eine absolute Katastrophe gewesen. Ständig hatte er Streit provoziert, andere Jungspunde verprügelt und Autos geklaut. Er verstand bis heute nicht, wie sein Ziehvater Bente es mit ihm ausgehalten hatte. Der Mann hatte den längsten Geduldsfaden, den Tjell kannte, und dazu ein liebevolles Gemüt. Das Gegenteil von ihm. Tjell war launisch und ungeduldig. Er wusste es und versuchte, umgänglicher zu sein. Er verehrte den Mann, der sich seiner angenommen hatte, als Tjell nach dem Tod seiner Eltern alleine zurückgeblieben war.

Tjell spürte, wie sein Alpha das Trainingszentrum betrat. Ryan strahlte Macht aus und das in seinem jungen Alter von nur 36 Jahren. Tjell hatte noch Joaquin gekannt, der als stärkster Alpha in die Geschichte eingegangen war. Ryan würde genauso werden, daran zweifelte Tjell keine Sekunde.

»Brauchst du einen Gegner, mein Freund?« Ryan brachte sich in Position.

Das schätzte Tjell an dem Alpha. Er betrachtete seine Rudelmitglieder als Freunde und Familie und nicht als Untergebene. Ryan hatte immer zu ihm gestanden und jede seiner Ausbrüche oder Dummheiten so lange mit ihm ausdiskutiert, bis sie einen gemeinsamen Nenner fanden. Sie beide waren sich recht ähnlich, was ihr Temperament betraf. So wunderte es Tjell nicht, dass Ryan zu ihm in den Keller gekommen war, um seine Wut körperlich auszudrücken. Ryan litt, seit seine Schwester ihn verlassen und sich der feindlichen Rasse angeschlossen hatte.

Sie begannen, sich zu umkreisen. Keiner trug eine Waffe, sie wollten die Fäuste sprechen lassen. Ryan griff ihn mit seiner Faust an und traf ihn am Oberarm. Der Schmerz schoss durch Tjells Körper und er genoss das Gefühl. Lieber so, als sein Herz zu spüren, das seit Monaten in Scherben lag.

Er prügelte auf den Alpha ein, der seine Schläge weitestgehend parierte. Ryan wurde von Monat zu Monat stärker. Insbesondere Týrs Trainingsstunden hatten den Alpha weit nach vorne katapultiert.

Tjell duckte sich in letzter Sekunde unter dem nächsten Hieb weg, der sonst seine Nase getroffen hätte. Während er nach hinten fiel, trat er nach dem Alpha und traf ihn mit voller Wucht am Oberschenkel.

Ryan fluchte, biss aber die Zähne zusammen, um sich wieder auf Tjell zu stürzen. Sie rollten über den Boden. Ryan gewann die Oberhand und setzte sich auf ihn. Er versuchte, Tjells Arme zu greifen, was ihm nicht gelang.

Tjell nutzte die vorgebeugte Haltung seines Alphas aus, um ihm mit dem Kopf gegen die Brust zu schlagen.

Beide heulten auf. Schließlich ließen sie schweißgebadet voneinander ab. Tjell blutete aus der Nase und hatte zwei Prellungen zu beklagen.

Ryan hielt sich den Oberschenkel und seine Lippe war aufgeplatzt.

»Genau das, was ich jetzt gebraucht habe.« Tjell nickte dem Alpha zu.

»Geht mir genauso.« Ryan griff nach einem Tuch und tupfte sich die Lippe ab. »Hier.« Er reichte Tjell eins für seine Nase. »Scheißsituation mit Romy.« Ryan musterte ihn abwartend.

»Ich will nicht über sie sprechen«, brummte Tjell.

»Redest du wenigstens mit Bente über sie?« Ryans Blick löste sich keine Sekunde von ihm.

»Mit niemandem.« Tjell musterte das Blut auf dem Tuch in seinen Händen. Besser, als Ryans Blick begegnen zu müssen.

»Das solltest du aber. Sie wird nicht zurückkommen, solange du tatenlos dasitzt.«

Tjell schnaubte. »Das wird sie so oder so nicht, sondern bei Elysa bleiben, wie sie es immer getan hat.« Tjell respektierte die Schwester seines Alphas, aber die Kombination Romy und Elysa war halsbrecherisch und gefährlich. Sie stellten dauernd etwas Dummes an, logen füreinander und übertrumpften sich mit waghalsigen Aktionen. Tjell wusste es, schließlich war er monatelang der Bodyguard gewesen, der hinter den Frauen aufgeräumt hatte.

Tjell kehrte dem Alpha wortlos den Rücken zu. Er wollte nicht mit ihm über Romy diskutieren. Er brauchte eine Dusche, was zu Essen und Schlaf.

»Wie siehst du denn aus?« Bente hielt ihn im Flur auf, gerade als Tjell in sein Zimmer abbiegen wollte.

»Kleine Trainingseinheit mit Ryan«, antwortete er kurz angebunden.

»Ruf sie an und rede mit ihr!« Bente suchte seinen Blick.

Tjell ließ seinen Ziehvater stehen und knallte die Tür hinter sich zu. Sie sollten ihm nicht alle auf die Nerven gehen.

Unter der Dusche fühlte er sich besser. Das heiße Wasser linderte seine Schmerzen, die er wegen des Kampfes mit Ryan erlitten hatte. Wie immer, wenn er duschte, wanderten seine Gedanken zurück zu jener Nacht, in der er Romy das erste Mal gesehen hatte. Daran, wie sie aus dem Nichts aufgetaucht war, während er geduscht hatte.

Tjell kämpfte gegen die Bilder an, damit er nicht wieder mit einem Ständer frustriert zurückblieb. Nur eine Nacht später, hatte sie ihren Hass auf ihn geschleudert und seine Hoffnungen und Träume waren wie eine Seifenblase zerplatzt. Diese Wölfin war ein Vulkan und sie hatte ihn erst verschlungen und dann ausgespuckt. Er hatte seit dieser Nacht keinen Sex mehr gehabt - Romy schon. Das hatte er dank seiner Bodyguard-Tätigkeit mehr als einmal mitbekommen.

Er schlug mit seiner Faust gegen die Fliesen. Warum wollte sie ihn nicht? Fuck!

Tjell griff nach dem Handtuch und stieg aus der Dusche. Er zog sich eine Shorts über und legte sich auf sein Bett. Vier lange Wochen hatte er sie nicht gesehen. Er vermisste sie. Es war ihm lieber, sie schlug ihm ihren Hass entgegen, als sie ganz zu verlieren. Das würde er nicht ertragen!

Er schlief unruhig. Am nächsten Abend fühlte er sich völlig gerädert. Hoffentlich hatte Ryan eine Aufgabe für ihn, sonst würde er in diesem Scheißladen Amok laufen!

Ein Blick in den Gemeinschaftsraum zeigte ihm, dass bereits alle bis auf Joshua beim Essen versammelt waren, den musste später jemand aus dem Bett zerren.

Tjell ließ sich auf seinen Platz fallen und griff beherzt zu. Am Rande bekam er mit, dass es klingelte und Dustin sich um den Besuch kümmerte. Als ihm aber der bekannte Duft in die Nase stieg, erstarrte er sofort auf seinem Platz. Hoffentlich war sie nicht seinetwegen hier!

»Wir haben Besuch«, sagte Dustin und betrat mit seiner Begleitung den Raum.

Tjell drehte sich gar nicht erst zu ihr um. Er hatte sich monatelang gegen ihre Avancen gewehrt, obwohl sie auf kreativste Weise einen Verführungsversuch nach dem anderen gestartet hatte. Er hatte gewusst, dass sie schon länger in ihn verliebt war, aber er hatte seine Freiheit genießen wollen. Außerdem war es mit Wölfinnen zu kompliziert. Die Welt der Wölfe war zu klein. Er hatte keine Lust, seinen Bettgeschichten bei irgendwelchen Rudeltreffen zu begegnen, also hatte er stets dankend abgelehnt. Bis auf dieses eine Mal, wo er schlecht gelaunt und geladen gewesen war. Er hatte ihr eindeutiges Angebot genutzt und sich abreagiert. Er wusste sofort, dass der Sex mit ihr ein Fehler war. Wenigstens hatte sie ihn danach in Ruhe gelassen!

»Ist Romy nicht hier?«, fragte sie.

Tjells Kopf schnellte zu ihr herum. »Was zur Hölle willst du von Romy?«, fuhr er sie ungehalten an. »Woher kennst du sie überhaupt!?« Er ahnte nichts Gutes und als seine Augen über ihre Erscheinung glitten, erlitt er einen Schock.

»Ich habe von ihrer Entführung erfahren und wollte sehen, wie es ihr geht. Romy ist meine Schwester.«

Tjell wurde schlecht. Er sprang auf, stürmte aus dem Raum, lief in sein Zimmer und drehte den Schlüssel von innen herum. Langsam sackte er an der Tür herunter, bis er auf dem Boden kauerte. Jetzt wusste er, warum Romy ihn hasste und warum er sie verloren hatte.

# 2

*6 Monate zuvor*

»Du gibst nicht auf, oder?« Tjell schüttelte genervt den Kopf. Die Wölfin ihm gegenüber war 172 Jahre alt und mitten in ihrer *Ich-brauche-einen-Mann,- um-sesshaft-zu-werden-Phase*. Dabei hatte sie ihn auserkoren, diese Rolle auszufüllen.

Vor ungefähr einem Jahr war Tjell Fata in Manaus begegnet. Er war dort aufgewachsen und sie zugezogen. Immer wieder liefen sie sich über den Weg. Er hatte kein Problem mit der Wölfin, so lange sie ihn nicht wie ihren zukünftigen Ehemann ansah.

Er genoss sein Dasein und feierte ausgelassen in den Clubs. Die Menschenfrauen fühlten sich von seiner wölfischen Natur intuitiv angezogen. Er vermutete, dass es an ihrer Größe und Stärke lag. Letztendlich war es auch unwichtig, denn er suchte keine Beziehung, sondern hatte Freude am Sex ohne Verbindlichkeiten.

Tjell hatte Fata abgewiesen und sie war daraufhin vor seiner Nase in Tränen ausgebrochen. Das tat ihm auch irgendwie leid, aber was sollte er machen? Sie würde einen anderen finden. Als Ryan verkündet hatte, dass er nach Rio gehen würde, war Tjell sofort hinter ihm. Manaus war wie ein Dorf: viel zu klein. Außerdem waren in Manaus seine Eltern ums Leben gekommen, der Urwald steckte voller Erinnerungen an ein Leben, das er hinter sich lassen wollte. In Rio hatte er sich sofort eingelebt und die Vorzüge der Millionenstadt zu schätzen gelernt.

Tjell sah zu Fata herüber, die sich unerlaubt in sein Zimmer geschlichen hatte und nur in Dessous bekleidet auf seinem Bett saß.

»Was soll das? Meine Nacht hat ziemlich scheiße angefangen und ich muss gleich weiter. Ich bin zur Patrouille eingeteilt. Was machst du überhaupt in Rio?« Tjell vergrub seine Hände in den Hosentaschen und versuchte, den Blick nicht über ihren halbnackten Körper gleiten zu lassen. Er war auch nur ein Mann, der seit Wochen keinen Sex gehabt hatte. Dazu war er eben noch von so einer Horde Kleinkrimineller überfallen worden, die es zu viert tatsächlich geschafft hatten, ihm einen Messerstich in seinen Oberarm zu setzen und ihm seine Geldscheine zu klauen. *Wie dämlich kann man eigentlich sein, sich sein Geld von so ein paar Kleinganoven abnehmen zu lassen*?, tadelte er sich. Er war schließlich ein Wolf und hätte ihnen haushoch überlegen sein sollen. Die Jungs würden ihn ewig erniedrigen, wenn sie das spitz bekämen. Insbesondere Joshua würde dafür sorgen, dass es auch der letzte Wolf in Südamerika erfuhr.

Nicht, dass er es selber anders machen würde. Diese Rangeleien gehörten bei ihnen dazu.

»Ich bin nur diese Nacht in Rio. Ich musste dich unbedingt sehen. Heute vor einem Jahr sind wir uns das erste Mal begegnet«, säuselte Fata und schenkte ihm ein Lächeln. Eher ein Strahlen.

Tjell grunzte. Die Frau hatte völlig den Verstand verloren. »Fata, ich habe es dir schon mehrfach gesagt: Ich will keine Beziehung. Ich bin zu jung und habe ganz andere Sachen im Kopf. Wieso kannst du das nicht akzeptieren?«, entgegnete Tjell ruhig.

»Lass uns einfach Spaß zusammen haben. In ein paar Stunden fliege ich wieder ab. Bin ich so unattraktiv, dass ich nicht mal für einen One-Night-Stand herhalten kann?«, fragte sie bissig und verletzt.

Tjell presste die Lippen aufeinander. Ein One-Night-Stand käme ihm heute sehr gelegen. Dennoch, er hatte sich vorgenommen, keine Wölfin anzufassen.

*Sie lebt über sechs Stunden Flugweg von dir entfernt und die Fronten sind geklärt. Praktischerweise sitzt sie bereits halb nackt auf deinem Bett!*, hörte er eine Stimme in seinem Kopf argumentieren, die sicher nicht von seinem Verstand gesteuert wurde.

Tjell näherte sich der Wölfin und musterte sie. Sie war nicht seine Traumfrau, soviel stand fest, aber sie war attraktiv. »Kommst du damit klar, wenn es nur eine einmalige Sache ist?«

Fata hatte seine Frage anscheinend als Zustimmung gedeutet und zog ihn an seinem Hemd näher. Tjell öffnete seine Hose und befreite sein Glied. Er war noch nicht steif genug, um sie zu nehmen, aber Fata bearbeitete ihn gekonnt mit den Händen. Tjell suchte in seinem Nachtschrank nach einem Kondom. Fata schien seine Gedanken zu lesen.

»Hier, ich bin vorbereitet.« Sie wedelte mit dem Kondom vor seiner Nase herum und schob es ihm über.

Tjell drehte Fata herum, zog ihren Slip aus und nahm sie von hinten. Fata warf den Kopf in den Nacken und stöhnte genüsslich. Tjell hingegen bereute seine Entscheidung. *Nicht mit einer Wölfin! Schon gar nicht mit einer, die in dich verknallt ist!*, schoss es ihm eindringlich durch den Kopf. Seinen Körper interessierte das nicht mehr. Er verselbstständigte sich und ergoss sich in sie, beziehungsweise in das Kondom.

Fata lächelte ihn beglückt an und er wusste nicht, wie er mit den letzten fünf Minuten umgehen sollte.

»Du musst nichts sagen, ich fand es schön!« Sie streifte ihm das Kondom ab, bevor er es tun konnte.

Tjell schloss seine Hose. Es fühlte sich nicht gut an, halb nackt vor ihr zu stehen. Er räusperte sich unglücklich. »Also, ähm, wenn du duschen möchtest, kannst du zuerst gehen.« Er wies in Richtung Badezimmer und nahm erleichtert zur Kenntnis, dass Fata aufstand, um hinüberzugehen. Schnell lüftete er den Raum und zog das Bett ab. Er wollte sie bestimmt nicht hier riechen, wenn er sich nachher schlafen legte. Als er frische Laken ausbreitete, trat sie aus dem Bad.

»Na, du hast es ja eilig, die Beweise zu vernichten.« Gekränkt schüttelte Fata den Kopf.

»Ich möchte nicht, dass es jemand mitbekommt. Das geht niemanden etwas an. Außerdem waren wir uns einig, dass es nur Sex ist.« Tjell verschränkte die Arme vor der Brust und hoffte, dass sie endlich sein Zimmer verließ. Er beobachtete, wie sie sich auf die Lippe biss und schließlich das Weite suchte.

Erleichtert entledigte er sich seiner Kleidung und stieg unter die Dusche. Er war gründlich mit der Seife, um keine verräterischen Spuren an sich zu tragen. Seine wölfischen Mitbewohner waren extrem neugierig und er hatte keinen Bock auf das Gerede. Außerdem bereute er die Nummer mit Fata. Was zur Hölle hatte er sich dabei gedacht? Sie war offensichtlich gekränkt und würde es vielleicht herumerzählen und ihn als Arsch darstellen.

Tjell genoss noch eine Weile die Dusche. Bis zur Patrouille hatte er eine Stunde Zeit, aber das hatte er Fata vorhin nicht auf die Nase binden wollen.

Genervt stellte er fest, dass die Tür zu seinem Zimmer geöffnet wurde. Fata wagte hoffentlich keinen zweiten Verführungsversuch!

»Was machst du unter meiner Dusche? Soll das eine Art Willkommensgeschenk sein? Typisch, Elysa«, hörte er eine unbekannte Frauenstimme hinter sich. Überrascht drehte er sich zu ihr um. »Ein äußerst ansehnliches Willkommensgeschenk!«

Die Wölfin grinste ihn an und scannte ihn mit hochgezogener Augenbraue von oben bis unten. Schmunzelnd verweilte sie mit ihrem Blick auf seinem besten Stück.

Tjell schluckte hart. Und er wurde hart, hart wie Granit. Sein Herzschlag beschleunigte sich und er spürte, wie sein Wolf sich aufbäumte, um diese Frau schnellstmöglich zu besteigen. Sie roch nach Zimt. Oh, das gefiel ihm!

Tjells Hirn hatte sich abgeschaltet. Warum sollte er seinem Wolf diesen Leckerbissen verweigern? Der Mann hatte längst zugestimmt.

Tjell trat einen Schritt auf die Blondine mit den langen, glatten Haaren zu und packte ihr Handgelenk. Der Wolf in ihm drängte an die Oberfläche. Ohne weiter darüber nachzudenken, zog Tjell sie zu sich unter den Wasserstrahl und sie quietschte ungehalten.

»Du ruinierst meine Pumps!« Sie gluckste und hüpfte auf einem Bein, um sich den ersten Schuh auszuziehen.

Tjell stützte sie, damit seine Zimtschnecke nicht fiel. Allein diese Berührung versetzte ihm einen Stromschlag. Endlich hatte sie die Schuhe ausgezogen und präsentierte ihm ihre Rückenansicht.

»Hilf mir aus meinem Kleid.« Sie lachte ausgelassen.

Tjell öffnete den Reißverschluss. Diese Frau war schöner als jede andere Frau, die er kannte. Sie lachte so ausgelassen und fröhlich, dass sein Herz aufgeregte Sprünge machte. Er verlor keine Zeit und drückte ihr einen Kuss auf. Er musste wissen, wie sie schmeckte. Tjell hatte nie zuvor eine Wölfin geküsst und nun stand er da, presste eine fremde Frau - eine Wölfin! - an die Wand seiner Dusche und schob ihr ungebändigt seine Zunge in den Mund.

Der Kuss war fantastisch. Sie züngelte in einer Art zurück, als ob sie es seit Jahren miteinander geübt hätten. Von seinem Lustschleier benebelt sah er sie an. Ihre Augen funkelten grün, ihre Gesichtszüge waren weich und sehr mädchenhaft. *Sie muss jung sein*, dachte er.

»Wenn du genauso gut beim Vögeln wie beim Küssen bist, habe ich nichts gegen diese Nummer einzuwenden.« Herausfordernd hoben sich ihre Mundwinkel.

Tjell bebte bei ihrer ungenierten Offenheit. »Lass es uns herausfinden.« Er knurrte und schob sie an die Wand, hob sie hoch und positionierte seine Erektion vor ihrer Mitte. Sie schlang ihre Beine um seine Hüfte. Vorsichtig drang er in sie ein. Er biss sich auf die Lippe, um nicht zu laut aufzustöhnen. Das war schon jetzt der beste Sex seines Lebens, obwohl er gerade erst begonnen hatte. Sie fühlte sich so gut an! So richtig!

Die Wölfin suchte seine Lippen, bereitwillig küsste er sie. Sie nahmen an Fahrt auf und er konnte seinen Höhepunkt nur unter enormer Anspannung zurückhalten.

*Sei nicht so ein Waschlappen! Sie soll dich schließlich wieder wollen!*, schoss der Gedanke überraschend in seinen Kopf. Noch nie hatte er mit einer Frau zweimal geschlafen, aber bei dieser hier würde er eine Ausnahme machen. Sehr viele Ausnahmen – wenn sie es wollte.

Sie fanden einen gemeinsamen Rhythmus. Die sinnlichen Geräusche aus ihrem Mund verstärkten seine Erregung. So konnte er seinen Orgasmus beim besten Willen nicht länger hinauszögern. Die Welle rollte heran und Tjell spürte, wie seine Augen sich verfärbten und ein goldener Funkenregen auf ihn niederprasselte. Diese Wölfin war seine Gefährtin? Er wollte seine Fänge in sie schlagen, sie markieren, aber der letzte Funken Verstand, der noch in ihm war, hielt ihn davon ab.

Er verbarg seine verräterischen Augen an ihrem Hals und spürte, wie auch sie den Höhepunkt erreichte.

Sie beide sackten in der Dusche zusammen und atmeten schwer. »Wow, das war krass.« Seine Wölfin keuchte in seinen Armen. Er brachte es nicht über sich, sie loszulassen. Langsam spürte er, wie sich seine Augenfarbe normalisierte. Sein Herz schlug allerdings weiterhin wie verrückt.

Er gehörte mit vier anderen Wölfen zum inneren Kreis des Alphas. Keiner von ihnen hatte eine Gefährtin. Nach Ryan war Tjell mit seinen 122 Jahren der Jüngste und nicht reif für eine Bindung. Erst mit 150 Jahren begannen Wölfe sesshaft zu werden, zu diesem Zeitpunkt wurden die Weibchen fruchtbar. Bei den Männern startete das mit der Fruchtbarkeit schon früher - nämlich mit der Volljährigkeit von 25 Jahren. Aus diesem Grund schlief er nie ohne Kondom mit einer Frau.

Er schluckte. Außer gerade eben… Shit.

»Wie alt bist du?«, fragte er besorgt.

Die Wölfin suchte seinen Blick. »Nette Frage nach dem Sex. Ich bin 50. Keine Sorge, wenn ich fruchtbar wäre, hätte ich mich wohl kaum auf diese Nummer hier eingelassen.« Beleidigt verzog sie das Gesicht.

Tjell wollte zwar noch kein Kind, aber wenn seine Gefährtin von ihm schwanger wurde, würde er sich trotzdem freuen. Insofern war die Frage nicht so böse gemeint, wie sie es aufgefasst hatte.

»Tut mir leid, ich wollte den Augenblick nicht ruinieren. Das hier kam so unerwartet, aber ich bereue keine Sekunde. Im Gegenteil.« Er stellte das Duschwasser aus und streichelte über ihre Wange, die ganz nass war. Ein Schauer der Erregung lief ihm über den Rücken. Das war das heißeste Sex-Abenteuer seines Lebens gewesen. Das Schicksal hatte ihm die schönste Frau beschert, die er sich vorstellen konnte. Er würde sie festhalten! Auch wenn sie beide jung waren, irgendwie würden sie es schaffen!

Die Wölfin erhob sich und griff nach dem Duschgel. »Dann lass uns mal duschen.« Sie lächelte ihm zu. Und er lächelte zurück.

Sie verteilte die Seife auf seinem Oberkörper und fuhr über jeden Zentimeter.

Er stöhnte auf. Seine Männlichkeit erhob sich mächtig und berührte ihren Bauch. Mit hochgezogenen Augenbrauen musterte sie seinen Schwanz. Er biss sich auf die Lippe. Das war verdammt heiß, wenn sie ihn so offen inspizierte.

»Ich habe nichts gegen eine zweite Runde einzuwenden.« Die Wölfin griff nach seiner Erektion und spielte damit.

Oh, er war Pudding in ihren Händen! Tjell wollte sie gerade packen, um sie noch einmal zu nehmen, als er sein Handy läuten hörte. Oh Mist! Das war sicher Gesse! Dieser Wolf war ein schlechtgelaunter Idiot, der jeden Moment wütend Tjells Zimmer stürmen würde, weil er zu spät zum Dienst war.

»Das ist Gesse, mein Partner heute Nacht. Wir haben Schicht. Besser, ich beeile mich, bevor er uns eine Szene macht.« Tjell fluchte innerlich. Das war ein beschissenes Timing, aber er hatte keine Wahl.

»Kein Problem.« Seine Zimtschnecke nickte.

Während er sich abduschte, beobachtete er sie sehnsüchtig. »Du kannst gerne bleiben. In drei Stunden bin ich zurück und gebe dir eine Zugabe.« Tjell konnte sich das Zwinkern nicht verkneifen.

»Ich darf bleiben? Das hier ist mein Zimmer! Elysa hat es mir zugewiesen.«

»Du kennst Elysa?«, fragte er interessiert.

»Wir haben uns in Sao Paulo angefreundet und ich habe hier in Rio eine Stelle bekommen«, erklärte sie ihm.

Seine Mundwinkel hoben sich nach oben. Sie würde in seiner Nähe bleiben und er konnte sie daten, wie sie es verdiente! Er huschte aus der Dusche und trocknete sich ab.

»Wie heißt du eigentlich?« Peinlich berührt stellte er fest, dass er nicht einmal ihren Namen kannte.

»Romy.« Belustigt grinste sie ihn an und er grinste ebenso belustigt zurück. Diese Spontan-Erfahrung war wohl neu für sie beide.

»Tjell.«

Schnell zog er sich seine Klamotten über. »Nur um das klarzustellen, Romy: Ich flüchte nicht vor dir. Ich habe Dienst und danach werde ich dich suchen und finden, um noch mal diesen Bombensex mit dir zu haben.« Er presste ihr einen Kuss auf die Lippen und versuchte, dabei nicht wieder nass zu werden.

»Dürfte nicht schwierig werden, das ist ja mein Zimmer«, informierte sie ihn erneut.

Tjell grunzte. »Das ist mein Zimmer, Kleine! Ich wohne genau hier und das seit Monaten. Was auch immer Elysa zu dir gesagt hat, es war eine Verwechslung, die ich sehr begrüße.« Damit huschte er aus dem Zimmer.

Genau zum richtigen Zeitpunkt, denn er rannte Gesse in die Arme.

»Wo bleibst du, Mann?«, fauchte der ihn übellaunig an.

Tjell schob den riesigen Kerl vor sich her. »Quatsch nicht, sondern komm. Ich weiß selber, dass ich zu spät bin.« Er setzte sich in Bewegung. Das würde eine lange Nacht werden, wenn er eigentlich nichts anderes wollte, als seine Gefährtin noch mal zu nehmen und sie besser kennenzulernen.

---

Romy kämmte sich ihre langen Haare und bekam das Grinsen nicht aus ihrem Gesicht. Was für eine Begrüßung! Sie war heute Abend erst mit Elysa aus Sao Paulo angereist. Die Schwester des zukünftigen Alphas war eine wahnsinnig gute Tänzerin. Romy war von ihr mehr als begeistert gewesen, als sie sie vor wenigen Wochen das erste Mal auf der Bühne gesehen hatte. Da sie davon ausgegangen war, dass Elysa das bereits wusste und es sicher oft genug zu hören bekam, hatte Romy sich entschieden, auf Verbesserungen zu achten. Sie hatte Elysa Tipps gegeben, wie sie ihr Talent noch stimmiger zur Geltung bringen könnte. Elysa hatte nur über Romy gelacht und mit erhobenem Zeigefinger vor ihrem Gesicht herumgewedelt. Eines ihrer Markenzeichen, wie Romy bald herausfand.

»Lass erst mal sehen, was du draufhast, bevor du mich kritisierst!«, hatte Elysa sie herausgefordert und schon war ein Battle zwischen ihnen entstanden, das die anderen Tänzer in wilde Begeisterung versetzt hatte.

Romy schmunzelte bei der Erinnerung. Danach hatten sie gefeiert und ihre Freundschaft besiegelt. Noch am selben Abend hatten sie entschieden, dass sie zusammen tanzen wollten, und am Folgetag hatte Romy der Choreographin Claudine Suarez ihr Talent bewiesen.

Romy war Mitglied einer Tanzcrew in Sao Paulo gewesen.

Die letzten Wochen mit Elysa gehörten zu der schönsten Zeit in Romys Leben. Sie war mehr als bereit, Rio de Janeiro zu rocken!

Sie stellte den Fön an und freute sich darüber, dass Tjell so gut ausgestattet war. *Im Bad!*, tadelte sie sich selbst, als sie bei dem Wort *Ausstattung* sein bestes Stück vor sich sah. Was für eine heiße Nummer zwischen ihnen! Es war alles so wahnsinnig schnell gegangen. Tjell hatte nicht lange gefackelt und sie genommen, als hätte er nie eine heißere Frau in seiner Dusche gehabt! Romy war spontan und nicht zimperlich, wenn sie einen Mann wollte. Sie freute sich schon jetzt auf die Fortsetzung!

Anscheinend hatte sie sich wirklich verhört, als Elysa ihr das Zimmer zugewiesen hatte, denn Tjell schien tatsächlich hier zu wohnen. Der Mann war ein Liebesgott! Locker 1,85m groß und dazu wahnsinnig gut gebaut und sexy. Die braunen Haare harmonierten mit den braunen Augen. Sie hatten Romy direkt in ihren Bann gezogen. Gott, er sah aus wie Nick Bateman, nur heißer. Er trug auf der rechten Seite einen Ohrring, der war ihr gleich positiv aufgefallen.

Romy räumte den Fön zur Seite und kontrollierte ihr Erscheinungsbild. Sie wusste, dass die Mehrzahl der Männer sie als hübsch bezeichnen würde. Blondinen unter den südamerikanischen Wölfen waren selten. Tatsächlich war Elysa die einzige blonde Wölfin in der Gegend. Vielleicht lag es an der gemeinsamen, europäischen Herkunft?

Romy war nie in Europa gewesen, aber ihre Mutter stammte aus Österreich und hatte sie nach ihrer Lieblingsschauspielerin benannt. Irgendwann wollte Romy die Heimat ihrer verstorbenen Mutter kennenlernen. Leider war Europa ein gefährlicher Ort für ihresgleichen. Dort tobte ein Krieg zwischen Vampiren und Wölfen.

Da ging es ihnen hier deutlich besser. Der Vampirkönig Aegir hatte vor ungefähr 150 Jahren ein Friedensabkommen mit den Wölfen geschlossen. Seitdem lebten die Vampire in Nordamerika. Allerdings hatte sie Gerüchte gehört, dass vor Kurzem in Sao Paulo Vampire gesichtet worden waren. Das konnte sie kaum glauben. Das Abkommen verbot es. Sie hoffte, dass es nicht stimmte, denn sie liebte ihre Freiheit.

Romy ging ins Nebenzimmer und entschied sich schweren Herzens, nicht in Tjells Sachen herumzuschnüffeln. Sie war neugierig, wer er war und was er mochte, aber das konnte warten. So wie es aussah, war der Mann offen für ein Abenteuer mit ihr. Sie würde noch genügend über ihn erfahren.

Sie nahm ihren Koffer und marschierte aus dem Zimmer, um herauszufinden, wo sich ihr Reich befand.

# 3

Romy machte sich auf den Weg ins Erdgeschoss, um nach Elysa zu suchen, und hörte ihre Stimme auch prompt aus der Küche.

»Das sehe ich überhaupt nicht ein! Du behandelst mich wie ein Kleinkind, dabei werde ich bald volljährig!«, schimpfte ihre Freundin lautstark. Romy spähte in die Küche und sah, wie Elysa mit ihrer Tante stritt. Janett war Romy bereits vorgestellt worden.

»Du bist nicht volljährig, also gehst du auch nicht in diesen Club! Weißt du was? Es ist völlig egal, wie alt du bist. In so einem Ambiente hast du nichts verloren!«, herrschte Janett aufgebracht.

Romy beobachtete die beiden, die weiterstritten, obwohl sie ins Zimmer gekommen war. Sie schenkte sich ein Glas Wasser ein. Elysa hatte reichlich über ihre Tante erzählt. Janett und ihre Nichte sahen die Welt anscheinend aus völlig verschiedenen Blickwinkeln.

»Die Menschen dürfen schon mit 18 Jahren in Clubs gehen und Alkohol trinken«, mischte sich Romy ein, um Elysa zu verteidigen. In Sao Paulo waren sie auch feiern gewesen, was sollte der Mist?

Janett betrachtete sie streng. »Elysa möchte in einen Strippclub. Das verbiete ich! Auch du solltest derartige Örtlichkeiten meiden!« Janett schüttelte sich angewidert.

»Das gehört zu meiner tänzerischen Weiterbildung.« Elysa verschränkte wütend die Arme vor der Brust.

»Willst du etwa strippen lernen? Bist du verrückt geworden? Auf keinen Fall akzeptiere ich das! Du bist die Schwester unseres zukünftigen Alphas. Ich erwarte von dir, dass du deinen Bruder mit Anstand und respektvollem Verhalten unterstützt.« Janetts Stimme klang eisig.

Romy schielte zu Elysa und sah, wie die ihr zuzwinkerte. Sie würden heimlich hingehen.

»Damit ist das letzte Wort über diese Sache gesprochen«, beschloss Janett und wandte sich an Romy: »Hast du dein Zimmer eingerichtet?«

»Anscheinend war das nicht mein Zimmer, da stand nämlich Tjell nackt unter der Dusche.« Romys Mundwinkel zuckten.

»Hm, leckere Ansicht. Hast du einen Blick auf seine Vorderseite werfen können?« Ihre Freundin gluckste.

»Elysa Sante, du bist unmöglich!«, herrschte Janett auf ein Neues.

»Wo sie recht hat, hat sie recht. Der Mann sieht blendend aus und ist dazu gut bestückt.« Romy grinste.

Der älteren Wölfin entglitten sämtliche Gesichtszüge. »Ihr beide habt euch gesucht und gefunden!« Janett schüttelte frustriert den Kopf und verließ grummelnd die Küche.

»Hast du nicht erstes Zimmer links gesagt?«, fragte Romy ihre Freundin sogleich aufgeregt.

»Schon, aber im zweiten Stock.« Elysa lachte ungehalten. »Du hast also Tjell unter der Dusche überrascht?« Sie gackerte weiter.

Romy stimmte in das Gelächter mit ein.

»Was hast du zu ihm gesagt?« Die Lachtränen stiegen Elysa in die Augen.

»Was machst du unter meiner Dusche? Soll das eine Art Willkommensgeschenk sein? Typisch, Elysa!«, imitierte Romy sich prustend.

Elysa bekam einen Lachanfall.

Es dauerte fünf Minuten, bis die jungen Frauen sich beruhigt hatten. Romy wollte Elysa gerade zuraunen, dass sie nach oben in ihr Zimmer gehen sollten, damit sie ihrer Freundin erzählen konnte, was zwischen Tjell und ihr passiert war, als Fata ihren Kopf zur Tür hereinsteckte.

Entgeistert blickte Romy in ihre Richtung. Auch Fatas Gesicht verhärtete sich.

»Was machst du denn hier?«, fragte Romy gereizt.

»Ich wüsste nicht, was dich das angeht.« Überheblich rümpfte Fata die Nase und betrat die Küche. Sie nahm sich in Zeitlupe ein Glas Wasser und nippte daran.

»Ihr kennt euch?« Irritiert beobachtete Elysa die beiden Frauen.

»Das ist meine Halbschwester. Wir halten besser Abstand. Wenn sie hier wohnt, ziehe ich sofort aus!« Romy hätte am liebsten geschrien. Dieses blöde Weib mit ihren unzähligen Intrigen und ihrer beschissenen Eifersucht.

»Keine Sorge, Fata wohnt hier nicht. Seit wann bist du hier und warum?« Streng blickte Elysa zu Fata hinüber.

*Elysa hält zu mir!*, nahm Romy erleichtert zur Kenntnis. Fata würde ihr nicht ihre erste richtige Freundin ausspannen.

»Ich habe Tjell besucht. Wir haben heute Jahrestag. Seit er in Rio stationiert ist, bekomme ich ihn kaum zu Gesicht.« Fata klang geknickt.

Romy sog scharf die Luft ein. Jahrestag? Was für ein Jahrestag? Eine schreckliche Vorahnung überfiel sie. *Bitte nicht!*, flehte sie innerlich. Lass mich nicht mit dem Freund meiner Halbschwester geschlafen haben! Allein bei dem Gedanken daran wurde Romy schlecht.

»Seit wann sind Tjell und du zusammen? Er hat nie was gesagt«, erkundigte sich Elysa perplex.

Fata schwieg einen Moment, als würde sie über ihre Antwort nachdenken. Romys Nackenhaare hatten sich aufgestellt. Fata und Tjell?

»Wir sind kein klassisches Paar. Tjell ist noch jung und braucht Abwechslung. Was nicht ist, kann ja noch werden. Unser Sex eben war fantastisch!« Fata lächelte verzückt.

Romy atmete unauffällig ein, um die Lüge zu entdecken, jedoch stimmte, was Fata behauptete. Hatte sie *eben* gesagt?

Sie würde am liebsten Kotzen! Tjell hatte Fata gevögelt und wenige Minuten später sie?

*Er kann nicht wissen, dass wir verwandt sind!*, sagte die Stimme in ihr, die nach einer Wiederholung mit dem Mann schrie.

*Er ist ein sexbesessenes Arschloch!*, konterte eine andere Stimme.

»Alles in Ordnung?« Elysa suchte besorgt ihren Blick.

Romy wollte sich ihre Verletzung nicht anmerken lassen. Sie richtete sich auf und adressierte Fata: »Mach was du willst! Aber halte dich aus meinem Leben raus!« Romy legte all ihre Abneigung in ihre Stimme, als sie Fata fixierte.

Mit Genugtuung stellte sie fest, dass ihre Halbschwester ihr überhaupt nicht ähnlich sah. Fatas Haare waren kastanienbraun mit einem Rotstich. Sie trug die Haare in einem wilden Bob, der in Romys Augen nicht zu ihr passte.

Fata war nicht wild, sondern kontrolliert und hinterhältig.

»Vielleicht bekommst du ja eine Nichte oder einen Neffen? Es wäre doch schade, wenn du sie nicht kennenlernst.« Spöttisch hob Fata die Stimme. Sie ging dabei gar nicht auf Romys Appell von vorhin ein, sondern faselte von Tjell.

Romy schluckte. Tjell verhütete wohl grundsätzlich nicht. Fata war doch bereits im fruchtbaren Alter! Kümmerte es ihn nicht, dass Fata im fruchtbaren Alter war und schwanger werden könnte?

Romy hatte schon ein paar One-Night-Stands hinter sich und wusste, dass da einige Überraschungen lauern konnten, aber das hier ging über jede ihrer Grenzen. Tjell war für sie gestorben!

Toller Sex hin oder her, sie war bestimmt nicht auf der Suche nach ihrem Traumprinzen, aber unter keinen Umständen, würde sie die Lover ihrer Freundinnen vögeln, noch die Affäre ihrer Halbschwester! Auch fand sie es unter aller Sau, dass er verschiedene Frauen in nur einer Nacht vögelte. Dieser Spontansex mit Tjell war erniedrigend und sie schämte sich dafür.

Ohne ein weiteres Wort verließ Romy die Küche, um sich in ihr Zimmer zurückzuziehen. Sie fand ihre Räumlichkeiten im zweiten Stock. Sollte sie wirklich in der Villa bleiben? Auch wenn Fata zurück nach Manaus ginge, würde Romy diesem Idioten dauernd über den Weg laufen.

*Du lässt dich nicht von einem Arsch wie ihm vertreiben!* Sie rümpfte die Nase im Spiegel. *Du hast ihm gezeigt, wie heiß du bist, und jetzt lässt du ihn stehen und suchst dir bessere Kerle, die den One-Night-Stand auch wert sind!*

Romy duschte sich ein zweites Mal. Auf keinen Fall wollte sie nach seinem Duschbad riechen. Sie fluchte bei dem ätzenden Gefühl an ihren Quickie, den sie bereute.

Vorm Spiegel benutzte sie nach dem Zähneputzen zusätzlich Mundspülung und zog sich ihren Schlafanzug an. Sie ekelte sich. Zu tief war die Abneigung gegen Fata. Einen Mann ausgerechnet mit ihr zu teilen – und das in nur einer Nacht - war der absolute Horror für Romy.

Sie hob die Hand an ihren Mund, weil sie das Gefühl hatte, sich jeden Moment übergeben zu müssen. Verdammt! Sie sprang aus dem Bett, stürzte zur Toilette und würgte den Burger heraus, den sie auf dem Weg hierher gegessen hatte. Unglücklich spülte sie sich den Mund aus und starrte in den Spiegel.

*Du kommst darüber hinweg!*, mahnte sie sich.

Romy versperrte die Tür, steckte sich Kopfhörer in die Ohren und versuchte sich auf dem Bett zu entspannen.

»Bin müde, sehen uns morgen«, schrieb sie Elysa und drehte sich zur Seite, in der Hoffnung, keine Alpträume zu bekommen.

---

Am nächsten Abend saß Tjell erwartungsfreudig am Frühstückstisch und blickte immer wieder zur Tür. Leider hatte er Romy gestern Nacht nicht mehr angetroffen, heute aber würde er sie wiedersehen.

Aufgeregt wippte er mit den Füßen. Bente warf ihm bereits irritierte Blicke zu. Der Wolf merkte aber auch alles!

Endlich erschien Romy zusammen mit Elysa. Tjell bemerkte sofort, dass sich die beiden Frauen gesucht und gefunden hatten. *Hoffentlich ist Romy vernünftiger, als Elysa!*, schoss es ihm sofort durch den Kopf.

Der Gefährte, der sich irgendwann mit Ryans Schwester herumschlagen musste, tat Tjell jetzt schon leid! Der Kerl brauchte starke Nerven und ein gewaltiges Ego. Elysa ließ nichts anbrennen und war fürchterlich stur, unvernünftig und log so gekonnt, wie niemand sonst im Rudel. Sie spielte mit ihrem guten Aussehen und brach den Männern reihenweise das Herz. Elysa hatte ihn mehrfach gebeten, ihren Freund zu spielen, damit sich der Typ, mit dem sie zu dem Zeitpunkt ausgegangen war, keine Hoffnungen machte. Tjell schnaubte bei den Erinnerungen daran. Für diese Spielchen hatte sie ja seit ihrem Umzug Joshua, dem erwies sie den gleichen Gefallen, nur umgekehrt.

Tjell konzentrierte sich wieder auf seine eigene Gefährtin. Romy setzte sich neben Elysa, ihn beachtete sie leider gar nicht.

»Na, hast du das richtige Zimmer doch noch gefunden?«, suchte er den Gesprächsstart mit seiner Gefährtin.

Romy musterte ihn kurz und verzog die Miene, als wäre er eine lästige Fliege. Was zur Hölle!

»Ich habe die Zimmer tatsächlich verwechselt. Kommt nicht wieder vor.«

Tjell versuchte, aus ihrer Antwort schlau zu werden.

»Romy hat Tjell beim Duschen überrascht«, verkündete Elysa und grinste frech.

Elysa wusste offensichtlich Bescheid. Tjell speicherte innerlich ab, dass Ryans Schwester in Zukunft zu viele Informationen über ihn bekommen würde. Warum waren Freundinnen solche Tratschtanten?

»Und hat sich die Ansicht gelohnt?« Ryan gluckste von der anderen Seite. Na super! Jetzt war Tjell das Gesprächsthema am Tisch.

»Gutes Aussehen ist nicht alles.« Romy grunzte. Was war das bitte für eine Antwort? Gestern hatte sie ihm deutlich gezeigt, dass er ihrem Geschmack entsprach!

»Können wir bitte das Thema wechseln?« Er knirschte angepisst mit den Zähnen. Glücklicherweise interessierte sich niemand näher für ihr Duscherlebnis. Die Truppe quasselte angeregt durcheinander. Romy ignorierte ihn völlig, was er nicht verstand und ihn sauer machte. Er grübelte darüber, woran Romys Stimmungswechsel liegen könnte.

»Romy und ich haben gleich Training und wollten anschließend ins *Mudanca*. Sie muss meinen Lieblingsclub unbedingt kennenlernen!«, redete Elysa gerade auf ihren Onkel ein.

»Ich freue mich schon! Rios Männer müssen ja ziemliche Sahneschnitten sein.« Romy zwinkerte Elysa zu.

Tjell verschluckte sich an seinem Kakao. »Scheiße!«, fluchte er, als er die Brühe über sein Bein schüttete. Für ihn war das Frühstück gelaufen. Sauer verließ er den Tisch und zog sich um.

Eine halbe Stunde stapfte er ohne anzuklopfen in Romys Zimmer. Sie wechselte gerade ihr Top und sein Schwanz schwoll sofort an.

Romy bemerkte ihn prompt. »Herrgott! Dreh dich gefälligst um! Das nächste Mal klopfst du an!« Seine Zimtschnecke war wütend.

»Als ob ich das nicht schon gesehen hätte. Außerdem lohnt sich der Anblick.« Er hob eine Augenbraue und blieb stehen, wo er war. Auf keinen Fall würde er sich umdrehen und sich diese Aussicht entgehen lassen. Ruckzuck war Romy angezogen.

»Ich muss los.« Romy packte einige Sachen in ihre Tasche und schien sich nicht sonderlich für seine Anwesenheit zu interessieren. Frust machte sich in ihm breit.

»Romy, warum bist du so abweisend? Wir hatten gestern eine leidenschaftliche Begrüßung und heute tust du so, als würdest du bereuen, was zwischen uns war.«

Romy hielt in der Bewegung inne und musterte ihn kalt. Tjell hielt die Luft an. Er spürte instinktiv, dass sie gleich mit der Fliegenklatsche ausholen würde, um das lästige Biest plattzumachen. Sie würde ihm eine Abfuhr erteilen!

»Das war eine einmalige Sache. Ich will nicht mehr darüber reden, also hör bitte auf, mir nachzustellen. Ich habe keinen Bock auf deine Anmachversuche.« Romy meinte es offenbar völlig ernst. Eine Lüge hätte er gewittert.

Das traf ihn hart. Er hatte nicht wirklich einen Plan, wie sie weitermachen oder was sie mit ihrer Seelenverwandtschaft anstellen sollten. Er wusste nur, er stand auf sie.

»Da wir das jetzt geklärt haben, wäre es nett, wenn du mir aus dem Weg gehst.« Sie stand mit ihrer Sporttasche in der Hand vor ihm.

Tjell war wie erstarrt. Ihre Worte verletzten ihn. »Was genau habe ich verbrochen?« Er verhinderte ihre Flucht, indem er seinen massiven Körper vor die Tür schob.

»Ich will frei sein und habe noch nie mit dem gleichen Mann zweimal geschlafen. Ich werde bei dir keine Ausnahme machen.«

Tjell rückte geschlagen ein Stück zur Seite, um sie durchzulassen. Was blieb ihm auch anderes übrig? Romy hatte sich entschieden und mit Worten alleine würde er sie nicht überzeugen können.

Tjell grübelte noch lange darüber nach, wie er es anstellen sollte, Romys Interesse zu wecken und ihr zu zeigen, dass sie wunderbar miteinander harmonieren konnten, wenn sie es nur zuließ.

Leider ging sie ihm aus dem Weg, und wenn sie gemeinsam am Tisch saßen, ignorierte sie ihn. Wenn er sie ansprach, reagierte sie kalt und abweisend. Tjell hatte zu wenig Erfahrung mit Frauen - geschweige denn damit, sie zu erobern -, weshalb er sich unsicher und überfordert fühlte. Das führte dazu, dass er leicht reizbar war und dauernd mit Romy stritt.

Einmal war er Romy und Elysa heimlich ins *Mudanaca* und danach an den Strand gefolgt. Er hatte gesehen, wie Romy sich einem anderen hingegeben hatte. Das hatte ihm den Rest gegeben. Seitdem versuchte er, sein Herz zu verschließen und die Gefühle für diese Frau tief in sich zu vergraben. Aber es tat weh. Scheiße, es verlangte ihm so viel ab.

---

»Auf keinen Fall lasse ich mich die ganze Nacht von einem Bodyguard bevormunden!« Elysa war fuchsteufelswild, als Ryan ihr mitteilte, dass sie nicht länger alleine rausgehen durfte.

»Vampire sind in Sao Paulo aufgetaucht, gewaltbereit! Sie töten unsere Rasse auf offener Straße! Jeden Moment können die Blutsauger auch in Rio aufschlagen. Ich muss einfach sicher gehen, dass dir nichts passiert.« Der zukünftige Alpha raufte sich die Haare.

Tjell war genauso schockiert über die schlechten Nachrichten aus Sao Paulo wie der Rest des Rudels. Vampire in Südamerika! Das hatte es seit 150 Jahren nicht gegeben. Ging der Krieg von vorne los? Unter den Wölfen war sofort die Stimmung von entspannt zu alarmiert umgeschlagen. Zwei Familien, die mit ihren Welpen in Rio lebten, packten gerade ihre Koffer, um in den Amazonas umzusiedeln. Das Gebiet galt seit Jahrhunderten als sicherster Unterschlupf für ihre Rasse.

Tjell hatte Ryan gebeten, ihm die Aufgabe des Bodyguards zu übertragen. So schwer es ihm auch fiel, Romy so nahe zu sein, er musste sie einfach beschützen. All seine Instinkte verlangten es von ihm und so hatte er diese Entscheidung für sich getroffen. Vielleicht half es ihnen, endlich friedlicher miteinander umgehen zu können.

»Ich möchte einen anderen Bodyguard!« Romy fluchte.

Beleidigt verschränkte Tjell seine Arme vor der Brust. »Ziemlich undankbar! Denkst du, ich habe nichts Besseres zu tun, als dir bei deinen unpersönlichen Fickereien zuzugucken?«, schnauzte er sie ungehalten an.

Er sah, wie sich Romys Gesicht rötete. Allerdings nicht vor Scham, sondern vor Wut. Ihre Augen funkelten angriffslustig. Dieses kleine Miststück!

»Nutz es doch als kostenlose Lehrstunde: wie man eine Frau befriedigt!«

Tjell sah rot. Er bekam aus dem Augenwinkel mit, wie Ryan die Lippen aufeinanderpresste und Elysa sie beide misstrauisch musterte.

»Ich bin sehr gut darin, eine Frau zu befriedigen!«, donnerte Tjell lautstark.

»Anscheinend waren deine Frauen nicht besonders anspruchsvoll!« Sie fixierte ihn wutentbrannt.

»Weil du dich bei ihnen erkundigt hast?« Tjell lachte gehässig.

»Das reicht!« Ryans Tonfall und seine Machtaura brachten die Wölfe dazu, sich ihm zuzuwenden. »Tjell ist euer Bodyguard - zusammen mit Bente. Ihr werdet das akzeptieren. Außerdem werdet ihr eure Trainingszeiten kürzen müssen, da ich nicht durchgehend auf zwei meiner besten Männer verzichten kann!« Ryan duldete keinen Widerspruch.

Später fuhr Tjell die Freundinnen zum Auftritt in den Musicaldome und sah Romy das erste Mal auf der Bühne tanzen. Sie hatte wahnsinniges Talent und er konnte nicht anders, als sie anzustarren. Was nützte es, es länger zu leugnen? Er machte sich etwas vor, wenn er glaubte, dass er ohne sie glücklich werden könnte. Er würde um sie kämpfen, so lange es eben dauerte.

Während der Rückfahrt versuchte er eine zarte Annäherung. »Romy, du bist eine begnadete Tänzerin. Elysa habe ich ja schon ein paar Mal tanzen sehen«, fügte er rasch hinzu, damit seine Schwärmerei nicht peinlich wirkte.

Romy blickte aus dem Fenster und beachtete ihn nicht. Stattdessen stieg Elysa in die Unterhaltung mit ein. »Romy ist besonders gut im Hip-Hop. Das sollte Claudine unbedingt mehr einbauen«, überlegte sie gerade laut.

»Habt ihr noch Hunger? Wir könnten noch was essen gehen?«, schlug Tjell vor.

»Gerne!«, kam es prompt von Elysa.

»Ich nicht, aber geht ruhig. Ich kann mir ein Taxi nach Hause nehmen.«

Romy tat wirklich alles, um ihn zu meiden!

---

Romy verschwand in ihrem Zimmer und konnte nicht verhindern, dass Elysa mit durch die Tür schlüpfte.

»Verzeih ihm endlich!«, befahl ihre Freundin streng.

»Nein!« Romy drehte den Kopf weg.

»Du magst ihn doch eigentlich. Das mit Fata ist über zwei Monate her und war anscheinend ein Ausrutscher.« Elysa tätschelte ihr den Arm.

»Fata ist schwanger.« Tränen füllten Romys Augen, aber sie zwang sie mit aller Kraft zurück. Je länger sie in dieser Villa verweilte, umso schwieriger wurde es. Sie stritt dauernd mit Tjell, obwohl sie sich eigentlich nach seiner Berührung sehnte. Er hatte eine Leidenschaft in ihr entfacht wie kein Mann zuvor. Er war unglaublich sexy und seine funkelnden Augen verursachten bei ihr weiche Knie. Sie hatte sich Hals über Kopf in diesen Arsch verknallt!

»Woher weißt du das?«, fragte Elysa entgeistert.

»Vater hat es mir am Telefon gesagt. Er war mit ihr beim Arzt und der hat es bestätigt.« Romy kämpfte weiter gegen die Tränen und wollte tapfer bleiben. Sie setzte das falsche Lächeln auf, das sie so gut beherrschte.

»Vielleicht ist es nicht von Tjell...« Elysa presste die Lippen aufeinander.

»Der Zeitpunkt passt genau. Außerdem war Fata noch nie mit mehreren Männern gleichzeitig unterwegs. Vater hat mir gesagt, dass sie seit einem Jahr unglücklich in Tjell verliebt ist. Wahrscheinlich wartet sie, bis die ersten Monate geschafft sind und bindet den Kerl danach an sich.« Romy schauderte bei dem Gedanken, wie Tjell und Fata gemeinsam Eltern wurden.

»Scheiße, das ändert alles.« Elysa nickte ihr zu. Das Gesicht ihrer Freundin drückte die Traurigkeit aus, die Romy in sich spürte.

Tjell versuchte, gut mit ihr auszukommen und sie trotz ihrer Anfeindungen mit Respekt zu behandeln. Der Mann war perfekter, als es Romy lieb war. Sie hatte sich zuerst nur von seinem äußeren Erscheinungsbild anziehen lassen, aber nach den letzten zwei Monaten wusste sie, dass Tjell ein wundervoller Mann war. Er wollte auf sie aufpassen, obwohl sie ihm dauernd weh tat. Er konnte mit ihr streiten und duckte sich nicht weg, wenn sie ihm etwas an den Kopf warf. Tjell war ein starkes Gegenüber, lebendig und cool. Er konnte andere stehen lassen, wie sie sind, sich in die Gruppe einfügen und kommentierte nicht alles übermoralisch. Sie mochte, dass er nicht dauernd den Spaßvogel gab, sondern auch seine Launen hatte.

Tjell war der attraktivste Mann, den sie je getroffen hatte - gefolgt von Joshua. Dieser Zwilling sah unfassbar heiß aus und Romy hätte ihn mit Sicherheit nicht von der Bettkante gestoßen. Joshua war allerdings ein Casanova und witzelte ihr zu viel herum. Er hielt durch seine Sprüche die Frauen auf Abstand. Nur mit Elysa konnte Joshua reden. Romy konnte bis heute kaum glauben, dass die beiden nie was miteinander gehabt hatten.

»Romy, was geht in dir vor?« Elysa holte sie aus ihren Gedanken.

»Ich habe darüber nachgedacht, warum Joshua und du kein Paar seid«, wechselte Romy das Thema.

Elysa schüttelte irritiert den Kopf. »Tjell hat deine Halbschwester geschwängert und du denkst über Josh und mich nach?« Elysa grunzte. »Verdrängung nennt man das wohl! Das mit Josh habe ich dir bereits erklärt. Der Mann ist zugegeben etwas zu scharf für die Beste-Freunde-Nummer, aber wir wollen beide frei sein und Spaß haben. Warum sollen wir uns das kaputt machen? Ich liebe Josh wie einen Bruder. Das ist doch nicht so kompliziert. Im Gegensatz zu deinem Verhältnis zu Tjell! Du bist in ihn verliebt und steckst gewaltig in der Scheiße!« Elysa hob den Zeigefinger und wedelte damit vor ihrem Gesicht herum.

»Ich bin viel zu jung für eine Beziehung - und Tjell auch. Wir würden uns nur unglücklich machen, was wir ja sowieso schon von Anfang an getan haben!« Romy zwinkerte Elysa zu, um ihre innere Verzweiflung nicht an die Oberfläche brechen zu lassen. Wem würde das nützen? Ihr sicherlich nicht.

Sie hatte sich Hals über Kopf in Tjell verliebt und eine Leidenschaft in sich entdeckt, die alles Vorherige überstieg. Dauernd erwischte sie sich dabei, wie sie an ihr Duschabenteuer zurückdachte oder befriedigte sich selbst, während sie sich vorstellte, er wäre es, der sie berührte.

Romy hätte nicht erwartet, dass Tjell Fatas Beuteschema entsprach. Fata hatte nie einen festen Freund gehabt. Sie war fixiert auf ihren gemeinsamen Vater, niemanden sonst. Romy hatte gedacht, dass diese Kuh noch lange die Gluckentochter geben würde, aber sie hatte sich getäuscht. Bald würde Fata Mutter sein und Tjell würde das Kind nicht ablehnen. So was taten Wölfe nicht. Blut war dicker als Wasser.

# 4

*Im Hier und Jetzt*

Tjell hörte jemanden an seiner Zimmertür klopfen, aber er wollte nicht öffnen.

Das konnte nur ein Albtraum sein! Er hatte nicht erst mit der einen und dann mit der anderen Schwester geschlafen! Innerhalb von einer Stunde! Er ließ den Atem entweichen, den er angehalten hatte. Fata war ein Fehler gewesen, er wusste es davor, währenddessen und danach. Wieso zur Hölle hatte er sich nur auf sie eingelassen?

Er versuchte, das Klopfen an seiner Tür zu ignorieren, und lief aufgeregt im Zimmer auf und ab. Deswegen hatte Romy ihn von der einen auf die andere Sekunde gehasst. Sie hatte von ihrer Schwester erfahren, dass er Sex mit ihr gehabt hatte.

*Du bist ein Vollidiot!*, schalt er sich. Er konnte doch nicht wissen, dass sie Schwestern waren! *Trotzdem hättest du nicht mit zwei Frauen in einer Nacht schlafen dürfen!*, tadelte seine innere Stimme ihn. Hätte er nicht zuerst Romy begegnen können?

»Tjell, mach auf! Wir müssen reden!«, hörte er Fata rufen. Ängstlich schaute er zur Tür. Sie hatten verhütet! Das war nicht sein Kind, das da in ihrem Bauch steckte. Tjell fuhr sich durch die Haare. Er hatte das Kondom hinterher nicht kontrolliert. Was, wenn es gerissen war?

*Noch nie ist ein Kondom bei mir gerissen*, beruhigte er sich.

»Tjell, ich gehe hier nicht weg! Willst du, dass das ganze Haus mithört?« Fata hämmerte lauter gegen die Tür.

Zitternd drehte er den Schlüssel und ließ sie herein.

»Was soll das? Wir sind nicht im Kindergarten.« Fata ließ ihren Blick durch den Raum schweifen.

Tjell schaute verhohlen auf ihren Bauch. Im wie vielten Monat war sie? Er schickte ein weiteres Stoßgebet gen Himmel.

»Du siehst so aus, als würdest du gleich eine Panikattacke erleiden.« Fata verschränkte die Arme vor ihrem runden Bauch.

»Dann nimm mir meine Panik und sage mir, dass ich nichts mit deinem schwangeren Zustand zu tun habe!« Feindselig sah er sie an.

Fata schien das nicht zu gefallen. Sie schüttelte beleidigt den Kopf. »Du wirst Vater, Tjell! Ob es dir passt oder nicht!« Sie schlug ihm die Worte gnadenlos ins Gesicht.

Er sog scharf die Luft ein und ergriff die Stuhllehne neben sich, um nicht den Boden unter den Füßen zu verlieren. Sie log nicht! »Wir haben verhütet!« Tjells Stimme brach.

»Das dachtest du. Allerdings war das nicht der Fall. Ich habe das Kondom vorher mit einer Nadel durchstochen, weil ich wusste, dass ich fruchtbar war. Ich will dieses Kind. Und ich will es von dir!« Fata klang so unbekümmert, als würde sie über das Wetter sprechen.

Fassungslos riss Tjell die Augen auf. Sie hatte ihn derart benutzt? »Du bist ein hinterhältiges Miststück!« Er bekam Schnappatmung. Sein Herz raste und sein Puls nahm Fahrt auf.

»Sicherheitshalber habe ich das Kondom mit ins Bad genommen und mir dein Sperma eingespritzt. Es gab keinen anderen Mann. Du bist der Vater!«

Tjell schüttelte hektisch den Kopf. »Das ist krank!«, stieß er hervor.

»Ich liebe dich, Tjell, und das schon seit über einem Jahr. Ich kann warten, bis du erwachsen genug bist, um dich zu binden. Jetzt habe ich ein Argument, warum du dich für mich entscheiden wirst.« Fata streichelte ihren Bauch, ohne den Blick von ihm abzuwenden.

Das zufriedene Lächeln in ihrem Gesicht machte ihn rasend. »Das ist ein Baby, ein Lebewesen, das mehr verdient als das hier!«

»Ich bezweifle keine Sekunde, dass du dich um den Kleinen vorbildlich kümmern wirst. Es wird übrigens ein Junge. Du bekommst einen Sohn.« Fata strahlte vergnügt.

Tjell ließ sich auf seinen Schreibtischstuhl sinken und starrte ins Leere. Romy würde ihm das nie verzeihen. Er kannte sie inzwischen gut genug, um das zu wissen.

»Weiß Romy von der Sache?«, fragte er geknickt. Er befürchtete allerdings, die Antwort zu kennen.

»Was hat Romy damit zu tun?« Fata schnaubte.

»Ihr seid Schwestern?«

»Halbschwestern, um genau zu sein. Ich hasse sie. Sie ist eine widerliche Kröte, die sich dauernd dort breit macht, wo mein Platz ist. Erst klaut sie mir die Liebe meines Vaters und sorgt anschließend dafür, dass sie Everybody's Darling ist. Ihre Freundschaft mit Elysa ist doch pure Berechnung. Wahrscheinlich will sie sich Ryan unter den Nagel reißen, um ihre Stellung zu verbessern. Das passt zu der widerlichen Schlampe.«

Entsetzt musterte er die Frau, mit der er ein Kind erwartete. »Rede nicht so über Romy. Nie wieder!« Tjell baute sich vor der Wölfin auf. Die Zornesröte stand ihm ins Gesicht geschrieben. Romy war seine Frau. Er würde nicht tatenlos daneben stehen, wenn jemand so über sie sprach.

Fatas Augen verengten sich zu Schlitzen. »Was geht dich die Kröte an?«

Tjell entschied sich für die Wahrheit. »Romy ist meine Gefährtin. Ich liebe sie. Das werde ich immer tun. Egal, was du glaubst, mit diesem Kind erreichen zu können - meine Liebe gehört Romy.« Tjell fixierte sie, um sicherzugehen, dass sie seine Worte verstand.

Fatas Gesicht färbte sich rot. »Ich hasse sie!«, schrie sie. Wie eine Furie schlug sie die Gegenstände von dem Regal neben ihr.

Tjell scherte sich nicht um die Sachen, die zu Boden gingen. Er hatte andere Sorgen. Er wollte Romy beschützen, stattdessen hatte er alles kaputt gemacht. Sie war mit dieser Frau als Halbschwester verdammt und hatte nun obendrein einen Mann am Hals, der sie enttäuscht hatte. Dazu war sie von einem bösartigen Vampir entführt worden, der ihr wer weiß was für Dinge angetan hatte.

Romy hatte nie mit ihm darüber gesprochen. Seit Monaten zermarterte er sich das Hirn darüber, was er getan hatte, dass sie so abweisend auf ihn reagiert hatte. Jetzt kannte er die Gründe und niederschmetternder hätten sie nicht sein können. Wie sollte er das je wiedergutmachen?

»Geh zurück nach Manaus, Fata. Ich will dich nicht in meiner Nähe haben. Wenn du Geld brauchst, lass es mich wissen.« Mit diesen Worten verließ er sein Zimmer und suchte nach Bente. Er musste seinem Ziehvater die Wahrheit sagen, wenn er nicht wollte, dass Fata ihre Intrigen weiterspann.

Bente trainierte im Keller mit Ryan. Umso besser! Die Männer unterbrachen sofort ihr Training, als sie ihn sahen.

»Fata ist schwanger, von mir«, kam Tjell direkt zum Punkt. Er schluckte und schämte sich, aber es gab kein Zurück mehr. Irgendwie musste er retten, was noch zu retten war.

»Scheiße!«, brummte Ryan entsetzt.

»Weiß Romy davon?«, fragte Bente besorgt.

»Ich gehe davon aus. Das würde erklären, warum sie mir keine Chance gegeben hat.« Tjell rieb sich überfordert das Gesicht.

»Wann war das mit Fata?« Ryan runzelte die Stirn.

Kein Wunder. Niemand wusste von seiner Nummer mit diesem verlogenen Weib. »Sie hat mich seit unserer ersten Begegnung angegraben, aber ich habe sie immer abgewiesen. Vor sechs Monaten ist sie überraschend in der Villa aufgetaucht und lag in meinem Bett. Ich war ein Idiot, mich darauf einzulassen. Ich wusste es. Keine Ahnung, was mich geritten hat.«

»Wofür gibt es Gummis?«, grätschte Ryan dazwischen.

»Ich habe verhütet! So dumm bin ich nicht. Sie hat mir erzählt, dass sie vorher das Kondom zerstochen und sich danach das Sperma selber eingespritzt hat! Die Frau ist krank!« Tjells Stimme war immer lauter geworden. Sein Leben war ein Scherbenhaufen.

»Hinterhältiges Miststück! Wie kann sie es wagen?« Ryan war außer sich. Der Alpha lief auf und ab.

Tjell war dankbar, dass er zu ihm hielt.

»Du musst mit Romy reden und ihr erklären, was passiert ist. Vielleicht findet ihr eine Lösung.« Bente wollte die Sache natürlich ruhig und vernünftig angehen, aber Tjell wusste, dass er damit bei seiner Gefährtin nicht weiterkam.

»Denkst du, das habe ich nicht versucht? Wie oft habe ich sie gefragt, warum sie so abweisend ist und was ich ihr getan habe, aber sie hat sich geweigert, mit mir zu sprechen. Alles, was ich bekommen habe, waren Gemeinheiten und Hass!« Außer bei ihrer Befreiung. Als er sie aus der Scheune gerettet hatte, hatte sie kurz nachgegeben und seinen Kuss sogar erwidert. Er hatte sie halten und berühren dürfen. Tjell bebte bei der Erinnerung daran. Er musste doch für sie da sein und ihr helfen, diese Erfahrungen zu verarbeiten!

»Rede mit Elysa. Sie kommt am ehesten an Romy heran. Wenn du Elysa deine Sicht erklärst, legt sie vielleicht ein gutes Wort für dich ein.« Bente legte ihm eine Hand auf die Schulter.

Tjell sah Ryan versteinern. Der Alpha verschloss sich sofort, wenn der Name seiner Schwester fiel. Alle wussten, dass er versuchte, seinen Schmerz hinter einer Maske zu verbergen, aber der Mann litt und das machte ihn gefährlich. Er war wie ein verletztes Tier, das sich in die Ecke gedrängt fühlte. Tjell verstand ihn und wollte ihn nicht verraten.

»Wäre das für dich in Ordnung, wenn ich Elysa kontaktiere?«

Der Alpha nickte kurz und verließ das Trainingszentrum.

»Wenn du Elysa triffst, sag ihr, dass sie den Streit mit Ryan dringend bereinigen muss!« Bente machte sich Sorgen um ihren Anführer - wie sie alle.

»Ryan erwartet, dass sie zurückkommt und den Vampirprinzen verlässt. Wie sollen sie da auf einen Nenner kommen? Du hast doch Elysa und Týr zusammen gesehen. Die hatten von Anfang an eine besondere Verbindung zueinander und haben sich viel zu schnell angefreundet! Und jetzt wissen wir auch, dass sie seit Monaten heimlich miteinander geschlafen haben. Als ich nach Romys Befreiung Chester dort ablieferte, war es mehr als offensichtlich, dass die beiden wie Arsch auf Eimer zueinander passen. Ich habe echt gedacht, dass Elysas Gefährte sie nie in den Griff bekommen würde, so aufmüpfig, wie sie ist. Und wie du siehst, musste es der stärkste Vampir Amerikas sein.« Tjell seufzte. Diese ganze Situation war verfahren!

»Elysa ist eine Wölfin und sie gehört zu uns. Der Prinz soll sich eine Vampirin suchen und das Mädchen freigeben!« Bente rümpfte die Nase.

Tjell schüttelte innerlich den Kopf über seinen Ziehvater. Mit Leidenschaft kannte sich der Wolf wohl nicht aus. Leidenschaft war das, was jeden Gefährten antrieb, unbedeutend ob Vampir oder Wolf. Tjell würde Romy immer wollen, egal was sie tat und wie sie ihm wehtat. Tjell wusste, dass die Leidenschaft auch Týrs Antrieb war, sonst würde sich der Vampir nicht gerade gegen die ganze Welt stellen, um Elysa zu halten.

---

Schallendes Gelächter drang an Týrs Ohren, als er das Esszimmer betrat. Elysa hatte darauf bestanden, dass sie zusammen aßen - so wie in der Zentrale, die sie noch bis vor Kurzem mit den Wölfen bewohnt hatten. Týr wollte es nicht anders und hatte seinem inneren Kreis den Befehl erteilt, täglich pünktlich am Essenstisch aufzutauchen.

Mit dem Einzug der beiden Wölfinnen war völlig neues Leben in den Vampiralltag im Schloss eingekehrt. Vampire waren nicht so gesellig wie Wölfe, sie zogen sich gerne zurück und kümmerten sich um ihre eigenen Angelegenheiten. Es ging um Politik und Macht. Durch Elysa als seine Gefährtin stand das Leben aller hier auf dem Kopf.

»Ach komm schon Raphael, der war nicht schlecht.« Elysa sah den Vampir frustriert an. »Okay, wie findest du diesen: Geht ein Vampir zum Bäcker und bestellt sich ein Brötchen. »Wozu brauchen Sie ein Brötchen?«, fragt der Bäcker. Antwortet der Vampir: »Drüben an der Ecke gab es einen Unfall. Ich will dippen gehen!« Elysa quiekte und auch Romy prustete überschwänglich los.

Kopfschüttelnd setzte Týr sich neben seine Wildkatze. Sie versuchte also mal wieder, ihre Wette zu gewinnen und Raphael zum Lachen zu bringen.

»Elysa, ernsthaft. Ein Witz ist schlechter als der andere.« Raphael stierte sie ernst an.

»Einen allerletzten Versuch für heute!«, bettelte seine Sonne weiter.

Týr grinste bei ihrem Unschuldsblick. Den beherrschte sie wirklich aus dem Effeff.

»Hau ihn raus, Kleine!« Chester amüsierte sich prächtig.

Elysa begann: »Zwei Vampire sitzen in einer Bar. Der eine bestellt sich ein Glas Blut, der andere ein Glas heißes Wasser. »Wieso bestellst du dir ein Glas heißes Wasser?«, fragt der Erste. Da holt der andere einen blutigen Tampon aus seiner Tasche und sagt: *»Tea time«*.«

»Boah, ist das ekelhaft.« Noah verzog angewidert das Gesicht. Chester lachte ungehalten, während Raphael und Kenai die Köpfe schüttelten.

Týr grinste breit. »Der war nicht schlecht.«

Elysa schmollte. »Genieße deinen Sieg. Ich bringe unser Vin-Diesel-Double noch zum Lachen!«

»Ich fasse es nicht, dass du dabei mitmachst!« Raphael musterte ihn eisern.

»Jeder muss sehen, wo er bleibt.« Týr klopfte ihm auf den Rücken.

»Majestät, darf ich Euch noch Rührei nachreichen?« Ihr Butler Franklyn räusperte sich höflich neben ihm.

Týr beobachtete Elysa aus dem Augenwinkel. Er hasste es, wenn sie ihn mit seinem gesellschaftlichen Rang aufzog, da er wusste, dass sein Prinzenstatus sie abschreckte. Das war ein leidiges Thema. Týr sorgte sich vor dem Tag, an dem er seine Auserwählte seinem Vater vorstellen musste. Leider würde dieser Tag schneller kommen, als ihm lieb war.

»Gerne. Danke, Franklyn«, fasste er sich kurz.

Elysa tippte auf ihrem Handy herum. Týr beobachtete sie, er war fürchterlich eifersüchtig und vermutete hinter jeder ihrer Handlungen das Schlimmste. Ein anderes leidiges Thema zwischen ihnen.

»Wem schreibst du da?«, konnte er sich nicht verkneifen zu fragen.

Elysa rollte mit den Augen. »Appetit holt man sich woanders, gegessen wird zu Hause«, gab sie von sich.

Fluchend riss Týr ihr das Handy aus der Hand.

»Ihr beide seid Unterhaltung pur.« Chester steuerte fröhlich seinen Kommentar bei.

Týr sah auf das Mobiltelefon. Joshua hatte ihr geschrieben: *Keiner schafft es mehr, mir das Nutella zu entreißen.*

*Langweilig ohne dich, Maus. Ruf mich an.* Týr schnaubte. Obwohl er sich sicher war, dass die beiden nur Freunde waren, hätte sich Joshua das *Maus* sparen können! »Du holst dir bei Joshua Appetit?« Er gab ihr das Handy zurück.

Elysa trank einen großen Schluck aus ihrer Schorle. »Das war nur so ein Spruch. Seine königliche Hoheit muss sich aktuell keine Sorgen um die Tugend seiner Auserwählten machen.«

Týr schnaubte. Gekonnt hatte sie beide Brennpunkte miteinander verbunden. Und was bedeutete überhaupt *aktuell*?

»Wer fährt uns heute Abend zur Show?«, ergriff Romy das Wort.

Týr hatte mit Erleichterung zur Kenntnis genommen, dass die Wölfin sich von Woche zu Woche akklimatisierte. Endlich nahm sie wieder an den Tischgesprächen teil. »Ich habe Kenai eingeteilt«, informierte er sie freundlich. Aus dem Augenwinkel musterte er den Vampir. Der hatte heute noch nichts gesagt. Er beobachtete lieber, wie Týr wusste.

»Oh, da freuen sich die Mädels.« Elysa grinste schelmisch.

Romy zwinkerte ihr zu.

»Was soll das wieder heißen?« Misstrauisch sah Týr Elysa an. Ihm war der Blickwechsel zwischen den beiden Frauen nicht entgangen.

»Dass die Mädels aus unserer Truppe auf den Indianer abfahren.« Elysa schenkte ihm ihre beste Unschuldsmiene.

Týr knirschte mit den Zähnen. Das machte sie mit Absicht. »Bevor ihr fahrt, kommst du noch zu mir ins Büro. Ich muss was mit dir besprechen.« Streng sah er seine Liebste an. Das mit der Strenge war allerdings so eine Sache. Er stand viel zu sehr auf sein Vanillekätzchen - und sie wusste es.

Wütend stapfte Týr in die Suite, die er mit Elysa bewohnte. »Baby?«, rief er und schnappte sogleich ihren Vanilleduft auf, der verriet, dass sie im Bad war. »Seit einer Viertelstunde warte ich im Büro auf dich!«

Elysa frisierte ihre Haare. Gott, diese wilde Lockenmähne ließ ihn viel zu oft sabbernd vor ihre Füße sinken. Týr straffte die Schultern.

»Ich wusste nicht, was ich anziehen soll«, erklärte sie ihm, ohne ihn eines Blickes zu würdigen.

»Dein Kleiderschrank hat sich seit dem Umzug ins Schloss verdoppelt!«, ermahnte er sie. Diese Frau war shoppingsüchtig. Nachdem Ryan Elysas Konten gesperrt hatte, hatte Týr ihr seine goldene Kreditkarte geschenkt.

»Ich bin eine Frau und brauche Zeit, mich fertig zu machen.« Diese Frau sah immer umwerfend aus, völlig egal, ob sie eine Minute oder eine Stunde im Bad brauchte.

Er konzentrierte sich auf sein eigentliches Anliegen. »Es geht um unsere aktuelle Strategie wegen Xander Morgan. Ich möchte, dass du darüber informiert bist, wie wir arbeiten und wie du dich zu verhalten hast, damit du in Sicherheit bist. Außerdem müssen wir über meinen Vater sprechen.«

»Findest du diesen besser oder diesen?« Elysa hielt ihm zwei Lippenstifte vor die Nase, beide in Rot, die farblich kaum voneinander abwichen.

Irritiert runzelte er die Stirn. »Ist das eine Fangfrage?«

»Du hast wirklich keine Ahnung von Frauen.« Elysa verdrehte die Augen.

Beleidigt verschränkte der Prinz die Arme vor der Brust. Er beobachtete, wie sie sich den helleren Lippenstift auftrug. Seine Atmung beschleunigte sich und seine Hose wurde ihm zu eng.

»Vergiss es, du ruinierst nur wieder mein Outfit!« Sie winkte ab.

Týr setzte sein bestes Flirtgesicht auf und näherte sich seiner Wildkatze. Er fuhr mit seinen Händen über ihre Taille und nach vorne hoch zu ihren Brüsten. Gott hilf ihm, sie hatte den perfektesten Körper dieses Planeten. Er war süchtig danach und wunderte sich, dass sie so oft nachgab, wie er sie wollte.

»Du bist ein Nimmersatt, Týr Valdrasson!« Sie schaute ihn durch den Spiegel an und verengte die Augen zu Schlitzen. Sie hatte recht.

Mit den Händen fasste er ihre Hüften und drückte ihren Po an seinen Schwanz, der darauf drängte, befreit zu werden. Seinen Kopf vergrub er in ihrem Nacken und er atmete tief den Duft ihrer Haare ein.

»Ich liebe deine Haare!« Týrs hellblaue Augen fixierten ihre im Spiegel und er spürte, wie sich ihre Atmung beschleunigte.

»Ich bleibe angezogen und du ruinierst nicht mein Make-up!« Streng hob sie den Zeigefinger vor sein Gesicht, aber ihre Augen funkelten belustigt.

»Du weißt, dass ich dich immer nackt will.« Er schnurrte regelrecht, als er ihren Reißverschluss öffnete. Sie war so unglaublich sexy, insbesondere in dieser durchsichtigen Unterwäsche! Týr fuhr mit seinem Finger ihren Bauch entlang und ließ ihn in ihrem Slip verschwinden. Elysas Brustwarzen richteten sich auf und er stöhnte bei der Lust, die ihn erfasste. Bevor er nach ihrem Slip greifen konnte, zog sie ihn selbst aus.

»Du zerreißt mir nur wieder meine Wäsche!« Sie gluckste, während sie ihn auf Abstand hielt und sich ihres BHs entledigte.

Gierig wanderte sein Blick über ihren Körper. Er hatte vor Elysa nur Sex mit wenigen Prostituierten gehabt. Es war immer ähnlich abgelaufen. Sie waren stets bekleidet gewesen, da er keine Intimität gewollt hatte. Die Vorstellung, Elysa nur den Rock hochzuschieben und sie zu nehmen, missfiel ihm. Er wollte sie mit Haut und Haaren verschlingen und so innig mit ihr verschmelzen, wie es nur ging. Er liebte es, sie anzusehen. Er musste sie nackt nehmen, sonst fühlte es sich nicht so gut an.

Elysa lächelte ihm nun sanft zu. »Du bist so verdammt heiß.«

Sein Herz zog sich zusammen - wie immer, wenn sie dieses Lächeln aufsetzte. Gott, er liebte sie mehr als alles andere. Sie war alles für ihn! Er presste die Lippen aufeinander, bei der Heftigkeit seiner Gefühle.

Elysa stellte ihren linken Fuß auf den Badhocker, öffnete damit die Beine und gab die Sicht auf ihre Scham und das Mal auf ihrem Oberschenkel frei. Sein Zeichen.

Er schluckte heftig bei ihrer Offenheit und der Herausforderung, die in ihrem Blick lag. Týr riss sich in Windeseile die Kleider vom Leib.

Da das Bad voller Spiegel war, würde es ihn anmachen, wenn sie beide nackt waren.

Er stand nun direkt vor ihr. Sie drehte den Kopf, als er sie küssen wollte. »Mein Lippenstift verschmiert. Ich habe keine Zeit, mich neu zu schminken!« Elysa wollte gerade ihren Zeigefinger heben, als Týr ihn lachend abfing und sie im Nacken packte. Er presste seine Lippen auf ihre, fasste ihren Po und schob seinen Schwanz in sie. Der Laut, der ihr dabei entwich, brachte ihn beinahe um den Verstand.

Er biss sie in die Schulter, obwohl er nichts mehr begehrte als ihren Hals. Aber der Biss würde tagelang sichtbar bleiben und seine Wölfin weigerte sich, mit seiner Markierung herumzulaufen. Ihr verfluchter Freiheitsdrang! So sehr er sich darüber ärgerte, so sehr machte es ihn an. Diese Frau musste er dauernd erobern. Er war ein Krieger, der seine Beute im Visier hatte. Týr begann, sich sanft in ihr auf und ab zu bewegen, aber Elysa trieb ihn an.

»Du sollst mich vögeln und nicht dabei einschlafen, Vampir!«, herrschte sie und er stöhnte unter ihrem Befehl. Sie war die einzige Frau im ganzen Königreich, die so unbekümmert mit ihm umging.

Nach dem Sex brachte er seine Sonne zum Wagen. Romy saß bereits auf der Rückbank, Kenai wartete an der Autotür lehnend.

»Stell nichts an!«, versuchte er es, wie jedes Mal, wenn sie sich trennten. »Ich liebe dich.« Er drückte ihr einen innigen Kuss auf den Mund und nahm mit Genugtuung zur Kenntnis, dass sein Duft noch an ihr haftete. Für die Dusche war keine Zeit geblieben.

»Týr, du ruinierst schon wieder meinen Lippenstift!«

Mit Absicht presste er sie an sich und knabberte an ihrer Lippe.

»Du bist frech«, murmelte Elysa und schob ihn zur Seite. Sie stieg grummelnd ins Auto.

Týr konnte sich das Grinsen nicht verkneifen.

In seinem Büro warteten Chester und Raphael auf ihn.

»Mein Vater will demnächst hier aufschlagen«, kam Týr gleich zur Sache.

»Was sagt Elysa dazu?« Chester musterte ihn neugierig.

»Sie weiß es noch nicht. Ich bespreche das mit ihr in Ruhe. Ich habe Vater gebeten, uns mehr Zeit zu geben, aber er hat die Gerüchte um meine Seelenverwandtschaft mit einer Wölfin mitbekommen und will sich selbst ein Bild machen.« Týr war nicht begeistert von diesen Plänen. Elysa und er standen noch ganz am Anfang und er wollte ihr Zeit geben, sich an die Bindung zwischen ihnen zu gewöhnen. Zu sehr strebte sie nach Freiheit und Eigenständigkeit.

»Aegir und Elysa treffen zu früh aufeinander. Das wird Ärger geben. Du solltest nicht zu lange warten. Rede mit ihr!«, mahnte Raphael.

»Ich weiß. Wir müssen versuchen, den Ärger möglichst gering zu halten. Ich hoffe, Elysa erkennt den Ernst der Lage. Als meine Partnerin gerät sie in den Fokus der Öffentlichkeit.« Týr nickte nervös.

»Gibt es Neuigkeiten, die Xander Morgan betreffen?«, erkundigte sich Raphael und wechselte damit das Thema.

»Seit wir nicht mehr mit den Wölfen kooperieren, bekommen wir kaum noch Informationen. Das erschwert unsere Arbeit ungemein.« Týr stieß unglücklich die Luft aus.

Der Alphawolf war ein wertvollerer Verbündeter gewesen, als Týr sich das vor ihrem Zerwürfnis eingestanden hatte. Der Verlust des Bündnisses mit den Wölfen hatte sie im Kampf gegen Morgan weit zurückgeworfen. Leider sah Týr momentan keine Möglichkeit, den Konflikt mit Ryan anzugehen.

# 5

Elysa fuhr mit Romy und Kenai in Richtung *Musicaldome*. Sie hatte in den letzten Wochen mit Týr darüber gestritten, der es für zu gefährlich hielt. Sie hatte schon unzählige Freiheiten aufgegeben und lebte in einem goldenen Käfig. Nur ihrer Fröhlichkeit war es zu verdanken, dass sie nicht schon längst durchgedreht war!

Romy hatte während ihrer Gefangenschaft nichts über das Tanzen oder ihre Auftritte verraten, deswegen konnte der Feind nicht wissen, wo sie sich aufhielten.

Mittlerweile war Rio sowieso von Vampiren besetzt, weil Týr einen Teil der Armee hierher beordert hatte. Seine Soldaten sicherten die Stadtgrenzen ab. Wie sollten Morgans Männer da ungesehen bis zu ihr vordringen? Sie hielt das für unwahrscheinlich.

Elysa blickte zu Romy, die auf ihrem Handy tippte. Sie machte sich Sorgen um ihre beste Freundin. Seit der Entführung hatte Romy sich verändert, und obwohl sich ihre Laune in letzter Zeit deutlich aufgehellt hatte, vermutete Elysa, dass das mehr mit Verdrängung als mit Verarbeitung zu tun hatte.

Elysa war bestimmt keine Psychologin, aber seit sie ihrem Gefährten begegnet war, hatte sie eine Ahnung davon, wie es sich anfühlte, zu wissen, wer er ist und wie es war, mit ihm zusammen zu sein. Ihr Vampir war schärfer, als jeder andere Mann, und wenn er sie mit seinen hellblauen Augen fixierte, wurde sie automatisch feucht. Sie konnte überhaupt nichts dagegen tun!

Wenn Ryan ihre Liebe doch nur akzeptieren könnte. Elysas Miene verhärtete sich.

»Denkst du wieder über Ryan nach?« Romy musterte sie von der Seite.

Elysa nickte. Ihr Bruder hatte sie in flagranti mit dem Vampirprinzen erwischt und war völlig ausgerastet. Danach hatte er den Bund gebrochen und versucht, Týr aus dem Weg zu räumen. Es war eine Kurzschlussreaktion gewesen, Elysa wusste das. Ryan war impulsiv, aber er war weder hinterhältig noch kaltblütig. Sie vergötterte ihren liebevollen, fürsorglichen Bruder, der eine viel zu hohe Last auf seinen jungen Schultern trug.

Ryan hatte den Tod ihrer Eltern miterlebt und trotzdem nie aufgegeben. Er hatte sich um sie gekümmert.

Das Zerwürfnis zwischen ihnen tat Elysa weh. Sie hatten zwar oft gestritten, aber nur über Kleinigkeiten, die innerhalb weniger Minuten oder Stunden aus dem Weg geräumt werden konnten. Noch nie hatten sie sich tagelang ignoriert! Mittlerweile waren vier Wochen vergangen, in denen sie weder von ihm gehört noch ihn gesehen hatte. Er fehlte ihr schrecklich.

»Du wirst lernen, damit zu leben, dass er nicht länger Teil deines Lebens ist.« Romy seufzte neben ihr.

»Reden wir noch von Ryan oder von Tjell?«, brummte sie.

»Von Ryan. Über Tjell gibt es nichts mehr zu reden. Die Sache ist durch.« Romy widmete sich wieder ihrem Handy.

Elysa warf einen Blick nach vorne in den Spiegel, in dem sie Kenai sehen konnte. Der Vampir war immer sehr schweigsam. Er mochte keine Wölfe, das wusste Elysa. Da Týr ihm vertraute, tat sie es auch.

»Und was geht bei dir so, Kenai?« Ihre Mundwinkel zuckten, bei ihrer forschen Anrede.

Der Vampir war genauso unentspannt wie Raphael. Seine Augen fixierten ihre im Spiegel. Er war gutaussehend, ihrer Meinung nach hatte sein indianisches Aussehen etwas Reizvolles.

»Du bist noch schlimmer als Raphael, der pampt mich wenigstens an. Du ignorierst mich, als wäre ich eine Fußmatte, die zu schmutzig ist, um darauf zu treten.« Sie schnaubte beleidigt.

»Du bist meine zukünftige Königin, als solche respektiere ich dich. Niemals würde ich in dir eine Fußmatte sehen«, entgegnete der Indianer.

Wow! Zwei ganze Sätze direkt an sie gerichtet! Das Wort *Königin* missfiel ihr allerdings gewaltig. »Die nächsten paar Jahrhunderte werde ich keine Königin sein.« Sie fixierte ihn ebenfalls.

»Als Partnerin des Vampirprinzen erwartet dich diese Zukunft und ich habe nicht den Eindruck, dass du Týr verlassen willst, wenn du ihn sogar deinem Bruder vorziehst, der dein Fleisch und Blut ist.«

Elysa schluckte. War das ein Vorwurf? Oft hatte sie sich gefragt, ob sie das Richtige getan hatte, als sie die Wölfe verlassen und zu Týr aufs Schloss gezogen war. Wenn Týr und Ryan an einer Klippe hängen würden und sie nur einen retten könnte, für wen würde sie sich entscheiden? Ihr Herz zog sich schmerzhaft zusammen.

Sie parkten auf dem Mitarbeiterparkplatz und stiegen aus. Lässig stand Josh neben der Seiteneingangstür. Er grinste, als sich ihre Blicke trafen.

Elysa sprang ihm aufgeregt in die Arme. »Josh! Gott, ich habe dich vermisst.« Sie quietschte aufgeregt.

Joshua hob sie hoch und küsste sie wild auf die Wange.

»Zwei Wochen sind definitiv zu lange!«, stimmte er ihr zu.

Josh war der einzige Wolf aus dem Rudel, mit dem sie sich getroffen hatte, seit sie ausgezogen war. Mit Onkel Dustin pflegte sie Telefonkontakt. Er wollte sich voll auf Ryan konzentrieren und ihn umstimmen. Deswegen hielt Dustin Distanz, stand aber auf ihrer Seite.

»Lass Elysa runter, das gehört sich nicht für eine gebundene Frau und zukünftige Königin!« Kenai sah streng in ihre Richtung. Seine Gesichtszüge wirkten angespannt.

»Mein Gott, Kenai! Hör auf mit dem Scheiß!« Wut machte sich in Elysa breit. »Josh ist mein Freund.«

»Hey Romy!«, begrüßte der Wolf sie, ohne den linken Arm von Elysa zu lösen.

Romy umarmte ihn ebenfalls. »Hi Casanova!«

Sie betraten das Gebäude.

Kenai wartete vor der Umkleide, während sich die Frauen umzogen. Josh war ihnen natürlich nachgelaufen.

»Hier mach mir mal das Kleid zu!« Elysa stellte sich zu dem Wolf, der den Reißverschluss gekonnt mit einem Zug verschloss.

»Meine leichteste Übung!« Er gluckste.

»Bei deinem Frauenverschleiß«, brummte Romy, die ihren Lippenstift im Spiegel nachzog.

»Wie geht es Calvin?«, erkundigte sich Elysa nach Joshuas Zwilling.

»Dem geht's gut und er lässt dich schön grüßen.« Josh schwang seinen riesigen Topmodelkörper in einen Sessel. »Ryan hat die schlechte Laune gepachtet, sobald dein Name fällt, versteinert er kurz und verlässt schnellstmöglich den Raum. Ich habe versucht, auf den Sturkopf einzureden, aber der ist beleidigt wie ein kleines Mädchen, das die Prinzessin-Barbie entdeckt hat und sie nicht haben darf.« Josh schnaubte.

Elysa fühlte sich schuldig. »Ich habe ihn sehr verletzt.« Sie seufzte.

»Ach komm schon, Maus. Jeder hat seine Vorlieben, da muss man nicht gleich einen Aufstand machen. Nimm Calvin und mich: Er ist immer noch Jungfrau und ich habe aufgehört, meine Eroberungen zu zählen. Wir sind die totalen Gegensätze, aber trotzdem Brüder. Ich werde zu Calvin stehen, egal ob er eine Frau vögelt, die mir passt oder nicht. Er hat mir versichert, dass er nicht schwul ist. Daran hätte ich etwas knabbern müssen. Das würde aber nichts daran ändern, dass ich zu ihm stehe.« Joshua verschränkte die Arme hinter seinem Kopf.

Elysa lächelte. Die beiden Brüder waren wirklich grundverschieden. Zu Calvin hatte sie nie so einen Draht aufbauen können wie zu Josh.

»Wie läuft es mit dem weltrettenden Superhelden?« Josh zwinkerte in ihre Richtung.

Elysa gluckste. »Der benimmt sich wie ein Mädchen, das die Prinzessin-Barbie bekommen hat.« Sie kicherte amüsiert.

Josh lachte lauthals.

»Ich gehe schon mal vor, um mich warm zu machen.« Romy nickte den beiden zu und verließ die Umkleide.

Nachdem sie die Tür geschlossen hatte, erhob sich Josh aus seinem Sessel und stellte sich direkt neben Elysa. »Fata war in der Villa - mit dickem Babybauch! Sie hat Tjell unter die Nase gerieben, dass sie schwanger von ihm ist. Scheiße, Elysa.« Josh raunte ihr die Worte ins Ohr.

»Deswegen will Tjell sich mit mir treffen«, flüsterte Elysa, damit nur Josh sie hören konnte.

»Was habt ihr beide zu tuscheln?« Kenai stand in der Tür und sah sie durchdringend an.

»Hast du schon mal was von Privatsphäre gehört?«, fauchte Elysa genervt. Dieses Bodyguard-Getue ging ihr gewaltig auf den Zeiger!

»Du hast dich nicht alleine mit einem ungebundenen Wolf in einer Umkleide aufzuhalten! Worüber habt ihr getuschelt?«, verlangte Kenai zu wissen.

»Das geht dich nichts an! Du sollst nur rumstehen und aufpassen! Gespräche belauschen gehört nicht zu deinen Aufgaben!«

»Mach dich mal locker!«, schnauzte Josh. Elysa schob sich an Kenai vorbei und folgte Romy zum Warmmachen. Dieser verfluchte Blutsauger raubte ihr noch den letzten Nerv!

Drei Stunden später bogen sie auf das Schlossgelände ein und Kenai packte Elysa unsanft am Arm, um sie in Týrs Büro zu bringen. Der Vampir klopfte und wartete auf Antwort des Prinzen.

Überrascht hob Týr die Augenbrauen, als er Kenai mit Elysa eintreten sah. »Ist etwas passiert?«, fragte er besorgt.

»Deine Frau kuschelt öffentlich mit diesem wölfischen Schwerenöter! Sie benimmt sich unangemessen. Dazu waren die beiden alleine in der Umkleide und haben Geheimnisse besprochen!« Kenai lockerte seinen Griff. Seine Wut war weiterhin spürbar.

»Danke, Kenai. Ich weiß deinen Einsatz zu schätzen. Lass mich jetzt bitte mit Elysa allein.«

Als der Indianer den Raum verließ, verschränkte Elysa beleidigt die Arme vor der Brust. Verteidigte er diesen schlechtgelaunten Stockfisch auch noch?

»Ich will einen anderen Bodyguard! Kenai hat sie nicht mehr alle«, beschwerte sie sich lautstark.

Týr musterte sie von oben bis unten. »Was hatten Joshua und du miteinander zu tuscheln?«

Na super! Sie wollte das Treffen mit Tjell doch geheim halten. »Ein bisschen Vertrauen wäre ja wohl angebracht«, wich sie der Frage des Prinzen aus.

»Elysa, ich kenne deine Spielchen. Ich will eine klare Antwort von dir hören.«

Wenn dieser Prinz sich an etwas festgebissen hatte, ließ er nicht locker. Genervt rollte Elysa mit den Augen. »Wir haben über Tjell geredet und ich wollte nicht, dass Romy es mitbekommt.«

»Verkauf mich nicht für blöd. Romy war anscheinend nicht dabei, als ihr getuschelt habt. Du wolltest vermeiden, dass Kenai etwas mitbekommt. Mich würde interessieren, was er nicht hören sollte.«

Elysa fluchte innerlich. »Das geht dich nichts an.« Schnaubend marschierte sie zur Tür. Bevor sie den Türknauf erreichte, baute sich der Vampirprinz vor ihr auf. Er war sekundenschnell durch den Raum geschossen. Manchmal vergaß sie, dass sie es mit dem mächtigsten Vampir des Landes zu tun hatte.

»Du wirst dieses Zimmer nicht verlassen, bis du mir sagst, was du vor mir verbirgst!« Der Mann war deutlich angepisst und funkelte sie wutentbrannt an.

Schnaubend wechselte Elysa in den gemütlicheren Bereich von Týrs Büro. Dort befand sich eine Sofalandschaft und der Kamin. Ein Kuschelteppich verstärkte die angenehme Wirkung des Raumes. Hier konnte Týr seine Besprechungen im entspannteren Ambiente abhalten.

Elysa ließ sich in den Sessel am Kamin plumpsen, zückte ihr Handy und begann, im Internet zu surfen. Streiken war ihre leichteste Übung.

Sie spürte die steigende Wutenergie im Raum, aber es war ihr egal. Týr würde ihr niemals etwas tun.

Er zog ihr das Handy aus der Hand und setzte sich an seinen Schreibtisch. »Wenn du streiken möchtest, bitte. Ich habe Zeit. Währenddessen wirst du jedoch kein Internetshopping betreiben! An dieser Sucht sollten wir ohnehin arbeiten!«

»Ich gehe so viel shoppen, wie es mir passt! Du bist nicht mein Vater, also lass mich gefälligst mit deinen Erziehungsmaßnahmen in Frieden«, keifte sie.

Seine Augen verengten sich zu Schlitzen. »Du suchst Streit? Soll ich etwa vergessen, dass du Geheimnisse vor mir hast? Ich bin nicht blöd, du kleine Vanilleschnitte.«

»Ich lasse mich nicht von diesem Spitznamen erweichen, Vampir!« Beleidigt rümpfte sie die Nase.

Als ihr Prinz beschloss, nicht weiter auf ihre Provokationen einzugehen, sondern sich seiner Arbeit auf dem Schreibtisch zu widmen, schielte Elysa unauffällig zur Tür. Sie wollte den Abstand einschätzen und die Zeit, die sie brauchte, um abzuhauen.

»Denk nicht mal dran«, brummte ihr Vampir von seinem Platz.

Warum genau hatte sie sich auf dieses Huhn eingelassen? Týr gluckte noch schlimmer als Ryan! Frustriert ließ Elysa den Kopf nach hinten fallen und schloss die Augen.

Erst als sie merkte, wie jemand ihre Wange streichelte, realisierte sie, dass sie eingenickt war. Irritiert öffnete sie die Augen.

»Ist das eine neue Taktik?«, fragte Týr sanft.

»Einzuschlafen?«, fragte sie und rieb sich die Augen.

»Beim Schlafen so unglaublich unschuldig und süß auszusehen, dass ich meine Wut vergesse.« Liebevoll griff er in ihren Nacken, beugte sich zu ihr und zog sie an seine Lippen. Sie begannen, wild zu knutschen. Danach kuschelte sie sich auf seinen Schoß und blickte ins Feuer, das im Kamin brannte. Týr mochte es gerne gemütlich und romantisch. In diesem Punkt waren sie sich nicht besonders ähnlich.

»Bitte rede mit mir, Elysa.« Týr knabberte an ihrem Ohr.

»Tjell will sich mit mir treffen.«

»Und das ist ein Geheimnis?«

Sie bemerkte Týrs Irritation. Frustriert verschränkte sie die Arme vor der Brust. »Ich wollte mich alleine mit ihm treffen«, maulte sie.

Týr presste die Lippen aufeinander. »Du meinst, du wolltest dich ohne Sicherheitsschutz aus dem Schloss schleichen und deinen Mann in Panik versetzen.«

Elysa sah ihn nicht an. Sie wusste, dass er das nicht guthieß, deswegen hatte sie längst einen Plan entwickelt, wie sie ungesehen aus dem Schloss käme.

»Ich bezweifle keine Sekunde, dass du Mittel und Wege findest, abzuhauen. Das habe ich schon zur Genüge von dir mitbekommen!«

Ihre Mundwinkel hoben sich freudig nach oben. Nicht nur sie, auch ihre Wölfin liebte es, wenn sie türmten.

»Das ist nicht lustig oder lobenswert!« Er griff nach ihrem Kinn und drehte ihr Gesicht, damit ihre Blicke sich treffen konnten.

»Ich bekomme so ein aufgeregtes Kribbeln im Bauch, wenn ich verbotene Dinge tue.« Sie grinste frech.

Seine Augen verengten sich zu Schlitzen. »Wie bist du damals aus der Zentrale gekommen, um deine Rachegelüste auszuleben?«, fragte er streng.

Das hatte er schon mehrfach aus ihr herauslocken wollen. »Ich werde es dir nicht verraten.« Bestimmt zog sie ihr Gesicht zurück. Das führte dazu, dass er sie fester hielt.

»Warum willst du Tjell alleine treffen?«, kam er zum ursprünglichen Thema zurück.

»Tjell hat Romys Halbschwester geschwängert. Er will mir seine Sicht der Dinge erklären, in der Hoffnung, dass ich Einfluss auf Romy nehmen kann. Sie will seit Monaten nicht mit ihm reden.«

Týr sog scharf die Luft ein. »So ein Idiot!«, schimpfte der Vampir.

»Wie dem auch sei. Tjell wird mir nicht sein Herz ausschütten, wenn Raphael oder Kenai daneben sitzen. Und du lässt mich nur noch von diesen gefühllosen Betonklötzen bewachen!« Elysa hob ihren Zeigefinger vor seine Nase.

»Wir wissen nicht, ob Wallis sich nach seiner letzten Attacke noch in der Stadt aufhält, um nach dir zu suchen. Die Einzigen, die ihm die Stirn bieten können, sind diese beiden Soldaten. Mir ist schon klar, dass du mehr Spaß mit Chester oder Noah hättest.«

»Gut, ich geh dann mal. Du kennst jetzt die Wahrheit und ich habe keinen Bock mehr auf diese Diskussion!« Elysa wollte von seinem Schoß klettern, aber er hielt sie fest.

»Baby, wenn du möchtest, begleite ich dich. Tjell und ich sind nicht die besten Freunde, aber ich werde ihm schon deutlich machen, dass ich vertraulich mit dem Gespräch umgehe«, bot der Prinz ihr an.

Wieder schaffte es dieser Blutsauger, ihr Herz mit Liebe zu füllen. Sie schaute in diese hellblauen Augen und lächelte ihn glücklich an. »Das würdest du machen? Du musst doch so viel organisieren und arbeiten und die Trainingseinheiten überwachen.«

»Hey, einen Abend die Woche schenke ich dir ganz alleine!«

Das stimmte. Einmal die Woche gingen sie aus. Ihr Highlight. »Du schenkst mir einen zweiten Abend?« Elysa grinste.

»Ich würde am liebsten jeden Abend nutzen, um dich auszuführen.«

Sie hatten oft genug darüber gesprochen. Es ging nicht anders, solange ihr Mann der verfluchte Thronfolger der Vampire war! Und nein, es passte ihr nicht!

Es klopfte an der Tür und Elysa erhob sich von seinem Schoß. Diesmal ließ er sie und rief den Besucher herein. Die beiden Vampire Ruben und Christopher waren aus Sao Paulo zurückgekehrt.

»Ich lasse euch dann mal allein.« Elysa interessierte sich nicht für diese Strategiegespräche, die ihr Prinz dauernd führte. »Das Treffen findet morgen um 21 Uhr statt.«

Týr drückte ihr einen Kuss auf und zog sie an seine Brust. »Ich mache es möglich«, versprach er und Elysa verließ das Büro.

---

Romy trainierte eigentlich nicht gerne nach den Shows, aber sie langweilte sich in diesem Kasten. Ab und zu durfte sie feiern gehen, weil Elysa Týr so lange damit nervte, bis er nachgab. Einmal hatte sie ihm tagelang den Sex verweigert, damit er endlich zustimmte. Seitdem liefen die Verhandlungen leichter, wenn sie raus wollten.

Sie kramte in ihrer Tasche nach der Trinkflasche und erwischte ein Päckchen weißer Pillen. Seufzend musterte sie die Glücksbringer. Romy hatte sich in den letzten Wochen über einen Tänzer aus ihrer Show Drogen besorgt, die sie ab und zu einwarf. Sobald sie in ein Loch zu fallen drohte, nahm sie eine Pille. Die halfen gewaltig, ihr allseits bekanntes Strahlegesicht aufzusetzen. Nicht jede Droge hatte eine Wirkung auf Werwölfe, aber Crystal Meth hielt bei ihrer Rasse, was es versprach: Gute Laune.

Romy hatte in der Vergangenheit schon Erfahrungen mit Drogen gesammelt, aber nur im Zusammenhang mit Partys. Nie hätte sie sich im Alltag damit beschäftigt, nicht nach dem Tod ihrer Mutter. Jetzt lagen die Dinge anders. Ihr Leben glich einem Scherbenhaufen. *Eigentlich ist es nur Liebeskummer!*, schalt sie sich. *Jeder hat das mal!*

Sie bemerkte Elysa, die den Kopf zur Tür hereinsteckte, und schob die Pillen unauffällig zurück in ihre Trainingstasche. Romy griff nach dem Wasser und nahm einen großzügigen Schluck.

»Hey! Ich habe dich gesucht. Worauf tanzt du?« Elysa schloss die Tür hinter sich und kam zu ihr.

»Justin Timberlakes *Can't stop the feeling*«, antwortete sie und wollte das Lied noch mal anstellen.

»Warte.« Elysa entfernte den Stick, um ihren eigenen einzustecken. »Ich gebe dir zwei Lieder zur Auswahl. Auf eines werden wir beide eine Choreographie einüben. Starten wir mit einem Lied von Kerstin Ott.«

Romy grinste sie an. »Wenn die Frau des Prinzen das so möchte!«

Elysa verdrehte die Augen, bei ihrem Kommentar. Laut ertönten die gesungenen Zeilen durch den Raum. »Die... ist die eine, die immer lacht.«

Romys Miene verdüsterte sich. Elysa wollte sie wohl therapieren. Romy verschränkte die Arme vor der Brust. Sie kannte dieses Lied. Auch sie liebte deutsche Musik.

»Stell es aus!«, brüllte sie über die Musik.

»Hör zu! Der Songtext ist so passend!« Elysa funkelte zurück.

Romy platzte der Kragen. Sie schob sich an Elysa vorbei und schaltete die Musik ab.

»Okay, dann nehmen wir den anderen Song.« Elysa wollte nicht nachgeben.

»Elysa, hör auf damit! Was willst du von mir?« Einen Moment starrten sich die beiden Frauen an, keine wollte den Blick zuerst senken.

»Tjell ist dein Gefährte, Romy.«

Romy entglitten alle Gesichtszüge. Was redete Elysa da? Sie fühlte sich geohrfeigt. Kurz hatte sie diese Möglichkeit durchgespielt, als sie sich eingestanden hatte, dass der Mann ihr längst egal sein sollte, es aber nicht war. Nie wäre ihr in den Sinn gekommen, dass es der Wahrheit entsprach. Tränen füllten ihre Augen und sie konnte sie nicht mehr aufhalten. Sie sank an der Wand herunter und schluchzte. Warum tat das Schicksal ihr das an?

Romy spürte Elysa neben sich. Sie saßen lange so da. Ihre Freundin sagte nichts und sie weinte unaufhörlich. Elysa saß still da, so als befürchtete sie, den Moment zu stören. Romy hatte nicht einmal wegen Tjell geweint. Sie hatte all ihre Gefühle von der Wut überlagern lassen. Absichtlich hatte sie mit anderen Männern geschlafen, damit er sah, dass sie begehrenswert war. Sie hatte sich eingeredet, dass der Liebeskummer bald vorbeigehen würde.

»Woher weißt du das?« Romy traute sich nicht, Elysa anzusehen. Sie fühlte sich hundeelend.

»Ich habe es nach deiner Entführung erfahren. Tjell ist völlig ausgerastet und musste mit Beruhigungsspritzen versorgt werden. Sie haben ihn an sein Bett gekettet, damit er nicht blind vor Sorge nach Sao Paulo läuft und sich in seiner Rage selbst umbringt. Wir haben dich nur wegen Tjell finden können. Als dein Gefährte nimmt er deinen Geruch intensiver auf als jeder andere. Er hat uns zu dir geführt.«

Romy zitterte. Tjell hatte sie gefunden? Befände sie sich ohne ihn noch in den Händen dieses Irren? Sie hätte sterben können, wären die anderen nicht gekommen.

Wenn er ihr Gefährte war, erklärte das so Einiges. Es erklärte, warum er trotz ihrer Anfeindungen ihr Bodyguard sein wollte und warum er sie in der Scheune geküsst hatte.

»Weiß Fata davon?« Romys Herzschlag beschleunigte sich. Das würde ihre Halbschwester nicht gut aufnehmen. Sie würde Romy quälen, wo sie nur konnte, so wie sie es bereits in der Vergangenheit getan hatte.

»Ich weiß es nicht.« Elysa seufzte. »Kannst du dir nicht doch vorstellen, dir und Tjell eine Chance zu geben? Er bereut bestimmt, was geschehen ist. Er hat doch Fata nicht mehr getroffen, an dir hat er aber festgehalten.«

Traurig schüttelte Romy den Kopf. »Ich kann nicht. Wäre es nur der Sex mit dieser hinterhältigen Schlange, hätte ich mir einen Ruck geben können, aber die beiden bekommen ein Kind! Ich kann das nicht. Ich kann es einfach nicht!« Wieder füllten Tränen ihre Augen. Verdammt nochmal! Wieso liefen sie jetzt in Strömen?

»Und wenn Tjell keinen Kontakt zu dem Kind aufnimmt? Vielleicht blockt er Fata ja ab«, versuchte es Elysa weiter.

»Und dann wäre ich schuld daran, dass dieses Kind ohne Vater aufwachsen muss? Weil sein Vater ja mit seiner Tante zusammen ist? Wie soll ich meinem Vater in die Augen sehen? Wie kann ich damit leben, dass jeder weiß, dass ich mir den Mann mit meiner Halbschwester teile? Soll ich weitermachen, Elysa?« Ihre Stimme überschlug sich. Auf keinen Fall! Eher verreckte sie an einer Überdosis!

»Ich werde darüber hinwegkommen. Irgendwann. Ich gebe mich damit zufrieden, einen anderen netten Mann zu finden, wenn ich paarungsbereit bin, selbst wenn er nicht mein Gefährte ist. Das haben andere vor mir geschafft.«

Elysa zog sie nun doch in ihre Arme, was eine neue Tränenflut für Romy bedeutete. Heute würde sie weinen. Aber morgen würde sie aufstehen und ihr Glück suchen. Dann würde ihr Leben eben ohne den einen Gefährten verlaufen. Das würde sie auch schaffen. Sie würde Dinge tun, die ihr gut taten. Sie nahm es sich fest vor, aber ob das klappen würde?

»Du bist eine unfassbar schöne und mutige Frau, Romy. Egal, ob du dich für oder gegen deinen Gefährten entscheidest, ich stehe zu dir. Zusammen gehen wir durch dick und dünn!« Die Blicke der beiden Freundinnen trafen sich. Romy dankte dem Himmel dafür, dass sie wenigstens Elysa hatte.

»Danke, dass du mir verziehen hast.«

Elysa schnaubte. »Da gibt es nichts zu verzeihen! Ich hätte auch geredet, wenn dieser Stalker mich bedroht hätte. Hör endlich auf, dir eine Schuld einzureden, die nicht da ist!«

Romy nickte erleichtert. So langsam drang es zu ihr durch, dass sie sich nicht mehr martern musste.

# 6

Tjell lief unruhig im *Amigos* auf und ab. Die Leute starrten schon zu ihm herüber. Der Kellner hatte ihm einen Tisch angeboten. Tjell war viel zu nervös, um sich zu setzen.

Er hatte mit Elysa vereinbart, dass sie sich in dem verwinkelten Café treffen würden, um miteinander zu sprechen. Hoffentlich kam sie alleine und nicht in Begleitung der Eisberge. Diese Sache war ihm schon mehr als peinlich, da wollte er nicht die beiden Betonklötze als Zeugen.

Endlich erschien sie im Eingang, gefolgt von dem Prinzen höchstpersönlich. Immer noch der angenehmste Begleiter, wenn Tjell schon sein Seelenleben vor dieser Frau auspacken musste. Nervös winkte er ihr zu.

»Hey, danke, dass ihr gekommen seid.«

»Ich setze mich da hinten in die Ecke, da hast du wenigstens das Gefühl von Privatsphäre, auch wenn wir beide wissen, dass meine Ohren wunderbar funktionieren.«

Tjell sah wie Týr der Wölfin noch einen Kuss gab, der jedem in diesem Café eindeutig signalisierte, dass sie zu ihm gehörte, und setzte seinen massigen Körper auf einen Stuhl, der am weitesten von ihnen entfernt war.

Elysa und Tjell suchten sich einen freien Tisch. Sie bestellte bei der Kellnerin eine Schorle und blickte ihn erwartungsvoll an. Er fühlte sich nach wie vor unwohl dabei, mit ihr über seine Gefühle reden zu müssen. Aber was hatte er für eine Wahl? Wenn Romy ihn weiter ignorierte, musste er nach jedem Strohhalm greifen.

»Wie geht es Romy?«, fragte er, um einen Start in dieses Gespräch zu finden.

»Sie schlägt sich tapfer. Sie hat Morgans Männern aus Angst vor der Folter alles gesagt, was sie wissen wollten. Du bist dem tätowierten Exemplar ja persönlich begegnet. Er hat Romys Befragung übernommen, um seine Fixierung auf mich zu befriedigen.«

Tjell raufte sich die Haare. Romy hatte sicher fürchterliche Ängste ausgestanden!

»So wie ich das verstehe, hat Romy Schuldgefühle, weil sie das Bündnis verraten hat. Wir alle wollen ihr seit Wochen klarmachen, dass sie richtig gehandelt hat und nur deshalb freigekommen ist.«

Tjell nickte. Er sah das genauso. »Glaubt sie dir nicht?«, fragte er besorgt.

»Ich bin mir nicht sicher. Wenigstens erholt sie sich mehr und mehr. Das wird schon wieder, Tjell. Sie kommt darüber hinweg.«

Er zögerte. »Elysa, ich möchte ehrlich zu dir sein. Ich habe Scheiße gebaut, riesige Scheiße. Ich war naiv. Fata hat sich von Anfang an in den Kopf gesetzt, mich zu ihrem Mann zu machen. Ich habe sie mehrfach abgewiesen, dadurch wurde sie aber nur noch aufdringlicher und kreativer in ihren Verführungsversuchen. Ich wollte nie mit einer Wölfin schlafen, weil ich es nicht kompliziert haben wollte. Ich wollte meine Freiheit. Als Ryan mich gefragt hat, ob ich mit euch nach Rio kommen möchte, habe ich keine Sekunde gezögert. Ich wollte hierher und das Leben genießen. Keinen Gedanken habe ich mehr an Fata und ihre Verliebtheit verschwendet.«

Er hielt für einen Moment inne. Als Elysa nichts weiter dazu sagte, fuhr er fort: »An dem Abend, als du und Romy aus Sao Paulo gekommen seid, saß Fata auf einmal auf meinem Bett. Ich war draußen und hatte mich mit einer Horde Kleinganoven geprügelt, die mir gewaltig die Laune verdorben haben, weil sie mich wie einen Schwächling haben aussehen lassen. Fata hat mich auf dem falschen Fuß erwischt. Sie hat mir versprochen, dass sie damit klarkommt, dass es nur ein unbedeutender One-Night-Stand ist. Ich weiß nicht, was mich geritten hat. Ich habe verhütet. Es war nichts Besonderes und ich bereute es, sobald mein Hirn eingerastet ist. Ich wusste, dass ich ihre Verliebtheit nur schlimmer gemacht habe. Sie strahlte über das ganze Gesicht. Überfordert habe ich sie gebeten, zu gehen, und war heilfroh, als sie weg war und ich mir das schmutzige Gefühl von meinem Körper waschen konnte.« Tjell stockte.

Peinlich berührt schielte er zu Týr. Diese Geschichte mit Fata war Tjell unangenehm. Týr saß mit seinem Handy da und zeigte keinerlei Regung.

»In der Dusche hat dich dann Romy überrascht und du hast dein Hirn erneut ausgeschaltet und ihr hattet diesen WOW-Moment. Den kenne ich zu gut, Tjell«, bemerkte Elysa.

Der Wolf schielte wieder zu dem Vampir, der die Mundwinkel nach oben gezogen hatte. »Ihr hattet das auch so?«, fragte er interessiert.

»So ähnlich. Leider stand der Vampir nicht nackt in der Dusche, sondern angezogen in einem Club.«

Tjell hörte Týr grunzen.

»Du hast also gleich gewusst, dass Romy deine Gefährtin ist, hattest aber keine Ahnung, wie Fata und Romy zueinander stehen?«

Tjell nickte bedrückt. »Ich habe bei dem Sex mit Romy einen Schock erlitten, als dieser goldene Funkenregen auf mich runtergerieselt ist. Ich schwöre dir, ich habe an Fata keinen Gedanken mehr verschwendet, bis sie bei uns aufgetaucht ist und ich erfahren habe, dass sie von mir schwanger und dazu noch Romys Schwester ist! Scheiße!«, fluchte Tjell nun, als er seine Misere laut aussprach.

»Aber du hast doch verhütet!« Elysa schüttelte verständnislos den Kopf.

»Sie hat das Kondom vorher durchgestochen und sich anschließend im Bad das Sperma eingespritzt.«

Er nahm Elysas geschockten Blick zur Kenntnis. Nun kam auch Týr wütend zu ihnen herüber gestiefelt. »Diese kleine, verlogene Schlampe!«, brauste der Prinz auf. Der Vampir schob Elysa auf der Bank ein Stück weiter und starrte Tjell an. »So was ist Hochverrat!« Kopfschüttelnd griff er nach Elysas Schorle und trank sie aus.

»Das war meine Schorle!« Die Wölfin haute dem Mann auf den Oberarm.

Týr schnippte mit den Fingern und die Bedienung kam angelaufen. »Meine Frau möchte noch eine Schorle!«, befahl er, als stünde er einem Soldaten gegenüber.

Elysa grunzte. »Du wolltest dich raushalten!«, schimpfte sie ihren Gefährten an, sobald die Bedienung davongeeilt war.

»Fata hat mit Absicht so lange gewartet, dass die Schwangerschaft nicht mehr abgebrochen werden kann. Sie wollte mich in der Hand haben.« Tjell beschloss, zu akzeptieren, dass der Prinz nun doch bei ihnen am Tisch saß.

»Sag Romy, wie die Sache abgelaufen ist und dass diese verlogene Halbschwester in eurem Leben keine Rolle spielen wird!« Týr verschränkte die Arme vor der Brust.

Tjell nickte. »Das würde ich gerne. Da Romy sich in den letzten Monaten so ätzend mir gegenüber verhalten hat, gehe ich davon aus, dass sie das mit der Schwangerschaft schon länger weiß und das nicht locker nimmt.« Traurig nahm er Elysas zustimmendes Nicken zur Kenntnis.

»Hätte Romy mit dir geredet, hättest du es früher gewusst und Fata davon überzeugen können, die Schwangerschaft abzubrechen. Also ist die Kleine nicht ganz unbeteiligt an dieser Scheißlage!«, brummte Týr.

»Kannst du mit ihr reden?«, wandte Tjell sich nun an Elysa.

»Ich werde es versuchen, aber mache dir nicht zu viele Hoffnungen. Romy hätte dir diese Eskapade mit Fata verzeihen können, aber sie kommt nicht damit klar, dass du Vater ihres Neffen oder ihrer Nichte wirst. Sie war da ziemlich deutlich.« Elysa hob entschuldigend die Schultern.

Tjell schluckte. Er hatte es befürchtet, es aber von Elysa so deutlich zu hören, machte es endgültiger. »Ich liebe Romy. Ich würde alles für sie tun«, sagte er verzweifelt.

»Dieses Kind, sollte es denn wirklich auf die Welt kommen und von dir sein - was ich überprüfen würde - , wird erwachsen werden. Danach seid ihr immer noch jung und knackig genug, um euch eine eigene Familie aufzubauen.« Týr sah ihn bestimmt an.

Tjell nickte ihm dankbar zu. Týr versuchte, ihm zu helfen, obwohl er den Prinzen deutlich hatte spüren lassen, dass seine Treue Ryan und dem Rudel galt. Das rechnete Tjell ihm hoch an.

»Týr hat recht. Die Zeit wird Wunden heilen. Sei wegen Fata auf der Hut. Nach allem, was Romy mir erzählt hat, ist die Frau nicht nur hinterhältig, sondern auch berechnend und gefährlich.« Elysa griff nach Tjells Hand, um ihm Trost zu spenden.

»Danke für eure Unterstützung.« Mehr konnte er wohl nicht erwarten.

»Ich melde mich in regelmäßigen Abständen bei dir.« Elysa schien mit dem Gespräch fertig zu sein.

Tjell hielt ihre Hand fest.

»Dein Bruder leidet unter eurem Streit. Du weißt, er liebt dich über alles!« Eindringlich sah er sie an.

»Ich erwarte, dass Ryan den ersten Schritt macht.«

Tjell schüttelte frustriert den Kopf. »Du kennst ihn doch. Warum machst du nicht das, was du immer machst, wenn ein Mann sauer auf dich ist?«, schimpfte er.

»Was mache ich denn?« Elysa hob die Augenbrauen.

Tjell schnaubte. »Na diesen Dackelblick und die Unschuldsnummer. Du weißt, dass Ryan da genauso schnell weich wird wie dein Prinz.«

Týr grunzte beleidigt. Elysa warf ihm einen strengen Blick zu. »Du wolltest dich raushalten!«

»Ich sage doch gar nichts!«

»Du machst Geräusche!«

»Darüber haben wir keine Vereinbarung getroffen, Baby!«

Elysa presste die Lippen aufeinander. Ihre Augen funkelten belustigt - genauso wie Týrs.

Tjell versetzte ihre Vertrautheit einen Stich. Würde er das mit Romy je haben können?

»Danke, dass du dich für Ryan einsetzt. Ich vermisse ihn auch und mache mir täglich Gedanken darüber, wie ich mit dieser Situation umgehen soll. Ich habe noch keine gute Lösung gefunden.« Mit diesen Worten erhob sie sich von ihrem Platz und schob Týr an, damit er die Bank räumte. Týr begab sich in Richtung Theke, legte der Bedienung das Geld hin und kam zurück.

Tjell erhob sich auch. Das Paar verabschiedete sich von ihm.

Sie passten zueinander. Ob es dem Rudel gefiel oder nicht, Týr war der Richtige für Elysa.

Tjell sog die kühle Nachtluft ein und machte sich auf den Weg Richtung Villa.

---

Romy lief ihnen im Korridor des Schlosses entgegen. Sie trug ein Ausgeh-Outfit, sah sexy aus und ihre Augen glänzten. Elysa lächelte ihr zu.

»Du brauchst nicht zu fragen, ich komme mit!«

Týr murmelte etwas Unverständliches, aber Elysa ignorierte ihn.

»Ich warte unten.« Romy winkte ihr nach.

Elysa schlüpfte in die Suite, die sie mit Týr bewohnte.

»Baby, muss das sein? Du hast gleich Selbstverteidigungsunterricht bei Ruben!« Týr verschränkte abwehrend die Arme vor der Brust und beobachtete misstrauisch ihre Kleiderauswahl.

»Ich kann das Training einmal ausfallen lassen. Ruben kann mit feiern kommen und sich als Bodyguard beweisen.« Sie zwinkerte Týr zu.

Ruben war einer ihrer Trainer. Ein umgänglicher Vampir, der meistens mit Christopher anzutreffen war. Sie waren Anwärter auf eine Mitgliedschaft im inneren Kreis des Prinzen. Dazu mussten alle derzeitigen Mitglieder zustimmen und sich danach einer offiziellen Zeremonie unterziehen, bei der sie sich ein Tattoo stechen ließen, dass ihre Beziehung zueinander ausdrückte. Týr, Chester, Noah, Kenai und Raphael trugen inzwischen alle eine Vanilleschote mit einer Blüte auf ihren Körpern. Das symbolisierte Elysas Zugehörigkeit zum inneren Kreis.

Elysa hatte sich geweigert, sich tätowieren zu lassen, da sie als professionelle Tänzerin wandlungsfähig bleiben wollte. So könnte sie sowohl eine Punkerin als auch die Mutter Gottes darstellen. Tätowierungen führten nur dazu, dass man in eine Kategorie geworfen wurde, aus der man schwer herauskam.

Sobald Elysa die offizielle Vereinigung mit Týr einging, käme sie um ein Tattoo nicht herum. Bei Vampiren verlangte es die Tradition, dass sich beide Partner den Namen des anderen auf den Hals stechen ließen, an die Stelle, wo der Biss tagelang sichtbar blieb. Das war genau nach dem romantischen Geschmack ihres Prinzen. Darauf konnte er warten! Elysa liebte ihre Freiheit und hatte nicht vor, sich wie ein Stück Vieh markieren zu lassen.

Nach einer schier endlosen Suche in ihrem riesigen Kleiderschrank zog sie den Rock heraus, auf den sie heute

Lust hatte: ein kurz geschnittener Stufenrock in Lederoptik in einem glänzenden Goldton. Dazu kombinierte sie ein paillettenbesetztes, bauchfreies Top mit einem Kreuzbund und dezentem V-Ausschnitt. Sie huschte ins Bad und schlüpfte in die Sachen. Was sollte sie mit ihren Locken anfangen? *Offen*, entschied sie. Das verpasste ihrem sexy Look die Unschuldsnummer.

»Auf gar keinen Fall ziehst du das an!«, donnerte Týr, der gerade einen Blick zu ihr ins Bad geworfen hatte.

Elysa rollte mit den Augen. Immer die gleiche Leier mit diesem eifersüchtigen Gefährten. »Ich will Chester als Bodyguard!«, wechselte sie das Thema.

»Du ziehst dich um und ich organisiere Raphael, der euch begleitet!« Týr tippte eine Nachricht in sein Handy und Elysa wechselte in ein hübsches, aber langweiliges Kleid.

Kurz darauf erschien Raphael an der Tür und der Vampirprinz gab ihm klare Anweisungen. Elysa nutzte die Gelegenheit, in der Týr abgelenkt war, steckte wie immer ihre Wechselsachen in ihre Tasche und zog sich einen langen Mantel an, damit Raphael den Outfitwechsel später nicht bemerkte. Manches lohnte sich einfach nicht auszudiskutieren.

Elysa schickte Chester eine Nachricht: *Wir gehen ins Mudanca, kommst du auch?* Anschließend marschierte sie zu den beiden Männern, die in der Tür standen.

*Klar. Bin gleich unten am Parkplatz*, antwortete der Vampir prompt.

»Chester kommt auch mit«, informierte sie Týr und gab ihm noch einen Abschiedskuss.

Aufgeregt quietschten Romy und Elysa im Wagen und gluckten, als Chester an der Ampel neben ihnen hielt und den Motor aufheulen ließ. Dabei wackelte er mit den Augenbrauen. Der Vampir war definitiv Elysas Liebling. Sie waren sich ähnlich, außerdem erinnerte er sie an Josh. Komischerweise vertrug sie sich mit den Aufreißern am besten.

Im *Mudanca* steuerte Elysa zuerst die Toiletten an, um ihr Outfit zu wechseln. Anschließend wechselten sie zur V.I.P. – Lounge, von der man einen wunderbaren Blick auf die Tanzfläche hatte.

»Zwei Caipis!«, gab Romy die Bestellung für sie und Elysa auf.

Die Kellnerin warf Raphael einen scheuen Blick zu, der sie kalt musterte. »Einen doppelten Whiskey. Und pass gefälligst auf, wenn du Trampel es herbringst.«

Die Frau zuckte bei seinem harschen Ton zurück.

»Für mich bitte einen Hannibal mit einem ordentlichen Schuss Wodka.« Chester klang deutlich freundlicher und lächelte der Bedienung aufmunternd zu. »Also Elysa, erzähl mir, wie du es geschafft hast, dieses sexy Outfit an meinem besten Freund vorbei zu schmuggeln!« Chester grinste.

Elysa zwinkerte ihm zu.

»Komm, wir ärgern ihn ein bisschen!« Der rothaarige Vampir zückte sein Handy und zog Elysa auf seinen Schoß. Er schoss ein Selfie und schickte es an Týr. Die Antwort kam prompt.

*Leck mich, Ches. Ich freue mich, wenn ich deine Sonne kennenlerne!*

Elysa gluckste. Das würde auf jeden Fall ein Spaß werden!

Die Kellnerin kam zurück und stellte die Getränke ab. Peinlichst genau achtete sie darauf, Raphael nicht zu nahe zu kommen und schob seinen Wodka von der anderen Tischseite zu ihm. Elysa funkelte Raphael wütend an. Der Mann hatte wirklich kein Benehmen! Sie wusste, dass Vampire auf Menschen furchteinflößend wirken konnten, aber Raphael genoss es richtig, auf Menschen herabzublicken.

»Ich stürze mich in die Menge!« Chester hatte seinen Cocktail bereits zur Hälfte ausgetrunken und winkte den beiden Frauen zu, ihn zu begleiten.

Ausgelassen tanzten sie auf die rhythmischen Beats von den Black Eyed Peas: *Meet me halfway*. Romy und Elysa grölten die Zeilen des Liedes mit, während Chester in ihrer Mitte tanzte. Der genoss die Position des Hahns im Korb sichtlich und gab sich alle Mühe, keine seiner beiden Frauen zu vernachlässigen.

Elysa bekam aus dem Augenwinkel mit, wie die Mädels um sie herum den Vampir anschmachteten. Das große Muskelpaket mit einem Gesicht, das Sam Heughan verdächtig ähnlich sah, und den langen roten Haaren, die ihm über den

Rücken fielen, war anscheinend der feuchte Traum vieler Frauen.

Gut gelaunt gesellten sich Romy und Elysa nach einer Weile zu Raphael in die Lounge, der das Spektakel vom Geländer beobachtet hatte, wie er es immer tat.

»Mach dich mal ein bisschen locker!« Elysa rollte mit den Augen.

Er fixierte sie, sparte sich aber jeden Kommentar. Der Mann war eine harte Nuss. Selten hatte sie so lange gebraucht, um einen Kerl davon zu überzeugen, sie zu mögen. Sie beobachtete, wie Raphael sein vibrierendes Handy zückte. Es schien jemand Wichtiges zu sein, denn er erhob sich und blickte Romy und sie streng an.

»Ich muss kurz telefonieren, ich bin gleich zurück. Ihr bewegt euch nicht von der Stelle!« Er verließ die Lounge und kaum waren sie alleine, zog Romy ein Beutelchen Pillen aus ihrer Tasche.

»Was ist das? Drogen?«, flüsterte Elysa misstrauisch.

Romy warf sich mehrere Tabletten ein und spülte sie mit ihrem Caipi herunter. »Willst du auch?« Sie schob das Tütchen zu ihr. »Weißt du noch, wie wir damals das Zeug genommen haben und danach diesen Dreier mit dem Typen versucht haben?« Romy lachte.

»Der war wegen unseres Kusses schon so aufgeregt, dass er vorzeitig kam.« Elysa quietschte belustigt bei der Erinnerung. »Auf eine unvergessliche Partynacht!« Elysa erhob ihr Glas und warf sich ebenfalls mehrere Pillen ein.

# 7

Raphael eilte an einen ruhigeren Ort, an dem man Elysa und Romy nicht im Hintergrund quietschen hörte. König Aegir rief ihn an! Das war eine Seltenheit und behagte ihm nicht.

»Euer Majestät?«, nahm er den Anruf entgegen.

»Raphael! Ich bin auf dem Weg zu dir in diesen Club. Ich war so frei, deinen Standort checken zu lassen.« Aegir klang gut gelaunt.

Raphaels Atmung beschleunigte sich. Týr hatte ihm nicht gesagt, dass sein Vater in der Stadt auftauchen würde, woraus er schloss, dass der Prinz nichts davon wusste. Der Überraschungsbesuch galt wahrscheinlich den Gerüchten, der Vampirprinz hätte seine Sonne gefunden.

Raphael fluchte innerlich. Auf keinen Fall würde er Elysa dem König vorstellen, nicht hier in diesem Club, nicht in ihrem angetrunkenen Zustand und nicht so aufreizend gekleidet! Er steckte gewaltig in der Scheiße!

»Ich werde gleich ins Schloss aufbrechen. Können wir uns dort treffen?« Er biss die Zähne zusammen.

»Dafür ist es zu spät, mein Chauffeur parkt gerade den Wagen. Bis gleich.« Damit beendete der König das Gespräch.

Raphael stürmte zurück in die V.I.P. - Lounge, in der Hoffnung, Chester mit den Frauen dort anzutreffen, damit der sie sofort ins Schloss bringen konnte.

Die Lounge war verlassen. Verfluchter Scheißdreck! Wo war dieser fickwütige Vampir, wenn er ihn brauchte? Ein Blick auf die Tanzfläche zeigte ihm, dass Romy und Elysa zu ihrer Lieblingsbeschäftigung zurückgekehrt waren. Raphael warf einen Blick auf die Wolfsprinzessin, die dem Prinzen das Herz gestohlen hatte. Sie war eine Sexbombe, die Sünde pur und sie wusste es.

Er verstand zu gut, warum Týr in dauernder Alarmbereitschaft stand, seit er dieser Frau begegnet war. Raphael legte keinen Wert darauf, seine Auserwählte zu finden, dafür verabscheute er Körperkontakt viel zu sehr. Wenn er trotzdem jemals in diese Scheißlage kommen sollte, hoffte er inständig, dass es sich um eine kontrollierte, anständige, reinblütige Vampirin handelte, die ihm keine Probleme machte.

Er eilte die Treppe hinunter, um Elysa zu warnen und sie zum Hinterausgang zu schicken.

Ein neuer Song ertönte und brachte die Wolfsprinzessin zum Ausrasten. Elysa hüpfte aufgeregt auf der Stelle. Raphael fing kurz ihren Blick auf, aber der war lang genug, um ihn aus der Haut fahren zu lassen.

Er sammelte all seine Kraft und berief sich auf sein jahrhundertelanges Training, um seinen Wutanfall zu bekämpfen. Seine Finger umklammerten das Geländer am Treppenabsatz. Dieses Weib hatte sich Drogen eingeschmissen! Ihre glasigen Augen waren eindeutig und ihre Ausgeflipptheit war auf das Zehnfache ihres üblichen Wahnsinns angestiegen! Wann war das passiert? Er war höchstens zwei Minuten weg!

»Let's go for Britney and Will.I.Am!«, rief der DJ von seinem Pult aus.

Raphael beobachtete, wie Elysa sich zur Musik bewegte und jeder zweite Kerl in diesem Club der Wölfin gierige Blicke zuwarf. Sie forderte es aber auch heraus mit ihrer Art, sich in dem viel zu knappen Rock zu räkeln!

Raphael wollte sich gerade auf dieses Problemweib stürzen, als ihm ein scharfer Chiligeruch in die Nase stieg. König Aegir hatte den Club betreten. Raphael schloss die Augen.

*Konzentriere dich und verhindere das Schlimmste!*

Raphael kannte den König lange genug. Den Vampir umgab eine Aura, an die nur Týrs herankam. Der König handelte absolut rational und mit Weitsicht. Sein Sohn war zwar geschult in den politischen Machtspielchen der Clans, reagierte aber deutlich emotionaler auf Probleme. Die enge, freundschaftliche Nähe zu Chester war ein offener Beweis dafür. Derartige Freundschaften hatte Aegir stets gemieden.

Raphael wusste, dass der König ihn respektierte, seiner Stärke und Loyalität hatte er das zu verdanken. *Mal sehen, wie lange mir diese Anerkennung noch zukommt, wenn ich das mit der Wolfsprinzessin versaue!*

»Raphael!«

Er drehte sich mit seinem üblichen kalten Blick zu dem König herum und deutete eine Verbeugung an. »Majestät, was verschafft mir die Ehre?«, gab er fast lautlos von sich, damit die Menschen im Club sich nicht über die Anrede wunderten. Die Ohren des Königs waren spitz genug, um ihn deutlich zu verstehen.

»Ich möchte, dass du mir von Týrs Sonne erzählst, bevor ich ihn treffe und sie persönlich kennenlerne. Mein Sohn scheint die rosa Wolken zu zählen, zumindest sagt das die Gerüchteküche. Ich weiß deinen Scharfsinn zu schätzen und erwarte deinen Bericht über diese Frau. Jetzt!«

Wenn der König befahl, hatte er zu gehorchen.

»Oh, wee oh wee oh wee oh!«

Raphael sah aus dem Augenwinkel, dass Elysa auf ein Podest geklettert war und begann, an der Stange zu tanzen. Gott möge ihm beistehen! Wie oft hatte er Týrs Aufträge erledigt? Keine Anweisung erforderte eine derartige Achtsamkeit, wie die, auf Elysa aufzupassen! Was sollte er dem König sagen? Wie sollte er Aegir dazu bringen, diesen Club zu verlassen, ohne die Anwesenheit der Wolfsprinzessin zu bemerken?

Aegir musterte ihn misstrauisch.

»Nun ja, sie ist attraktiv und selbstbewusst«, fasste Raphael zusammen. Wäre sie das nicht, würde sie kaum an einer Stange tanzen. Verfluchter Scheißdreck!

Der König hob eine Augenbraue. »Willst du damit andeuten, dass mein Sohn ihr wegen ihrer Optik erlegen ist?«

Zumindest führte ihre Optik dazu, dass Týr ihren Verführungskünsten erlag, selbst wenn der Moment und der Ort mehr als unpassend waren! Zähneknirschend dachte Raphael an den Schreibtischsex, der dazu geführt hatte, dass der Bund zwischen den Wölfen und Vampiren zerbrochen war.

»Die Verbindung der beiden geht deutlich tiefer. Schließlich ist sie mit seinem Mal gezeichnet.«

*OMGH!* Wie wurde er diesen königlichen Vampir nur wieder los?

»Hier sind Wölfinnen im Club!«, stellte Aegir fest.

Raphael sah den König die Luft einsaugen und bemerkte, wie Aegir sich umsah. Scheiße! Sein Blick fiel natürlich als

Erstes auf Elysa. Raphael drehte den Kopf nun auch in ihre Richtung und rang mit seiner Fassung, als er bezeugen musste, wie sie kopfunter an der Stange hing und ihre Beine zum Spagat öffnete. Sie konnte Poledance? In der fortgeschrittenen Variante! Himmel! Oh, er würde sie umbringen!

Drehend rutschte sie von der Stange und Raphael suchte verzweifelt nach einem Ausweg aus dieser Misere.

»Lass uns zusammen ins Schloss fahren. Du kannst mir unterwegs von der Frau berichten.« Der König wandte sich ab und wies Raphael an, ihm zu folgen.

»Ich gebe eben Chester Bescheid.«

In dem Moment kam Chester mit einer völlig fertigen Romy angetaumelt. Die war genauso zugedröhnt wie Elysa und roch nach Erbrochenem. Unbändige Wut erfasste Raphael. Wie konnten diese Frauen ihn in diese prekäre Lage bringen?

Chester warf dem König einen vorsichtigen Blick zu. Immerhin schien dieser Kerl den Ernst der Situation zu begreifen.

»Chester!« Aegir winkte seinen Neffen zu sich.

Der Vampir folgte der Anweisung und näherte sich mit Romy im Arm langsam.

Romy stöhnte. »Mir ist schlecht.«

Raphael hätte sie am liebsten angeschrien. Er schaffe es kaum, sich zu beherrschen. Vor dem König wie ein Trottel dazustehen, war für Raphael ein gewaltiges Problem. Zu hart hatte er sich seine Stellung als Týrs Nummer 2 erarbeitet.

»Majestät.« Chester nickte dem König zu.

»Wer ist das?«, fragte der Herrscher mit offensichtlicher Abscheu.

»Sie gehört zu dem Rudel aus Rio. Ich kümmere mich um sie, da sie es mit dem Feiern übertrieben hat.«

»Es scheint, dass einige Wölfe den Ernst unserer Lage nicht begriffen haben, wenn sie sich derart gehen lassen! Auf keinen Fall dulde ich, dass unsere besten Männer ihre kostbare Zeit damit vergeuden, feierwütige Nutten vor dem Koma zu bewahren!« Der König scannte erst Romy und dann Elysa.

Scheiße, das würde ein gewaltiges Nachspiel haben! Raphael war bereits einer Ohnmacht nahe. Viel schlechter konnte es nun nicht mehr werden!

»Wenn ihr euch für diese Rudelschlampen verantwortlich fühlt, zieh diese Wölfin dahinten von dem Podest, bevor sie sich öffentlich vögeln lässt!«, donnerte der König aufgebracht.

Nun warfen ihnen auch einige Menschen irritierte Blicke zu.

Raphael drehte sich zu Elysa um, um sie zu holen, aber er verharrte in einer Art Schockstarre. Das hatte sie nicht getan! Großer Gott! Sie entledigte sich ihrer Kleider, alles was diesen perfekten Körper noch bedeckte, war ein hauchdünner Slip. Týr würde völlig ausflippen! Das stand vorab fest. Raphael zwang sich aus seinem Schockzustand und stürmte zu ihr. Er zog Elysa mit sich an den Rand des Geschehens, entledigte sich seines Mantels und stülpte ihn ihr über. Leider konnte nun jeder sehen, dass er schwer bewaffnet war. Die Menschen wichen panisch vor ihm zurück und begannen, um Hilfe zu schreien.

»Rafe, ich glaube, mir wird schlecht.« Dass diese Frau ihn jetzt noch mit Spitznamen quälte, war der Gipfel des Eisberges!

»Wage es nicht, dich zu übergeben. Ich schwöre dir, du wirst es bereuen!«, drohte er ihr. Nicht, dass Elysa sich jemals für seine Drohungen interessiert hätte.

Er schleifte sie unsanft mit sich aus dem Club, wo König Aegir und seine Bodyguards warteten. Chester hatte Romy bereits zum Auto gebracht.

Der König baute sich vor ihnen auf und starrte Elysa an. »Wäre ich ein Mann ohne gesellschaftliche und eheliche Verpflichtungen, würde ich dich buchen, du kleine Nutte!«

Fuck! Warum hatte er angenommen, dass es nicht mehr schlimmer kommen könnte? Jetzt fehlte nur noch, dass das Großmaul den Mund aufmachte. Er musste sie wegzerren.

Da hob dieses Weib den Kopf und ihre Augen fixierten den König. »Dann wirst du wohl heute inspiriert sein und es deiner Ehefrau mal so richtig besorgen!«

Raphael wollte Elysa von dem König wegziehen, damit der nicht die Beherrschung verlor und seine Schwiegertochter ohrfeigte. Mit seiner ruckartigen Bewegung brachte er Elysa dazu, dass sie sich vornüberbeugte und sich über die Füße des Königs erbrach. Raphael riss die Augen auf und starrte auf das Desaster am Boden.

Die Leibwächter hatten ihre Waffen gezogen. Das Gesicht des Königs färbte sich rot. Aus dem Nichts tauchte Chester neben ihm auf, hob Elysa in seine Arme und trug sie zum Wagen.

Aegir fixierte Raphael. »Das wird ein Nachspiel für dieses unverschämte Weib haben! Ich erwarte umgehend einen Termin mit ihrem Alphawolf! Du darfst dich jetzt entfernen.« Danach drehte er sich zu seinen Leibwächtern um. »Zieht mir die Schuhe aus und besorgt mir sofort einen Ersatz!«, herrschte er sie an.

Raphael verbeugte sich vor dem König und eilte zu seinem Wagen. Er entriegelte ihn und ließ die anderen einsteigen. Chester nahm auf der Beifahrerseite Platz. Seinen gelben Flitzer würden sie später abholen müssen. Raphael setzte sich hinters Steuer und fuhr los. Viel Vorsprung hatten sie nicht. Einer der Diener kniete bereits mit neuen Schuhen vor dem Vampirkönig.

Raphael trat aufs Gas und warf einen wütenden Blick in den Rückspiegel, um die Wölfinnen anzusehen.

»Das war übrigens König Aegir, dem du da auf die Füße gekotzt hast!«, stieß er zornig hervor.

Chester neben ihm auf der Beifahrerseite umklammerte sein Telefon. »Scheiße, Týr geht nicht ran!« Er versuchte es erneut, ohne Erfolg.

# 8

Týr beendete das Training mit Kenai, das mehr als zufriedenstellend verlaufen war. Kenais Stärke hatte weiter zugenommen und seine taktischen Ideen gingen mehr und mehr ins Blut über. Der Vampir gehörte seit fast 400 Jahren zu seinem inneren Kreis und Týr schätzte Kenais Loyalität und Stärke.

Týr klopfte ihm auf die Schulter. »Das war top!«, lobte er ihn und nickte auch Ruben zu, der die Gelegenheit genutzt hatte, ihnen zuzusehen und zu lernen. »Morgen trittst du gegen mich an.«

Ruben freute sich sichtlich. Der Vampir war ehrgeizig und fleißig. Týr würde Ruben und auch Christopher demnächst offiziell in seinen inneren Kreis aufnehmen. Er hatte bereits die Einwilligung der anderen.

Týr nahm eine schnelle Dusche und wollte anschließend sein Büro aufsuchen. Unterwegs kam ihm Butler Franklyn in Begleitung einer Wölfin aus dem Rudel entgegen. Saphira war eine Freundin von Elysa. Týr hatte sie seit dem Auszug nicht mehr gesehen.

»Saphira, was für eine nette Überraschung. Wie geht es dir?«

Wie immer in seiner Nähe lief sie rot an und senkte den Blick.

»Danke, es geht mir gut. Ich war mit Elysa verabredet, aber anscheinend hat sie mich vergessen. Franklyn hat mir bereits mitgeteilt, dass sie außer Haus ist«, erklärte Saphira höflich und gebot ihm dabei die Ehre, die seiner Stellung gebührte.

»Du kannst gerne auf Elysa warten, sie wird bald zurück sein.« Ein Blick auf die Uhr zeigte ihm, dass es bereits 02:50 Uhr war. Er hatte Raphael angewiesen die Frauen bis drei Uhr nach Hause zu bringen. Saphira nickte ihm scheu zu und er wies ihr die Richtung zu seinem Büro.

Dort angekommen steuerte Týr zuerst seinen Schreibtisch an, auf dem er sein Handy liegengelassen hatte.

»Darf ich Ihnen etwas zu trinken bringen, Fräulein Saphira?«, fragte Franklyn, der ihnen gefolgt war.

»Danke, sehr gerne nehme ich ein Glas Apfelsaft.«

Der Butler verbeugte sich höflichst und verließ das Büro.

Týr überprüfte seine Nachrichten. Chester hatte ihn vor Kurzem zweimal angerufen.

»Eure königliche Hoheit! Was für eine freudige Überraschung, Sie hier anzutreffen. Darf ich Ihnen mit irgendetwas dienen?«

Der Prinz vernahm Franklyns Stimme im Flur, der Butler hatte gerade die Tür schließen wollen. Schon schoss ihm der Chiligeruch seines Vaters in die Nase und Týr fluchte. Was machte sein Vater hier? Das war nicht abgesprochen. Týr hatte Elysa noch nicht auf das Treffen vorbereitet!

Stolz betrat der König das Büro, als wäre es seines, und schenkte seinem Sohn ein Lächeln.

»Faóir! Was für eine Überraschung!«, begrüßte Týr ihn möglichst entspannt. Innerlich drehte er durch. Das war eine Katastrophe!

Sein Vater warf einen interessierten Blick auf Saphira, die schräg hinter Týr stand.

Die Wölfin hatte den Blick gesenkt und sich vor ihm verbeugt.

»Und wer seid Ihr, Mylady?«, fragte der König freundlich.

»Mein Name lautet Saphira Kolasa. Es ist mir eine Ehre, Sie persönlich zu treffen, Eure königliche Hoheit.« Die Wölfin hielt ihre gesenkte Stellung bei.

»Erhebt Euch, Saphira.«

Sie tat wie geheißen.

»Die Freude ist ganz auf meiner Seite. Kommt, setzt Euch zu mir.« Der König wies in Richtung Sofaecke am Kamin. »Franklyn, bring uns Wein und Speisen!«, befahl er.

Týr hatte die Szene mit Unbehagen beobachtet. Sein Vater wirkte sichtlich begeistert. Aegir legte großen Wert auf die Tugendhaftigkeit einer Frau, wenn sie Umgang mit der Königsfamilie pflegte. Hoffentlich zog sein Vater keine falschen Schlüsse.

»Týr, setze dich zu uns!«

Er suchte sich einen Platz auf der gegenüberliegenden Seite, um keine Nähe zu Saphira anzudeuten. Ob das half, stand auf einem anderen Blatt. Zähneknirschend verfluchte er den unerwarteten Verlauf des Abends.

»Dann sind die Gerüchte über die Wolfsfrau also wahr?«

Týr verzog unglücklich das Gesicht. Er hätte wissen müssen, dass sein Vater alles mitbekam.

Auf seinem Schreibtisch vibrierte sein Handy. Týr sprang sofort auf. Hoffentlich war Elysa sicher im Schloss angekommen. Außerdem musste er Raphael über Aegirs Ankunft informieren! Wieso hatte Týr es auch versäumt, Elysa früher auf Aegirs möglichen Besuch vorzubereiten! *Weil du dich wie immer von ihren sinnlichen Kurven hast ablenken lassen!*, tadelte er sich.

*Komm sofort in deine Suite. Es ist dringend*, hieß es in Raphaels Text. Was zur Hölle sollte diese Nachricht?

»Es ist ein Notfall!«, entschuldigte Týr sich und sein Vater nickte.

»Wir sehen uns später. Ich bleibe noch ein wenig bei Saphira, wenn das für dich in Ordnung ist?«, wandte er sich an die Wölfin.

*Er ist schon per Du mit ihr?!*, stellte Týr alarmiert fest.

Schnellen Schrittes lief er zu seiner Suite. Er schwang die Tür auf und sah Raphael am Fenster stehen. Der Vampir wirkte angepisst.

Týr folgte der Geräuschkulisse und stiefelte ins Bad, in dem er Chester und Elysa fand. Sie putzte sich gerade die Zähne. Geduscht hatte sie bereits. Seine Sonne trug ihren Seidenmantel, der ihr bis zu den Oberschenkeln ging. »Alles in Ordnung?«, fragte er besorgt und prüfte ihren Körper nach Verletzungen.

Elysa spülte sich den Mund aus, antwortete aber nicht.

Týr warf Chester einen misstrauischen Blick zu. Was hatte es mit dieser Notfall-Nachricht auf sich? Hier schien alles weitestgehend normal zu sein.

Elysa wollte sich an ihm vorbei schieben und Týr bemerkte, dass sie ihm noch nicht in die Augen gesehen hatte. Er folgte seiner Liebsten ins Zimmer. Raphael stand noch unverändert am Fensterbrett.

»Sieh mich an!«, befahl Týr seiner Wölfin. Irgendwas stimmte hier nicht.

»Musst du so schreien?« Fluchend hielt Elysa sich den Kopf und krabbelte aufs Bett.

Er verengte seine Augen zu Schlitzen. »Was geht hier vor?« Týr ahnte nichts Gutes.

»Elysa hat es mit dem Feiern übertrieben. Wir sollten uns lieber auf die Ankunft deines Vaters konzentrieren.«

Týr schnellte zu Chester herum. Sein Freund deckte Elysa. Das tat er gerne, wenn sie etwas angestellt hatte.

Am liebsten würde Týr sich die Wahrheit einfach erzwingen, indem er seine Gabe einsetzte.

Er hatte die mächtige Gabe seines Vaters geerbt, in den Geist einer Person einzudringen und die Erlebnisse Revue passieren zu lassen. In Momenten wie diesen, fühlte Týr sich von dieser Macht angezogen. Er hasste es, wenn andere ihm etwas verschwiegen. Die Gabe hatte nur einen Nachteil, den Týr nicht ausstehen konnte: Er sah die Dinge nicht nur, er erlebte sie.

Alle Gefühle fühlte Týr, als wären es seine. Bei Befragungen während des Krieges gegen die Wölfe hatte er manchmal auf diese Gabe zurückgreifen müssen und dabei die schrecklichsten Gefühle erlebt. In diesen Erinnerungen hatte Týr getötet, vergewaltigt und gehasst. Er kämpfte damit, diese Gefühle und Taten abzuschütteln und von seinen eigenen zu trennen. Deswegen vermied er diese Option, so gut es ging.

Nachdenklich musterte er Elysa. Nie hatte er versucht, ihre Erinnerungen einzusehen. Er wollte ihr trotz ihrer dauernden Geheimnisse vertrauen.

»Sieh mich an!« Er kletterte zu Elysa aufs Bett. Sie hatte sich hingelegt und die Augen geschlossen, als wäre sie erschöpft. Er packte ihren Nacken und zog sie zu sich. Mit beiden Händen hielt er ihr wunderschönes Gesicht, das er so sehr liebte. Sie kaute auf ihrer Lippe herum. Das war ein weiteres Zeichen dafür, dass sie etwas ausgefressen hatte.

Endlich begegneten sich ihre Blicke. Týr entglitten sämtliche Gesichtszüge. Er presste die Lippen aufeinander, um sie nicht anzuschreien.

»Sag mir, dass du dir keine Drogen eingeworfen hast!« Er zischte.

Ihre sonst blauen, klaren Augen, waren glasig und ihre Pupillen waren deutlich erweitert.

»Das war spontan.« Sie setzte ihre unschuldige Miene auf. Oh, er kannte diesen Dackelblick zur Genüge.

Fluchend ließ er sie los. »Wieso habt ihr das nicht verhindert?« Seine Wut füllte den Raum. Seine beiden Vampire senkten die Köpfe.

»Könnt ihr das draußen klären, ich bin echt müde.« Dieses unverschämte, kleine Biest!

Týr schwang sich zu ihr herum und musterte ihr Gesicht. Sie begriff den Ernst der Lage nicht. Sein Vater war hier und sie lag zugedröhnt auf seinem Bett. Das war ein Affront, der seinesgleichen suchte. Was, wenn Aegir davon erfuhr?

»Raphael, ich erwarte einen vollständigen Bericht«, fauchte Týr.

»Dein Vater hat mich angerufen. Deswegen habe ich Romy und Elysa kurz aus den Augen gelassen. Ich dachte, ich kann zwei Minuten telefonieren, wenn der König persönlich dran ist.« Die Miene seiner Nummer 2 war hart und abweisend. Elysa musste ihn ziemlich gereizt haben.

»Was wollte mein Vater von dir?« Týr schluckte seine Panik herunter.

»Mir einen Spontanbesuch abstatten.«

Geschockt schüttelte Týr den Kopf. Er drehte sich zu Elysa, die mit geschlossenen Augen auf dem Bett lag. Auf dem Nachtschränkchen klingelte ihr Handy. Elysa griff danach, prüfte den Anrufer und hob ab.

»Calvin? Ist alles in Ordnung? Ist etwas mit Josh?« Beunruhigt setzte sie sich auf.

»Du bist auf Youtube, Maus! Wieso gibst du mir nicht Bescheid, wenn du feiern gehst?«, hörte Týr Joshua im Hintergrund rufen.

Týr zog Elysa das Handy aus der Hand. »Calvin! Schick mir dieses verdammte Video sofort! Danach löschst du es aus dem Internet! Und sorge dafür, dass es nicht wieder auftaucht!«, herrschte er den Wolf an.

»Bin schon dabei«, kam es von Calvin zurück und Týr legte auf.

Er zückte sein Handy in unguter Vorahnung. Diese Frau schaffte es aber auch jedes Mal aufs Neue, ihn aus der Reserve zu locken und ihn aufzuregen. Streng blickte er zu Elysa, die auf ihrer Lippe herumkaute.

»Ich halte das für keine gute Idee. Du solltest das Video nicht sehen, sondern einfach löschen lassen«, versuchte Chester es.

Týr ignorierte den Kommentar schnaubend und öffnete Calvins Nachricht. Geschockt starrte er auf seine Frau, die an der Stange tanzte. Nicht nur tanzte! Sondern sich auszog! Er schluckte hart und der Schweiß brach ihm auf der Stirn aus.

Elysa räkelte sich in Unterwäsche an der Stange und das in derart laszíver Weise, das Týr nicht hinsehen wollte. Nein, nein, nein! Sie zog blank und präsentierte der Meute ihre Brüste. Im nächsten Moment sah er Raphael auf die Bühne stürmen. An diesem Punkt endete das Video.

Das war eine Katastrophe! Und das nicht nur für sein eifersüchtiges Herz. »War mein Vater anwesend?« Es half ja doch nichts. Er musste die Wahrheit wissen, auch wenn sie beschissen ausfallen sollte.

»Leider«, brummte Raphael.

Týr rastete aus. Er sprang vom Bett, trat gegen die Glasvitrine und zerschmetterte sie dabei. Er griff wahllos nach Gegenständen, die ihm in die Quere kamen, und schleuderte sie durchs Zimmer. Seine Augen verfärbten sich dunkel und er gab gefährliche Geräusche von sich.

Elysa schrie und hielt sich den Kopf. Týr sah aus dem Augenwinkel, wie Chester Elysa hinter seinen Rücken zog.

»Du musst sie nicht vor mir beschützen! Sie ist meine Frau! Ich liebe sie mehr als mein eigenes Leben!«, donnerte Týr. Chester hielt seinem Blick stand. Das musste ihn einige Mühe kosten.

»Dann hör auf, ihr Angst einzujagen«, sagte der Mann nüchtern.

Týr sah ihn entgeistert an. »Raus! Alle beide! Lasst mich mit ihr allein!« Er richtete seine Macht gegen die beiden Männer und zwang sie damit einen Schritt zurück.

Raphael war der Erste, der das Zimmer verließ. Er schien sogar froh darüber zu sein, endlich gehen zu können. Chester wirkte unschlüssig.

»Bitte lass mich mit Elysa allein.« Er sorgte dafür, dass seine Stimme ruhiger klang.

Chester seufzte und folgte Raphael nach draußen.

Einen Moment starrte Týr Elysa einfach nur an. Schließlich wurde er wütend auf sich. Hatte sie wirklich Angst vor ihm? Sie musste doch wissen, dass er sie nie verletzten würde! Verstand sie denn nicht, was sie heute angerichtet hatte? Er registrierte verzweifelt, dass sie gar nichts sagte. Sie gab doch zu allem ihren Senf ab und wich nie vor ihm zurück. Er machte einen vorsichtigen Schritt auf sie zu.

»Nicht.«

Týr stockte, sein Herz zog sich zusammen. Sein Körper begann zu zittern, als sie sich von ihm distanzierte.

»Ryan hat recht. Wir beide passen nicht zusammen.« Elysa sah ihn nicht an.

Geschockt suchte Týr Halt an der Wand. Schon einmal hatte sie mit ihm Schluss gemacht. Das war die Hölle für ihn gewesen. Wenn sie das jetzt wieder vorhatte, wäre es um das Vielfache schlimmer. Sie lebten zusammen. Er wollte keinen Tag ohne sie sein.

»Ich mache dich unglücklich und tue nicht das, was die Frau an deiner Seite tun sollte. Ich will dich nicht absichtlich verletzten. Ich bin einfach so, ich denke nicht über jede Handlung nach und will es auch nicht. Ich fühle mich hier eingesperrt, aber ich will leben, atmen.« Eine Träne lief ihre Wange hinab.

Týr ließ langsam die Luft entweichen, die er angehalten hatte.

Vorsichtig ging er auf sie zu, obwohl sie vor ihm zurückwich. Wenn sie ihn verließ, konnte er sich gleich die Kugel geben. Sein Herz würde eine Trennung nicht verkraften.

Elysa stieß an die Wand und Týr presste seine Stirn auf ihre.

»Du machst mich zum glücklichsten Mann auf diesem gottverfluchten Planeten! Ich bin überfordert mit meiner Liebe zu dir, Elysa! Ich habe Angst, verstehst du? Ich habe eine Scheißangst, dich zu verlieren! Drohe mir bitte nicht damit, mich zu verlassen.«

*Sieh mich an!,* flehte er innerlich. Er sog ihren Duft ein und tastete nach der Kordel, die ihren Seidenmantel zusammenhielt. Der sexuelle Sog zwischen ihnen war stark. Vielleicht sollte er sie auf diese Art ködern?

Sanft öffnete er die Schleife und spürte, wie sich ihre Atmung beschleunigte. Ihr Mantel rutschte von ihren Schultern herab und sie stand nackt vor ihm an die Wand gepresst. Endlich blickte Elysa ihm in die Augen. Sein Herzschlag beschleunigte sich.

»Ich verzichte auf die Krone, wenn du das möchtest! Ich gebe alles auf, wenn du dafür bei mir bleibst!« Er meinte es ernst.

Elysa hob ihre Hände und berührte sein Gesicht. »Versprich mir, dass du mir Zeit gibst und mich nicht in eine Ehe drängst. So lange ich keine 150 Jahre alt bin, will ich keine Krone.« Ihre Augen füllten sich wieder mit Tränen und er hasste sich selbst dafür. Sein Erbe lastete auf ihren jungen Schultern. Als Frau an seiner Seite konnte Elysa nicht mehr frei leben. Er hatte es von Anfang an gewusst.

»Ich verspreche dir, alles in meiner Macht Stehende zu tun, damit du glücklich bist. Nie würde ich dich zu einer Heirat zwingen. Ich weiß, dass du Zeit dafür brauchst und ich gebe sie dir!«

Sie küsste ihn und die Erleichterung fühlte sich an, als fielen tonnenschwere Steine von seinen Schultern. Er presste sie an sich und küsste sie voller Leidenschaft. Er schob sie aufs Bett und baute seinen massigen Körper über ihr auf.

»Lass mich dich markieren, Baby. Bitte gönn mir diese drei Tage Besitzanspruch nach dieser beschissenen Nacht«, bettelte er an ihrem Ohr. Seine Fänge hatten sich bereits ausgefahren und schrien nach ihrem Blut, gierten nach ihr. Mehr als alles andere wollte er sie an sich binden. Týr wusste, dass sie zwar den Biss mochte, der für einen innigen Orgasmus sorgte, aber nicht das Markierungsmal, das jedem zeigte, dass sie gebunden war.

»Das wird deinem Vater nicht gefallen, vielleicht solltest du ihn nicht noch zusätzlich reizen.« Müdigkeit lag in ihren Augen.

»Ihr beide hattet einen schlechten Start, aber wir kriegen das hin. Er wird verstehen, wie wundervoll du bist«, versicherte er ihr.

Elysa reagierte nicht darauf und er fühlte sich mies. *Ryan hat recht, wir passen nicht zusammen!* Dieser Satz würde ihn verfolgen. Er ahnte, dass sie das nicht einfach so gesagt hatte.

Elysa vermisste ihren Bruder und ihre Familie. Týr wusste nicht, ob und wie lange er sie halten konnte. Der Kloß in seinem Hals wollte nicht weichen.

Elysas Kuss riss ihn aus seiner depressiven Stimmung. Sie schlang ihre Arme um ihn und saugte gierig an seinen Lippen.

Hinter ihnen flog die Tür auf und Aegirs Chiligeruch erfüllte den Raum. Týr schnellte mit dem Kopf zu seinem Vater herum. Wie konnte er es wagen, hier hereinzuplatzen?

»Du beschmutzt dein Ansehen mit dieser Hure?« Aegir war außer sich vor Wut. Týr merkte, wie Elysa unter ihm an dem Bettlaken zog. Erst jetzt realisierte er, dass er sie vorhin ausgezogen hatte. Er gab sie frei und achtete darauf, dass sie das Laken über sich ziehen konnte. Es ging aber heute Abend auch alles schief!

»Raus!« Týr legte all seine Macht in seine Stimme. Auf keinen Fall würde er sich vor seinem Vater wegducken.

»So sprichst du nicht mit deinem König!«, herrschte sein Vater ihn mit blutrotem Gesicht an.

»In Zukunft wirst du anklopfen und auf meine Bestätigung warten, bevor du meine Privatgemächer betrittst!« Týr versuchte, so ruhig wie möglich zu klingen, aber es fiel ihm schwer. Aegir verließ schnaubend den Raum.

Vorsichtig blickte er zu Elysa, die nun begann, ihre Schlafsachen anzuziehen.

»Ich schlafe heute bei Romy«, ließ sie ihn wissen und knallte die Tür hinter sich zu, ohne sich noch einmal nach ihm umzudrehen.

Týr stürzte ins Nebenzimmer an seine Bar und goss sich einen starken Rum ein. Er würde sich seinem Vater stellen. Er musste, sonst würde er Elysa verlieren. Týr wappnete sich innerlich, trank den Rum aus und suchte nach dem König. Er fand ihn im Thronsaal, wie er erhöht dasaß und Wein trank. *Was für ein Bild!*

»Du wirst dich bei Elysa entschuldigen!«

Aegir schüttelte den Kopf und beugte sich in seinem Thron nach vorne. »Du hattest 700 Jahre Zeit, dir eine anständige Frau zu suchen, die in dein Leben passt und das Potential hat, Königin zu sein. Ein Königreich führt man nicht mit seinem Schwanz, sondern mit dem Kopf, mit Intelligenz und Ehre! Ich dachte, ich habe dir diese Lektion beigebracht? Wenn du eine Frau willst, die weiß, wie du gern deine Eier gekrault hast, such dir in deiner Freizeit ein gutes Bordell und lebe deine Phantasien dort aus! Auf dem Thron hat so eine Hure nichts verloren!« Aegirs scharfer Blick forderte ihn heraus.

Týr hatte seinen Vater immer bewundert und alles von ihm lernen wollen. Der Schmerz über seine Abweisung traf ihn hart.

Seine Eltern hatten versucht, mehr Kinder zu bekommen. Zweimal war seine Mutter noch schwanger gewesen, aber die Babys waren vor der Geburt gestorben. Es gab nur ihn, seine Eltern waren bisher vor Stolz geplatzt, wenn sie ihn sahen. Jetzt bohrten sich Aegirs kalte Augen in seine.

»Elysa ist meine Sonne. Das zwischen uns ist mehr als Sex!« Es war einer seiner wunden Punkte. Schließlich hatte Elysa zuerst nur eine Affäre mit ihm gewollt.

»Wenn du deine Fixierung nicht aufgeben kannst, fick sie gefälligst heimlich! Ich erwarte, dass du unserem Volk eine zukünftige Königin präsentierst, die die Vampire lieben können. Saphira wäre eine wunderbare Wahl. Ich denke, du solltest um sie werben. Eine Wölfin zu ehelichen, wäre eine Vertiefung unserer Bemühung, an dem Friedensvertrag festzuhalten. Ich habe Saphira gebeten, im Schloss zu übernachten. Franklyn hat einen Tisch in einem Restaurant für euch reserviert. Halte dir morgen frei.«

»Wie kannst du es wagen, derartige Entscheidungen für mich zu treffen?«, brauste Týr ungehalten auf. »Ich ficke meine Frau wann und wo ich will - ob es dir passt oder nicht! Elysa ist jung und widerspenstig, aber sie ist die Richtige für mich. Ich liebe sie und ich brauche sie. Ich bin unzähligen Frauen begegnet, auf die meine Wahl hätte fallen können. Nicht eine hat mein Herz gewonnen! Ich will kein Mäuschen an meiner Seite, ich will keine Frau, die den Blick senkt, wenn ich sie ansehe. Und unter keinen Umständen führe ich eine politisch arrangierte Ehe, nicht wenn ich weiß, wie es ist, Elysa von ganzem Herzen zu lieben! Ich rate dir dringend, das zu akzeptieren, denn ich werde mich nicht beugen!« Herausfordernd baute er sich vor seinem Vater auf.

»Du ziehst dieses Flittchen dem Thron vor?« Ungläubig starrte der König auf ihn herab und erhob sich, um auf ihn zuzugehen.

»Eher verzichte ich auf die Krone als auf Elysa. Das ist mein letztes Wort!« Týr legte eine Hand auf sein Herz und signalisierte seinem Vater damit die Endgültigkeit seiner Entscheidung. Ohne eine Antwort abzuwarten, ließ er seinen Vater zurück. Auf dem Weg nach draußen schickte er Chester und Raphael eine Nachricht.

Sie erschienen kurz darauf bei ihm im Büro, um sich seinen Fragen zu stellen.

»Gibt es noch weitere Vorfälle, von denen ich wissen sollte?«, fragte er ruhig.

Raphaels Gesicht verhärtete sich. »Du hast ihr schon verziehen? Lässt du dir von ihr alles bieten?«

»Ich habe keine Zeit für einen sinnlosen Streit mit Elysa. Meine ganze Energie konzentriert sich darauf, dass mein Vater meine Entscheidung akzeptiert«, wies Týr Raphael zurecht.

Chester nickte ihm zufrieden zu. »Das ist mein bester Freund! Es ist richtig, dass du deinem Herzen folgst.« Ihre Blicke trafen sich.

Sein Cousin hatte es bei seinem Ausraster geschafft, dass Týr seinen Fokus zurückgewonnen hatte. Die Wahrheit war, dass Chester so offen und frei lebte, wie Týr es sich oft erträumt hatte. Chester war sein Zugang zu einem Teil seiner Selbst, den Týr, der Krone zuliebe, kontrollieren musste. Sein Cousin hingegen hörte auf sein Bauchgefühl - so wie Elysa.

»Danke, dass du mich eben gebremst hast.«

»Ihr müsst jetzt zusammenhalten.«

Ein leichtes Lächeln umspielte Týrs Lippen. Raphaels Blick zeigte ihm allerdings, dass er Elysa noch lange nicht verziehen hatte.

»Was hat sie heute Abend noch angestellt?«, kam Týr zu seiner ursprünglichen Frage zurück.

»Also es gab da noch zwei klitzekleine Nebensächlichkeiten, die deinen Vater aufgeregt haben«, entgegnete Chester schulterzuckend.

Týr verschränkte die Arme vor der Brust. Er war sich sicher, dass es sich nicht um Nebensächlichkeiten handelte. »Ich bin ganz Ohr«, erklärte er fest.

»Dein Vater hat Elysa blöd angemacht. Das hat sie sich nicht gefallen lassen«, begann Chester.

Raphael sah fassungslos zu Chester. »Elysa hat dem König gesagt, er solle sich von ihrer Show inspirieren lassen, um es seiner Frau endlich mal wieder richtig zu besorgen! Anschließend hat sie ihm auf die Füße gekotzt! Dabei kann man wohl kaum von Nebensächlichkeiten sprechen! Der König ist eine Respektsperson und als solche gehört er behandelt!«, donnerte Raphael aufgebracht.

Týr ließ sich erschöpft aufs Sofa fallen. Diese Frau brachte ihn an seine Grenzen. Kein Wunder, dass sein Vater so wütend war. Keine Frau - nicht mal seine eigene Ehefrau - wagte es, so mit ihm zu sprechen.

»Sonst noch Dinge, die ich wissen müsste?« Beide Männer schüttelten die Köpfe und er schickte sie fort, um alleine zu sein.

Týr fuhr sich durch seine blonde Mähne und blickte auf das Foto, das eingerahmt auf dem Kaminsims stand. Sein Vater hatte dieses Bild bestimmt auch gesehen und in dem Moment verstanden, dass nicht Saphira sein Herz besaß.

Elysa strahlte dieses Lächeln, das ihn zu einem wehrlosen Mann machte, und er hielt sie glücklich im Arm.

Vielleicht sollte er zu ihr gehen und sich in ihrem Duft verlieren? Würde sie ihn rausschmeißen? Wenn Ryan ihn doch nur akzeptieren würde! Das würde alles erleichtern.

# 9

Elysa erwachte in Romys Bett und stellte zufrieden fest, dass sie sich gut fühlte. Keine weiteren Nachwirkungen ihrer Drogeneskapade. Ein übermenschliches Wesen zu sein, hatte definitiv seine Vorteile!

Sie setzte sich im Bett auf und hörte, dass Romy bereits im Bad war.

Was für eine beschissene Nacht hinter ihr lag. Týrs Vater war ja schlimmer als Tante Janett! Der Mann hatte wohl die Moral mit Löffeln gefressen und war dazu ein machtverwöhnter, arroganter Vollidiot!

Sie schwang ihre Beine vom Bett und klopfte an die Badtür.

Romy rief sie rein. Sie tuschte gerade ihre Wimpern und lächelte Elysa zu. »Na, gut geschlafen?«

»Wie eine Tote!«, entgegnete Elysa.

»Wie lief dein Gespräch mit Týr? Hatte er wieder einen Eifersuchtsanfall?« Interessiert sah Romy auf.

»Er ist diesmal total ausgerastet. Meine kleine Tanz-Einlage war auf Youtube.« Elysa presste die Lippen aufeinander, um nicht aufzulachen. Bis Aegir auftauchte, hatte sie Spaß gehabt. Romy hielt sich nicht zurück und prustete los.

»Jeder sollte mal etwas Verrücktes tun! Das können wir mal unseren Enkelkindern erzählen: Als ich noch jung war, habe ich vor meinem Schwiegervater einen Striptease aufgeführt und ihm anschließend auf die Füße gekotzt!« Romy kicherte. Elysa seufzte.

Sie wusch sich das Gesicht.

»Lass dich von diesem königlichen Arsch nicht heruntermachen. Du bist die tollste Frau, die ich kenne.« Romy presste ihr einen Kuss auf ihre nasse Backe.

»Welchen königlichen Arsch meinst du denn genau?« Elysa hob grinsend eine Augenbraue.

»König Aegir natürlich. So ein arroganter Arsch! Týr ist viel cooler als er. Der flippt doch nur aus, weil er eifersüchtig ist und das ist ja auch irgendwie süß!« Romy zwinkerte ihr zu.

»Findest du, dass Týr und ich zusammenpassen?«

Überraschung spiegelte sich auf Romys Gesicht. »Ihr beide seid das absolute Traumpaar! Lass dich doch von diesem Vampirkönig nicht verunsichern. Was ist los mit dir? Du gibst doch sonst nicht nach, wenn dir jemand blöd kommt! Denk mal an deine Tante, die dich dauernd kritisiert. Du stehst für dich ein und genau das solltest du jetzt auch tun. Wenn Týr so ein braves, langweiliges Mäuschen hätte haben wollen, wäre er längst mit einem verheiratet.« Romy sah sie eindringlich an.

Das tat Elysa gut. Romys Worte gingen runter wie Öl. Sie hatte recht. Elysas Kampfgeist war geweckt. Sie hatte sich vor ihrem Bruder behauptet und sie würde sich auch vor dem König behaupten. Týr war ihr Gefährte, ihre Liebe. Wichtig war, dass sie beide miteinander klarkamen. Týr hatte ihr gestern Nacht versprochen, ihren Freiheitsdrang zu akzeptieren und sie nicht in eine Ehe zu drängen. Mit seiner ständigen Eifersucht würde sie klarkommen. Seine Energie machte ihr nichts aus, im Gegenteil.

Elysa sorgte für ein frisches Make-up, viel brauchten sie als Wölfinnen nicht, aber Wimperntusche liebte sie. Sie wechselte die Suite und durchsuchte ihren Kleiderschrank. Týr war offenbar schon beim Essen.

»Schau mal, wer da ist!«

Elysa drehte sich nach Romys Stimme um und sah Saphira neben ihr stehen.

»Hey!« Saphira winkte ihr zu.

Oh Mist. Ihre Verabredung hatte Elysa total vergessen. Sie kam zu Saphira und umarmte sie.

»Ich habe gestern zufällig König Aegir kennengelernt. Er hat mich mit dir verwechselt. Ich habe das geradegerückt. Er war nicht glücklich darüber. Kann es sein, dass ihr einen schlechten Start hattet?«, fragte Saphira besorgt.

Saphira verhielt sich wie so oft höflich, dabei war sie selbst unglücklich in den Vampirprinzen verliebt. Sie hatte Elysa jedoch versichert, dass sie sich nicht in ihre Beziehung mit Týr einmischen würde.

»Das kann man so sagen. Ich habe gestern ungeplant vor ihm gestrippt«, informierte Elysa die andere Wölfin knapp.

Saphira bekam sogleich rote Ohren. »Wo?«

»Im *Mudanca*. Ich hatte keine Ahnung, dass Aegir dort auftaucht.«

Saphira riss die Augen auf. »Was sagt Týr dazu?«

»Er war eifersüchtig und angepisst, aber wir kommen klar.« Zumindest hoffte Elysa das. Für die Beziehung mit dem Vampirprinzen musste Elysa einige Opfer bringen.

»Der König wird heute beim Essen anwesend sein«, warnte Saphira sie vor.

»Davon gehe ich aus«, murmelte Elysa.

Die drei Wölfinnen erschienen gemeinsam im Esszimmer, wo schon alle versammelt saßen. Alle waren ein Stück aufgerutscht, damit Aegir Týrs Platz am Kopfende einnehmen konnte.

»Guten Abend!«, begrüßte Romy gut gelaunt die Vampire und lief als Erstes zum Buffet. Elysa spürte Týrs Blick auf sich und erwiderte ihn. Er hatte Angst. Angst, dass sie ihn verließ. Sie las es deutlich in seinen Augen.

Warum hatte sie auch ihren Bruder mit hineinziehen müssen? Der hatte nichts mit ihrer Eskapade zu tun. Ryan war ein schwieriges Thema zwischen ihnen. Elysa saß zwischen den Stühlen und dieser Umstand belastete ihre Beziehung.

»Guten Abend, Saphira! Schön, dass du gekommen bist. Setz dich zu uns. Neben meinem Sohn ist noch ein Platz frei.« König Aegirs Stimme klang freundlich und wohlwollend.

Elysa beschloss, diese Unverschämtheit zu ignorieren und gesellte sich zu Romy, um ihren Teller zu beladen. Sie liebten es, das Buffet zu erkunden, anstatt sich vom Personal bedienen zu lassen.

»Neben mir sitzt meine Frau!«, erwiderte der Prinz ruhig, aber bestimmt.

Sie biss sich auf die Lippe, drehte sich aber nicht um.

»Sei mir bitte nicht böse, Saphira«, schob Týr höflich hinterher.

Elysa bemerkte, wie Romy ihr von der Seite zuzwinkerte. Sie sammelte sich kurz und ging zum Tisch. Sie setzte sich neben Týr. Der legte sofort seine Hand auf ihr Bein und zog es an seines, damit sie sich berührten.

»Wir gehen heute aus, wenn du Lust hast?« Hoffnungsvoll blickte Týr sie an.

Elysa konnte nicht verhindern, dass ihre Augen sich vor Freude weiteten.

Seine Mundwinkel zuckten amüsiert. »Dein Strahlen deute ich mal als *Ja*.« Zufrieden wandte er sich seinem Essen zu.

»Wir haben jede Menge Arbeit, Týr!« Aegir warf ihr einen vernichtenden Blick zu.

»Raphael ist über alles informiert, er wird sich um alles kümmern.« Týr trank einen großen Schluck Kaffee und aß weiter, als würde er seinem Vater jeden Tag eine Abfuhr erteilen.

»Und Kleines, wie hast du geschlafen?«, raunte Chester ihr von der anderen Seite zu.

»Wie eine Tote! Aber der Rausch ist weg«, flüsterte sie. Da sonst keiner sprach, hörten sie alle zu.

»Ziemlich cool mit den Superkräften, oder?« Chester grinste schelmisch.

»Du tust ja gerade so, als hättest du selber ein paar Anekdoten zu berichten.« Elysa schmunzelte.

»Ich habe im Suff einer Menschenfrau mein Auto geschenkt. Einen nagelneuen Porsche!« Chester schnaubte.

Elysa grinste frech. »Ich hoffe der Sex war es wert!«

»Elysa Sante!«, donnerte der König. »Ich bin schockiert von deinem Mundwerk! Von der Mätresse meines Sohnes erwarte ich wenigstens ein Minimum an Anstand!«

Sie spürte die Wut, die in Týr neben ihr anstieg. Bevor er sie verteidigen konnte, ergriff sie das Wort.

»Vielleicht solltest du dir auch eine Mätresse zulegen, die für Entspannung in deinem Leben sorgt!«, schleuderte sie dem König an den Kopf. *Blöder Arsch!*, fügte sie in Gedanken hinzu.

Týr schluckte hart und presste die Lippen aufeinander.

Kenai und Raphael sogen scharf die Luft ein. Chester dagegen begann lautstark zu lachen und Romy konnte sich ein »Wo sie recht hat, hat sie recht!« nicht verkneifen.

»Wie kannst du es wagen, so mit deinem König zu sprechen?« König Aegirs Aura entfaltete sich. Er erhob sich von seinem Platz, um ihr seine Überlegenheit deutlicher zu demonstrieren.

Elysa spürte seine Macht, die um das Vielfache höher war, als ihre eigene. Sie sah auch, wie die Vampire ihre Blicke senkten - alle bis auf Týr, der seinen Vater misstrauisch beäugte.

Elysa erhob sich ebenfalls und funkelte den Mann wütend an. »Du bist nicht mein König!«

Aegir verengte seine Augen zu Schlitzen und sie merkte, wie er versuchte, sie mit seiner Macht dazu zu zwingen, den Blick zu senken.

»Solange du dich in meinem Schloss befindest, wirst du dich mir beugen! Und jetzt senke deinen Blick!«, befahl er und sie spürte den Energieangriff auf ihren Geist.

*Es wirkt nicht auf mich!* Genugtuung machte sich in ihr breit.

»Vater, hör auf damit!« Týr stand auf und versperrte ihr mit seinem Rücken die Sicht auf seinen Vater. »Ich erwarte, dass ihr euch gegenseitig mit Respekt behandelt!«, fuhr er streng fort und positionierte sich nun so, dass er sie abwechselnd ansehen konnte.

Elysa verschränkte beleidigt die Arme vor der Brust und schob die Unterlippe vor. Týrs Augen verrieten ihn. Elysa hatte schnell herausgefunden, dass sie nur bestimmte Mienen aufsetzen musste und der Kerl zerfloss wie Butter.

König Aegir sagte nichts, sein Blick war unlesbar, seine Gedanken hinter einer Maske verborgen. Der König setzte sich hin und wies die Diener an, ihm neues Essen zu bringen, seines wäre kalt.

Týr folgte seinem Beispiel, zog Elysa auf ihren Stuhl und nahm seine Mahlzeit wieder auf. Elysa schaute auf ihren Teller und bemerkte, dass sie bereits alle Gewürzgurken verschlungen hatte. Sie spießte wie selbstverständlich ein Stück von Týrs Teller auf und schob es sich in den Mund.

Der Prinz grinste sie an. »Solange du zu Hause isst, ist alles in Ordnung«, raunte er ihr kaum hörbar ins Ohr.

»Mmh«, machte sie und genoss ihr neckisches Spiel. Sie klaute ihm eine weitere Gewürzgurke. Týr beobachtete sie amüsiert. »Du hast aber auch leckere Sachen«, hauchte sie ihm ins Ohr.

»Týr!«

Der Prinz seufzte frustriert. Die Blicke der Männer trafen sich. Elysa beobachtete den stummen Austausch. Der König wollte offenbar kein öffentliches Geturtel zwischen ihnen sehen.

Sie wandte sich zu Chester, der gerade vom Buffet zurückkehrte und ihr ein Stück Kuchen auf den Teller lud.

»Du bist definitiv mein Lieblingsvampir!« Sie grinste vor Freude über die Torte.

»Dann solltest du diesen Prinzen neben dir verlassen und mit mir durchbrennen«, feixte Chester.

»Soll ich mir die Haare eher hell- oder dunkelrot färben?« Sie hob eine Augenbraue und die beiden prusteten synchron los. Selbst Týr neben ihr hustete, um nicht zu lachen.

»In mein Büro! Sofort!«, herrschte der König Elysa an.

»Zu gerne!«, fuhr sie aufgebracht zurück.

Týr erhob sich fluchend von seinem Stuhl. »Ich denke, es ist besser, wenn wir das unter sechs Augen klären.«

»Ich kann selbst für mich sprechen!« Elysa war furchtbar geladen. Sie sah, wie Týr einen hilflosen Blick zu Chester warf, der nur seufzte.

Elysa war schon auf dem Flur und stürmte wutentbrannt ins Büro. Dieser arrogante Arsch! Wenn er dabei war, redete keiner am Tisch, und wenn sie den Mund aufmachte, meckerte er rum, ganz egal, was sie von sich gab! Durften Vampire in Anwesenheit des Königs nicht sprechen?

Oh, wie sie in diesem Moment das Rudel vermisste. Sie kannte keinen Alpha, der sich so aufgeblasen aufführte! Sehnsüchtig dachte sie an Ryan, den besten Alpha dieser Welt, der sie zum Lachen brachte und mit ihr schäkerte. Trotzdem respektierten ihn alle! Aegir sollte sich was von ihm abgucken. Wenn die Wölfe zusammen aßen, waren sie ein Team, mehr noch: eine Familie.

Schmunzelnd und wehmütig erinnerte sie sich an ihre Tortenschlacht zu ihrem Geburtstag oder die Kämpfe mit Josh um das Nutellaglas.

Wutschnaubend lief sie auf und ab, als die beiden königlichen Vampire schließlich den Raum betraten. Bevor einer der beiden etwas sagen konnte, fixierte sie den König.

»Du bist ein machthungriger, arroganter Schnösel, der auf andere herabsieht, obwohl er sie nicht kennt. Du erwartest Demut, statt Freundschaft. Wie konnte ein Mann wie du, so einen wundervollen Sohn zustande bringen? Ich bin gestern über das Ziel hinausgeschossen, aber nicht, um dich anzugreifen, sondern weil ich 25 Jahre alt bin und dazu eine

Wölfin. Ich werde mich nicht für das entschuldigen, was ich bin! Ich habe keinen Seelenverwandten bestellt, schon gar keinen königlichen Blutsauger, aber das interessiert keine Sau! Der Kerl ist trotzdem in meinem Leben aufgetaucht und stellt es auf den Kopf! Wenn du dir eine andere Frau für deinen Sohn wünschst, bitte sehr. Ich zwinge ihn nicht dazu, bei mir zu bleiben. Aber lass mich mit deinem Machtgetue in Ruhe!« Sie stierte den König an und er starrte zurück.

Týr hatte den Atem angehalten.

Elysa tat es gut, ihrer Wut Luft zu machen.

»Bist du jetzt fertig?« Aegir verengte seine Augen zu Schlitzen und musterte sie abfällig.

Elysa sagte nichts. Sie schob lediglich das Kinn vor.

»Du bist eine attraktive Frau. Ich bezweifle keine Sekunde, dass ein Mann deine Wildheit zu genießen weiß. Mein Sohn, bei dem alle Frauen vor Aufregung in Ohnmacht fallen, weiß deine Rundungen mit Sicherheit zu schätzen. Týr ist der beste Fang im ganzen Königreich und die Frau, die er einmal heiratet, heiratet das ganze Vampirreich gleich mit. Willst du diese Verantwortung? Bist du bereit meinen Sohn zu heiraten und die Pflichten, die das mit sich bringt, zu tragen?« Aegir stoppte den Einwand seines Sohnes mit einer Handbewegung. »Halte dich da raus, Týr!«

»Ich bin noch lange nicht bereit, deinen Sohn zu heiraten.«

Týr schloss resigniert die Augen.

»Schön, somit haben wir kein Problem. Ich erwarte nicht, dass mein Sohn als Jungfrau in die Ehe geht. Soll er sich mit dir austoben und sich die Hörner abstoßen. Du wirst sowieso weiterziehen. Eine Frau wie du ist nicht treu.« Aegir nickte zufrieden und marschierte hinter den Schreibtisch. »Ich würde vorschlagen, du beglückst meinen Sohn und ich erwarte Týr danach entspannt und konzentriert bei der Arbeit.« Ihr entging nicht, dass der König ihren Wortlaut vom Essenstisch verwendete. Er begann, Papiere auf dem Schreibtisch zu wälzen.

Elysa verließ wutschnaubend den Raum, wurde aber im Flur von Týr aufgehalten, der sie gegen die Wand stieß und seine Hände rechts und links neben ihrem Kopf platzierte.

»Wir beide haben keine lockere Affäre! Das Thema haben wir lange genug diskutiert. Du hast mir gesagt, dass mir deine

Liebe gehört. Wieso lässt du zu, dass mein Vater denkt, das zwischen uns wäre nur Sex?« Verletzt und wütend sah er sie an.

Elysa seufzte. »Dein Vater lässt nicht mit sich reden. Wozu diese schwachsinnige Diskussion? Ich habe ihm meine Meinung gesagt und fertig. Wie bist du all die Jahrhunderte mit ihm ausgekommen? Der Mann ist die Pest!« Elysa schüttelte den Kopf. Wie es aussah, waren weder ihre noch seine Familie mit ihrer Verbindung einverstanden. Lange würde es nicht mehr dauern, bis sie zu Ryan krabbeln würde, um ihn anzubetteln, sie trotzdem lieb zu haben.

»Liebst du mich?«, ignorierte Týr ihre Erklärung.

Elysa fluchte innerlich über diesen romantischen Vampir. Sie hasste so was. Schon einige Männer hatten die goldenen Worte von ihr hören wollen. Sie hatte daraufhin die Affäre beendet, weil es ihr zu eng wurde.

»Týr, das sind verdammt große Worte und ich bin nicht der Typ, der damit um sich wirft.« Entschuldigend suchte sie seine Augen. Sie wollte ihm nicht weh tun, aber sie konnte es noch nicht aussprechen.

»Ein *Ja* oder *Nein* reicht mir.«

»Ja, sehr!«, betonte sie ehrlich und legte sanft eine Hand an seine Wange.

Endlich lächelte er. »Schlaf mit mir!« Týr presste seine Stirn auf ihre.

»Hier?« Elysa schmunzelte.

Er hob sie hoch und setzte sie sich auf seine Hüften. Schnellen Schrittes lief er in ihre gemeinsame Suite und verschloss die Tür von innen.

»Das befreit dich nicht von unserem Date!« Streng hob sie den Zeigefinger vor sein Gesicht.

»Ich gehöre dir die ganze Nacht.« Týr trug sie zum Bett und begrub sie unter sich.

»Sind deine Eltern Seelenverwandte?«, überlegte Elysa laut, während Týr ihren Hals küsste.

»Das sind sie.« Er ließ sich nicht ablenken und führte seinen Kussweg fort.

»Und die Vampirinnen senken tatsächlich vor dir den Blick, als wärst du eine Art Gott?« Elysa war schon aufgefallen, dass die Menschen - insbesondere die Frauen -

vor ihm zurückwichen, aber sie hätte nicht erwartet, dass Vampirinnen so unsicher waren.

Týr hob seinen Kopf aus ihrem Ausschnitt. »Das tun sie.« Anschließend vergrub er seinen Kopf zwischen ihren Brüsten.

»Warum?«

Týr seufzte. »Wie wäre es, wenn wir erst Sex haben und danach reden?«, schlug er frustriert vor.

»Du benimmst dich wie ein läufiger Wolf!« Sie grinste. Elysa fühlte sich von seiner Wildheit angezogen.

Schmunzelnd verteilte er Küsse auf ihrem Gesicht. Elysa schob den Vampir von sich und setzte sich rittlings auf ihn. Langsam öffnete sie ihre Bluse. Týr folgte ihren verführerischen Handbewegungen mit seinen Augen.

»Ich fasse es immer noch nicht, dass du strippen kannst! Wer hat dir das beigebracht?«

Elysas Mundwinkel hoben sich schelmisch. »Ich habe einen Poledance-Lehrer, der trainiert einmal die Woche mit mir. Ich hab es schon ganz gut drauf, oder?«

Týr knurrte. »Wann, wo und wer?« Er zischte und stützte sich auf seine Ellbogen, um sie besser ansehen zu können.

»Nach dem offiziellen Tanztraining an der Akademie. Juan Delgardo«, säuselte sie provokant und rieb sich an seiner Lendengegend.

»Du hinterhältiges Biest! Du weißt ganz genau, dass ich dagegen bin!« Týr fluchte.

»Mmh«, machte sie verführerisch. »Gönn mir doch den Spaß, dich aufzuziehen, Vampir!« Sie ließ ihre Bluse an ihren Armen herunterrutschen und präsentierte sich im BH.

»Morgen komme ich mit zu deinem Training und knöpfe mir diesen Trainer vor!«, beschloss der Vampir aufgebracht.

»Du und deine Eifersucht. Manchmal ist sie wirklich unterhaltend.«

Schmollend legte Týr sich zurück auf den Rücken und fuhr sich durch die Haare. Elysa beugte sich über ihn und küsste nun seinen Hals. »Juan ist übrigens schwul. Ich kann es kaum erwarten, euch miteinander bekannt zu machen.« Sie unterbrach ihre Küsse und zwinkerte ihm zu.

»Bist du sicher?«

Elysa prustete los und richtete sich erneut auf. »Juan kombiniert hochhackige Schuhe mit enganliegender

Leopardenhose und einem Top in den Farben des Regenbogens. Außerdem hat er einen festen Freund.«

»Okay, das ist eindeutig. Trotzdem komme ich morgen mit.« Týr verzog das Gesicht. »Hey! Wir sind hier noch nicht fertig!«, versuchte der Vampir sie aufzuhalten, als Elysa von ihm kletterte. Sie wechselte ins Nebenzimmer, um einen Sessel zu holen. Diesen schob sie herein und erntete dafür einen fragenden Blick von Týr. Danach öffnete sie Týrs Kommode und holte aus dem oberen Fach eine Zigarre. Elysa setzte sich auf den Sessel, schlug ein Bein über das andere und zündete sich die Zigarre an.

»Strip für mich, Vampir!«, befahl sie ihm. Týr, der mittlerweile seitlich auf dem Bett lag und seinen Kopf auf der Hand abstützte, begann, herzhaft zu lachen.

*Lach nur!* Abwartend musterte sie ihn. Als sein Lachen nicht abklingen wollte, nahm sie noch einen Zug von der Zigarre. Ihr Jagdinstinkt war geweckt. Das hier war nur der Anfang. Ihr Donnergott würde Elysas Namen schreien, wenn sie mit ihm fertig war. Týrs Lachen wich so langsam einem Kopfschütteln.

»Auf keinen Fall! Ich kann so was nicht.«

»Du hast den perfekten Körper. Na los, sei ein Mann.«

Fluchend kletterte Týr vom Bett und baute sich zwei Meter entfernt von ihr auf. Elysa liebte das an ihrem Gefährten. Er war offen für ihre Wünsche.

»Moment! Es fehlt Musik.« Schnell huschte sie zur Anlage und durchsuchte den Stick nach dem passenden Lied. Sie entschied sich für den ultraheißen Song *Insatiable* von Darren Hayes. »Uh uh, yeah, oh yeah, uh«, stöhnte der Mann kurz darauf aus der Anlage.

»Heilige Scheiße!« Týr zischte lautstark.

Elysa setzte sich in ihren Sessel und funkelte ihn aufgeregt an. Sie konnte es kaum erwarten, ihm dabei zuzusehen, wie er sich langsam für sie auszog. *Wir lieben uns zwischen diesen Laken, ich bade mein Gesicht in deinem zuckersüßen Duft.* Týr knurrte bei den Worten und atmete aufgeregt ein und aus. Sie roch seine Erregung. Die Luft prickelte zwischen ihnen. Das tat sie oft.

Týr zog an seinem Shirt.

»Langsam, Vampir«, flüsterte sie. »Beim Striptease spielst du mit dem Verlangen deines Gegenübers. Du offenbarst nicht gleich all deine Geheimnisse.«

Týr fixierte sie mit seinen hellblauen Augen, die sie so liebte, die sie fesselten. In Zeitlupe zog er sich das Shirt über den Kopf und begann, mit den Hüften zu kreisen. Die Luft schien elektrisch geladen zu sein.

Elysa war völlig gebannt. Sie ließ ihren Blick über seinen Körper schweifen. Gott hilf ihr, der Vampir bestand aus reiner Muskelmasse, der tätowierte Oberkörper turnte sie an. Er versprach Lust.

Týr hatte mittlerweile den Knopf seiner Hose geöffnet und befreite sich langsam und auf äußerst sexy Weise von ihr. Elysa starrte auf die Boxershorts, die er trug, und leckte sich über die Lippen. Sie wusste, was der Vampir zu bieten hatte. Seine Erektion beulte deutlich den Stoff. Elysas Hitze sammelte sich bereits in ihrem Slip. Sie biss sich auf die Lippe und folgte seinen Bewegungen mit den Augen.

Týr schob seine Boxershorts nach unten. Er war nackt vor ihr.

Der Anblick war … lecker. Elysa schleckte sich über die Lippen.

Er kam auf sie zu, nahm ihre Hand und führte sie an seine intimste Stelle. Elysa fuhr mit ihrer Hand über das harte Stück. Týrs Schwanz fühlte sich perfekt an.

Týr stützte sich auf den Sessel, als Elysa ohne Vorwarnung auf den Boden rutschte und seinen Schwanz in den Mund nahm. Sein Körper bebte und er rang nach Luft.

»Ahh, was machst du mit mir«, stieß er erregt aus.

Sie hatten sich auf viele unterschiedliche Arten geliebt, aber bisher nicht so. Elysa spürte, wie Týr zitterte und gegen den Orgasmus kämpfte. Sie nahm ihn gieriger und so tief, wie es möglich war. Mit einer Hand fuhr sie sich an die Klitoris, um sich zu stimulieren. Jegliche Selbstbeherrschung hatte sie verloren. Das Raubtier hatte die Kontrolle übernommen. Der Atem ihres Gefährten ging stoßweise und er krallte seine Hände in die Sessellehne. Stöhnend packte er mit einer Hand ihre Lockenmähne.

»Ah, Baby ich kann mich nicht halten!«

Sie spürte, wie er sie wegziehen wollte, aber sie hielt ihn fest. Sie wollte alles, er gehörte ihr, verdammt nochmal!

Elysa mochte Oralsex eigentlich nicht. Es war ihr zu intim, ihre Geschmacksnerven waren zu intensiv. Sie hatte es bisher nur mit ihrem ersten Partner getan, Luca. Aber das war anders gewesen. Sie hatte lernen wollen, wie es geht, wie es sich anfühlte, aber es war nicht ihr Ding gewesen.

Jetzt war es besonders. Sie wollte alles von Týr und sie wollte ihn schmecken!

Sie zwang ihn, seine Stellung beizubehalten, indem sie ihre Krallen ausfuhr und in sein Fleisch grub. Der Vampir über ihr stöhnte heftig auf. Dann ergoss er sich in ihren Mund und kollabierte halb auf dem Sessel.

Immer noch schwer atmend ließ er sich zu ihr auf den Boden sinken. Lächelnd blickte sie in seine goldenen Augen - der Beweis für ihre Seelenverbundenheit.

»Wie du wahrscheinlich gemerkt hast, war ich noch Jungfrau auf diesem Gebiet.« Er fuhr sich überfordert durch die Haare. »Herrgott, wieso hast du es geschluckt?«

»Sei nicht so prüde, Vampir. Du sollst dir schließlich die Hörner abstoßen, schon vergessen?« Sie gluckste belustigt.

»Sei nicht so frech!«, brummte der Prinz.

»Lass uns duschen gehen, ich will mein Date!«, fügte sie schelmisch hinzu.

# 10

Týr hielt Elysas Hand in seiner und spazierte mit ihr am Strand entlang. Er fühlte sich frei und glücklich. Sein Vanilleschatz trug ihre Pumps in der freien Hand und quasselte wie ein Wasserfall.

»Du weißt, Josh bringt so schnell nichts aus der Ruhe«, erzählte sie gerade glucksend.

»Wieso bist du eigentlich die Einzige, der er freiwillig das Nutella überlässt?« Das hatte er sich schon lange gefragt. Er würde die Essenskämpfe unter den Werwölfen nie vergessen. Unterhaltung pur.

»Wir waren zusammen mit ein paar Mädels aus meiner Tanzcrew aus und Josh wurde natürlich mit Angeboten überhäuft.«

Týr verdrehte die Augen. Der Kerl war ein noch schlimmerer Casanova als Noah - und das musste was heißen!

»Und? Was hat das mit der Nutella zu tun?« Er hob eine Augenbraue.

Elysa grinste über das ganze Gesicht und zog ihn näher zu sich. »Ich habe den Mädels erzählt, dass er Syphilis hat!«

Týr prustete los. Sein Gelächter hallte über den Strand und die Leute drehten sich nach ihnen um. Er konnte sich nicht halten. Nun stiegen auch Lachtränen in seine Augen. Keuchend rang er nach Luft, nur um gleich aufs Neue loszuprusten.

»Gott, Elysa«, gab er keuchend von sich und wischte sich die Lachtränen weg. Ihre blauen Augen funkelten belustigt und er zog sie in seinen Arm. »Syphilis…«

»Immerhin sind viele Menschen früher daran gestorben. Josh hat sich den ganzen Abend über gewundert, warum keine der Frauen mehr Interesse an ihm gezeigt hat. Und er hat sich wirklich ins Zeug gelegt.« Sie betonte das Wort *wirklich*.

Týr konnte ein weiteres Lachen nicht unterdrücken.

»Auf dem Rückweg hat er sich dann Sorgen um seine Anziehungskraft gemacht. Da konnte ich mich nicht mehr halten und habe ihm von seiner Geschlechtskrankheit erzählt.«

Týr nickte verstehend. »Daraus hat sich wohl der Deal ergeben, dass du in Zukunft solche Scherze unterlässt, solange er die Nutella abgibt?« Amüsiert beobachtete er sie von der Seite.

»So ist es. Du kannst dir was drauf einbilden, dass ich es dir erzählt habe. Schließlich ist das mein einziges Druckmittel. Der Mann ist echt der Gefräßigste, den ich kenne!«

Týr hatte sich die ganze Zeit gefragt, was sie gegen den schönen Wolf in der Hand hatte, dass er ihr freiwillig sein Lieblingsessen überließ.

Týr setzte sich in den Sand und zog seine Sonne zu sich. Er genoss den Ausblick auf das Meer, die Lichter in der Ferne und den Mond. Noch nie hatte er sich so lebendig gefühlt, wie mit ihr. Er beobachtete sie von der Seite und bewunderte ihre Schönheit. Gott, sie war bezaubernd!

Elysa schaute nicht in seine Richtung, sondern geradeaus auf das Wasser.

»Was geht in deinem Kopf vor, Vampir?«, fragte sie grinsend, ohne den Blick vom Meer abzuwenden.

»Ich habe dich einfach angesehen, weil ich nicht genug bekomme. Du bist wunderschön - wie ein Engel.«

»Sei nicht dauernd so schnulzig!«, schalt sie ihn.

Dass sie aber auch jede romantische Annäherung abblocken musste! Er wollte sie auf Händen tragen, aber sie lief lieber selbst.

Elysa drehte sich zu ihm. »Erzähl mir von den Vampirinnen. Warum sehen sie dich nicht an? Wie sind sie überhaupt? Außer deiner Mutter ist mir nie eine begegnet.« Neugierig musterte Elysa ihn.

»Na ja, Vampirinnen kann man nicht über einen Kamm scheren, genauso wenig wie Menschenfrauen oder Wölfinnen. Dennoch glaube ich, dass sie weniger aufbrausend und freiheitsliebend sind als Wölfinnen. Die meisten Vampirinnen, die ich kenne, sind adlig und verhalten sich entsprechend vornehm - im Gegensatz zu jenen, die vom Adel losgelöst in den Städten leben. Während des Krieges war ich meistens auf dem Schlachtfeld oder in unseren Lagern, um Strategien zu besprechen. Da gab es auch ein paar Kämpferinnen, die mutig und besonnen waren. Sie haben mich auch angesehen, allerdings nicht so frei oder natürlich wie andere Soldaten.«

Týr hielt einen Moment inne. Elysa hörte konzentriert zu.

»Die adligen Vampirinnen am Hof in Chicago oder aus den Clans sind sehr adrett und schwafeln in diesem Adelsgehabe. Eure Majestät hier und Eure königliche Hoheit da. Eine normale Unterhaltung mit so einer Frau ist quasi unmöglich, weil sie immer so antwortet, wie sie glaubt, dass es sich gehört. Mich hat das noch nie angezogen. Nicht auf die Weise, wie eine Frau einen Mann anziehen kann. So wie du mich anziehst.« Bei dem letzten Satz zwinkerte er ihr zu.

»Wie läuft so ein Gespräch ab?«

Týr lächelte. Elysa würde sich nie so benehmen. Er hob die Stimme. »Ich fühle mich so geehrt an diesem Ball teilnehmen zu dürfen, Eure Hoheit. Meine ganze Familie drückt Euch den größten Respekt aus«, ahmte Týr nach. »Habt einen wunderschönen Abend, Mylady«, fuhr er fort. Danach spielte er den Schüchternen und blickte nach unten. »Wenn es nicht zu unverfroren von mir ist, möchte ich erwähnen, dass meine Tanzkarte noch nicht ganz gefüllt wurde. Wenn Eure Majestät es wünscht, wäre es mir eine Ehre, mit Euch zu tanzen.«

Elysa gluckste. »Ist das dein Ernst?«

Týr zuckte mit den Schultern. »Das war noch eine von den mutigeren Frauen. Normalerweise stehen sie da, warten und hoffen, dass ich sie um einen Tanz bitte.«

Jahrhundertelang hatte er sich darüber keine Gedanken gemacht. Er kannte es nicht anders. Aus Höflichkeit und Etikette hatte er seine Pflichttänze erledigt und peinlichst genau darauf geachtet, nicht mit der gleichen Frau zweimal zu tanzen. Das hätte nur zu Gerüchten geführt, weil er einer Dame mehr Beachtung geschenkt hätte. Ansonsten bevorzugte er das Training mit seinen Soldaten. Er hatte dafür gelebt, die Sicherheit seines Landes zu gewährleisten.

»Hi!« Týr grinste Elysa an. Sie hob abwartend eine Augenbraue. »Starrst du eine Frau immer so steif an oder kannst du nicht anders wegen des Stocks im Arsch?«, ahmte er sie nach und schmunzelte, als sie losprustete.

»Oh man.« Elysa lachte und schüttelte den Kopf über sich. »Das war wohl ein ziemlicher Stilbruch.«

»Das kannst du laut sagen!« Zärtlich strich er mit den Fingern über ihre Wange.

»Also stimmt, was dein Vater sagt? Meine Andersartigkeit zieht dich an?«, fragte sie, nachdem ihr Lachen abgeklungen war.

»Ja und nein. Natürlich zieht es mich an, dass mir auf einmal eine Frau gegenübersteht, die sich anders verhält, als die Frauen, die ich kenne. Die mich herausfordert und in mir einen Mann sieht und nicht den Prinzen. Aber selbst wenn es anders gewesen wäre, wenn du mich im Club nicht so direkt angesprochen hättest, hätte ich mich trotzdem an dir festgebissen. Der Sog war schon da, als du das *Mudanca* betreten hast, ohne dass ich wusste, wie scharf du aussiehst oder welche Charakterzüge du hast. Ich bin meiner Nase gefolgt. Sie hat dich sofort erkannt.«

»Saphira ist eine Wölfin und senkt auch den Blick. Romy fordert dich ebenfalls nicht heraus«, überlegte Elysa.

»Das hat mit meinem Blut zu tun und der Aura, die mich umgibt. Es wirkt nicht nur auf Menschen oder Vampire, sondern auch auf Wölfe. Auf Frauen stärker als auf Männer. Die Jungs aus meinem inneren Kreis kennen mich lange genug, um offener mit mir umzugehen, aber auch sie senken die Blicke, wenn ich meine Macht demonstriere. Ryan tut es interessanterweise nicht, obwohl ich ihm körperlich überlegen bin. Er sieht mich genauso herausfordernd an wie du. Dein Bruder wird einmal sehr mächtig sein, wenn er älter ist. Das spüre ich.« Er sah, wie Elysa grübelte.

»Ich habe instinktiv gewusst, dass von dir keine Gefahr für mich ausgeht und ich keine Angst haben muss.«

»Bis auf gestern Abend…« Geknickt ließ er den Kopf hängen.

»So ein Schwachsinn. Ich hatte keine Angst vor dir. Du bist ausgeflippt und hast alles demoliert, das habe ich nicht gepackt. Mein Kopf hat von diesem Zeug so gedröhnt, dass dein Gebrüll mir zu viel wurde. Deswegen habe ich geschrien, aber doch nicht, weil ich Angst hatte.« Sie hob sein Kinn an und suchte seinen Blick.

»Egal, wie sauer du mich machst oder was ich alles demoliere, wenn diese Scheißeifersucht mich überkommt, ich würde dich niemals angreifen. Ich schwöre es!«

»Ich weiß«, versicherte sie ihm.

Erleichtert seufzte er auf.

»Unsere Alphas haben auch diese Aura, die die schwächeren Wölfe dazu bringt, sich zu beugen. Sie haben außerdem besondere Gaben. Ist das bei euch auch so?«

Týr nickte. »Ich habe die Gabe meines Vaters geerbt, die Erinnerungen meines Gegenübers einsehen zu können, wenn ich es will.«

Elysa runzelte die Stirn. »Wie funktioniert das?«

»Ich kann meine Macht auf die gewünschte Person ausüben und sie in die Knie zwingen, dann schlüpfe ich mit meinen Gedanken in den Geist der Person und sehe ihre Erinnerungen. Wenn ich gezielte Fragen im Kopf habe, erlebe ich diese als Erstes.«

Elysa verzog unglücklich das Gesicht. »Also kann man dich quasi nicht anlügen.« Frustriert warf sie die Arme in die Luft.

Týr musste auflachen. »Keine Ahnung, ob es bei dir funktionieren würde. Ich habe es nie versucht.«

»Hast du nicht?«

Er schüttelte den Kopf.

»Warum nutzt du die Gabe nicht, wenn dich etwas interessiert, was dein Gegenüber nicht zugeben möchte?«

»Ich werde in dem Moment zu der Person. Ich kann nicht als Týr danebenstehen und zuschauen. Ich erlebe das Geschehene aus dem Blickwinkel des Betroffenen und fühle das Gleiche. Wenn ich meinen Geist zum Beispiel mit einem Mörder verbinde, ermorde ich das Opfer und fühle den Hass oder was auch immer ihn antreibt.« Es war ein beschissenes Gefühl und er umging diese Option so gut es ging.

»Verstehe. Und dein Vater kann es auch?«

»Er ist ein Meister darin.«

»Probier es bei mir aus! Ich will wissen, ob es funktioniert«, drängte sie ihn.

»Elysa, ich vertraue dir und will dich nicht auf diese Art kontrollieren oder unterdrücken! Außerdem möchte ich manche Sachen nicht wissen. Ich weiß, dass du eine Vergangenheit hast, die meine Eifersucht schürt«, wiegelte er ab.

»Du hast gesagt, du kannst mit einer gezielten Frage in meinen Kopf gehen. Frage mich etwas Schönes, beispielsweise, wie mir dein Strip gefallen hat. Und ich versuche, dich zu blocken.« Mit großen Augen sah sie ihn an.

Okay, das wirkte harmlos und Elysa war offenbar einverstanden. Týr hatte bisher nie schöne Erinnerungen bei anderen eingesehen. Somit würde er mit Elysa eine Premiere haben. Týr konzentrierte sich auf seine Gabe und spürte die Macht in sich aufsteigen. Er griff nach Elysa und stieß prompt auf eine Blockade, die ihn verwirrte. Er kämpfte gegen diese Wand an und versuchte, in ihren Geist zu gelangen, aber was er auch probierte, es gelang ihm nicht.

»Fang an, worauf wartest du?«, forderte sie ihn auf.

Überrascht runzelte er die Stirn. »Du hast meinen Angriff nicht mal wahrgenommen?«

»Welchen Angriff? Streng dich mehr an!«

Týr saß völlig regungslos im Sand. Wie war das möglich? Nie zuvor hatte jemand seinen Angriff abwehren können. Es gab einige, die länger standhielten und es ihm schwer machten, aber Elysa hatte nichts gespürt?

»Du bist geschützt. Ich kam nicht an dich heran.«

»Merkt denn dein Gegenüber, wenn du seinen Geist bezwingst?«, fragte sie interessiert.

»So ist es. Die Person kämpft dagegen an.«

»Hm... Ob ich gegen deinen Vater auch immun bin? Der hatte genauso einen Blick wie du eben beim Essen drauf. Ob er da versucht hat, in meinen Geist einzudringen?«

Wütend schüttelte Týr den Kopf. »Deine Gefühle und deine Erinnerungen gehen meinen Vater nichts an! Wir dringen nicht einfach aus Neugierde oder Machtgelüsten in den Geist von anderen ein. Diese Regel hat er mir selbst eingebläut!«, schimpfte er.

Elysa ging nicht darauf ein. »Probiere es nochmal. Ich will versuchen, dir diese Erinnerung freiwillig zu zeigen. Vielleicht funktioniert das«, schlug sie vor.

Týr nickte. Er war mittlerweile selber neugierig, was es mit Elysas Fähigkeiten auf sich hatte. Sie war die Tochter eines mächtigen Alphawolfes. Vielleicht hatte sie auch eine Gabe.

»Denk an das Erlebnis und zeige es mir!«

Erneut konzentrierte er sich auf seine Fähigkeit und seine Macht. Er suchte ihren Geist und verschmolz mit ihr. Týr fühlte ihr Feuer und ihre Hitze in sich. Er spürte die Wildheit und die Energie. Er wollte am liebsten laufen und frei sein!

Er suchte gerade nach der Zigarre an der Minibar und grinste. Die Unbekümmertheit und die Lust etwas Neues zu probieren, etwas, was er noch nicht getan hatte, nahm von ihm Besitz. Aufregung machte sich in ihm breit, als er den Sessel ins Schlafzimmer schob. Sein Blick fiel auf den Vampirprinzen auf dem Bett.

*Das Wort Prinz klammere ich aus!*, dachte er. Da trafen ihn die hellblauen Augen, die sich glänzend vor Erregung verfärbt hatten. Fragend sah Týr ihn an.

»Strip für mich, Vampir!«, kam es befehlend aus seinem Mund und das Lachen, das der Vampir von sich gab, weckte den Jagdtrieb des Raubtieres in ihm.

*Lach nur! Ich werde dich jagen und du wirst vor mir auf die Knie fallen und meinen Namen stöhnen!*

Als der Strip des Vampires begann, überkam ihn ein unbändiges Feuer. Wie eine Welle, die alles um sich herum mitriss. Die Hitze sammelte sich in seinem Slip und er spürte, wie die Gier des Raubtiers geweckt wurde. Die Gier kochte über, traf auf Lust, Liebe und Feuer.

Er fiel über den Vampir her. Kurz blitzte ein Gedanke an seinen ersten Partner auf, Luca. Mit dem war es nicht annähernd so gut gewesen wie jetzt mit dem Donnergott. Er wollte den Vampir besitzen, er wollte alles von ihm und dass er nichts zurückhielt.

Als er spürte, wie der Vampir ihn wegziehen wollte, schlug er seine Krallen in ihn. *Du gehörst mir!*

Týr wurde aus der Erinnerung gedrängt und Elysas Geist verschloss sich vor ihm. Er wurde wieder er selbst und musste kurz verarbeiten, was er erlebt hatte. Sein Blick schnellte zu Elysa.

»Gott, Elysa! Du bist ein Vulkan! Wie kann man so viel Energie in sich tragen?« Er riss die Augen auf und ließ stockend die Luft entweichen. Er hatte das Raubtier schon öfters gespürt, wenn er Wölfe der Befragung unterzogen hatte, aber dabei ging es immer um negative Energien, nie um Liebe oder Leidenschaft.

»Wenn meine Wölfin läufig ist, geht es ab«, quakte Elysa fröhlich.

»Danke, dass du es mir gezeigt hast!«

Elysa grinste frech. »Hat dir gefallen, wie sehr ich auf diesen Vampirkörper abfahre?«

»Oh ja, das hat es. Du spürst diesen Sog also auch!«

»Ich weiß nicht. Meine Wölfin sorgt zumindest dafür, dass ich mich nicht allzu weit von dir entferne.« Immer noch grinsend kletterte sie auf seinen Schoß. »Du gehörst mir, Vampir!«, hauchte sie an seinen Lippen. Týr dachte, er bekäme gleich einen Herzinfarkt. Er war im Himmel angekommen.

---

»Du bist eine erstklassige Tänzerin, Romy! Es geht mir nicht darum, dich runter zu ziehen!« Claudine sah sie hilflos an. Romy hatte für eine Rolle vorgetanzt, die sie unbedingt haben wollte. Wie bereits in den letzten Monaten hatte Elysa sie geschlagen und die Rolle bekommen. Sie gönnte Elysa ihren Erfolg, nur hatte sie das Gefühl, auf der Stelle zu treten.

»Woran liegt es, Claudine?« Romy sah ihre Choreographin frustriert an.

»Du bist technisch einwandfrei und kannst alles tanzen. Du bist außergewöhnlich talentiert, genau wie Elysa. Ich weiß nicht, wie ihr das hinbekommt, so vielfältig einsetzbar zu sein, es macht mich sprachlos! Aber in direkter Konkurrenz zu Elysa sehe ich bei ihr etwas, was ich bei dir vermisse: die Unbekümmertheit. Elysa kann alles ausblenden. Wenn sie tanzt, leuchten ihre Augen. Der Zuschauer kann den Blick nicht von ihr abwenden. Bei dir staunt der Zuschauer über dein Können, aber das Leuchten fehlt.«

Claudine hatte recht und Romy wusste es. Nur leider konnte sie sich das Leuchten nicht einfach antrainieren.

»Ich bin auch nicht glücklich verliebt!« Wütend stemmte sie die Hände in die Hüften.

»Die Bühne ist knallhart. Ich verstehe dich, aber als Choreographin muss ich sehen, was das Beste für die Show ist. Du bekommst ja die Hauptrolle, aber als Ersatz, wenn

Elysa nicht kann.« Claudine hatte sich entschieden und Romy wusste, dass die Diskussion beendet war.

Frustriert traf sie auf Elysa in der Umkleide.

»Alles in Ordnung?«, fragte ihre Freundin besorgt. Natürlich hatte sie ihre Stimmung sofort aufgefangen.

»Claudine sagt, mir fehlt das Leuchten in den Augen!« Verzweifelt hob Romy die Hände in die Luft.

»Ich kenne jemanden, der dieses Leuchten entfachen könnte!« Elysa zwinkerte ihr zu.

Romy verzog das Gesicht. Elysa hatte ihr gestanden, dass sie und Týr sich mit Tjell getroffen hatten und was Tjell zu dieser verfahrenen Situation mit Fata gesagt hatte. Romy war außer sich gewesen, als sie von der Hinterlist erfahren hatte, obwohl es sie nicht überraschen sollte. So was passte zu der Schlange!

Sollte Romy wirklich auf ihren Gefährten verzichten, weil ihre Halbschwester eine Intrige gesponnen hatte? *Er ist trotzdem mit ihr ins Bett gegangen. Dazu hat Fata ihn nicht gezwungen!*

Sie drehte sich im Kreis, wie sie es seit Monaten tat. Wenn sie ehrlich zu sich war, regten sich in ihr nicht nur Wut und der verletzte Stolz. Sie hatte Angst. Angst vor der Bindung und vor Tjells Erwartungen. Zu lange war Romy auf sich allein gestellt gewesen, außerdem kannten sie sich eigentlich nicht richtig. Der Spontansex und seine Bodyguard-Tätigkeit hatten ein wirkliches Kennenlernen nicht ersetzt. Sie wusste nichts über ihn, welche Musik er gerne hörte oder was er so in seiner Freizeit machte. Wie wäre es wohl, mit ihm auszugehen? Was hätten sie sich zu erzählen? Sie wollte alles von ihm wissen! Sie wollte ihn daten, aber nicht einfach in einem Restaurant. Sie könnten zusammen etwas unternehmen: shoppen, schwimmen, klettern, laufen, einfach alles.

»Was machen wir an deinem Geburtstag? Du hast nichts gesagt, dabei ist der schon übermorgen«, riss Elysa sie aus ihren Gedanken.

Romy seufzte. Sie wurde in zwei Tagen 51 Jahre alt und wirklich Lust hatte sie nicht auf dieses Ereignis. »Ich möchte mit dir in ein Spa und danach ins *Mudanca*.« Sie waren nach der Drogeneskapade seit über drei Wochen nicht feiern gewesen!

Elysa gluckste. »Oh ja, ein Spa! Genau nach Raphaels Geschmack!«

Romy schnaubte. Dieser Bodyguard war eine Qual! Sie stimmte zwar mit Elysa darin überein, dass Kenai mit seinen moralischen Ansichten noch mehr nervte, aber Raphael war nicht wirklich das geringere Übel!

»Da muss er durch. Schließlich habe ich nur einmal im Jahr Geburtstag!« Streitlustig verschränkte sie die Arme vor der Brust.

»Hier ist Badekleidung Pflicht! Legen Sie die Lederkluft und die Waffen ab!« Elysa stellte sich Romy gegenüber und tat so, als wäre sie der Saunaaufseher.

Romy konnte das Lachen nicht zurückhalten. »Halt die Klappe, Arschloch«, äffte sie Raphael nach.

Die beiden Wölfinnen amüsierten sich prächtig.

Am nächsten Abend betraten Romy und Elysa das Esszimmer und gesellten sich zu den Vampiren. Romy setzte sich zwischen Ruben und Noah, wo sie immer saß, und stellte sich auf ein langweiliges Essen ein. Seit der König hier war, redeten die Vampire nicht und die Stimmung erreichte beim Essen den Tiefpunkt.

Die letzten Wochen hatten Elysa und sie diese Versammlung so oft es ging vermieden und irgendwelche Ausreden und Termine erfunden, die sie davon abhielten, mit den anderen essen zu müssen.

Seit ein Teil der Vampirarmee in Rio stationiert war, durften sie endlich regelmäßiger zum Tanztraining in den Musicaldome. Das war Gold wert. Morgan hatte seit seiner Niederlage kaum etwas von sich hören lassen und es war ruhig geblieben.

Romy sah zu Elysa, die lustlos in ihrem Essen herumstocherte.

»Hast du keinen Hunger?«, hörte sie Chester ihrer Freundin zuraunen.

»Ich muss auf meine Linie achten«, witzelte Elysa, was ein Schnauben des Vampirprinzen zur Folge hatte, der an ihrer anderen Seite saß.

Ein Blick auf Aegir zeigte Romy, dass der König Elysa aus dem Augenwinkel beobachtete und das nicht gerade freundlich.

»Hast du nicht morgen Geburtstag?«, fragte Noah plötzlich neben ihr.

»Das stimmt.«

Der Vampir sah sie interessiert an. »Und welches Geschenk wünschst du dir?«

Sie mochte Noah. Mit ihm und Chester kam sie am besten zurecht. Týr hatte eine freundliche und sanfte Seite, aber bei ihm fühlte sie sich nicht so leicht und unbeschwert. Dazu war die Aura, die ihn umgab, viel zu angsteinflößend. Kenai und Raphael waren gefährlich und unnahbar, verhielten sich kalt und abweisend, aber doch überraschend kontrolliert. Týr konnte richtig ausrasten und herumschreien. Wenn das passierte, wichen alle vor ihm zurück, selbst Raphael und Kenai. Der Prinz könnte jedem mit einer Hand das Genick brechen.

»Hast du keine Idee?« Noah sah sie immer noch abwartend an.

Ach ja, das Geschenk!

»Doch, ich wünsche mir, dass wir morgen zusammen im *Mudanca* feiern und wenn du mir außerdem etwas schenken möchtest, dann diese neuen Lace-up Pumps von Gucci in Rosé! Ich schick dir den Link.« Sie zwinkerte ihm zu.

Noah grunzte neben ihr. »Lace-Up? Was soll das sein?« Der Mann runzelte verwirrt die Stirn.

»Schnür-Pumps. Schuhe? Du Banause!«, mischte sich Elysa ein.

Ein lautes Räuspern war zu hören, das von dem König ausging. Noah widmete sich schweigend seinem Essen.

*Dieser König ist so ein Idiot!*, schimpfte Romy innerlich. *Wann verschwindet er endlich?*

»Baby, würdest du bitte etwas essen«, raunte Týr Elysa zu. Er trug Elysa wirklich auf Händen. Romy spürte ihre Sehnsucht nach Tjell, während sie die beiden beobachtete. Ob er sich morgen bei ihr melden würde? Ein verräterischer Teil in ihr wünschte es sich mehr als alles andere.

# 11

Romy hatte tatsächlich die Pumps von Noah bekommen. Nach ihrem Besuch im Spa zog sie sich für die Clubnacht um, bei der die Schuhe nicht fehlen durften.

Raphaels Laune war unterirdisch, seit Týr ihn dazu verdonnert hatte, die Frauen im Spa zu beschützen. Dabei hatten sie den Wellnessbereich im Marriott Hotel für sich allein gehabt, niemand hatte ihn in Badehose gesehen.

Obwohl das Bild, wie Raphael sie in Badehose und mit einer Knarre in der Hand bewachte, wirklich lustig gewesen war.

»Bist du bereit?« Elysa kam gerade aus dem Nebenzimmer der riesigen Suite, die Týr im Hotel besaß.

»Mit einem Prinzen zusammen zu sein, hat echt Vorteile!« Romy grinste.

Elysas Augen funkelten amüsiert. »Hast du die Aussicht von der Dachterrasse gesehen? Die ist der Hammer!«

Kurz darauf saßen sie in Raphaels Wagen, der sie ins *Mudanca* brachte.

»Wo ist der Rest?«, fragte Elysa den Vampir. Die V.I.P. -Lounge war leer.

»Sie kommen nach. Es gab Meldungen aus Sao Paulo. Anscheinend ist es dort zu einer blutigen Auseinandersetzung zwischen Vampiren und Wölfen gekommen.«

Romy schauderte bei dem Gedanken. Xander Morgan war ein bösartiger, furchteinflößender Mann und sie war heilfroh, dass sie seinen Klauen entkommen war. Das galt leider nicht für viele andere Frauen, die er noch immer in seiner Gewalt hatte.

Hinter der Kellnerin, die die Drinks vor ihnen abstellte, tauchten Ruben und Christopher auf. »Cool, ihr seid schon da!« Elysa quietschte vergnügt und umarmte die Vampire.

Die beiden hielten ein großes Geschenk in die Luft. »Für unser Geburtstagskind!« Chris zwinkerte Romy zu.

Freudig stürzte sie sich auf das Paket. Die beiden Vampire standen kurz vor der Aufnahme in den inneren Kreis des Prinzen, der Termin war für die nächste Woche anberaumt!

Ruben und Christopher waren sehr gute Freunde und vor allem umgängliche Männer. Romy öffnete Kiste um Kiste.

»Sehr witzig!«, maulte sie, als sie schließlich ein Döschen in der Hand hielt.

Beide Vampire sahen sie belustigt an.

Ein Blick in das Döschen brachte ihr Gesicht jedoch zum Strahlen. Die Jungs hatten bei der Wahl der Ohrringe Geschmack bewiesen.

Fröhlich quasselten die Frauen mit Ruben und Christopher, während Raphael stumm an seinem Drink schlürfte.

Romy bemerkte den Duft des Neuankömmlings sofort. Einen Moment später sogen die Vampire die Luft ein und versteiften sich.

»Das ist Tjell.« Elysa lächelte ihr zu.

Romys Herzschlag beschleunigte sich. Sie hatte ihn seit ihrer Rettung nicht mehr gesehen. Aufgeregt rutschte sie auf ihrem Platz herum und starrte zur Treppe. Würde er zu ihr nach oben kommen?

Kurz darauf erschien der Mann ihrer Sehnsüchte in ihrem Blickfeld und lächelte sie liebevoll an. Er kam näher. Romys Herzschlag setzte kurzzeitig aus. Oh, wie sie ihn vermisst hatte! Jetzt, wo er vor ihr stand, bäumte sich ihre Wölfin auf. Romy versuchte verzweifelt, sie unter Kontrolle zu halten!

»Alles Gute zum Geburtstag, Romy«, sagte Tjell sanft. Er zückte einen Umschlag und hielt ihn ihr hin.

Elysa stubste sie an, damit sie aufstand. Romys Knie zitterten, als sie sich aufrichtete und nach dem Umschlag griff. Sie öffnete ihn und zog einen Gutschein heraus. Darauf stand: *Gutschein für ein unvergessliches Date mit deinem Gefährten im Estação On Ice!*

Romy presste berührt die Lippen aufeinander und begegnete seinem Blick, der heiß auf ihr ruhte. Wollte er etwa jetzt dorthin? »Ich bin nicht für so was angezogen.« Gott, sie war nervös! Sollte sie tatsächlich mit ihm ausgehen, obwohl alles so verkorkst zwischen ihnen war?

»Ich habe Wechselsachen für dich im Auto.« Tjell lächelte.

Sie drehte sich zu Elysa, deren Augen vor Freude glänzten.

»Geh schon«, sagte ihre Freundin. Fragend sah Romy zu Raphael.

Der grunzte. »Ich habe nur den Befehl auf Elysa aufzupassen. Außerdem bist du ja nicht alleine unterwegs.«

Romy gab sich einen Ruck. Sie hatte davon geträumt, ein richtiges Date mit Tjell zu haben, und monatelang versucht, ihn aus ihrem Herzen zu verbannen - ohne Erfolg.

»Gehen wir.« Sie nickte dem Wolf zu, der seinen Blick nicht von ihr abwenden konnte, als wäre sie die schönste und aufregendste Frau auf dieser Welt.

Tjell ergriff ihre Hand. »Ich bringe sie später direkt ins Schloss«, informierte er Raphael.

Sie verschwanden aus dem Club. Romy fühlte sich wie ein Teenager, als sie zu ihm ins Auto einstieg.

»Such dir was aus!« Tjell deutete auf die Musikanlage, in der ein Stick steckte, und schaltete den Motor an.

---

Elysa blickte Romy aufgeregt hinterher. Sie hatte Tjell eine Nachricht geschrieben, wo er Romy finden würde und wovon ihre beste Freundin heimlich träumte. Hoffentlich war das der Durchbruch!

Christopher und Ruben erhoben sich von ihren Plätzen, als die Kellnerin neue Drinks abstellte.

»Tanzen?«, fragte sie Ruben.

»Würde ich gerne, aber wir müssen zurück ins Schloss. Anweisung von oben.« Entschuldigend blickte der Vampir, mit dem sie in den letzten Wochen oft trainiert hatte, sie an. Fragend sah Elysa zu Raphael.

Der schüttelte den Kopf. »Betrifft uns nicht. Aber wenn du willst, fahren wir auch zurück.«

Ruben und Christopher verließen die Lounge.

»Einen Tanz, danach gehen wir!«, schlug sie dem Vampir als Kompromiss vor, trank einen Schluck von ihrem Drink, und da Raphael nicht protestierte, huschte sie an ihm vorbei auf die Tanzfläche. Zwei Songs später warf sie einen Blick nach oben, wo Raphael gewöhnlich stand und sie beobachtete.

Er war nicht da.

Ein mulmiges Gefühl überkam Elysa. Der Vampir war gewissenhaft und ließ sie nie aus den Augen, ohne Bescheid zu geben.

Sie schlüpfte an den Leuten vorbei zurück in die V.I.P. - Lounge und entdeckte Raphael am Boden. Er rührte sich nicht.

Panisch riss Elysa die Augen auf und stürmte zu ihm. Mit vollem Körpereinsatz drehte sie ihn auf den Rücken.

»Raphael!« Sie schüttelte den Vampir, aber er regte sich nicht. Sie untersuchte ihn, konnte jedoch keine Verletzung ausmachen. Schnell legte sie den Kopf auf seine Brust. Sie stieß einen Schrei aus, als sie feststellte, dass sein Herz nicht regelmäßig schlug.

Zitternd sah sie sich nach ihrer Tasche um, damit sie Týr anrufen konnte. Sie bemerkte das zerbrochene Glas am Boden, und bevor sie ihre Tasche greifen konnte, tauchten drei Vampire hinter ihr auf. Erschrocken wirbelte sie herum. Sie hatte sie in ihrer aufkeimenden Panik nicht bemerkt.

*Vampire der Armee!*, stellte sie erleichtert fest. »Schnell, Raphael braucht Hilfe. Er atmet nicht richtig«, schrie sie angsterfüllt.

»Ich kümmere mich um ihn. Ihr begleitet die Frau des Prinzen!«, befahl einer der Soldaten.

Die beiden Vampire nickten und griffen nach ihr, um ihr auf die Füße zu helfen. Elysa konnte kaum mithalten, so schnell führten sie sie zum Ausgang.

Sie verließen den Club in Richtung Parkhaus. Ein Frösteln überzog ihre Haut. Zitternd rieb sie sich über die Arme. Was war nur mit Raphael passiert? Das zerbrochene Glas am Boden. War er etwa vergiftet worden?

Als sie das Parkhaus erreichten, zog sie ihr Handy aus der Tasche. Sie wollte Týr sprechen, er wusste immer, wie er sie beruhigen konnte.

Einer der Vampire nahm ihr unsanft das Telefon ab.

»Was soll das?« Misstrauisch sah sie ihn an. Er und der andere trugen die Soldatenuniform des Königs.

Erst jetzt merkte sie, dass das Frösteln auf ihrer Haut nichts mit der Sorge um Raphael zu tun hatte. Es war ihr Bauch, ihr Instinkt, der ihr sagte, dass diese Männer gefährlich waren.

Elysa wich einen Schritt zurück, aber es war zu spät.

Der Vampir griff sie an. Er schlug ihr hart ins Gesicht und sie taumelte zurück. Ein zweiter Schlag traf sie in den Magen und sie ging zu Boden. Blut quoll aus ihrem Mund und sie spuckte es auf den Asphalt. Ihre Lippe war aufgeplatzt und schmerzte. Als sie zu dem Vampir aufblickte, sah sie, dass er ein Schwert zog und es auf sie niedersausen ließ.

Es ging alles so schnell. Mit weit aufgerissenen Augen schrie sie auf und erwartete ihren sicheren Tod. Diese Männer fackelten nicht, sondern machten kurzen Prozess.

Elysas Herz setzte kurzzeitig aus, als sie Ruben erspähte, der hinter den Männern auftauchte und ein Messer auf ihren Angreifer schleuderte. Er traf den Soldaten mitten in den Rücken. Er stolperte nach vorn. Elysa rollte zur Seite. Die Ablenkung reichte aus, damit Ruben sich auf den Vampir werfen konnte. Er hatte ihr das Leben gerettet. Fassungslos starrte sie auf den Vampir, der sie trainiert hatte.

Christopher erschien an Rubens Seite. Elysa verfolgte panisch den Kampf, der sich vor ihren Augen abspielte. Christopher hatte sich auf den anderen Vampir gestürzt und schlug auf ihn ein.

Die Wölfin hielt panisch die Luft an, als sie hörte, wie Stahl auf Knochen traf und der Vampir, gegen den Ruben kämpfte, laut aufheulte. Ruben stieß ihm sein Messer tief ins Herz und beendete das Leben ihres Angreifers.

Christopher hatte den anderen Soldaten besiegt, der nun tot zur Seite fiel.

Im nächsten Moment kniete Ruben vor ihr und kontrollierte sie auf Verletzungen. »Wo ist Raphael?« Eindringlich sah er sie an.

»Ruben! Bring sie hier weg. Sofort!«

Elysa und Ruben schnellten zu Christopher herum, der sich schützend vor sie gestellt hatte.

Elysa schlug sich die Hand vor den blutigen Mund, als sie bezeugte, wie mehr Soldaten im Parkhaus auftauchten. Es waren zu viele für die beiden Vampire!

»Chris, das schaffst du nicht alleine!« Ruben baute sich neben ihm auf.

»Sie ist Týrs Zukunft, sie muss leben.«

Elysa registrierte panisch, dass es sich um ungefähr zehn Vampire handeln musste, die sich ihnen mit gezogenen Schwertern näherten.

»Verwandle dich und lauf! Du blutest, also nimm das nächste Taxi und fahr zu deinem Bruder. Auf keinen Fall ins Schloss! Bei deinem Bruder rufst du Týr an, er soll zu dir in die Villa kommen. Zeig ihm diese Erinnerung. Zeig ihm die beiden toten Angreifer, ihre Gesichter!« Ruben flüsterte den Befehl zwar leise, aber sie verstand jedes seiner Worte.

Die beiden Männer würden hier sterben, ihretwegen und sie sollte weglaufen. Tränen liefen ihre Wangen herab. Sie konnte sich nicht rühren.

»Elysa bitte, du musst leben!« Weiter kam Ruben nicht, da die heranstürmenden Vampire jetzt Messer auf sie warfen. Ihre Beschützer konnten ausweichen und Elysa machte, dass sie auf die Beine kam.

Sie stürzte zu einem der toten Vampire und nahm sein Messer an sich. Ruben und Christopher waren mittlerweile von Angreifern umringt und sie tat, was Ruben ihr befohlen hatte: Sie lief in Richtung Straße. Sie wollte gerade die Verwandlung auslösen, als sie einen Schrei hinter sich hörte. Der Laut traf sie bis ins Mark, er würde sich in ihre Seele brennen und sie über Jahre hinweg verfolgen.

Elysa fuhr herum und sah, wie Christopher vor einem der Vampire kniete. Der Soldat zog ihm das Schwert aus der Brust und setzte erneut an. Als sie verstand, was er vorhatte, stieß sie den schrecklichsten Schrei ihres bisherigen Lebens aus. Der Vampir enthauptete Christopher vor ihren Augen. Chris' Kopf rutschte von seinen Schultern und schlug auf dem Boden auf.

Obwohl die Hektik um sie tobte, erlebte sie diesen Moment wie in Zeitlupe. Tränen schossen ihr in die Augen und sie blickte zu Ruben, dem der Horror über den Tod seines besten Freundes ins Gesicht geschrieben stand. Er war allein gegen sechs.

Elysa rannte zu ihm zurück. Eher würde sie mit ihm sterben, als ihn allein zu lassen! Ihre Wandlung setzte ein und sie stürzte sich auf den Vampir, der Ruben von hinten angreifen wollte. Sie biss zu und schlug ihre Pranken in die

Männer. Der Rausch, der Schmerz und der Blutgeruch benebelten ihre Sinne.

Ein Schwerthieb traf sie im Bauchraum und riss sie auf. Blutend fiel sie zu Boden. Nach Luft ringend stützte sie sich auf ihre Hände, sie hatte sich automatisch zurückverwandelt. Wölfe starben nicht in Wolfsform. Zurück blieb der menschliche Körper.

---

Týr stand auf einer der großzügigen Dachterrassen des Schlosses. Sie hatten über eine Stunde diskutiert und beratschlagt, wie sie mit dem offenen Krieg auf Sao Paulos Straßen umgehen sollten.

Die Menschen glaubten, dass es um Drogen ging. Wie es aussah, hatte Morgan seine Armee vergrößert und einen ersten Testlauf seiner Soldaten durchgeführt.

Týr blickte auf sein Handy. Elysa hatte ihm extra gesagt, dass er pünktlich sein soll, stattdessen hatte er sie wieder wegen eines Strategiegespräches versetzt.

»Alles in Ordnung?«, fragte sein Vater neben ihm.

»Ich habe Raphael zurückbeordert und wollte nur nachsehen, ob er mir geschrieben hat.« Elysa würde das nicht gefallen, aber er würde noch vorsichtiger werden müssen, was ihren Ausgang betraf.

Sein Vater hielt ihm einen Whiskey unter die Nase. »Den können wir, nach den schlechten Nachrichten, wohl gebrauchen.«

Týr trank einen Schluck und stellte das Glas auf dem Geländer ab. Er wählte Elysas Nummer. Es läutete und läutete, aber sie hob nicht ab. Bei Raphael das gleiche Spiel. Schließlich rief er Karl an, den Vampir, der in der Technikabteilung saß.

»Schick mir Elysas und Raphaels Standorte!«

Týr spürte die Musterung von der Seite. »Was?!«, zischte er aufbrausender als beabsichtigt.

»Ich sage doch nichts.« Aegir verschränkte die Arme vor der Brust. »Ich habe mich überhaupt die letzten Wochen sehr zurückgehalten, was deine Liaison mit dieser Wölfin betrifft. Das könntest du mir hoch anrechnen! Vor allem, nachdem sie öffentlich meine Autorität untergraben hat, um mich anschließend vor deinem inneren Kreis zu beleidigen!«

»Sie trägt ihr Herz eben auf der Zunge.« Týr gab die Hoffnung nicht auf, dass sich die Beziehung der beiden bessern würde.

»Jetzt verteidigst du sie wieder wie ein verliebter Teenager!«

Týrs Handy leuchtete auf. »Raphael ist noch im *Mudanca*«, stellte er stirnrunzelnd fest. »Ich fahre sie holen«, beschloss er und wandte sich zur Terrassentür.

»Wer weiß, ob dir gefällt, was du dort siehst«, antwortete sein Vater spöttisch.

*Zur Hölle mit seiner beschissenen Anspielung!*

»Wir sind glücklich. Sie hat keinen Grund, mich zu betrügen!«, fuhr Týr den König aufgebracht an.

»Wenn du das meinst. Ich wäre mir da nicht so sicher.« Der Mann, der immer sein Vorbild gewesen war, schüttelte den Kopf und ließ ihn auf der Dachterrasse zurück.

Týr presste die Lippen aufeinander. Seit Elysa ihm ihre Erinnerung gezeigt hatte, und er wusste, wie sehr sie ihn begehrte, fühlte er sich sicherer, was ihre Treue betraf.

*Ein Blick in den Club kann trotzdem nicht schaden!*, dachte er sich.

Er griff nach seinem Whiskeyglas und trank es aus. Er sog tief die Luft ein und ließ die Gerüche der Stadt auf sich wirken. Wenn Elysa sich an der Luft aufhielt, konnte er sie wahrnehmen.

Týr wollte sich gerade auf den Vanilleduft seiner Liebsten konzentrieren, als er spürte, wie sein Blut in Wallung geriet. Nein, nicht seines, sondern das seiner Sonne. Ein krampfartiger Schmerz erfasste ihn. Erschrocken hielt er sich am Geländer fest. Was war das? Besorgt fühlte er in sich hinein, seine Instinkte schlugen Alarm.

*Elysa!* Etwas stimmte nicht. Wieder krampfte sich sein Magen zusammen und ihr Blut in seinen Adern bäumte sich auf.

Er stürmte von der Terrasse und drückte die Kurzwahltaste, um Kenai zu erreichen. Der hob auch prompt ab.

»Ich will, dass ihr ausschwärmt und Elysa holt. Sobald jemand sie sieht, bin ich der Erste, der es erfährt!« Týr wartete keine Antwort ab, sondern lief auf den Parkplatz und von dort auf die Straße. Im Wagen könnte er sie nicht riechen. Trotz der Panik, die in ihm aufzuwallen drohte, konzentrierte er all seine Sinne auf seine Sonne, auf ihr Vanillearoma und den Duft ihres Blutes.

Er stieß hart die Luft aus und hielt an der Mauer, die das Schloss vor fremden Blicken schützte. Er roch ihr Blut viel stärker als ihren Vanilleduft.

Der Horror nahm von ihm Besitz. Sie war verletzt. Sie blutete stark. Týr keuchte panisch auf.

*Bitte nicht!*, flehte er. Zu wem auch immer. Er folgte dem Blutgeruch, so schnell ihn seine Beine trugen.

# 12

Tjell konnte sein Glück kaum fassen. Romy war bei ihm. Sie hatte seine Einladung angenommen! Seine Hoffnung war es gewesen, dass sie an ihrem Geburtstag vielleicht melancholisch genug wäre, um ihn anzuhören. Er warf ihr einen Seitenblick zu, während sie sich an seiner Musikanlage zu schaffen machte.

»Du stehst eindeutig auf Hip-Hop!«, grunzte sie, als sie seine Liederauswahl durchscrollte.

»Ist das ein Problem?«, fragte er grinsend.

Sie erwiderte seinen Blick und ihre Mundwinkel zuckten. »Ein wenig Abwechslung könnte nicht schaden.«

Tjell hob eine Augenbraue. »Warum soll ich mich nach etwas anderem umschauen, wenn ich meine Wahl bereits getroffen habe?« Er wusste, dass er sich aufs Glatteis begab, aber er konnte nicht anders. Der Drang, mit ihr zu flirten, war einfach zu groß. Außerdem wusste er, dass Romy eigentlich unkompliziert, lustig und um keinen Witz verlegen war.

*Wenn es nicht gerade darum geht, dass du ihre Halbschwester geschwängert hast…* Unglücklich schob er den Gedanken von sich.

Romy durchsuchte immer noch den Stick und schüttelte dabei den Kopf über ihn.

»Bei deinem Tempo sind wir schon in der Halle, bevor du einen Titel gefunden hast«, maulte er und zog ihr den Stick aus der Hand. Er entschied sich für 50Cents *Candy Shop* und wippte seinen Kopf lässig zur Musik.

Romy brach in schallendes Gelächter aus. »Der Song ist uralt und passt überhaupt nicht zu dir!«

Tjell setzte eine gespielt schmollende Miene auf. »Hey Vorsicht, Kleine! Ich bin zufällig auch uralt und ich liebe Candy!«

Romy presste amüsiert die Lippen aufeinander und er sah, wie sie den Blick aus dem Fenster warf, um ihre Umgebung zu beobachten.

»Wir sollten mal ins *Oh Loca* gehen, da spielen sie jede Menge Hip-Hop und ich würde wenigstens eine gute Figur machen, wenn ich mit dir tanze«, schlug er vor.

Romy beäugte ihn belustigt. »Du stehst wippend in der Mitte und ich bin die leicht bekleidete Sexbombe, die um dich herumtanzt?«

Oh yes! Diese Vorstellung entsprach Tjells Phantasie.

»So ungefähr hatte ich mir das überlegt, ja.« Er zwinkerte ihr zu und stellte erfreut fest, dass ihre Unterhaltung seiner Romy gefiel.

»Einverstanden.« Sie zwinkerte zurück.

Sie bogen auf den Parkplatz des *Estação On Ice* und Tjell parkte den Wagen. Aus dem Kofferraum holte er die Tasche mit Romys Wechselsachen. »Du kannst dich drinnen umziehen.«

Sie liehen sich Schlittschuhe aus und wanderten in die Umkleide. Romy kam nach ein paar Minuten in Jeans und Pulli zurück. Tjell hatte alle Mühe, seine Augen von ihrem perfekten Body abzuwenden und sich locker zu geben.

»Woher hast du die Klamotten?«, fragte sie sichtlich überrascht, da sie wie angegossen passten.

»Ein weiteres, kleines Geburtstagsgeschenk.« Vielleicht gab es ja Kerle, die die Kleidergröße ihrer Traumfrau nicht kannten, er gehörte nicht dazu.

»Du warst für mich shoppen?«

Tjell nickte fröhlich.

Romy lächelte. »Du hast meinen Geschmack getroffen.«

Tjell legte seine Hand auf ihren unteren Rücken und schob sie in Richtung Eishalle. »Ich habe dich lange genug beobachtet, um zu wissen, was dir gefällt«, raunte er ihr ins Ohr.

Er spürte, wie sich ihr Herzschlag beschleunigte. An der Bahn angekommen, stieg Romy auf die Eisfläche und er löste sich schweren Herzens von ihr.

Als Wölfe hatten sie einen sehr gut ausgeprägten Gleichgewichtssinn und das Eislaufen gelang ihnen mühelos. Der Wind schlug ihnen entgegen, als sie ihr Tempo beschleunigten. Tjells Augen leuchteten, sein Adrenalinpegel hob sich und auch Romy gab amüsierte Geräusche von sich.

Die Stimmung zwischen ihnen war ausgelassen und sie begannen, sich gegenseitig zu fangen.

»Das ist Betrug!«, quietschte Romy als Tjell ihr den Weg abschnitt und sie scharf abbremsen musste, um nicht in andere Leute reinzurauschen. Schnell war er hinter ihr und umfasste sie.

»Du bist dran!«, raunte er ihr ins Ohr, nicht ohne einmal tief ihren Zimtduft einzuatmen. Dann ließ er sie los und sauste davon. Romy jagte ihn. Sein Wolf war in heller Aufregung. Mit seinen 122 Jahren war er noch immer verspielt, nicht mehr so stark, wie es noch vor 50 Jahren war, aber er spürte diesen Drang nach Adrenalin.

Seit bestimmt fünf Minuten versuchte Romy, ihn zu erwischen. Er dachte darüber nach, sich extra fangen zu lassen, aber ein Blick auf seine verspielte Wölfin zeigte ihm, dass sie noch lange nicht genug hatte. *Umso besser!*

»Streng dich an, kleine Zimtschnecke!«, feixte er und staunte nicht schlecht, als sich auf den Boden schmiss, um ihm mit ihrem Körper den Weg zu versperren. Er machte eine Vollbremsung. Aus menschlicher Sicht war ihre Aktion gefährlich, aber die Instinkte der Wölfe waren geschärft und er hatte genügend Zeit, zu reagieren. Bevor er wieder an Tempo zulegen konnte, hatte sie sich schon auf ihn geworfen.

»Wow, ich bin beeindruckt!« Er lachte und hielt sie fest. Ihre grünen Augen funkelten und er wünschte, es könnte immer so zwischen ihnen sein.

»Das ist das schönste Date meines Lebens!«, sagte sie plötzlich und überraschte ihn mit dieser Aussage.

Glücklich nahm er es zur Kenntnis. »Meins auch. Wobei es auch das erste Date meines Lebens ist«, gab er zu.

Romy hob die Augenbrauen, das hatte sie offensichtlich nicht erwartet. »Du warst noch nie mit einer Frau aus?«

»Ich wollte nicht, dass mich eine Frau falsch versteht, wenn wir, na ja, du weißt schon… Also hatte ich auch keine offiziellen Verabredungen.«

»Dafür hast du das Daten aber gut drauf!« Sie grinste.

»Ich bin eben ein Naturtalent!«

»Kannst du Figuren?«, wechselte Romy das Thema und entzog sich ihm.

Tjell gab ein Grunzen von sich. »Ich soll auf dem Eis tanzen?«

Romy entfernte sich von ihm und nahm an Fahrt auf. Er beobachtete, wie sie einen Axel sprang und ihn perfekt stand. »Woher kannst du so was!«, rief er ihr beeindruckt zu.

»Du bist dran!«

Er fluchte. Auf keinen Fall würde er hier die Position des Waschlappens einnehmen. Er nahm seinerseits an Fahrt auf. Das mit diesen Sprüngen, würde er wohl nicht hinkriegen, aber er würde sie trotzdem unterhalten. Tjell drehte sich um die eigene Achse und kopierte dann 50Cent mit seinen Wippbewegungen. Romy brach in schallendes Gelächter aus. Tjell begann, lautstark den Text von *Candy Shop* zu rappen und brach damit komplett den Stil der Popmusik im Hintergrund.

Romy bekam sich nicht mehr ein vor Lachen, also intensivierte er seine Coolness. Die Menschen um sie herum, genossen die Show genauso begeistert und grölten ihm zu. Dann wechselte die Musik in der Eishalle auf 50Cent und Tjell ließ seiner Begeisterung freien Lauf.

*Was für eine Nacht!* Er staunte nicht schlecht, als Romy neben ihm auftauchte und das Candy Girl für ihn gab.

»Ich bringe dich zum Candy Shop«, sang Romy plötzlich mit, nicht ohne dabei aufreizend um ihn herumzutanzen. *Sie kann den Text?* Sie lachte ihn aus wegen seiner Lieblingsmusik und beherrschte selbst jede Zeile! Oh ja, das turnte ihn gewaltig an! Diese Frau war cool.

Romy drehte sich nun vor ihn und beugte sich lasziv nach vorn und presste ihren Hintern in seinen Schritt. *Oh yes!* Genauso wollte er es. Die Zuschauermenge pfiff und Tjell konnte sich das fette Grinsen nicht verkneifen.

Als das Lied und damit auch die Show der beiden Wölfe endete, applaudierte ihnen die Zuschauermenge. Tjell zog Romy mit sich von der Eisfläche und setzte sich lachend auf die Tribüne.

»Das war Bombe! Du bist ein erstklassiges Candy Girl.«

»Ich hole uns was zu trinken!«, schlug Romy grinsend vor.

»Das mache ich. Radler?«, fragte er gut gelaunt.

»Gerne.«

Tjell strahlte fröhlich vor sich hin. Dieses Date verlief verdammt gut! Er verschwand in Richtung des Getränkestandes, der am anderen Ende der Halle lag.

---

Romys Herz schlug aufgeregt in ihrer Brust. Dieser Wolf war der Inbegriff ihrer Sehnsüchte. Seit ihrer ersten Begegnung war sie auf ihn abgefahren!

Die braunen Augen und sein Dreitagebart, dazu die braunen Haare - er sah umwerfend aus, ihr persönlicher Nick Bateman, nur noch heißer!

Sie biss sich auf die Lippe. Sollte sie aufs Ganze gehen und ihn verführen? Er würde bestimmt mitmachen, so glücklich wie er auf sie wirkte. Sie hatte ihm in den letzten Monaten viel zugemutet, und trotzdem waren sie jetzt hier, zusammen.

Die Schmetterlinge flogen wild in ihrem Bauch. Tjell hatte genau ihren Geschmack getroffen, das ganze Date war bisher perfekt. Sie schüttelte lächelnd den Kopf über seine 50Cent - Performance. Auf den ersten Blick ähnelten sich diese beiden Typen überhaupt nicht, aber genau dieser Widerspruch faszinierte sie. Wie konnte er so auf Rap Musik abgehen?

Überrascht nahm sie den bekannten Geruch ihrer Halbschwester wahr. Erschrocken fuhr Romy herum und beobachtete entgeistert, wie Fata sich neben sie setzte. Romy schluckte schwer, als sie den runden Babybauch der Frau sah, die so viel Leid in ihr Leben gebracht hatte. Was zur Hölle machte sie hier?

»Wir haben nicht viel Zeit, bevor Tjell zurückkommt, deswegen fasse ich mich kurz. Der Mann ist der Vater meines Kindes. Es ist mir scheiß egal, ob er dein Gefährte ist oder nicht. Er gehört mir und du tust gut daran, das zu akzeptieren. Du wirst dieses Date mit ihm heute bereuen. Wenn ich dich noch einmal dabei erwische, wie du ihm den Kopf verdrehst, wirst du dir wünschen, nie geboren worden zu sein!« Fatas Augen waren tiefschwarz.

»Du drohst mir?« Entsetzt begegnete sie Fatas Blick.

»Ich drohe dir und dem einzigen Halt in deinem Leben. Ich spiele nicht«, entgegnete Fata kalt und sah prüfend in die Richtung, in die Tjell verschwunden war.

»Elysa wird gut bewacht. Du wirst nie an sie rankommen. Was willst du mit mir machen, Fata? Mich umbringen?« Angewidert schaute Romy die Frau an.

»Das wäre zu wenig. Ich will, dass du bereust und leidest. Wenn ich dir Elysa wegnehme, hast du genug Zeit, darüber nachzudenken, was du mir angetan hast. Wenn du genug gelitten hast, beende ich dein nutzloses Dasein.«

Fata glaubte wirklich, was sie da redete! Fassungslos starrte Romy in das verhasste Gesicht und spürte den Knoten in ihrer Brust. Fata war skrupellos und ihr war so einiges zuzutrauen.

»Ich habe Elysa und dich in den letzten Monaten beobachten lassen, Romy. Eure Trainingstermine im Musical, eure Drogen-Eskapade. Xander Morgan hat an diesen Informationen größtes Interesse.«

Romy verpasste Fata eine Ohrfeige. »Das würdest selbst du nicht wagen!« Xander Morgan? Hatte Fata völlig den Verstand verloren?

»Wenn du Tjell etwas sagst, wirst du es bereuen!« Mit diesen Worten erhob Fata sich und huschte davon.

Romy starrte ihr fassungslos hinterher.

Keine drei Minuten später erschien Tjell und hielt ihr ein Radler unter die Nase. Steif ergriff sie die Flasche. Sie spürte, wie Tjell sein Gesicht in ihren Haaren vergrub und ihren Duft einatmete. Romy kämpfte gegen die Tränen. Wäre Fata nicht hier aufgetaucht, läge sie jetzt in seinen Armen und würde ihn küssen, stattdessen musste sie ihn wieder verletzen und von sich stoßen.

»Ich muss Elysa anrufen«, unterbrach sie den Annäherungsversuch. Sie machte sich auf den Weg in die Umkleide, um ihr Handy aus dem Spind zu holen.

Tjell folgte ihr auf dem Fuße. »Alles in Ordnung?«, fragte er sichtlich irritiert.

»Ich will mich versichern, dass es ihr gut geht.« Wenn Fata ihr Vorhaben wirklich durchzog, wäre Elysa in großer Gefahr. Es wäre Romys schuld! Schon wieder! Sie wählte den Kontakt und wurde bei jedem Klingeln nervöser. »Elysa geht nicht ran. Bitte fahr mich zurück ins Schloss!«, bat sie Tjell eindringlich.

»Raphael ist bei ihr. Warum bist du so angespannt, Romy?« Tjell suchte ihren Blick.

Die Wahrheit konnte sie ihm nicht sagen. Schon wieder zerstörte Fata ihr Leben! »Ich habe ein mulmiges Gefühl. Bitte fahr mich.« Enttäuscht stieß der Wolf die Luft aus, setzte sich aber in Bewegung.

Sie fuhren schweigend den Weg zum Schloss. Romy wollte nicht reden. Ihre Welt war erneut eingestürzt. Sie hatte panische Angst davor, dass sie wieder diejenige war, die ihre Freundin verraten hatte.

Als sie vor dem Tor hielten, schlüpfte Romy ohne ein Wort aus dem Wagen.

»Romy, warte!« Tjell rannte ihr nach. »Was habe ich falsch gemacht?«, fragte er verunsichert.

»Das war ein schöner Abend. Gib mir Zeit zum Nachdenken«, bat sie ihn. Sie wartete seine Antwort nicht ab, sondern lief zu dem Torwächter, der sie sofort einließ. Romy drehte sich nicht nach Tjell um, damit er die Tränen nicht sah, die verräterisch über ihre Wangen liefen.

---

Elysa roch und schmeckte ihr eigenes Blut. Sie fühlte sich unendlich schwach und wusste, dass es bald vorbei sein würde. Zu stark war ihre Verletzung. Woher sollte so schnell Hilfe auftauchen?

Röchelnd stützte sie sich auf ihre zitternden Arme. Noch nie hatte sie solche Schmerzen aushalten müssen. Die Klinge, die sie getroffen hatte, bestand aus Silber.

Keuchend sah sie sich nach Ruben um. Er hatte zahlreiche Verletzungen, hielt sich aber noch auf den Beinen. Der Vampir, der ihr mit seiner Klinge den Bauch aufgerissen hatte, stand hinter ihr. Sie drehte den Kopf zu ihm herum. Dieser Soldat trug eine Maske wie die anderen. Nur die Vampire, die sie aus dem Club gelockt hatten, waren unverhüllt gewesen.

Er hob das Schwert wie bei Christopher.

Der Mann würde sie enthaupten. Elysa hatte keine Kraft mehr, um sich aufzubäumen oder dagegen anzukämpfen. Sie starrte dem Mann in die schwarzen Augen, er sollte sie ansehen, wenn er ihr Leben auslöschte.

Das Schwert sauste auf sie nieder. Im gleichen Moment traf es auf Ruben, der sich auf sie geworfen hatte. Elysa wollte schreien, aber sie konnte nicht. Vor ihren Augen wurde alles schwarz und sie verlor das Bewusstsein.

---

Týr kam schlitternd in dem Parkhaus zum Stehen, wohin ihn das Blut seiner Sonne gezogen hatte. In Horror sah er, wie zwischen den Autos etwas in Flammen aufging. Er zog seine Waffe und stürmte zu dem Feuer, nur um festzustellen, dass niemand Lebendiges hier war.

In dem Feuer brannten Leichen - zerstückelte Vampirkörper. Panisch versuchte er, Personen zu erkennen, aber die Verbrennung war schon zu weit fortgeschritten. Er spürte Kenai hinter sich, der sich daran machte, die Spuren auf dem Boden zu untersuchten. Týr sah, wie er an einer Stelle, einige Meter von ihm entfernt, niederkniete und mit der Hand über das Blut dort am Boden fuhr, um es an seine Nase zu halten.

»Elysa war hier. Das ist eindeutig ihr Blut«, hörte er den Indianer sagen. Das wusste Týr selbst.

Er konnte sich nicht rühren, also konzentrierte er sich auf ihr Blut, das in ihm wallte. Elysa lebte, ihr Blut pulsierte, aber es war schwach. Sein Brustkorb hob sich in schweren Zügen auf und ab. Jemand hatte sie von hier fortgebracht und sie kämpfte gerade um ihr Leben. So musste es sein. Týr zitterte, Schweiß brach auf seiner Stirn aus.

Sein Handy klingelte und er warf einen Blick darauf. Noah. Wortlos hob er ab.

»Raphael liegt bewusstlos in der V.I.P. - Lounge des *Mudancas* auf dem Boden. Er ist allein und hat keine Kampfspuren an seinem Körper. Ich glaube, er ist vergiftet worden.«

Mechanisch legte Týr auf und steckte das Handy zurück in seine Tasche.

»Vergiftet?« Týr hörte Ryans Stimme hinter sich. Der Alpha war mit seinem Rudelmitglied Gesse aufgetaucht. Týr witterte den Beta. Die beiden hatten Týr gerade noch gefehlt!

Ryan und er hatten sich seit ihrer Prügelei nicht mehr gesehen. Elysa zuliebe hatte Týr seine Klappe gehalten, sonst hätte der indirekte Mordversuch des Alphas Konsequenzen nach sich gezogen. Týr hatte beschlossen, Elysas Bruder Zeit zu geben, in der Hoffnung, dass sich die Wogen doch glätteten. Ob er dem Alpha allerdings je wieder vertrauen könnte, stand auf einem anderen Blatt.

Týr drehte sich zu Ryan, der ihn mit offener Abscheu anstarrte, als hätte Týr persönlich ein Messer in Elysas Herz gerammt. Ryan wandte den Blick ab und kniete an der Stelle, an der Kenai die Blutlache untersucht hatte. Der Wolf stieß ein schmerzerfülltes, ohrenbetäubendes Heulen aus.

Das Feuer war fast niedergebrannt und Týr hatte sich immer noch nicht von der Stelle bewegt. Er spürte Kenais Unruhe. Natürlich hatte sein Soldat Sorge, dass die Situation zwischen Ryan und ihm eskalieren könnte. *Zurecht.* Kenai ließ ihn nicht aus den Augen.

Gesse untersuchte den Schauplatz, an dem der Kampf stattgefunden hatte, und Ryan stand offensichtlich unter Schock. Ihre Blicke trafen sich und Týr lief ein kalter Schauer den Rücken hinunter, so hasserfüllt starrte Ryan ihn an.

»Am liebsten würde ich dich dafür töten, dass du Elysa erst ihrer Familie entrissen und sie danach in ihr Verderben laufen lassen hast. Aber das wäre zu gnädig. Du sollst wissen, was du getan hast und du sollst langsam an deinem Leid krepieren!«

Der Alpha spuckte ihm vor die Füße. Ryan standen die Tränen in den Augen, genauso wie Týr. Ryan hatte recht mit dem, was er Týr vorwarf.

*Es ist meine schuld! Ich habe Elysa in diese Gefahr gebracht und sie nicht gut genug beschützt!*

Ryan und Gesse ließen ihn stehen und verschwanden. Týr bemerkte, dass das Feuer ausgegangen war und Kenai abwartend neben ihm stand. Der Vampirprinz sank geschlagen auf seine Knie und schrie. Tränen der Wut und Ohnmacht verschleierten seinen Blick und er zitterte am ganzen Leib.

Chester erschien hinter ihm. »Lebt sie noch?«, fragte er harsch.

Týr keuchte und versuchte, sich auf ihr Blut zu konzentrieren. »Es pulsiert schwach, aber gleichmäßig.« Chester hockte sich vor ihn. »Also gibt es Hoffnung! Hörst du mich? Wenn Morgan sie hat, wird er sie leben lassen. Wir finden einen Weg, sie zurückzuholen!«

Týr sah den Rotschopf an, der selber fertig mit den Nerven war. Chester liebte Elysa wie eine Schwester, Týr wusste das und war froh darüber.

»Wenn Morgan was damit zu tun hat, wird er sich bald melden und es uns unter die Nase reiben. Wir müssen Raphael wach kriegen. Týr, behalte so gut es geht die Nerven!«, mischte Kenai sich ein. Er machte sich an einem Auto zu schaffen, um sie zurück ins Schloss zu bringen. Týr ließ sich von Chester auf die Rückbank zerren.

»Warum hat es verbrannt gestunken?«, wollte Chester wissen.

»Jemand hat die Leichen beseitigt«, kam es von Kenai.

»Wer hat gekämpft? Raphael ist im Club und Elysa hier. Wer hat sie verteidigt? Noah meinte, dass Elysa mit zwei Begleitern das *Mudanca* verlassen hat. Das haben seine ersten Ermittlungen ergeben. Warum ist sie mitgelaufen?« Chester fluchte.

»Was ist mit Romy?«, bohrte Kenai.

»Keine Ahnung.« Chester schüttelte den Kopf und wählte ihre Nummer.

»Chester? Wo seid ihr denn alle? Ist etwas passiert?«, fragte Romy.

»Wo bist du?«

»Im Schloss, was ist los?«

»Bleib dort, wir sind gleich da und besprechen alles.« Damit beendete Chester das Gespräch.

Týr hatte die Augen geschlossen und konzentrierte sich auf Elysas Blut. Es pulsierte, aber die Angst, dass es jeden Moment aufhörte, lähmte ihn. Er fasste sich an sein Herz. *Schlag weiter!*, befahl er ihrem Blut, als ob es ihn hören konnte. Vielleicht spürte sie ihn in diesem Moment genauso, wie er sie? Týr versuchte, seine Atmung zu beruhigen und lauschte weiter dem Pulsieren.

»Sie haben sich getrennt? Das sieht ihnen nicht ähnlich!«, erklärte Chester.

»Wir müssen Aegir informieren, damit er die Armee anweist. Vielleicht hat jemand was bemerkt. Morgans Männer können nicht einfach in die Stadt spazieren, es sind überall Wachen postiert!«, ergänzte Kenai.

Týr war nicht in der Lage, klar zu denken, zu antworten, oder Befehle zu erteilen und die Führung der Armee zu übernehmen.

»Hier spricht Chester. Elysa ist in einem Parkhaus in der Nähe des Clubs *Mudanca* angegriffen und schwer verletzt worden. Sie ist verschwunden, wir haben keine Spur von ihr. Týr steht unter Schock. Die Armee wartet auf Eure Befehle, Majestät.«

Týr hörte seinen Vater sprechen: »Bring Týr zurück ins Schloss. Ich kümmere mich um alles.«

Ganz der Stratege. So wie Týr es war, bevor er Elysa begegnete und sie seine Welt auf den Kopf gestellt hatte.

Er lauschte weiter dem Pulsieren ihres Blutes und verkrampfte sich, als er realisierte, dass es schwächer war als noch vor zwei Minuten. Sein Herzschlag beschleunigte sich, so auch seine Atmung. Týr keuchte auf und öffnete die Augen. Er spürte die Blicke der beiden Vampire auf sich, die wohl befürchteten, er könnte jeden Moment die Kontrolle über sich verlieren.

Und er verlor die Kontrolle. Als das Pulsieren stoppte, bäumte er sich schmerzverzerrt auf. Er hatte das Gefühl, zu ersticken. *Luft!* Er schlug gegen die Fensterscheibe, Scherben flogen in alle Richtungen. Danach trat er gegen die Autotür und mit seiner Wucht, schwankte der ganze Wagen. Kenai riss das Lenkrad herum, verlor die Kontrolle über das Auto und sie überschlugen sich mehrfach. Mit einem lauten Krachen knallte der Wagen gegen die Schlossmauer.

Týr schoss ein stechender Schmerz in seine Schulter. Dutzende Scherben bohrten sich in sein Fleisch. Das war genau richtig, er brauchte die Schmerzen! Alles war besser als die Schreie seiner Seele.

Mit aller Kraft trat er gegen das Blech, das ihn gefangen hielt und krabbelte auf die Straße. Mit schwarz durchtränkten Augen scannte er seine Umgebung. Einige Soldaten kamen auf ihn zugestürmt. Einige liefen an ihm vorbei, um Kenai und Chester zu helfen, die noch im Auto steckten, das verbeult da lag. Týr drehte sich zu dem Blechmüll um und eilte darauf zu. Er fand, was er suchte: sein Schwert!

»Was glaubst du, was du damit vorhast!«, donnerte sein Vater hinter ihm.

Týr schnellte zu ihm herum. Der Vampirkönig verengte die Augen zu Schlitzen, als er Týrs Erscheinungsbild in sich aufnahm.

»Týr Aegir Balthasar Valdrasson! Besinne dich! Erinnere dich daran, wer du bist und wozu du geboren wurdest!«, herrschte der König ihn an. Seine Aura erfüllte die Nacht.

Týr war zu keinerlei Gesprächen aufgelegt, er wollte Rache und Vergeltung. Danach würde er Elysa ins Jenseits folgen. Er wandte seinem Vater und den Soldaten den Rücken zu und stapfte mit seinem Schwert davon.

»Bleib stehen!« Sein Vater baute sich binnen Sekunden vor ihm auf. Aegirs hellblaue Augen bohrten sich in seine.

»Ich bringe ihn um!« Týr fletschte seine Fänge.

Aegir behielt seine Stellung bei. Keinen Zentimeter wich er zurück, obwohl Týr kurz davor war, ein Gemetzel anzurichten.

»Du kannst nicht nach Sao Paulo und ihn herausfordern. Du kassierst eine Kugel in dein Herz und das ist alles!«, donnerte er aufgebracht.

»Die Kugel ist bereits in meinem Herzen und hat es zerfetzt!« Týr schob sich an ihm vorbei und spürte den harten Griff des Königs an seinem Oberarm.

»Am Anfang ist es schwer, aber du kommst über diese Frau hinweg.«

*Das ist genug! Wie kann Vater es wagen, so zu tun, als ob Elysas Tod etwas wäre, das ich je hinter mir lassen könnte?*

Er griff seinen Vater an. Mit seinem Schwert hieb er auf ihn ein. Der parierte. Die Vampire wichen erschrocken zurück. Kein Wunder! Týr hatte seinen Vater noch nie herausgefordert.

Beide ließen ihre Macht auf den jeweils anderen los und die Luft um sie herum vibrierte. Die Klingen rauschten aufeinander zu und das Klirren von Stahl hallte durch die Nacht.

Aegir war der stärkste Gegner, den Týr jemals hatte. Aber jetzt war ihm alles egal, er dachte nicht mehr nach, er fühlte nur noch Leere, Schmerz und Aggression.

Aus dem Nichts traf ihn ein Pfeil in den Rücken und er wusste, dass sie ihm damit eine Überdosis Beruhigungsmittel verpassen wollten. Weitere Pfeile folgten. Und so war es. Sein Körper wurde zu Pudding und er fiel ohnmächtig vornüber auf den Boden.

Er erwachte in seiner Suite und nahm verärgert wahr, dass sowohl seine Hände als auch seine Füße an schwere Eisenstangen gefesselt waren. Er lag wie auf einer Folterbank.

Týr schloss die Augen und wünschte sich, er wäre tot. Seine Gedanken wanderten zu Elysa, an den letzten Satz, den sie zu ihm gesagt hatte, bevor sie mit Romy und Raphael in den Spa gefahren war.

*Komm nicht so spät! Ich will im Mudanca mit dir tanzen und danach will ich, dass du im Hinterhof des Clubs das zu Ende bringst, was du damals angefangen hast.*

Er sah ihr wunderschönes Gesicht vor sich, ihre leuchtenden blauen Augen, ihr Lächeln, das ihn mehr anmachte, als es der beste Porno jemals könnte und diese blonde Lockenmähne, in der er jeden Tag seine Nase vergrub. Týr keuchte auf.

*Komm nicht so spät!*

Tränen füllten seine Augen. Warum hatte er seine königlichen Pflichten wieder vor sie gestellt? Er hätte bei ihr sein müssen! Ryan hatte recht. Er verdiente das hier. Er besaß keine Ehre mehr.

»Hör auf, dich selbst zu martern!« Chester hatte den Raum betreten und funkelte ihn angriffslustig an. Týr setzte eine Maske auf, um seine Gefühle vor dem Mann zu verbergen. Nichts würde mehr so sein wie vorher, weder zwischen ihnen beiden noch mit allen anderen.

»Spürst du ihr Blut?« Chester stand mittlerweile an seinem Bett. Wozu sollte er wieder nach dem Pulsieren suchen? Er hatte gestern Nacht gespürt, wie es aufgehört hatte.

»Wir müssen sichergehen, ob sie noch lebt. Und du bist verdammt nochmal der Einzige, der diese Frage beantworten kann! Also such ihr Blut! Jetzt!« Chester schrie ihn an.

Týr hatte nicht die Kraft, es noch einmal durchzumachen. Er konnte die Stille in seinem Inneren auf keinen Fall erneut ertragen. Er schluckte hart und weigerte sich, den Rotschopf anzusehen. Der Prinz stierte an die Decke und betete, das Chester es aufgab und sein Zimmer verließ. Er könnte ihm auch einfach eine Überdosis verpassen, aus der Týr nicht mehr aufwachte!

»Wenn du Elysa je geliebt hast, wirst du jetzt nach ihrem Blut suchen. Das bist du ihr schuldig!«, provozierte Chester ihn gezielt.

»Ich lasse mich nicht von dir manipulieren!«, fauchte er und rüttelte mit aller Macht an seinen Fesseln. »Ihr könnt mich nicht ewig hier festhalten!«, brüllte er.

»Sag mir, ob sie noch lebt!« Eindringlich sah Chester ihn an und Týr kämpfte gegen die Tränen. Chester zog sich einen Stuhl heran und setzte sich darauf. Der Kerl würde hier offenbar nicht verschwinden.

Fluchend kämpfte Týr gegen seine Fesseln, um danach resigniert den Kopf aufs Kissen fallen zu lassen und tief durchzuatmen. Er schloss die Augen und suchte nach ihrem Blut. Er spürte es in sich und stieß hart die Luft aus, als er erkannte, dass es pulsierte. Wie konnte das sein?

Zitternd kontrollierte er seine Wahrnehmung. Er irrte sich nicht. Sie war außer Lebensgefahr! Der Puls war deutlich zu spüren.

Er öffnete die Augen und bemerkte, wie Chester näher gerückt war und ihn beobachtete.

»Sie lebt«, flüsterte Týr fast lautlos. Sein bester Freund, der ihm seit über zwei Jahrhunderten näherstand als jeder andere, legte ihm die Hand auf die Brust.

»Dann gibt es Hoffnung! Für dich und für uns alle.«

»Mach mich los. Ich muss sie suchen«, forderte Týr.

»Wenn ich wüsste, dass du dich im Griff hast, würde ich das tun. Wir könnten deine Hilfe gut gebrauchen. Aber du bist außer Kontrolle, so lange das so bleibt, müssen wir dich hier festhalten. Es tut mir leid.«

»Mach mich los!«, schrie er. »Das ist ein Befehl!«

Chester schüttelte traurig den Kopf. »Dein Vater hat uns befohlen, dein Leben zu retten. Das ist der Weg, den wir gehen müssen.«

Týr rief nach seiner Macht, um den Willen des Vampirs zu beugen. Er gab das erste Mal in seinem Leben einen feuchten Dreck darauf, dass es Chester war, den er zu etwas zwingen wollte. Aber die Macht kam nicht gegen die Silberketten und das Beruhigungsmittel an.

»Du bist mit Drogen zugepumpt, Týr. Du kannst deine Macht nicht entfalten, nicht wie du es möchtest. Wenn du soweit bist, halten wir unsere Besprechungen bei dir ab. Möchtest du, dass ich dich auf den aktuellen Stand bringe?«

Týr war außer sich! Sie behandelten ihn wie einen Gefangenen! Wieder rüttelte er an seinen Fesseln und tobte. Er beschimpfte und beleidigte Chester bis der kopfschüttelnd zur Tür ging. »Ich schaue später nach dir.«

Týr schrie ihm nach. »Genau! Verpiss dich, du Arschloch!« Er brauchte lange, bis er sich halbwegs beruhigt hatte und in einen unruhigen Schlaf driftete.

# 13

Romy lag weinend auf ihrem Bett. Seit sie von den schlimmen Nachrichten erfahren hatte, konnte sie an nichts anderes mehr denken. Elysa sollte tot sein? Noch mehr Tränen füllten ihre Augen und sie kämpfte mit dem Schmerz in ihrer Brust. Sie konnte nicht bei all den Vampiren bleiben, die keine Gefühle zeigten und stumm durch das Schloss eilten.

Noah und Chester hatten kaum Zeit für sie, weil sie mit der Suche und dem Sammeln von Hinweisen beschäftigt waren. Týr hatte man eingesperrt, nachdem er ausgerastet war. Romy kam sich verlorener vor, als je zuvor in ihrem Leben. Sie wischte sich die Tränen aus dem Gesicht und begann, ihre Sachen zu packen. Sie würde einen Zwischenstopp bei Ryan einlegen müssen, wenigstens das war sie Elysa schuldig. Sie musste ihr Beileid aussprechen. Und danach? Sie überlegte, nach Salvador zu gehen und sich dort in ihrem Kummer zu vergraben.

Wieder ging sie den Ablauf des Abends durch, um zu verstehen, wie Elysa in dieses Parkhaus gekommen war. Hatte Fata so schnell auf das Date mit Tjell reagiert, dass sie Elysa umgehend ausgeliefert hatte?

*Du wirst dieses Date bereuen!*, schoss es Romy durch den Kopf.

So war es: Romy bereute es! Wenn sie doch nur bei Elysa geblieben wäre! Nicht, dass Romy einen guten Bodyguard abgab, aber vielleicht wäre es anders gekommen? Zumindest hätte sie Fatas Eifersucht nicht weiter geschürt.

*Wenn Tjell doch nur hier wäre!*, wünschte sie sich. In seinen starken Armen wollte sie sich ausweinen und Trost finden. Aber das durfte sie nicht. Sie hätte diesem Date nicht zustimmen dürfen!

Nachdem sie ihre Sachen gepackt hatte, suchte Romy nach Chester. Sie klopfte an seine Zimmertür und betrat nach einem deutlichen »Herein« sein Reich. Er lächelte ihr müde entgegen.

»Ich wollte mich verabschieden. Ich gehe zurück zu Ryan, spreche ihm mein Beileid aus und verschwinde aus Rio«, ratterte sie ihren Text ohne Luftholen herunter.

Chester nickte. »Ich habe mir schon gedacht, dass du nicht bei uns bleiben willst, und kann dich verstehen, obwohl ich wünschte, du würdest uns nicht verlassen.«

»Wenn ihr noch Fragen habt oder was ist, könnt ihr mich auf dem Handy erreichen«, setzte sie höflichkeitshalber hinzu.

»Romy, es gibt da noch etwas, das du wissen solltest. Týr hat eben nach Elysas Blut in sich gesucht und es pulsiert wieder kräftig. Sie lebt! Bitte sag es Ryan, er verdient es, Bescheid zu wissen.«

Romys Herz machte einen Satz. Sie lebte? Es gab Hoffnung! Erleichterung durchflutete sie und sie kämpfte gegen die Tränen. Das änderte ihren ursprünglichen Plan. Wenn Elysa da draußen war, mussten sie sie finden.

*Der Einzige, der das kann, ist Ryan*!

Sie zog Chester in eine innige Umarmung. Der Vampir hielt sie einen Moment fest.

»Ich fahre dich zu den Wölfen. Es wäre schön, wenn du dich noch von Týr verabschiedest. Sein Anblick ist nicht gerade aufbauend. Es könnte sein, dass er sich daneben benimmt, dich beleidigt oder bedroht«, warnte er sie vor.

Sie besuchten Týr auf seiner Suite. Romy schluckte schwer, als sie den massigen Vampirprinzen gefesselt an sein Bett vorfand. Elysa hatte ihr erzählt, wie Tjell ausgerastet war, als Romy entführt worden war und niemand gewusst hatte, ob sie noch lebte. Aber erst jetzt realisierte sie, was das wirklich bedeutete. Ihr Herz schmerzte für den Seelengefährten ihrer besten Freundin.

»Týr? Romy ist hier. Sie möchte sich von dir verabschieden. Sie geht zurück zu den Wölfen.«

Romy sah, wie der Prinz den Kopf in ihre Richtung hob, sie kurz musterte und danach wieder ablegte.

*Seine Augen sind pechschwarz. Die Dunkelheit ist in ihm!*, stellte sie entsetzt fest. Elysa würde es das Herz brechen, ihn so zu sehen!

»Das ist gut, Romy. Geh zu deinem Mann, er soll auf dich aufpassen. Tjell liebt dich sehr und ihr beide gehört zusammen. Wirf es nicht weg. Wer weiß, wieviel Zeit euch bleibt.« Týr schluckte schwer.

Romy hielt den Atem an. »Týr, es tut mir so leid, was passiert ist. Elysa ist stark. Wir müssen daran glauben, dass wir sie finden und zurückholen!« Mitfühlend sah sie den Prinzen an.

»Geh jetzt«, lautete seine knappe Antwort, aber Romy wollte ihn nicht so zurücklassen. Sie war es Elysa schuldig, ihm zu helfen!

»Es ist nicht deine schuld, hörst du!«, rief sie verzweifelt.

Týrs schwarze Augen musterten sie und verursachten ihr eine Gänsehaut.

»Ich habe nicht auf sie aufgepasst und dafür schmore ich jetzt in einer lebendigen Hölle!«

Romy konnte seinem Blick nicht standhalten. Er war furchteinflößend und gefährlich. Sie verstand, warum man ihn festgebunden hatte. Týr war unberechenbar.

»Sie war glücklich mit dir und hättest du sie eingesperrt, wäre sie abgehauen. Du kennst doch ihren Freiheitsdrang«, versuchte sie ihn zu trösten.

»Lass mich allein.«

Romy blickte mit Tränen in den Augen zu Chester und sah auch seinen Schmerz über den Zustand seines Freundes. Sie verließ schweren Herzens die Suite und folgte dem Rotschopf zu seinem Wagen.

Schweigend fuhren sie zur Villa. Erst als Chester davor hielt, suchte sie das Gespräch mit ihm. »Týr so zu sehen, ist furchtbar. Elysa würde es das Herz brechen!«

»Es ist schlimm. Wir geben unser Bestes, um ihm zu helfen, aber ich befürchte, die Befreiung seiner Sonne ist das Einzige, das ihm hilft. Týr hat sich bereits mit Haut und Haaren an sie gebunden, er braucht sie. Wir *alle* brauchen sie.« Chester stieg aus dem Wagen und holte ihr Gepäck aus dem Kofferraum.

Dustin kam ihnen entgegen, das Tor öffnete sich. Elysas Onkel zog Romy in eine kräftige und herzliche Umarmung. So waren die Wölfe. Sie spendeten sich Trost und rückten in solchen Stunden noch näher zusammen.

Dustins Augen waren gerötet, Romy wusste, wie sehr der Mann seine Nichte liebte.

»Elysa lebt. Wir wissen nicht, wo sie ist, aber Týr spürt ihr Blut pulsieren. Ihre Verletzungen heilen.« Chester hatte das Wort an den Wolf gerichtet.

Dustins Augen wurden groß. »Ist Týr sich sicher?«, fragte der Wolf hoffnungsvoll.

»Es besteht kein Zweifel.«

»Ich… Ich muss zu Ryan!« Dustin hechtete aufgeregt zurück in die Villa, ohne sich noch einmal umzudrehen.

Seufzend zog Chester Romy in eine Umarmung. »Mach's gut, Kleine, lass von dir hören.«

»Danke für alles. Kümmere dich um Týr. Ryan wird Elysa finden!« Sie lächelte dem rothaarigen Vampir aufmunternd zu und folgte Dustin in die Villa der Wölfe.

Auf halbem Weg kam ihr Tjell entgegen, der seine Arme um sie schlang und sie festhielt. »Es tut mir so leid, Romy. Wenn wir im Club geblieben wären, hätten wir vielleicht helfen können.«

Romys Augen trafen seine. Sein Blick war liebevoll und warm. Sie musste gegen die aufwallenden Gefühle für Tjell ankämpfen.

»Oder wir wären nicht mehr am Leben. Wer weiß das schon.« Sie löste sich aus seinen Armen und versuchte, Abstand herzustellen. »Ich muss mit Ryan sprechen.«

Sie fand den Alpha in seinem Zimmer, Dustin war noch bei ihm und Romy sah die Hoffnung in ihren Augen.

Er fixierte sie. »Stimmt es, was Dustin sagt?«

Romy nickte. »Ich gebe dir alle Informationen, die ich habe. Danach kannst du sie suchen. Du bist der Einzige, dem ich zutraue, sie zu finden. Die Vampire drehen sich im Kreis und Týr, der der beste Schlüssel wäre, ist völlig zusammengebrochen.«

Ryan senkte den Blick.

»Sag mir bitte, dass du Týr keine Vorwürfe machst! Es ist nicht seine schuld! Er hat alles getan, um Elysa zu beschützen und liebt sie aufrichtig!« Wütend stemmte sie die Hände in die Hüften.

*Das darf doch nicht wahr sein*! Was musste noch passieren, damit Ryan endlich begriff, dass Týr und er auf einer Seite standen!

»Du elender Sturkopf! Anstatt dich bei Elysa zu entschuldigen, bockst du hier wochenlang rum!«

»Sie hätte auch den ersten Schritt machen können!« Ryan biss sich auf die Lippe.

»Du hast ihren Gefährten verraten! Und Morgan beinahe dabei geholfen, seine Macht auszubauen und den einzigen Thronerben zu töten! Wie kannst du da erwarten, dass Elysa angekrochen kommt, wenn du nicht mal bereit bist, ihr zu versichern, dass du Týr nie wieder hinterrücks nach dem Leben trachten wirst!«

»Sie hat sich für ihn entschieden - und damit gegen mich!« Wie ein trotziger, kleiner Junge verschränkte er die Arme vor der Brust.

Seufzend ließ Romy sich auf den Stuhl fallen, der neben Ryans Schrank stand. »Sie hat dich jeden Tag vermisst.« Romy zog einen Brief aus ihrer Tasche. »Bitte lasst mich mit Ryan allein!«, bat sie Dustin und Tjell.

Sie wartete, bis sie den Raum verließen.

»Vor ein paar Tagen hat Elysa mir diesen Brief gezeigt und mich gefragt, ob sie ihn abschicken soll. Ich habe ihr abgeraten, weil ich der Auffassung war, dass du lernen musst, deinen Stolz zu überwinden. Du solltest derjenige sein, der den ersten Schritt macht. Jetzt glaube ich, dass du hören solltest, was Elysa die letzten Wochen beschäftigt hat, in denen du sie mit Kälte und Abweisung bestraft hast!«

Ryans Blick war für Romy kaum zu deuten. Sie ließ schnaubend die Luft entweichen und begann zu lesen:
»Mein geliebter Ryan.« Sie stockte, als sie hörte, wie Elysas Bruder scharf die Luft einsog.

»Ich habe schon als Baby meine Mutter verloren und kurz darauf meinen Vater. Bis heute frage ich mich, warum der Tod der beiden mir nicht so stark zugesetzt hat wie dir. Wahrscheinlich, weil du älter warst und unser Vater dein Held war, aber nicht meiner. Es ist schrecklich, seinen Helden zu verlieren, das weiß ich jetzt aus eigener, bitterer Erfahrung.«

»Romy, bitte hör auf! Ich kann das gerade nicht hören! Nicht, wenn sie fast gestorben wäre und ich nicht bei ihr war!« Tränen standen in Ryans Augen, aber Romy ließ nicht locker.

»Ich habe endlich etwas Wichtiges begriffen: Mein Held ist nicht tot, er lebt, nur ist er verdammt stur. Ich werde nicht zulassen, dass ich ihn verliere. Du magst mich jetzt hassen, aber das ist nicht das Ende, Ryan. So lange mein Herz schlägt, kämpfe ich um das, was ich liebe. Und ich liebe euch beide. Du besitzt eine Hälfte meines Herzens, die andere besitzt Týr. Ich kann nicht nur mit einer Hälfte leben, ich brauche euch beide. Vielleicht kommt irgendwann der Zeitpunkt, an dem ich dir das beweisen kann und du mir glaubst, dass Týrs Auftauchen nichts an deiner Hälfte meines Herzens verändert hat. Er hat einfach nur die leere Hälfte gefüllt.

Ich wünsche mir, dass mein Herz wieder im Einklang schlagen kann, weil beide Hälften sich vereinen und wir eine Familie sein können.

In Liebe,

deine Elysa.«

Ryan hatte seinen Kopf in den Händen vergraben.

Romy beobachtete den Alpha wissend. Die beiden Geschwister waren Sturköpfe, aber sie liebten sich innig.

»Ich bin so ein eifersüchtiger Idiot.« Ryan stöhnte schmerzerfüllt auf.

»Mit dem Thema Eifersucht kennt Elysa sich bestens aus. Es ist wohl Schicksal, das ausgerechnet sie die doppelte Alphadosis trifft!« Romy ging zu ihm und legte ihm den Brief aufs Bett. »Elysa würde dich nie gegen Týr eintauschen. Sie musste sich für ihn entscheiden, weil du ihn sonst hättest töten lassen. Wir könnten alle zusammen in der Zentrale leben und sie würde euch beide gleichermaßen anhimmeln!«

»Wenn ich sie finde und sie mir verzeihen kann - und Týr mir verzeihen kann - , werde ich mich neu für den Bund entscheiden - und diesmal ohne Wenn und Aber. Das schwöre ich!« Eindringlich sah er sie an.

»Du hast schon mal geschworen, Ryan. Sogar vor dem Vampirkönig höchstpersönlich. Der weiß übrigens nichts von deinem Verrat! Das hat Týr niemandem anvertraut, nicht mal seinem inneren Kreis! Elysa zuliebe. Und das sollte besser so bleiben. Die anderen werden kein Verständnis dafür haben. Aegir ist ein Arschloch und würde nicht lange fackeln.«

Romy spürte Ryans Musterung auf sich und senkte nervös den Blick. War sie zu weit gegangen? Sie hatte immerhin ihren Alpha offen kritisiert.

»Danke.«

Überrascht schaute sie auf. Sein Blick war freundlich und hoffnungsvoll.

»So langsam verstehe ich, warum ihr beide so gute Freundinnen seid. Ich werde Elysa suchen und sie finden. Nichts wird mich davon abhalten! Bitte sag mir alles, was du weißt«, bat Ryan sie.

»Raphael und Elysa waren allein im *Mudanca*. Der Vampir wurde vergiftet. Seine Bluttests haben ergeben, dass es sich nicht um ein tödliches Gift, sondern um ein lähmendes gehandelt hat«, begann Romy ihren Bericht.

»Elysa sollte isoliert werden, aber wieso hat der Angreifer Raphael nicht getötet? Es wäre ein Leichtes gewesen, ihn niederzustechen oder ihm von Anfang an ein tödliches Gift zu verabreichen. Gesse kennt sich mit Giftpflanzen besser aus und er meinte, dass wir die meisten Gifte instinktiv wahrnehmen. Raphael ist ein alter Vampir einer reinen Linie - so einfach kann man ihn nicht täuschen«, überlegte Ryan.

»Nur ein mächtiger Feind kann wohl ein kaum wahrnehmbares Gift erschaffen.« Romy nickte zustimmend.

»Es war nicht Morgan. Der hätte nicht lange gefackelt und Raphael umgebracht. Anscheinend wollte der Täter Raphael am Leben lassen. Es macht keinen Sinn. Jemand hat Elysa gezielt entführt. Jemand, der sich nicht für den Kampf gegen Týr und seine Jungs interessiert.« Der Alpha setzte eine nachdenkliche Miene auf.

So hatte Romy die Sache bisher nicht gesehen und auch die Vampire nicht. Warum hatte man Raphael nicht getötet?

»Du meinst, es war Wallis?«, stieß Romy nun entsetzt hervor. Sie wusste, dass der Mann alleine arbeitete.

»Es würde Sinn ergeben, Romy. Vielleicht hat er Elysa mit Raphael erpresst und sie ist ihm deswegen ohne Gegenwehr zum Parkhaus gefolgt. Was ich nicht verstehe, sind die Leichen, die verbrannt wurden. Gesse meinte, es waren Vampirleichen. Werden Vampire im Schloss vermisst? Vielleicht waren sie zufällig dort und wollten Elysa helfen?«

»Ruben und Christopher! Sie waren bei uns im *Mudanca* und werden seit jener Nacht vermisst. Die beiden hätten alles getan, um Elysa zu helfen! Die Suche nach ihnen läuft auf Hochtouren. Ich weiß nicht, ob Aegir ähnliche Schlüsse gezogen hat. Er leitet die Ermittlungen.« Tränen füllten ihre Augen. Sie hatte Ruben und Christopher in ihr Herz geschlossen. Ryan kam zu ihr und umarmte sie.

»Werden noch weitere vermisst?«

Romy löste sich von ihm und schüttelte den Kopf. »Ich glaube nicht.«

»Von Morgan kam keine Nachricht?«

Romy verneinte.

»Wenn er sie hätte, würde er das bestimmt nicht für sich behalten. Es war schließlich sein ursprünglicher Plan, Elysa als Druckmittel einzusetzen. Sie in seine Finger zu bekommen, würde ihn einen gewaltigen Schritt nach vorne bringen.«

»Chester und die anderen Vampire glauben, dass Elysas Verschwinden mit Morgan zusammenhängt. Wenn es Wallis war, würde er Morgan nichts davon sagen. Er will Elysa für sich«, gab Romy zu Bedenken.

Ryan verzog schmerzverzerrt das Gesicht. »Wir wissen beide, was passiert, wenn er sie hat. Er wird sie vergewaltigen und seine Besessenheit an ihr ausleben.« Ryan presste die Lippen aufeinander.

»Dann müssen wir sie schnell finden.« Romy verzog das Gesicht.

»Wir wissen zu wenig über ihn. Wo sollen wir suchen?«

Romy erinnerte sich an ihre Gefangenschaft bei Morgan und ging jedes Detail durch, das sie bei Wallis wahrgenommen hatte.

»Er stand keinem der Vampire loyal gegenüber. Bei mir ist der Eindruck entstanden, dass Morgan ihn wegen seiner Kraft bei sich aufgenommen hat. Wallis ist manipulativ. Von Týrs Vampiren hat keiner je von ihm gehört oder ihn gesehen, dabei ist seine Erscheinung markant, selbst ohne die Tätowierung. Wahrscheinlich stammt er aus Europa.« Schließlich kannte er Details bezüglich Joaquins Tod und der war in Europa umgebracht worden. Das würde sie Ryan aber nicht auf die Nase binden. Joaquin war ein schwieriges Thema für Ryan.

Der Alpha nahm sein Handy vom Nachttisch und tippte etwas hinein. »Vielleicht können wir herausfinden, wo der Name gehäuft auftritt«, überlegte er und runzelte irritiert die

Stirn. »Wallis ist ein Frauenname. Die aus Wales Stammende.«

»Warum sollte ihn jemand nach einer Frau benennen?« Romy war ebenfalls verdutzt. Das war mehr als seltsam.

»Vielleicht ist das nicht sein richtiger Name, aber es ist die einzige Spur, die mir gerade einfällt.«

»Überlegst du, nach Großbritannien zu reisen?« Das ergab Sinn, auch sie glaubte, dass Morgan nichts damit zu tun hatte.

»Wallis wird auf keinen Fall mit Elysa hierbleiben, das ist zu gefährlich für ihn. Wenn er wirklich aus Europa stammt, wäre es schlauer, dorthin zurückzukehren, am besten an einen Ort, an dem er sich auskennt, den er vielleicht von früher kennt. Ich fliege noch heute ab. Es wäre gut, wenn du und Tjell mich begleitet!« Ryan erhob sich bereits vom Bett, wo er bis eben gesessen hatte. Der Tatendrang stand dem Alpha ins Gesicht geschrieben.

»Ich komme natürlich mit und helfe dir, wo ich kann, aber bitte lass Tjell hier. Wir beide können nicht auf engem Raum zusammen sein«, bat sie den Alpha eindringlich.

»Du, Tjell und Dustin seid die Einzigen, die wissen, wie dieses Schwein aussieht. Und Dustin muss mich hier vertreten, ich kann das Rudel nicht ohne Führung zurücklassen. Vielleicht tut es euch beiden gut, etwas mehr Zeit miteinander zu verbringen. Du siehst, wie schnell es vorbei sein kann.« Ryan hatte seine Entscheidung offensichtlich getroffen.

»Ryan, warte!«, rief sie, als er sich zur Tür wandte. Sie musste den Alpha davon abhalten, ihr Tjell aufs Auge zu drücken! Das würde nur in einer Katastrophe enden!

Ryan drehte den Kopf, aber sein Blick war eindeutig.

»Fata hat mir gedroht«, platzte es aus Romy heraus. Sie durfte zwar mit niemandem darüber sprechen, aber was hatte sie für eine Wahl? Wenn sie mit Tjell zusammen verreiste, würde Fata toben. Wer weiß, was sie noch alles unternehmen würde! Vielleicht machte sie ihre Morddrohung wahr!

»Womit hat sie gedroht?«, fragte er harsch.

»Sie hat Elysa und mich seit Monaten beobachtet oder beschatten lassen. Als Tjell und ich in der Eishalle waren, hat sie mich abgefangen und mir gedroht, Elysa an Morgan zu verraten, wenn ich Tjell nicht auf Abstand halte. Ich dachte erst, sie steckt hinter Elysas Verschwinden, aber zeitlich passt es nicht zusammen. Ihre Drohung kam erst hinterher.« Verzweifelt schlug sie die Hände vors Gesicht.

»Wieso hast du Tjell nichts gesagt? Er leidet unter deiner Zurückweisung! Nachdem was diese Frau ihm angetan hat, verdient er die Wahrheit!« Ryan war außer sich.

»Sie hat mir gedroht, mich umzubringen, wenn ich Tjell was sage. Ich habe Angst. Ich bin nicht so mutig wie du!« Tränen liefen ihr Gesicht herunter.

Fluchend zog er Romy in seine Arme. »Du bist Teil meines Rudels, meiner Familie. Jeder, der dir droht, droht auch mir! Ich werde Joseph und Milo in Manaus über Fatas Verhalten in Kenntnis setzen und erwarte von ihnen eine Bestrafung. Sonst kümmere ich mich selbst um diese Angelegenheit! Diese kleine Bitch!« Ryan fluchte. Seufzend gab er Romy einen Kuss auf die Stirn. »Mach dir keine Sorgen! Sie wird ihr Gift nicht länger hier verspritzen, das verspreche ich dir!«

Ryan gab ihr Hoffnung. Sie wünschte sich, dass Fata endlich für ihre Bosheit bezahlte, aber was war mit dem Baby? Niemand würde ihr etwas tun, solange sie schwanger war. Darüber durfte Romy sich jetzt keine Gedanken machen. Elysa brauchte sie und sie würde verdammt sein, wenn sie ihre beste Freundin je wieder verriet oder im Stich ließ.

Ryan und sie traten auf den Flur. An der Wand kauerte Tjell. Hatte er die ganze Zeit auf sie gewartet?

»Du, Romy und ich fliegen heute noch nach Wales. Ruf alle zusammen, wir treffen uns im Gemeinschaftsraum und ich erkläre euch, was ich vorhabe«, befahl Ryan dem Wolf, der nickte und davoneilte, nicht ohne Romy noch einen Blick zuzuwerfen.

Kurz darauf hatten sich alle im Gemeinschaftsraum versammelt, nur Joshua fehlte.

»Josh vergräbt sich in seinem Zimmer und verweigert sogar das Essen«, sagte Calvin. Wenn der Wolf aufgehört hatte, zu essen, musste es ihm richtig schlecht gehen.

»Ich mache das. Oder brauchst du mich dringend?«, wandte Romy sich an ihren Alpha.

Der schüttelte den Kopf.

Romy eilte nach oben. »Joshua, mach auf! Ich bin es, Romy!« Sie klopfte lautstark an die Tür.

Der Wolf drehte nach einer Weile den Schlüssel und öffnete. Geknickt stand er vor ihr. Er sah mitgenommen aus, besonders seine blutunterlaufenen Augen schockierten Romy.

»Wenn ich Elysa sage, dass du ihretwegen durchgehend flennst und das Essen verweigerst, wird sie dich als Waschlappen bezeichnen!« Gespielt streng imitierte sie ihre Freundin und hob den Zeigefinger vor sein Gesicht.

»Versuchst du mir auf diese charmante Weise zu sagen, dass sie nicht tot ist?« Er schluckte hart.

»Sie lebt.«

Joshua zog sie in seine Arme und begann zu weinen. Wie schaffte Elysa es nur, dass die stärksten und vorlautesten Kerle bei ihr dahinschmolzen und flennten wie Babys?

»Wo ist sie?« Eindringlich fixierte der Wolf ihr Gesicht.

»Wir vermuten, dass Wallis sie nach Großbritannien entführt hat. Dort beginnen wir mit der Suche.«

»Dieses perverse Arschloch!« Wütend schob Joshua sich an ihr vorbei und stürmte nach unten in den Gemeinschaftsraum. »Ich komme mit, wenn ihr sie sucht!«

»Wie ich sehe, hast du geflennt«, brummte Ryan.

»Genau wie du!«

Romy beobachtete kopfschüttelnd, wie Ryan sich räusperte.

»Zurück zum Thema.« Gesse knurrte aus seiner Ecke. Seine Augen waren allerdings auch verdächtig rot. »In Wales leben Vampire, das ist dir hoffentlich bewusst. Sie werden euch angreifen, sobald sie euch entdecken. Das ist Europa, da funktioniert das Leben anders als hier.«

Romy schluckte. Ihre Reise würde gefährlich werden.

»Wichtig ist, dass ihr euch zuerst bei dem ansässigen Rudel meldet und um Unterstützung bittet. Sie kennen das Land am besten und werden euch hilfreiche Tipps geben können. Aber am kostbarsten ist wohl deine Gabe für dieses Unterfangen«, schaltete sich Dustin in die Überlegungen ein. »Ich suche gleich die Nummer des Alphas raus«, fügte er hinzu.

»Danke. Dort werden wir anfangen.« Ryan nickte.

»Dieser Wallis wird sie bestimmt nicht bei den Vampiren verstecken. Die würden seinen Fanatismus wohl kaum unterstützen«, kam es von Gesse.

»Er wird allein arbeiten und sich in die Einöde zurückziehen«, vermutete Romy. Dieser Wallis schien ihr nicht sonderlich gesellig zu sein.

»Wie hältst du es mit Týr?«, wollte Dustin von Ryan wissen.

»Der soll sich verpissen und hier nie wieder auftauchen!«, polterte Gesse. »Dieser Mörder hat genug angerichtet! Erst schlachtet er unser Volk ab und dann verführt er Elysa, obwohl er sie nicht mal anständig beschützen kann!« Gesse ließ seiner Wut freien Lauf.

»Erstens hat Elysa ihn genauso verführt!«, erklärte Romy streng, »und zweitens hat er gut auf sie aufgepasst!« Sie musste Týr einfach verteidigen. »Im Gegensatz zu mir warst du nicht dabei! Du hast keine Ahnung, was er alles für sie getan hat, wie sehr er sie liebt.«

Gesse baute sich vor Romy auf und sie wich zwei Schritte zurück. Tjell schob sie hinter seinen Rücken, woraufhin Romy nur noch breite Schultern vor sich sah.

»Romy darf ihre Meinung frei äußern! Das hast du zu akzeptieren!« Tjell knurrte.

»Schluss jetzt!«, herrschte Ryan sie an. »Wir informieren Týr erstmal nicht. So wie ich das verstanden habe, hat der Vampir gerade andere Probleme. Ob es uns passt oder nicht, er ist ihr Gefährte und geht deshalb momentan durch die Hölle, woran ich nicht ganz unschuldig bin. Sobald ich hilfreiche Hinweise habe, werde ich mich bei Týr melden. Außerdem ist eine Entschuldigung von mir fällig.« Ryan setzte einen nachdenklichen Gesichtsausdruck auf.

»Endlich zeigst du Einsicht, Junge.« Dustin nickte seinem Neffen zu. Glücklich legte Dustin seinen Arm um Janett, die mehr als erleichtert zu sein schien. Gesse hingegen schüttelte fluchend den Kopf.

»Sollte Týr sich im Rudel melden, gebt ihm Auskunft, wo ich bin«, gab Ryan Anweisungen. »Wir werden unsere Handys dabeihaben, aber oft ausschalten. Es ist besser, wenn uns niemand orten kann. Ich melde mich in regelmäßigen Abständen.«

»Ich will mitkommen!«, kam es wieder von Joshua.

»Ich weiß deinen Einsatz zu schätzen, aber in diesem Fall möchte ich mit einer kleinen und unscheinbaren Gruppe reisen. Sorge für die Sicherheit des Rudels, das erwarte ich von euch allen! Wenn wir Pech haben, greift Morgan die Stadt an. Wie wir wissen, kam es in Sao Paulo zu offenen Kämpfen. Seine Armee ist erstarkt. Der Mann sitzt nicht untätig herum, sondern schafft Frischlinge.«

Ryan wollte mit diesen Worten den Raum verlassen, hielt aber an der Tür inne. Er drehte sich zu seiner Truppe um und fixierte schließlich Romy.

»Sollte Fata von jemandem gesichtet werden, informiert sie darüber, dass ich sie aus der Stadt verbannt habe und sie hier nicht mehr willkommen ist. Wenn sie sich dagegen auflehnt, nehmt sie gefangen. Einer von Josephs Männern wird sie abholen. Ich werde ihn von unterwegs aus anrufen und mit ihm diese Vorgehensweise besprechen.« Mit diesem Befehl verließ er endgültig den Raum. Romy spürte die Blicke der Umstehenden auf sich. Sie schluckte.

»Was hat sie jetzt wieder getan?« Misstrauisch beäugte Tjell sie.

Überfordert folgte sie Ryan aus dem Raum, ohne sich noch mal umzudrehen.

»Romy! Verdammt, rede mit mir!« Tjell rannte ihr nach. Hatte sie wirklich erwartet, dass er so schnell aufgab? Seufzend drehte sie sich zu ihm.

»Tjell, bitte, lass es gut sein. Wir werden auf unserer Suche nach Elysa viel Zeit miteinander verbringen müssen. Ich würde es begrüßen, wenn wir das ohne dauernden Streit tun könnten.«

Überrascht hob er die Augenbrauen. »Wer hat denn mit den Anfeindungen angefangen, statt ein einziges Mal Klartext zu reden? Außerdem suche ich keinen Streit! Ich suche nach Lösungen für unser Problem und wäre dir sehr dankbar, wenn du kooperieren könntest!« Verzweifelt hob er die Arme in die Luft.

»Dann sind wir uns ja einig!« Mit diesen Worten ließ sie ihn stehen. Wie sollte sie es nur auf engstem Raum mit ihm aushalten?

# 14

*»Du verteidigst sie auch noch?! Sie war eine drogensüchtige Frau, die ihre Familie - allen voran ihre Tochter - im Stich gelassen hat!«, schrie Fata durch die Küche.*

*Romy kauerte hinter der Tür und presste die Lippen aufeinander. Tränen liefen ihr Gesicht herunter.*

*»Fata, nicht so laut. Ich möchte nicht, dass Romy etwas mitbekommt«, flüsterte ihr Vater.*

*»Wie lange willst du sie belügen und zulassen, dass sie ihre Mutter verherrlicht, als wäre sie etwas Besonderes gewesen?«*

*Romy atmete schwer. Ihre Mutter war vor fünf Jahren gestorben und sie vermisste sie schrecklich. Die Erinnerungen an sie verblassten allmählich. Tränen verschleierten Romys Sicht und sie schlüpfte zurück in ihr Zimmer, um sich in ihren Kissen zu vergraben. Ihre Mutter war drogensüchtig gewesen?*

*»Ich kenne diese Frau nicht!« Der schlaksige, junge Mann Anfang 20 sah Romy verängstigt an.*

*Sie hielt ihm ein Messer an die Kehle. »Denk noch mal scharf darüber nach! Ich spaße nicht!«, drohte sie. Sie suchte seit drei Jahren in der Drogenszene Sao Paulos nach Hinweisen zu ihrer Mutter. Von ihrem Vater erhielt sie keine Informationen, die sie aber dringend brauchte, um den Tod ihrer Mutter verarbeiten zu können. Wenn ihre Mutter drogensüchtig gewesen war, musste sie das Zeug irgendwo besorgt haben!*

*Die Tatsache, dass ihr Tod nun schon 18 Jahre her war, erleichterte die Suche nicht gerade. Der Typ vor ihr war damals noch ein Kind! Frustriert ließ sie von ihm ab.*

*»Wenn du Informationen von einem Fall willst, der lange zurückliegt, frag nach Scott, der ist seit 20 Jahren in der Szene«, gab der Junge nun doch Auskunft.*

*»Wie komme ich an ihn heran?« Hoffnung breitete sich in ihr aus.*

*»Ich führ dich in seine Bar.« Der Kerl seufzte.*

*Romy schnüffelte unauffällig, um eine mögliche Lüge zu wittern. Sie war jung und unerfahren, aber vor Menschen hatte sie keine Angst, nicht, wenn sie einem eins zu eins gegenüberstand. Romy nickte und folgte dem jungen Mann ins GoGo, das eine Meile entfernt lag. Er zog sie mit sich hinter die Theke und tuschelte mit einer Kellnerin, die bestätigte, dass Scott oben in seinem Büro war.*

*»Was soll das, Kenny? Wieso bringst du diese Frau hierher?«*

*Romy verlor keine Zeit mit Höflichkeiten, sondern hielt Scott das Foto ihrer Mutter unter die Nase. »Kennst du sie?« Sie sah etwas in seinen Augen aufblitzen und ihr Herzschlag beschleunigte sich.*

*Abweisend schüttelte der Mann den Kopf. »Ich weiß nichts über diese Frau.«*

*Er log, Romy konnte es riechen. Sie zog ein Bündel Scheine aus ihrer Jackentasche. »Ich bezahle dich für deine Informationen.« Sie wedelte damit vor seinem Gesicht herum.*

*»Ich könnte dir das Geld auch einfach so abnehmen.« Gehässig lachte Scott.*

*»Versuch es, Arschloch!« Sie ließ ihre Augen schwarz aufblitzen und er wich zwei Schritte zurück.*

*»Was zur Hölle!«, fluchte er.*

*Sie roch seine Angst. »Woher kennst du diese Frau?«, wiederholte sie ihre Frage. Diesmal würde er reden.*

*»Sie wurde erschossen. Vor einer Favela. Sie war zugedröhnt mit Kokain. Niemand aus der Szene kannte sie, es war komisch, da es unser Stoff war.«*

*Romy runzelte die Stirn. Ihre bisherigen Ermittlungen hatten ebenfalls ergeben, dass ihre Mutter erschossen worden war, aber wie konnte es sein, dass niemand sie kannte, wenn sie regelmäßig Kokain gekauft hatte?*

*»Sie hat nirgends in der Stadt eingekauft?«, fragte sie irritiert.*

*»Nicht bei meinen Männern, aber wie gesagt, es war eindeutig unser Stoff.«*

*Einem Impuls folgend zog sie ein Foto von Fata aus ihrer Tasche und hielt es wortlos vor Scotts Gesicht.*

*»Die kenne ich. Sie hat eine Zeit lang bei mir Drogen gekauft.«*

*Romy musste sich davon abhalten, laut zu schreien. Sie kämpfte gegen die Tränen. Auf keinen Fall durfte sie jetzt Schwäche zeigen. Egal was für grausame Wahrheiten ans Licht kämen, sie musste so lange stark sein, bis sie alleine war.*

*»Wann war das? Zu dem Zeitpunkt, als die andere Frau starb? Hat es danach aufgehört?«, fragte sie so locker wie möglich.*

*Er überlegte. »Der Zeitraum passt. Die Frau, die das Zeug gekauft hat, schien clean zu sein, nie war sie drauf, wenn ich sie gesehen habe. Von heute auf morgen war sie verschwunden. Die beiden Frauen habe ich nie miteinander in Verbindung gebracht.«*

*Romy hatte genug gehört, legte dem Mann die Scheine auf den Tisch und verschwand. Sie lief in die Nacht hinaus und schrie.*

»Romy! Romy, wach auf.«

Romy erwachte schweißgebadet und nahm Tjell verschwommen über sich wahr. Er tupfte gerade mit einem feuchten Tuch ihr Gesicht ab.

»Sch...«, machte er sanft. »Du bist in Sicherheit. Du hast geträumt.«

Romy richtete sich zitternd auf. Sie träumte regelmäßig von den Intrigen ihrer Halbschwester. Seit Jahren vermutete sie, dass Fata ihre Mutter kokainabhängig gemacht hatte, um sie umzubringen. Leider konnte sie diesen Horrorverdacht nicht beweisen. Romy vergrub ihr Gesicht in den Händen.

»Du hast geschrien.« Tjell versuchte an ihre Stirn heranzukommen, um sie abzutupfen.

Romy schob seine Hände weg. »Hör auf damit, Tjell. Es geht mir gut.«

Der Wolf rümpfte die Nase. »Es geht dir nicht gut. Ich will für dich da sein. Hast du von der Entführung geträumt?« Er strich ihr zärtlich eine Haarsträhne aus dem Gesicht. Warum musste er so fürsorglich sein? Verzweifelt schob sie ihn erneut von sich.

»Ich will, dass du einen angemessenen Abstand hältst! Was ist daran so schwer?«, pflaumte sie ihn an.

»Ich bin nett zu dir und du benimmst dich jedes Mal abweisend!«

»Keiner hat gesagt, dass du nett zu mir sein sollst! Kümmere dich um deinen eigenen Scheiß und verschone mich!« Sie wusste, dass sie unfair und gemein war und er ihre Wut nicht verdient hatte. Aber weder wollte sie ihre Familienprobleme vor ihm ausbreiten noch zulassen, dass er ihre Mauern einriss. Sie würde sich ihm nicht an den Hals werfen, um selber tot vor einer Favela zu landen!

Ohne seine Antwort abzuwarten, kletterte sie aus dem Sitz und suchte Ryan, der vorne beim Piloten saß. Er drehte sich zu ihr.

»Wie lange brauchen wir noch bis Wales?«, fragte sie.

»Ungefähr zwei Stunden. Hast du schlafen können?«

Romy nickte und suchte sich einen Platz im Privatjet, der sie nach Großbritannien brachte. Sie zog eine Landkarte vom Tisch und begann, sich mit Ortsnamen und Gegenden vertraut zu machen, die interessant sein könnten.

Tjell setzte sich ihr gegenüber und studierte etwas auf seinem Notebook. Romy versuchte, seine Anwesenheit zu ignorieren, aber es fiel ihr nicht leicht. Sein männlicher Duft umnebelte sie. Er roch nach Tannenholz, nach Wald, nach Leben und Freiheit. Sie biss sich auf die Lippe und musterte ihn unauffällig. Bevor sie es verhindern konnte, trafen sich ihre Blicke. Seine Augen glänzten und sie konnte nicht anders, sie starrte. Ihr Herzschlag beschleunigte sich. Er sagte nichts, sondern wartete ab. Romy zwang sich, wegzusehen. Aus dem Augenwinkel bekam sie mit, dass Tjell seine Suche am Notebook wieder aufgenommen hatte.

»Warst du schon mal in Europa?«, fragte sie ihn, ohne den Blick von der Karte zu nehmen.

»Noch nie. Du?«

»Meine Mutter stammte aus Österreich, aber ich habe Brasilien bisher auch nie verlassen.«

»Deswegen deine blonden Haare.« Sie sah ihn lächeln. »Elysa und du seid die einzigen blonden Wölfinnen, die ich kenne. Aber dein blond ist noch heller als Elysas.«

Romy hob nun doch den Blick und betrachtete ihn.

»Waren dein Vater und deine Mutter Gefährten?« Neugierig musterte er sie.

Romy schüttelte den Kopf. »Was ist mit deinen Eltern?«

»Sie waren Gefährten und ich hatte ihr Glück vor Augen, bis ich sieben Jahre alt war, dann sind sie ums Leben gekommen und Bente hat mich aufgezogen. Ohne Bente wäre ich völlig durchgedreht.« Tjell sah sie gequält an.

»Was ist mit ihnen geschehen?«

»Sie sind verbrannt«, gab er sich kurz angebunden und blickte aus dem Fenster.

Romy schluckte. »Das tut mir leid. Es muss schrecklich gewesen sein, gleich beide zu verlieren.« Traurig schüttelte sie den Kopf.

»Es war hart für mich. Ich habe niemanden an mich herangelassen. Jeden, der sich mir näherte, habe ich angegriffen - auch Bente. Er war ein enger Freund meines Vaters und hat sich verantwortlich gefühlt. Nach ungefähr einer Woche kam Joaquin in die Hütte, wo ich alleine zurückgeblieben war, und hat gegen mich gekämpft. Natürlich war er viel stärker als ich - ich war ja noch ein Kind - aber er hat mich ernst genommen und es zugelassen, dass ich diese Art von Schmerzbewältigung brauchte. Ryan ist in diesem Punkt genau wie sein Vater.« Tjell hatte seine Stimme gesenkt. Ryan hatte den Tod seines Vaters nie überwunden. »Ryan prügelt sich seit Monaten mit mir.« Ernst blickte er sie an.

Romy überging diesen Kommentar. Sie war so neugierig, mehr über Tjell und sein vergangenes Leben zu erfahren und dankbar, dass er ihr davon erzählte. »Was hat Joaquin danach getan?«

»Ich habe gekämpft, bis ich nicht mehr konnte. Schließlich habe ich geweint, aber Joaquin hat mich nicht getröstet, er hat nur kurz über meinen Kopf gestreichelt und Bente gerufen, der wohl draußen gewartet hat. »Jetzt bist du dran. Kümmere dich um deinen Sohn«, hat er zu ihm gesagt. Daraufhin hat Bente mich in die Arme gezogen und festgehalten.«

Romy standen die Tränen in den Augen und sie konnte nicht verhindern, dass sie ihre Wange hinabliefen. Sie hatte keine Ahnung gehabt.

»Es hat gedauert, bis ich meine Trauer verarbeiten konnte. In meiner Pubertät war ich echt schwierig. Ich habe jede Menge Autos geknackt, Prügeleien angezettelt, einmal habe ich sogar eine Bank ausgeraubt. Irgendwann wurde es besser. Joaquin hat mich in seine Armee aufgenommen und ausgebildet, da konnte ich meine Aggressionen besser einsetzen und steuern lernen. Ich war der Jüngste mit meinen damals 40 Jahren. Normalerweise hat der Alpha nur Wölfe zugelassen, die mindestens 80 waren.«

Romy setzte sich in den Schneidersitz und musterte ihn. »Das ist krass. Fühltest du dich wohl in Manaus? Hattest du Freunde?«

Tjell schüttelte den Kopf. »Ich glaube, ich war den anderen zu launisch und zu leicht reizbar. Es gab ein paar Jungs, denen ich mich ab und an zum Feiern angeschlossen habe, aber so eine richtige Freundschaft hatte ich nicht. Bente ist der Einzige, dem ich vertraue, aber er ist mehr eine Vaterfigur für mich und kein Freund in dem Sinne. Joaquin habe ich bewundert und er hat mir Halt gegeben, aber wenn ich ehrlich bin, fühle ich mich Ryan näher als Joaquin damals. Ryan ist mir ähnlicher und er ist zwar mein Alpha, aber auch mein Freund. Der Einzige, den ich wirklich als Freund bezeichnen würde«, überlegte er.

»Das will ich doch hoffen!« Ryan betrat den Sitzbereich und ließ sich neben Tjell nieder.

»Er ist der Einzige, der meine Launen versteht.« Ryan zwinkerte Tjell zu und klopfte ihm auf die Schulter.

Romy lächelte. In dem Punkt waren sich die beiden Wölfe wirklich ähnlich, beide waren impulsiv, aufbrausend und launisch.

»In Wales gibt es ein großes Rudel mit über 500 Wölfen. Der Alpha heißt Sean und holt uns von der Landebahn ab. Wir können ein paar Tage bei ihnen bleiben und uns mit der Insel vertraut machen«, lenkte Ryan das Thema auf ihre Mission.

»Wir befinden uns im Landeanflug, bitte schnallen Sie sich an«, hörten sie den Piloten über die Lautsprecher ansagen.

Romy lehnte sich in ihrem Sitz zurück. Hoffentlich war Elysa in Wales. Sie betete, dass sie sie finden und zurückbringen konnten. Elysa war ihr so wichtig, sie brauchte sie.

---

Tjell tigerte durch die Berglandschaft und genoss die Natur um sich herum. Das Land war grün, die Natur rau. Diese Gegend besetzten die Wölfe. Seit zwei Tagen waren Romy, Ryan und er hier und unterhielten sich mit den Rudelmitgliedern über das Land und seine Wälder.

Sean war ein starker Alpha, der dieses Rudel schon über 160 Jahre lang anführte und die Lage im Griff hatte. Sean hielt die Vampire auf Abstand, obwohl es immer wieder zu blutigen Auseinandersetzungen kam.

Tjells Gedanken schweiften zu Romy. Er war Ryan dankbar, dass er Joshua nicht mitgenommen hatte. Nichts gegen den Wolf, aber Romy hätte sich hinter ihm versteckt und wäre Tjell noch gekonnter ausgewichen.

Seine Gefährtin hatte sich gleich in die Arbeit gestürzt und sämtliche Frauen im Rudel über Wallis ausgefragt. Sie war versessen darauf, Elysa zu finden, und Tjell hoffte schon allein wegen Ryan und Romy, dass ihre Suche erfolgreich sein würde.

Er setzte sich an den Rand der Klippe und ließ den Blick über das Meer schweifen. Die kühle Luft füllte seine Lungen und er schloss die Augen.

Tjell spürte seinen Alpha näherkommen.

»Alles okay bei dir?«

Tjell nickte. »Ich versuche, nachzudenken. Wir werden Elysa hier nicht finden. Wir müssen in das Gebiet, das weder von der einen noch von der anderen Rasse besiedelt wird.«

Ryan setzte sich neben ihn. »Das ist mir auch klar. Aber dort können wir jederzeit Vampiren begegnen, die sich uns in den Weg stellen werden. Sean hat uns deutlich gesagt, dass hier sofort die Waffen gezogen werden, wenn man sich außerhalb des Territoriums begegnet. Wahrscheinlich ist es besser, wenn wir Romy sicher im Rudel zurücklassen, während wir uns auf die Suche machen«, überlegte Ryan.

Tjell seufzte erleichtert auf. »Dafür wäre ich dir dankbar. Ich könnte mich besser auf die anstehenden Kämpfe konzentrieren, wenn Romy nicht daneben steht und ich Angst um ihr Leben haben muss«, antwortete er wahrheitsgemäß.

»Das wird ihr nicht gefallen.« Ryan warf einen Kieselstein nach unten. Tjell tat es ihm nach.

Sie trafen Romy in der Hütte, die sie zu dritt bewohnten.

»Hey Jungs, ich habe gekocht. Nichts Aufregendes, aber ich habe mir Mühe gegeben!«

Tjell grinste. Er wusste, dass Romy nicht sonderlich gerne kochte, aber er fand es sexy, wenn eine Frau es konnte.

»Dann lass mich mal probieren, ich bin ein guter Tester.« Er setzte sich an den Tisch und hielt ihr den Teller entgegen. Sie reichte ihm den Eintopf. Er schlürfte die heiße Brühe von seinem Löffel. »Das schmeckt super!«, lobte er sie und Romy lächelte fröhlich.

»Das ist mit Lammfleisch und Kartoffeln.«

»Schmeckt richtig gut, Romy!«, kam es nun von dem schmatzenden Ryan.

Nach dem Essen räusperte Ryan sich. Er rutschte auf seinem Stuhl herum. Sie beide ahnten, dass Romy gleich wütend werden würde, aber es musste sein.

»Ryan und ich haben besprochen, wie wir jetzt weitermachen. Wir müssen die Suche intensivieren«, begann Tjell. »Das heißt, wir müssen vor allem dort suchen, wo das Land wild und frei ist, nur dort macht es für Wallis Sinn, sich niederzulassen. Bitte versteh, dass wir dich nicht in Gefahr bringen können.« Tjell hatte sich entschieden, den Anfang zu machen. Sie würde so oder so kein Verständnis zeigen, egal wer es ihr sagte.

Da stemmte sie auch schon die Hände in die Hüften. »Ihr wollt mich hier zurücklassen? Auf keinen Fall!« Sie schnaubte und schwang die Suppenkelle. »Ihr könnt eine Frau gut gebrauchen«, fügte sie hinzu.

»Bitte sei vernünftig. Tjell muss zu 100 Prozent einsetzbar sein, wenn es zu einem Kampf kommt. Du würdest ihn ablenken«, erklärte Ryan.

Zornig funkelte sie Tjell an. »Das hast du ja prima hingekriegt!«, fauchte sie in seine Richtung und verließ wütend die Hütte.

»Das war ungefähr der Ablauf, den ich erwartet hatte.« Tjell grunzte.

Ryan klopfte ihm auf die Schulter. »Wenn du sie dazu gebracht hast, mit dir zusammen zu sein, wirst du ihr

Temperament noch zu schätzen wissen.« Der Alpha quakte vergnügt. Der Satz hätte auch von Elysa stammen können. Die Verwandtschaft der beiden war manchmal zu offensichtlich.

»Die Betonung liegt auf *wenn*.« Tjell knirschte frustriert mit den Zähnen.

In Arbeitsmontur liefen die beiden Wölfe zur Außengrenze des Territoriums, wo Sean schon auf sie wartete.

»Ich wünsche euch viel Erfolg! Wenn ihr Unterschlupf braucht, könnt ihr jederzeit zurückkommen. Ihr habt auch die Möglichkeit, Verstärkung anzufordern. Ein Anruf genügt!« Sean sah sie eindringlich an. »Ach ja, bevor ich es vergesse. Romy hat mich gebeten, euch diesen Brief zu geben, bevor ihr verschwindet.« Sean hielt Ryan den gefalteten Zettel unter die Nase.

Tjell zog seinem Alpha das Blatt aus der Hand und las laut vor: »Ich bin vorausgelaufen. Wir treffen uns bei *The Wildfowler* und hören uns um. Ich befrage schon mal das Personal. Bis später, Romy.« Er zischte erbost. »Dieses ungezogene Miststück!« Fluchend drückte er Ryan den Zettel in die Hand, verwandelte sich in einen Wolf und lief los. Er spürte den Alpha dicht hinter sich.

Hoffentlich hatte Romy sich nicht längst in Schwierigkeiten gebracht! Eine Entführung reichte ihm aus! Tjell rannte so schnell ihn seine Beine trugen und stürmte - in seiner menschlichen Gestalt - atemlos den Pub.

Romy saß in enger Lederhose und sexy Top an der Theke und schäkerte mit dem Barkeeper. Tjell kämpfte gegen seine Wut und seine Eifersucht an.

»Hey Schatz!«, gab er sich cool und legte seinen Arm um Romy. Er musste schleunigst sein Revier markieren, bevor es Tote gab!

Als sie überrascht den Kopf zu ihm drehte, fackelte er nicht lange und presste ihr einen Kuss auf den Mund. Als er ihre Lippen freigab und ihre Blicke sich trafen, verengte Romy ihre Augen zu Schlitzen.

»Hey, ich bin Arthur!«, begrüßte ihn der Barkeeper, »was darf es sein?«

»Wir nehmen zwei Bier.« Ryan klopfte auf die Theke und wies mit dem Kopf zu einem freien Tisch. Romy und Tjell folgten Ryan und setzten sich. Prompt folgte die Bedienung mit den Getränken.

»Arthur hat noch nie davon gehört, dass ein Mann Wallis heißt«, flüsterte Romy den beiden Männern zu. »Er meinte, dass es ein Frauenname ist, der schon seit Jahrhunderten beliebt in dieser Gegend sei«, führte sie fort.

»Konntest du sonst noch etwas herausfinden?«, fragte Ryan.

Entgeistert sah Tjell zu ihm herüber. »Hey! Was ist mit ihrer Befehlsverweigerung und ihrem Alleingang? Wir bringen sie sofort zurück!« Er bettelte regelrecht.

Ryan schüttelte den Kopf. »Lass es uns mit Romy probieren. Sie ist gut im Schnüffeln!«, erwiderte Ryan.

Romy grinste Tjell höhnisch an und er fluchte innerlich.

»Ich habe zwar ein Bild von Wallis von einer Wölfin im Rudel anfertigen lassen«, sie präsentierte den Wölfen die Zeichnung, die eindeutig Wallis darstellte, »aber ich weiß nicht, ob es sinnvoll ist, den Vampir schon bildlich zu suchen. Wenn er das spitzkriegt, ist er vorgewarnt und haut bestimmt ab. Wir könnten Elysas Bild zeigen, aber wahrscheinlich hat sie niemand gesehen, weil er sie nicht rauslässt.« Romy seufzte.

Ryan schüttelte den Kopf. »Lass uns mit dem Portrait noch warten.« Interessiert besah er sich das Bild. »Sein Aussehen ist wirklich markant. Allerdings habe ich ihn mir hässlicher vorgestellt.« Ryan runzelte die Stirn.

Tjell griff nach dem Bild. »Ist doch scheiß egal, wie attraktiv der Wichser aussieht«, brummte er. »Wie wäre es, wenn wir Überwachungskameras von Supermärkten durchgehen. Der Kerl muss ja einkaufen«, überlegte Tjell weiter.

»Das dauert Jahre«, hielt Ryan dagegen.

»Aber dass er sich in Pubs aufhält, wage ich auch zu bezweifeln«, sagte Tjell.

Ryan studierte immer noch das Portrait. »Vielleicht sollten wir doch mithilfe dieses Bildes nach ihm suchen. Wir müssen gründlich sein und hinterher jedem die Erinnerung an unser Gespräch löschen. Das heißt, wir befragen nur einzelne Personen, ohne Zeugen.« Ryan blickte sich im Pub um.

»Okay, folgender Plan: Wir streunen von Pub zu Pub und ich schmeiße mich an die Barkeeper ran - die kriegen immerhin am meisten mit. Danach locke ich sie in ein Hinterzimmer und einer von euch kann sie befragen. Hier können wir das dank Tjells Showeinlage bereits vergessen.« Romy warf ihm einen tadelnden Seitenblick zu.

»Auf keinen Fall!« Tjell knirschte mit den Zähnen. Er sollte seiner Gefährtin dabei zusehen, wie sie mit anderen Männern vor seinen Augen flirtete? Nur über seine Leiche!

»Wer bremst jetzt die Suche nach deiner Schwester?«, schimpfte Romy in Ryans Richtung.

»Ich habe mir das mit euch beiden leichter vorgestellt!« Der Alpha verschränkte die Arme vor seiner Brust. »Romy tut ja nur so, und bevor was passiert, greifen wir ein.«

Tjell glaubte, sich verhört zu haben. »Du willst auf ihren Vorschlag eingehen? Auf welcher Seite stehst du eigentlich?« Tjell rang mit seiner Fassung.

»Auf Elysas, du Penner! Sie ist in den Händen dieses Irren und wir sollten sie schnellstmöglich finden!«, brauste Ryan ungehalten auf.

»Was ist mit deiner Gabe? Warum kommunizierst du nicht mit den tierischen Bewohnern dieser Insel, bis was Brauchbares dabei herumkommt?« Tjell raufte sich die Haare. Er würde nicht dabei zusehen, wie Romy sich an die Barkeeper ranschmiss!

»Ich werde meine Gabe einsetzen, aber wir werden trotzdem so breitgefächert wie möglich suchen.«

»Gut, worauf warten wir dann noch? Lasst uns gehen!« Romy erhob sich von ihrem Platz. Die Männer folgten ihr durch die Tür und sie verschwanden in der Dunkelheit.

# 15

Romy lächelte dem Mann hinter der Bar verführerisch zu.

»Wann hast du Pause? Ich könnte ein wenig Spaß vertragen«, säuselte sie, während sie sich weit genug nach vorne beugte, damit er Einsicht in ihr Dekolleté bekam. Zufrieden bemerkte sie sein Interesse. Der Mann schien um die 40 zu sein und hatte rötliche Haare und grüngraue Augen.

Romy hatte über drei Jahre in Sao Paulo geschnüffelt, um mehr über den Tod ihrer Mutter herauszufinden. Das war auch der Grund, warum sie Übung in solchen Dingen hatte und sich nicht so dämlich anstellte, wie Ryan und Tjell es wohl von ihr erwartet hatten.

Der Alpha hatte ihr Talent wenigstens zu schätzen gewusst, Tjell natürlich nicht. Týr hätte es bei Elysa auch nicht toleriert, wusste Romy.

Sie warf ihrem Gefährten einen unauffälligen Seitenblick zu und bemerkte, wie er den Barkeeper hasserfüllt musterte, während Ryan beruhigend auf ihn einredete. Tjell hatte das Besteckmesser in der Hand und hämmerte damit unentwegt auf den Tisch. *Okay, kommen wir zur Sache!*, beschloss sie.

»In einer Stunde ungefähr«, antwortete der Barkeeper gerade.

»Solange kann ich unmöglich warten! Ich bin schon total wuschig.« Sie leckte sich über die Lippen und hörte Tjell prompt grunzen.

»Wuschig? Hat sie völlig den Verstand verloren?« Tjell zischte laut.

»Du bist schon wuschig?«, stotterte der Barkeeper aufgeregt. Was genau störte denn alle an dem Wort *wuschig*?

Romy schenkte dem Barkeeper ihr bestes Flirtgesicht. »Ich bin nur zu Besuch in Wales und hatte noch nie was mit einem Rothaarigen…«

Tjell roch ihre Lüge und warf sein Glas um. Ob er das mit Absicht oder aus Schreck getan hatte, konnte sie von ihrem Platz aus nicht sehen. Der Barkeeper vor ihr schluckte.

»Wir könnten kurz nach hinten huschen«, schlug er aufgeregt vor und Romy lächelte ihm zu. Sie stolzierte vor ihm in Richtung Flur und wackelte dabei aufreizend mit dem Hintern. Sie spürte den Mann hinter sich auftauchen. Sofort war er bei ihr, drehte sie und presste gierig seine Lippen auf ihre. Keine Sekunde später wurde er von Tjell herumgerissen und an die Wand gepinnt.

»Arschloch!« Der Wolf war außer sich.

»Hast du diesen Mann schon einmal gesehen?« Ryan hielt Wallis' Bild hoch. Panisch zappelte der Barkeeper. »Keinen Mucks!«, drohte der Alpha und ließ seine Aura wirken, die den Barkeeper in Angst und Schrecken versetzte.

Er schüttelte heftig den Kopf. »Ich kenne den Mann nicht!« Der Barkeeper zitterte, Tränen schossen ihm in die Augen. Er log nicht, stellte Romy enttäuscht fest und wusste, dass es die anderen Wölfe auch witterten. Es wäre auch zu schön gewesen, wenn sie so schnell Erfolg gehabt hätten. *Wir werden Wallis finden!*, ermutigte sie sich.

Sicherheitshalber hielt Ryan dem Mann noch Elysas Bild unter die Nase, aber auch sie kannte er nicht. Frustriert ließ Ryan von ihm ab. Tjell setzte den Mann unter Hypnose und veränderte seine Erinnerung, damit er ihre Begegnung vergaß.

Auf dem Parkplatz sog Romy tief die Luft ein, um die Gegend zu prüfen. »Lasst uns weiterziehen. Wir brauchen Geduld«, versuchte sie, den Wölfen Mut zu machen.

»Flirte das nächste Mal nicht so heftig!« Tjell baute sich vor ihr auf. »Oder willst du, dass ich einen Herzinfarkt bekomme?«

Romy konnte sich das Grinsen nicht verkneifen. »Ist das eine Fangfrage? Schließlich hätte ich dann ein Problem weniger.«

Tjell schnaubte und packte sie. Er zog sie in einen schnellen Kuss und brachte Abstand zwischen sie, damit sie ihn nicht schlagen konnte.

»Wage das nicht nochmal!« Sie verengte die Augen zu Schlitzen.

»Sonst was?«, feixte der Mistkerl, der mittlerweile drei Meter Sicherheitsabstand zu ihr hielt.

»Sonst kastriere ich dich!« Herausfordernd verschränkte sie die Arme vor der Brust.

»Ach ja? Ich glaube sobald die Sicht auf mein Prachtstück frei ist, bringst du es doch nicht übers Herz. Du weißt ja, wie glücklich er dich machen kann.« Der junge Wolf wackelte mit den Augenbrauen.

Oh, er flirtete mit ihr und sie liebte es! Verfluchte scheiße!

Ryan lachte herzhaft. »Die Luft ist förmlich elektrisch geladen. Wenn ihr nicht wollt, dass ich hier auch mit einem Ständer herumlaufe, bei dem ganzen aufgestauten Verlangen, lasst uns weiterziehen und das Thema wechseln!« Der Alpha grinste und flitzte vorneweg.

Romy biss die Zähne zusammen und folgte dem Alpha in ihrer Wolfsgestalt. Diese Nähe zu Tjell machte sie noch wahnsinnig! Er hatte ihr heute Nacht schon zwei Küsse gestohlen, die sie tief in ihrem Inneren viel zu glücklich machten.

Romy war so in Gedanken versunken, dass sie im ersten Moment nicht merkte, dass Ryan gestoppt hatte. Tjell schnitt ihr den Laufweg ab und bedeutete ihr, vorsichtig zu sein. Romy sog tief die Luft ein, um die Gefahrenquelle auszumachen, die die Männer vor ihr entdeckt hatten: Vampire!

Sie schaute sich um, konnte aber keinen erkennen. Ryan wies mit seiner Schnauze in Richtung des Hotels. *Black Lion* stand darauf geschrieben. Sie folgte Ryan in den nahegelegenen Wald außerhalb des Dorfes. Schließlich hielt er an. Sie waren diese Nacht schon lange unterwegs und Romy sehnte sich nach einem Bett.

»In dem Hotel waren Vampire«, kommunizierte Ryan lautlos.

»Besser, wir kehren erst im Morgengrauen zurück und befragen das Personal. Es ist jetzt zu gefährlich«, gab Tjell zu Bedenken.

Ryan nickte. »Sehe ich auch so. Ich konnte nicht ausmachen, wie viele es sind. Wir sollten dem Konflikt aus dem Weg gehen.«

»Wo sollen wir die restlichen Nachtstunden bleiben?«, fragte Romy, die sich ihre Erschöpfung nicht anmerken lassen wollte.

»Wir suchen uns einen Unterschlupf und versuchen, etwas zu schlafen«, entschied der Alpha und setzte sich in Bewegung. Tjell und sie folgten ihm.

Kaum eine halbe Stunde später krochen sie in Wolfsgestalt in eine Höhle, deren Eingang schmal und gut versteckt war.

»Diese ganze Natur macht mich noch wahnsinnig!«, jammerte Romy, als sie endlich im Inneren der Höhle angekommen waren und sie sich zwar nicht hinstellen, aber wenigstens aufrecht sitzen konnte.

»Gut, dass wir im Amazonas Erfahrungen mit Höhlen gesammelt haben.« Ryan grinste Tjell an. »Weißt du noch, als Elysa sich in einer versteckt hat, weil Tante Janett sie zum Putzen verdonnert hat?« Ryan lachte bei der Erinnerung.

»Stundenlang haben wir sie gesucht.« Tjell schüttelte den Kopf.

Aus Ryans Lachen wurde ein trauriges Seufzen und auch Romy wurde das Herz schwer. Elysa befand sich bereits seit fünf Tagen in den Klauen dieses Irren! Hoffentlich ging es ihr gut. Romy ließ erschöpft den Kopf gegen die Wand fallen.

»Immerhin habe ich jetzt das Gefühl, nicht nur dumm herumzusitzen. Gott, sie fehlt mir so. Warum war ich nur so stur!« Ryan hatte den Kopf in seinen Händen vergraben und Tjell legte ihm den Arm um die Schulter.

»Wir finden sie! Ich habe das Gefühl, das wir mit diesem Wallis und dieser kalten Insel den richtigen Riecher haben!«, sagte er tröstend.

Romys Herz zog sich zusammen bei dem Anblick, wie liebevoll Tjell seinem Freund Trost spendete. Er hatte so viele Seiten an sich, die sie faszinierten. Dieses maulige Benehmen und diese Sanftheit, die er nur ausgewählten Personen zeigte.

Er schien ihren Blick zu spüren, denn er hob den Kopf und sah sie an. Romy lächelte ihm scheu zu und schloss die Augen.

»Legen wir uns aufs Ohr. Hier findet uns keiner.« Ryan gähnte.

Romy hörte, dass die Männer sich hinlegten, um zu schlafen. Sie fror. Wölfe waren zwar immun gegen Erkältungen, aber nicht gegen Hitze oder Kälte. Sie rollte sich auf der Seite ein und wollte ebenfalls schlafen, aber es gelang ihr nicht. Sie lauschte den Geräuschen in der Höhle und hörte Ryans gleichmäßige Atemzüge, die ihr bewiesen, dass er bereits eingeschlafen war.

»Komm zu mir«, flüsterte Tjell in der Dunkelheit, die für ihre scharfen Wolfsaugen kein Problem darstellte. Sie biss sich auf die Lippe. Er wollte sie wärmen. Zu gerne würde sie zu ihm gehen und nehmen, was er ihr anbot, aber anschließend müsste sie ihn erneut auf Abstand halten. Das täte nicht nur ihm weh, sondern auch ihr! Verzweifelt schüttelte sie den Kopf und schloss die Augen.

Die Zeit schien still zu stehen. Tjell schlief mittlerweile auch, nur sie fand keine Ruhe. *Weichei!*, schimpfte sie sich. Sie konnte durchaus eine Nacht in einer Höhle schlafen! Frustriert setzte sie sich aufrecht hin und sah zu Tjell.

*Scheiß drauf!* Sie brauchte einen warmen Körper und wenn sie die Auswahl zwischen ihrem Alpha und ihrem Traummann hatte, zog sie Letzteres vor. Fata würde sie wohl kaum in dieser Höhle hier beobachten!

Leise krabbelte sie zu Tjell hinüber und kuschelte sich an ihn. Er öffnete die Augen und schloss sie sofort wieder. Seinen zufriedenen Ausdruck hatte sie trotzdem bemerkt. Seine Arme schlangen sich um sie und er zog sie nah an sich. Ihren Kopf legte sie auf seinem Oberarm ab, ihr Gesicht vergrub sie an seiner Brust. Sie liebte diesen Tannenduft! Tief nahm sie den Geruch in sich auf und grinste, als sie spürte, wie er im gleichen Moment seine Nase in ihre Haare steckte, um das Zimtaroma einzuatmen. Ohne weiter darüber nachzudenken, verwinkelte sie ihre Beine mit seinen. Eng umschlungen lagen sie in dieser Höhle.

Romy erlaubte es sich, sich fallen zu lassen und einfach nur seine Nähe zu genießen. Ihr Herz schlug erst wild, nach und nach beruhigte es sich und pochte mit seinem im Einklang, als wäre sie zu Hause angekommen. Tjell war ihr Zuhause, ihre Liebe. Sie spürte die Wahrheit tief in sich und kämpfte gegen die Tränen. Ihre Sehnsucht nach Tjell fraß sie auf.

Sie würde ihm die Wahrheit sagen, entschied sie. Er musste wissen, womit Fata ihr gedroht hatte und warum sie solche Angst hatte, sich auf ihn einzulassen.

Der Gedanke beruhigte sie und sie konnte die Tränen zurückdrängen. Sie konzentrierte sich auf seinen Herzschlag und schlief endlich ein.

Sie träumte von starken Armen und wunderschönen, braunen Augen, von einem lässigen 50Cent-Tanz inmitten einer Eishalle und letztlich von einem heißen Liebesspiel unter der Dusche.

Stunden später kam sie zu sich und öffnete die Augen. Es war noch dunkel in ihrer Höhle, aber sie erkannte anhand der Tiergeräusche von draußen, dass es bereits mitten am Tag sein musste. Sie hob den Kopf und sah in Tjells liebevolle Augen. Er hatte sich keinen Zentimeter von ihr wegbewegt. Als ersten Impuls wollte sie vor ihm zurückweichen, wie sie es immer getan hatte, aber sie erinnerte sich an die Entscheidung, die sie letzte Nacht getroffen hatte: Sie wollte ihm die Wahrheit sagen und ihn nicht weiter verletzen.

»Ryan ist bereits zurück ins Hotel. Wenn er wiederkommt, bringt er uns was zu Essen mit.«

Romy schaute ihn überrascht an. Hatte sie so tief geschlafen?

»Ihr hättet mich doch wecken können«, protestierte sie.

»Und ich sollte mir die Chance entgehen lassen, dich länger in meinen Armen zu halten? Auf keinen Fall. Wer weiß, wie schnell du mir wieder einen Arschtritt verpasst!« Tjell grunzte.

Sie presste die Lippen aufeinander. Der Mann war nicht ohne Grund auf der Hut.

Sie kuschelte sich an ihn.

Tjell sog überrascht die Luft ein. »Okay, das ist das letzte, was ich erwartet habe«, flüsterte er und schlang seine Arme fester um sie. Einen Moment lagen sie einfach so da.

Romy genoss die Zweisamkeit und speicherte dieses Gefühl der Geborgenheit fest in ihrem Herzen. Danach drückte sie ihn auf den Rücken und ließ sich von ihm mitziehen, sodass sie auf ihm lag. Seine Erektion presste sich an sie und die Vorstellung, was sie alles tun könnten, ließ einen wohligen Schauer über ihren Rücken rieseln.

Sie suchte seinen Blick und entdeckte darin brodelnde Leidenschaft, aber auch Vorsicht, als befürchtete er, dass sie gleich den Moment zerstören würde. Sie schaute auf seine Lippen, ihr Puls beschleunigte sich.

Tjell fuhr mit seinen Händen über ihren Rücken und ihren Po. Danach drückte er ihren Hintern inniger gegen seine

Erektion. Sie senkte ihren Mund auf seinen und küsste ihn erst sanft und schließlich fordernder. Seine Hände wanderten zu ihrem Kopf und hielten sie, damit sie nicht aufhörte.

Er stieß ihr die Zunge in den Mund und sie stöhnte unter seinem Geschmack und dem intensiven Gefühl auf. Ihre Zungen hatten sich so lange nicht berührt.

Romy änderte den Kusswinkel, um noch tiefer in seinen Mund zu gelangen und Tjell gab ihr keine Sekunde Zeit zum Luft holen. Es war der schönste Kuss ihres Lebens!

Romy schauderte bei dem Gedanken, monatelang ihre Lust bekämpft zu haben. Sie hatte versucht, ohne Tjell auszukommen, aber auf was hatte sie verzichtet? In diesem Moment verstand sie nicht, wie sie ihm je hatte widerstehen können. Sie wollte alles von ihm!

Gierig begann sie, ihm die Kleider vom Leib zu reißen. Es kam ihr vor, als hätte Tjell auf diesen Wink gewartet, denn er griff sofort nach ihrer Jacke und schob sie ihr von den Schultern. Ehe sie sich's versah, hatte er ihr auch Shirt und Top über den Kopf gezogen.

Romy rechnete damit, dass er sie wild küssen würde, stattdessen schlug er seine Fänge in ihren Hals und beanspruchte sie als ihr Gefährte. Romy hatte keine Zeit, sich mit seinem Besitzanspruch zurechtzufinden. Ihr Körper entwickelte ein Eigenleben und bäumte sich unter dem Orgasmus auf, der sie heftig überkam. Während er von ihr trank, ritt sie auf den Wellen der Lust und konnte nicht verhindern, dass sie ihn stärker an sich zog. Sie musste ihn in sich spüren!

Stöhnend zerrte sie an seiner Hose und befreite seinen Schwanz, der sich bereits ergossen hatte. Bei der Feuchte auf ihrer Hand stöhnte sie wieder auf.

Tjell verschloss ihre Wunde und zog an ihrer Hose, um sie endlich zu nehmen. Als Romy seine goldenen Augen sah, zog sich ihr Herz zusammen. Der Beweis dessen, was sie längst wusste. Sie starrte ihn an und er starrte zurück.

»Ich komme rein! Wenn ihr nackt sein solltet, zieht euch an«, hörte Romy von draußen Ryans Stimme.

Erschrocken ließ sie die Luft entweichen, die sie angehalten hatte. Sie atmete hektisch, ohne den Blick von Tjell abzuwenden.

»Kannst du nicht später wiederkommen?«, rief Tjell mehr als frustriert.

Peinlich berührt rutschte sie von seinem Schoß, suchte nach ihren Sachen und zog sich in Windeseile das Top über. Der Moment war sowieso vorbei. Sie könnte nicht mit Tjell schlafen, wenn sie wusste, dass Ryan draußen stand und darauf wartete, dass sie fertig waren!

»Vögelt ihr etwa?« Der Alpha gluckste laut.

*Ist das peinlich!* Romy schlüpfte in ihre Jacke.

Frustriert ließ Tjell den Kopf nach hinten fallen. »Der Typ ist genauso vorlaut wie seine Schwester», fluchte Tjell.

»Ich verhungere! Bring uns was zu essen!«, rief Romy, um es nicht noch peinlicher werden zu lassen.

»Bereust du es?« Tjell griff nach ihrer Hand und zog sie an sich.

»Ich wollte es. Ich will es immer noch.« Sie erwiderte seinen Blick. Er küsste sie schnell und verschloss umgehend seine Hose.

»Frische Fish and Chips!« Grinsend krabbelte Ryan zu ihnen in die Höhle. »Die Luft ist übrigens rein. Wir können draußen im Hellen essen«, fügte er hinzu.

»Warum kriechst du dann hier rein?« Tjell schnaubte.

Der Alpha lachte und schnupperte überdeutlich in die Luft. »Wart ihr etwa noch nicht fertig? Wie lange braucht ihr bitte?«, fragte Ryan mit hochgezogener Augenbraue.

*OMGH!* Romy zog ihm eine Tüte aus der Hand. Schnell öffnete sie sie und biss in den Fisch, um etwas zu tun zu haben. Hoffentlich konnte sie die Männer dazu bringen, auch zu essen.

Im Tageslicht angekommen fühlte sie sich fast wie neugeboren. Sie streckte sich ausgiebig.

»Nettes Mal! Ich schätze, du bist damit vom Markt!« Ryan schmunzelte und klopfte Tjell auf die Schulter.

Scheiße! Das hatte sie total verdrängt!

Sie fuhr sich mit der Hand über die Stelle, die noch immer pochte. Sie hatte sich noch lange nicht binden wollen, aber sie gestand sich ein, wie gut es sich anfühlte und wie schön es eigentlich war, einen Gefährten wie Tjell zu haben. Was sollte sie jetzt tun?

Romy hatte sich dazu entschieden, ihm die Wahrheit zu sagen, aber nicht für eine feste Beziehung! Überfordert sah sie ihn an.

Tjell blickte besorgt drein. Sie hatte ihm in den letzten Monaten wirklich schwer zugesetzt! Das zwischen ihnen war verkorkst.

»Erzähl mal lieber, was du herausgefunden hast«, wechselte sie das Thema und versuchte, Tjells Miene zu ignorieren.

»Leider nichts. Niemand hat Wallis gesehen, aber Vampire scheinen in dem Hotel ein und aus zu gehen. Deshalb bezweifle ich, dass der Kerl sich in der Gegend aufhält. Er will schließlich unerkannt bleiben. Die Vampire halten von seiner Fixierung bestimmt nichts!«, überlegte Ryan. »Außerdem habe ich mich unter den Waldbewohnern umgehört. Nichts.«

Romy wusste von Elysa, dass Ryan die Gabe seines Vaters geerbt hatte, die ihm ermöglichte, in seiner Wolfsgestalt mit anderen Tieren zu kommunizieren. Eine mächtige Gabe, die der Wolf da besaß. Sie konnten sich als Wölfe eigentlich nur mit ihren Artgenossen verständigen.

»Dann lass uns Richtung Süden gehen, je verlassener die Gegend, desto besser für diesen Perversen!«, steuerte Tjell bei.

Ryan nickte ihm zu. »Suchen wir weiter!«

---

Sie rannten nun schon seit über vier Stunden durch die Wälder und Tjell versuchte, sich auf die Gerüche und Besonderheiten zu konzentrieren, aber es fiel ihm schwer. Immer wieder musste er an das Höhlenerlebnis mit Romy denken und verstohlen zu ihr blicken. Sie war zu ihm gekommen und hatte sich an ihn gekuschelt.

Alles in ihm, allen voran sein Wolf, hatte sich aufgebäumt, um sie sofort zu markieren, aber er hatte sie nicht erschrecken oder vertreiben wollen. Also war er schweigsam geblieben und hatte ihr nur gegeben, was sie einforderte: Nähe und Wärme.

Tjell beobachtete die Wölfin vor ihm, wie sie suchend durch das Dickicht schlich und ihr Näschen überall hinsteckte. Romys Wölfin hatte weißes Fell mit grauen Schattierungen und grün schimmernden Augen. Sie war sexy. Tjell versuchte, seinen eigenen Wolf zurückzuhalten, sie nicht anzuspringen. Sein Wolf verstand dieses ganze Hin und Her überhaupt nicht, zumal sie nun seine Markierung trug.

Himmel, er hatte sie gebissen und von ihr getrunken, ohne darüber nachzudenken. Er bebte bei der Erinnerung und verfluchte Ryan, der sie unterbrochen hatte. Ein schlechteres Timing gab es wohl nicht.

*Wer weiß, was Romy sich gerade wieder in ihrem hübschen Kopf ausdenkt!* Vielleicht bereute sie das Geschehene bereits und stieß ihn bei der nächsten Gelegenheit von sich? Nur weil sie jetzt gezwungen waren, Zeit miteinander zu verbringen, lösten sich ihre Probleme nicht in Luft auf.

Fata war noch immer schwanger mit seinem Kind und sein Sohn würde sich einen Scheiß dafür interessieren, ob Tjell Fata liebte oder nicht. Sein Sohn würde ihn brauchen und Tjell wusste, wie wichtig ein Vater für einen jungen Wolf war. Ohne Bente wäre er vollkommen verloren gewesen!

Fata würde ihm das Leben zur Hölle machen, wenn er seinen Sohn sehen wollte und zeitgleich mit Romy zusammen war. Er würde schon damit klarkommen, aber Romy? Seine Situation war beschissen! Romy war nicht der Typ Frau, die mit diesem Dreieck zurechtkam und die hinter ihm stehen würde, wenn er ihr versicherte, dass er nur seine Verantwortung seinem Sohn gegenüber einlösen, aber mit ihr leben und glücklich sein wollte.

Er erinnerte sich an Týrs Worte, dass sein Sohn nur eine kurze Zeit klein war und ihn brauchte. Sobald er alt genug wäre, um zu verstehen, warum Tjell eine andere Frau liebte, würde das alles leichter werden. Sein Sohn würde seinen Weg gehen und entscheiden, wie viel Kontakt er zu seinem Vater wollte, dann könnte Tjell eine normale Beziehung mit Romy führen. Aber das hieß, dass er die nächsten 18 Jahre ein Hin und Her mit Romy haben würde - oder schlimmer noch: auf Romy verzichten müsste.

Der Schmerz über diesen Gedanken schoss durch seinen Körper. Würde sie auf ihn warten? Was, wenn der Krieg über sie hereinbrechen würde und sie dabei starben? Tjell atmete schwer. Was, wenn sie sich in einen anderen verliebte? Junge Wölfinnen waren nicht unbedingt treu. Romys Eltern waren schließlich auch keine Gefährten gewesen, aber anscheinend trotzdem verliebt. Es gab viele Wölfe, die in Beziehungen lebten und auch Kinder bekamen. Viele Wölfe fanden ihre wahre Seelengefährtin nie.

Romy und Ryan waren schon ein ganzes Stück vorausgelaufen und Tjell folgte ihnen nun schneller, um sie einzuholen. Diese ganze Grübelei führte zu nichts. Er musste mit Romy Klartext darüber reden, ob sie sich eine gemeinsame Zukunft vorstellen konnte. Auch wenn es ihm eine Heidenangst einjagte, denn sie könnte ihn endgültig zum Teufel jagen.

# 16

Týr lag noch immer angebunden auf seinem Bett und das seit sechs beschissenen Tagen! Er hatte weder geduscht, noch zugelassen, dass eine der Dienerinnen ihn wusch. *Soweit kommt es noch, dass eine Frau mich auszieht und wäscht!*, fluchte er innerlich.

Er hatte seine Dosis Sedativa schon bekommen und dabei sehr wohl bemerkt, dass es weniger wurde, was sie ihm spritzten. Auch waren nur noch die Arme angekettet, seine Beine hatten sie befreit.

Er gewann langsam die Kontrolle zurück. Seine Wut war deutlich schwächer geworden. Der Schmerz, die Schuldgefühle und die Einsamkeit allerdings nicht. Diese Gefühle tobten in ihm und rissen ihn täglich aufs Neue in den Abgrund.

Týr hatte schon zahlreiche Kriegsverletzungen erlitten und jede Menge gute Soldaten verloren, die ihm nahegestanden hatten. Nichts jedoch hatte ihn auf das Verlustgefühl vorbereiten können, dass er seit sechs Tagen empfand. Elysa war alles für ihn geworden: seine Droge, sein Leben, sein Glück und die leidenschaftlichste Liebe, die er sich vorstellen konnte. Gequält schloss er die Augen und sah ihr Gesicht vor sich, dieses Lachen, das seine Welt zum Einstürzen gebracht hatte.

»Wie geht es dir heute?« Aegir hatte ohne anklopfen den Raum betreten. Der König hielt sich mit solchen Dingen nicht auf.

Týr sah ihn ausdruckslos an.

»Deine Augen sind immer noch schwarz.« Frustriert verschränkte der König die Arme vor der Brust.

»Was hast du erwartet? Dass ich nur kurz ausflippe und zur Tagesordnung übergehe?« Týr zischte ungehalten.

Aegir musterte ihn von oben bis unten. »Ich habe erwartet, dass du ein Valdrasson bist - der stärkste Vampir unserer Rasse! Der zukünftige König! Nicht ein verliebter Teenager, der heulend wie ein Baby im Bett liegt, weil man ihm sein

Lieblingsspielzeug weggenommen hat«, brauste der König auf.

»Sie ist nicht mein Lieblingsspielzeug, sondern meine Frau! Ich habe das Recht, um sie zu trauern! Ich will aus diesem verdammten Bett raus, um sie endlich zu suchen!« Wütend fixierte er seinen Vater.

»Komisch, Elysa hat das anders gesehen, oder? Warum trug sie weder deine Markierung noch deine Tätowierung? Sie war nicht bereit dazu, eine offizielle Bindung mit dir einzugehen!« Damit traf der König zielsicher Týrs wunden Punkt. »Es kommt mir vor, dass deine Liebe zu ihr einseitig war«, streute sein Vater noch mehr Salz in die Wunde.

Elysa wollte keine offizielle Bindung. Týr hatte ihr sogar versprechen müssen, noch jahrzehntelang auf eine Ehezeremonie zu verzichten.

Sein Vater war noch nie zimperlich mit ihm umgegangen, aber bisher hatte Týr das geschätzt und verbale Streicheleinheiten nicht gebraucht. Jetzt tat es ihm weh, dass sein Vater ihm diese Wahrheit so unsanft um die Ohren schlug.

»Wenn du wieder bei Sinnen bist, befreie ich dich aus diesem Bett. Morgans Männer sind in Rio gesichtet worden. Er spioniert die Stadt aus. Der Krieg steht uns bevor. Ich habe Wichtigeres zu tun, als dich bei deinem Liebeskummer zu trösten.« Aegir stand nun direkt neben seiner Matratze und funkelte ihn zornig an.

»Dann lass mich kämpfen«, antwortete Týr knapp und präsentierte seinem Vater dabei seine Fänge.

»Zu gerne. Wenn du dich im Griff hättest!«, fauchte der König.

»Du hast leicht reden, deine Sonne sitzt gesund und munter in Chicago. Du konntest schon tausend Jahre mit ihr verbringen! Du weißt nicht, wie es sich anfühlt, ohne sie zu leben!« Týr kämpfte wieder gegen den Kontrollverlust. Aber scheiße, es war hart.

»Wenn deiner Mutter etwas zustieße, würde es mich treffen, dennoch würde ich nicht vergessen, wer ich bin und wozu ich geboren wurde. Dieses Volk ist mein Schicksal und ich beschütze es seit über tausend Jahren. Das ist meine königliche Pflicht. Bis vor wenigen Monaten hast du diese

Pflicht auch als deine angesehen und dafür gelebt.« Aegir setzte sich auf den Bettrand. Er fürchtete seinen Wutanfall offenbar nicht. Sie waren sich ebenbürtig, momentan war sein Vater sogar stärker, denn Týr war sediert und noch angekettet.

Týr ließ resigniert den Kopf hängen. Es stimmte, er hatte für diese Pflicht gelebt. Er liebte sein Volk, die Verantwortung hatte er gerne getragen. Warum musste er Elysa begegnen und sie lieben? Wollte das Schicksal ihn quälen?

»Kennst du die Sagen, die sich um die Seelenverwandtschaft ranken?«, fragte Aegir ihn, nachdem Týr ihm eine Antwort schuldig blieb.

Mit dieser Wendung des Gespräches hatte er Týrs volle Aufmerksamkeit. Er kannte einige Mythen, hatte sich aber nie näher damit befasst. Die Seelenverwandtschaft hatte ihn bisher nie betroffen.

»Erzähle mir davon«, verlangte er neugierig.

»Laut den alten Schriften hatte Zeus einen unehelichen Sohn namens Lykaon. Er war bekannt für seine Aggressionen und Gewaltausbrüche. Lykaon wurde vom Göttervater für seine Tyrannei bestraft und in ein haariges Monster verwandelt. Er lebte jahrelang in Abgeschiedenheit und versteckte sich vor seinem Vater, um sich an Zeus zu rächen. In dieser Zeit begegnete er Lamia, einer Ex seines Vaters, die um ihren Sohn trauerte. Hera hatte ihn aus Eifersucht getötet und Zeus seiner Frau verziehen. Lamia konnte ihr Haupt in einen Schlangenkörper verwandeln. Gemeinsam mit Lykaon erschuf sie eine Armee. Lykaons Biss kreierte Werwölfe und Lamias Biss Vampire. Sie wandelten hunderte von Menschen in das, was wir heute sind. Die Armee bekämpfte Zeus und es entstand ein fürchterliches Blutbad.«

Das wusste Týr bereits. Oft genug hatte sein Vater diese Geschichte mit ihm durchgekaut. Allerdings fragte er sich, was das mit der Seelenverwandtschaft zu tun hatte. Abwartend blickte er seinen Vater an.

»Das ist unser Ursprung. Wir waren zu Beginn mit den Wölfen vereint, wir wurden gemeinsam erschaffen, gemeinsam ausgebildet, erhielten gemeinsam unsere Kräfte. Aber Zeus konnte die Armee zurückdrängen und schließlich besiegen. Die Überlebenden zerstreuten sich. Dieser Sieg über seine Feinde befriedigte Zeus jedoch nicht, deswegen suchte er nach einer Bestrafung für die Verräter, die ihn angegriffen hatten. Während der Gefangenschaft von Lykaon und Lamia fand er heraus, dass sich sein Sohn unsterblich in Lamia verliebt hatte. Darin sah Zeus seine Rache. Er betörte Lamia und schlief mit ihr. Lykaon blieb das nicht verborgen und der vermeintliche Verrat entfachte seinen Hass. Lykaon schwor sich, Rache zu nehmen und entkam aus der Gefangenschaft. Es heißt, dass Zeus seine Flucht mit Absicht zugelassen hatte, da er wusste, dass Lykaon ihm in die Hände spielen würde. Lykaon suchte seine erschaffenen Wölfe und bekämpfte die Vampire, um jede Erinnerung an Lamia zu vernichten. Man sagt, Lykaon sei dem Wahnsinn verfallen und letztlich hätte seine eigene Armee ihn umgebracht, weil er nicht mehr tragbar war. Seitdem ranken sich auch in der Menschenwelt die Gerüchte um unser Dasein hartnäckig.«

»Was war mit Lamia? Hat sie Lykaon ebenfalls geliebt?«, fragte Týr gespannt.

»Die Schriften behaupten das. Lamia hat Lykaons Untergang so getroffen, dass sie sich das Leben nahm. Die Legende besagt, dass Lamia und Lykaon die ersten Seelenverwandten waren. Ihre Liebe hat aber nur Tod und Verderben über ihr Dasein gebracht. Ihre Rassen bekämpfen sich bis heute und die Seelenverwandtschaft funktioniert nur, wenn beide Partner aus einer Linie stammen. Diese Verbindung lässt sich schwer herstellen, denn so wie Lykaon und Lamia tragen sowohl wir Vampire als auch die Werwölfe die sehr mächtigen Gefühle der Eifersucht in uns. Die Eifersucht ist die gefährlichste Achillesferse eines Mannes, und wenn der zufällig ein Anführer ist, droht dem ganzen Volk eine fürchterliche Niederlage.«

Týr hatte bei Aegirs Geschichte den Atem angehalten. Lamia und Lykaon waren die ersten Seelengefährten? Diese Unterrichtsstunde hatte Aegir bisher ausgelassen!

»Wieso färben sich die Augen nur bei den Männern golden? Und warum sind wir so eifersüchtig und besitzergreifend?« Týr hatte auf einmal viele Fragen, die ihn jahrhundertelang kalt gelassen hatten.

»Lykaon ist unser männlicher Vorfahre. Er war zwar ein Wolf, aber der Fluch der Seelenverbindung wurde von ihm an die Männer beider Rassen weitergegeben. Lykaon war eifersüchtig und besitzergreifend, dazu gefährlich und wütend. Wir Männer, egal welcher Rasse, kämpfen mit diesen Gefühlen. Er war der aktive und rachsüchtige Part ihrer Liebe. Die Männer verraten ihre Seelenverwandtschaft mit den goldenen Augen. Denn Lykaon war derjenige, der Zeus seine Schwäche offenbart und seine Liebe zu Lamia gezeigt hatte.

Lamia beerbte die Frauen mit ihrer passiveren Rolle, die sie beim Untergang der beiden Liebenden eingenommen hatte. Sie ließ sich verführen und ihr Kampfgeist erlosch, als Lykaon den Götterhimmel verließ, um ihre Rasse zu töten. Laut den Legenden hat sie sich von Zeus' Manipulationen verunsichern lassen und wusste am Ende nicht mehr, welchen Mann sie eigentlich liebte. Daraus erschließt sich auch die Vermutung, dass der Mann bedingungsloser liebt als die Frau. Der Gefährte sucht seine Gefährtin und verzehrt sich nach ihr. Ob sie ihn auch will, steht in den Sternen«, schloss Aegir seine Erzählung.

Týr hatte aufmerksam zugehört. Es waren alles Mythen, aber allein die Tatsache, dass die Seherinnen existierten, zeigte, dass etwas an den Legenden dran sein musste, die sich um den Götterhimmel rankten. Solana, Krysta und Amalia waren weder Mensch, Vampir noch Wolf. Niemand wusste, was genau sie waren, aber sie hatten kraftvolle Gaben und ein unsterbliches Leben.

»Warum erzähle ich dir das alles, Týr?« Aegir sah ihn eindringlich an. »Ich will verhindern, dass du wie Lykaon endest! Diese Liebe zu Elysa hat keine Zukunft, sie mag noch am Leben sein und vielleicht kommt sie zurück, aber ihr beide werdet nicht zusammen sein können. Die Seelenverbindung zwischen Wolf und Vampir ist verflucht. Es kann nicht funktionieren. Ich hätte nichts gegen den Versuch einzuwenden, unserem Volk eine Wölfin zu präsentieren, die unsere Friedensbemühungen stärkt. Diese Wölfin muss aber für unsere Sache einstehen und für die Krone! Es darf keine Frau sein, die dich in der Hand und so eine enorme Kontrolle über dich hat! Deine Achillesferse ist für jedermann offensichtlich.«

Týr starrte zum Fenster, um seinen Vater nicht ansehen zu müssen. »Ich liebe sie«, antwortete er schlicht.

»Ich weiß. Aber ist das Liebe? Sie in ein Leben zu drängen, das sie nicht führen will? Sie in dauerhafter Lebensgefahr schweben zu lassen? Du kannst sie nicht vor der Kraft beschützen, die gegen die Seelenverbindung zwischen Vampir und Wolf kämpft.« Der König schüttelte den Kopf.

Týr fuhr sich mit den Händen über sein Gesicht. Es schmerzte fürchterlich, aber sein Vater hatte recht. Elysa war es gut gegangen, sie war in Sicherheit gewesen und glücklich noch dazu, bevor er aufgetaucht war und sie für sich beansprucht hatte. Sie wollte Spaß, aber er hatte sie von Beginn an in eine Beziehung gedrängt, Erwartungen an sie gestellt, von denen er wusste, dass sie sie nicht erfüllen wollte. Es war seine schuld, dass sie weg war. Er trug die Verantwortung für das, was sie durchmachte und erleiden musste.

Er presste die Lippen aufeinander. Týr fühlte sich, als würde er sie noch einmal verlieren.

»Du kannst dir nicht ausmalen, wie groß sich dieses Opfer für mich anfühlt.« Traurig sah er seinen Vater an. Er war immer sein Vorbild gewesen und er hatte ihn stets geleitet – das tat er noch immer. »Du magst sie nicht einmal«, fügte er hinzu.

»Ich weiß, dass es danach aussieht. Die Wahrheit ist, dass Elysa mich an jemanden erinnert. Das ruft einen Schmerz in mir hervor, den ich längst begraben habe.« Aegir legte ihm mitfühlend die Hand auf sein Bein. »Du kommst darüber hinweg. Ich weiß es. Auch ich habe es geschafft.« Seufzend entzog sein Vater die Hand und begann, im Raum auf und ab zu laufen.

»Was meinst du damit?« Eine böse Vorahnung traf Týr. Aufgeregt atmete er auf und ab. Er liebte seine Mutter über alles. Seine Eltern würden ihn doch nicht belügen?

»Deine Mutter ist nicht meine Seelengefährtin, Týr. Lioba und ich führen seit tausend Jahren eine arrangierte Ehe.« Der König suchte seinen Blick und Týr sah darin Bedauern.

»Deine Mutter ist eine reinrassige, adlige Vampirin mit den besten Manieren und einem warmen Herzen. Sie war die beste Königin und Frau, die ich mir an meiner Seite vorstellen konnte. Und als sie dich geboren hat, hat sie mich zu dem glücklichsten Wesen dieses Planeten gemacht! Du bist alles für mich, mein ganzer Stolz. Du bist das Beste, was ich hervorgebracht habe. Ich kann deine Mutter nicht genug dafür ehren. Aber meine Seelengefährtin ist sie nicht.« Seufzend fuhr sein Vater sich durch die Haare.

»Ihr habt mich all die Jahre belogen?«, brauste er geschockt auf. Fassungslos schüttelte er den Kopf.

»Wir haben es für das Beste angesehen, unsere vermeintliche Seelenverbindung für alle Welt sichtbar zu machen. Wir wollten dir eine harmonische Familie bieten. Ich bin bis heute der Meinung, dass es richtig war, mich für die Krone und Lioba zu entscheiden und einen reinblütigen, starken Erben hervorzubringen«, erklärte Aegir.

Týr wusste nicht, was er sagen oder denken sollte. Er hatte die Liebe seiner Eltern nie in Frage gestellt, aber seit Elysa in Týrs Leben geplatzt war, gab es da eine leise Stimme, die sich gewundert hatte, warum sein Vater seine Mutter nicht so ansah wie Týr Elysa. Warum sein Vater monatelang von Lioba getrennt sein und wie er sich in der Öffentlichkeit derart zügeln konnte.

Seit Týr sich erinnerte, hatte er bei seinen Eltern nie das Feuer und die Leidenschaft brodeln sehen, wie er es selbst seit Monaten erlebte. Sein ganzer Körper spannte sich an, wenn Elysa im Raum war, seine Augen folgten ihr und alles in ihm schrie danach, sie zu berühren. Er konnte sich nicht vorstellen, dass das je nachließ.

Týr dachte an Dustin und Janett, eines der seltenen Gefährtenpaare, die er persönlich kannte. Man spürte ihnen auch nach Jahrhunderten die tiefe Verbundenheit an. Janetts Augen glänzten, wenn Dustin in der Nähe war und sie flirteten auch nach all der Zeit immer noch ungeniert miteinander, als wären sie frisch verliebt.

Wie sollte Týr eine geeignete Königin in dem Wissen finden und heiraten, dass seine Elysa da draußen war?

»Hast du deine Seelengefährtin gefunden?«, fragte Týr seinen Vater, aber seine vorherigen Andeutungen ließen ihn ahnen, dass es so war und es kein gutes Ende genommen hatte.

»Vor ungefähr 160 Jahren«, antwortete Aegir. »Deine Mutter weiß nichts davon und ich möchte, dass es so bleibt. Ich will sie nicht kränken. Dieses Gespräch führe ich mit dir im Vertrauen und gehe davon aus, dass niemand erfährt, was ich dir hier gestehe.«

Týr schluckte. »Zu dieser Zeit hast du eine 180 Grad Drehung gemacht, die niemand verstanden hat. Du hast den Krieg abgebrochen und den Friedensvertrag mit den Wölfen ausgehandelt«, erinnerte sich Týr. »Sie war eine Wölfin«, schlussfolgerte er und sah seinen Vater unglücklich an.

*Ist die Valdrasson Linie an Wölfinnen gebunden? Warum zur Hölle?*

Aegir nickte und bestätigte damit Týrs Verdacht. »Als ich ihr begegnete, hatten meine Männer gerade ihr gesamtes Dorf zerstört. Sie hasste mich für das, was ich getan habe. Ich habe diese unbändige Anziehung gespürt. Ihr Duft hat mich um den Verstand gebracht und mein Körper wollte sie. Es war der denkbar schlechteste Zeitpunkt, um ihr zu begegnen. Wir hatten keine Zukunft«, schloss der König seine Erzählung.

Týr starrte ihn fassungslos an. Das Schicksal hatte seinen Vater auch an eine Wölfin gebunden! Und er hatte ihr Dorf niedergemetzelt. »Sie hat dich abgelehnt?«, fragte Týr atemlos.

»Soweit wie Elysa und du sind wir nicht gekommen.«

Týr fühlte für seinen Vater, was paradox war, da er gleichzeitig das Gefühl hatte, seine Mutter zu verraten. »Was ist mit der Wölfin geschehen?«, wollte Týr wissen.

»Sie ist umgebracht worden«, erklärte Aegir knapp.

»Von einem Vampir?«

Sein Vater nickte.

»Wie bist du damit klargekommen?« Allein der Moment, als Elysas Herz ausgesetzt hatte, hatte Týr um den Verstand gebracht!

»Es war eine schwere Zeit für mich. Hin- und hergerissen zwischen Lust, Liebe und Krone. Sollte ich meine Pflicht aufgeben und dich auf den Thron setzen, in dem Wissen, dass ich mich dem Feind anschließe und mit einer Wölfin paare, der ich nur Unglück bringen kann? Ich bin König durch und durch. Ich habe mich für mein Volk entschieden. Und als sie starb, habe ich mir geschworen, diesen Krieg zu beenden und für dieses Abkommen gekämpft. Man lernt, mit dem Verlust zu leben.«

Týr konnte immer noch nicht begreifen, was sein Vater ihm da offenbarte. All die Jahre hatte er geschwiegen! Týr hingegen hatte Elysa nicht mal ein paar Monate verstecken können. Vielleicht lag es daran, dass Aegir und seine Wölfin nie richtig zusammen gewesen waren?

Er musterte seinen Vater. Aegir stand stark und stolz vor ihm und war ganz der Herrscher, den Týr bewunderte. Týr würde die Krone niemals Elysa vorziehen. Daran zweifelte er keine Sekunde. Wenn sie mit ihm durchbrennen wollte, würde er ihr folgen. Aber das, was ihn jetzt beschäftigte, war der Fluch. Wäre seine Liebe schuld daran, dass Elysa sterben musste? Das konnte er auf keinen Fall zulassen. Eher würde er auf sie verzichten.

Týr schloss in diesem Moment einen schmerzhaften Pakt. Wenn Elysa lebend zurückkehrte, würde er sie freigeben, damit Ryan sie beschützen und von ihm und den Vampiren fortbringen konnte. Sie würde sich irgendwann einen Wolf suchen, der stark war und sie glücklich machen könnte. Jemanden wie Gesse. Ihr Bruder würde hinter ihnen stehen und sie würde am Leben sein.

Týr könnte sie nie vergessen, aber die Erinnerungen an die wenigen gemeinsamen Monate, würden sein Herz wärmen, bis er starb. Týr wusste, dass sein Weg die Krone und die arrangierte Ehe sein würde. Was hatte er für eine Wahl? Er musste den Frieden sichern und einen Thronerben hervorbringen, der diese Pflicht weitertrug.

Er nickte seinem Vater als Zeichen seiner Zustimmung zu. Es brauchte keine besonderen Worte mehr. König Aegir wusste, wofür sein Sohn sich entschieden hatte.

»Denkst du an eine Wölfin oder Vampirin?«

Týr schluckte den Kloß in seinem Hals herunter. Allein der Gedanken schnürte ihm die Luft zum Atmen ab. Eine Wölfin würde ihn zu sehr an das erinnern, was er wirklich begehrte.

»Ich werde eine Vampirin heiraten, sobald Elysa aufgetaucht ist und ihr meine Entscheidung begründen kann. Ich will es einfach nur hinter mich bringen.« Würde Elysa überhaupt zurückkommen? Týrs Sorge um sie machte ihn fertig. Ein heftiges Zittern fuhr durch seinen Körper.

Aegir nickte. »Dann ist es besiegelt.«

# 17

Raphael saß in seinem Wagen und fuhr in Richtung des *Mudanca*. Die Wolfsprinzessin hatte diese Örtlichkeit geliebt. Er hatte es gehasst, auf sie aufpassen zu müssen. Elysa war ihm zu laut, quirlig und fröhlich. Diese ständige Heiterkeit hatte ihn mehr angestrengt als alles andere.

Raphael war stets wachsam gewesen, denn er wusste wie bedeutend Elysa für sie alle war. Er verdankte dem Vampirprinzen sein Leben - mehr als das. Sein Leben war nichts mehr wert gewesen, als Týr ihn gerettet hatte. Aber seine Freiheit wiederzuerlangen, war das kostbarste Geschenk, das er je erhalten hatte.

Týr war ein mächtiger Vampir, der stets den Überblick über jede Gefahrensituation behalten hatte. Raphael bewunderte den Prinzen für seinen Scharfsinn und seine Führungsqualitäten.

Als er Týrs innerem Kreis beigetreten war, waren es Kenai, Marcus und Stone, die das besondere Vertrauen des zukünftigen Königs besaßen. Über die Jahre hatten sie Marcus und Stone im Krieg verloren. Týr hatte sie betrauert. Der innere Kreis war eine starke Einheit, die sich blind aufeinander verlassen konnte. Sie respektierten sich, auch wenn sie sehr unterschiedlich waren. Seine Zugehörigkeit zu dieser Truppe war für Raphael existentiell und er konnte sich ein Leben außerhalb dieses Teams nicht vorstellen.

Er hielt auf dem Parkplatz des Clubs und beobachtete die Menschen, die an der Tür Schlange standen. Normalerweise würde die Wolfsprinzessin mit ihm im Wagen sitzen und ihn zutexten. Sie würde versuchen, ihn zum Lachen zu bringen und dabei dieses Lächeln aufsetzen, dass jeden Mann zum Schmelzen brachte.

Er ließ seinen Kopf auf das Lenkrad sinken. Es war seine Aufgabe gewesen, die Prinzessin zu beschützen, aber er hatte versagt. Niemand machte ihm einen Vorwurf, während er sich für sein Versagen marterte.

Týr liebte diese Frau mehr als alles andere und Raphael wusste, dass Elysa die richtige Königin für sie war. Hätte man ihn vor Elysas Auftauchen gefragt, hätte er die passende Königin wohl anders beschrieben: weniger sexy, weniger wölfisch und nicht so großmäulig. Schnell hatte er begriffen, was alle Vampire des inneren Kreises verstanden hatten: Týr und Elysa passten so perfekt zueinander, als wären sie füreinander geschaffen worden. Dafür geschaffen, die Geschichte zu verändern.

Raphael hatte den Prinzen nie so glücklich gesehen wie mit dieser Frau. Nie waren sie dem echten Frieden mit den Wölfen so nah wie vor wenigen Monaten. Týr und Ryan waren echte Partner gewesen und Raphael war sich sicher, dass sie dahin zurückgefunden hätten, wäre nur mehr Zeit verstrichen. Elysa war das Bindeglied zwischen den Wölfen und den Vampiren.

Er stieg aus dem Wagen und marschierte zum Eingang des Clubs. Die Türsteher kannten ihn und ließen ihn wortlos passieren. Zu bekannt war seine schlechte Laune. Seine gefährliche Aura half auch dabei, dass die Menschen Abstand zu ihm hielten. Das kam ihm gelegen, denn er verabscheute die menschliche Rasse. Eher würde er einem Wolf die Hand reichen als einem Menschen.

In der V.I.P. - Lounge angekommen beobachtete er den Tanzbereich, die Bar und sämtliche Kameras im Club. Er musste herausfinden, was in jener Nacht passiert war.

Sein Blick blieb an den drei Barkeepern hängen, die hinter dem Tresen standen und Cocktails mixten. Hatte derjenige, der seinen Drink am besagten Abend gemischt hatte, gewusst, was da drin war? Oder war er ahnungslos gewesen?

Er vernahm ein zögerliches Räuspern hinter sich und drehte sich zu der Kellnerin um, die oft hier arbeitete und anscheinend für die V.I.P. - Lounge zuständig war. Diese Menschenfrau hatte Angst vor ihm, er konnte es riechen und wusste, dass er sie mehrfach mit seiner unfreundlichen Art erschreckt hatte.

»Was darf es sein?«, fragte sie schüchtern und versuchte, ihm nicht in die Augen zu gucken. Raphael musterte die Frau. Sie war ein Angsthase und wäre sicher nicht in der Lage, ihn zu vergiften, zumindest nicht wissentlich. Dennoch musste er sichergehen.

Er trat einen Schritt auf sie zu und sie wich vor ihm zurück. Bevor sie sich ihm entziehen konnte, schnitt er ihr den Fluchtweg ab und presste sie gegen die Wand. Sie befanden sich nun im toten Winkel der Überwachungskameras. Die Frau hechelte vor lauter Panik.

»Wie heißt du?«, zischte Raphael ihr direkt ins Ohr.

Sie zitterte und flüsterte: »Bitte lassen Sie mich gehen.«

»Dein Name!« Er packte mit einer Hand ihren Hals.

»Freya«, kam es ängstlich aus ihrem Mund.

»Also gut. Freya. Ich bin letzten Sonntag hier vergiftet worden. Den Drink hast du mir serviert«, begann er.

Freya riss überrascht die Augen auf. Sie war eindeutig erschrocken und die Tatsache, dass er sie verdächtigte, schien nicht zu ihr durchzudringen.

»Das kann nicht sein. Wieso sollte das jemand hier tun? Wir sind alles Studenten und Aushilfen«, stotterte sie.

»Hast du gewusst, was du mir da aufgetischt hast?«, fragte er. Lügen witterte er sofort und Menschen waren schlechte Lügner.

»Nein. Ich schwöre es!« Freya hechelte noch immer, Angstschweiß tropfte von ihrer Stirn. Sie sagte die Wahrheit. Alles andere hätten ihn auch überrascht.

»Welche Barkeeper hatten mit dir Dienst? Wo ist dein Smartphone? Ich will ihre Namen und Telefonnummern«, befahl er in strengem Tonfall und begann parallel dazu, ihren Körper nach ihrem Handy abzutasten.

»Mein Telefon ist im Spind. Bitte, hören Sie auf.« Tränen liefen ihr die Wange herunter, während seine Hände über ihren Körper glitten. Erst jetzt verstand er, wovor sie Angst hatte. Wütend trat er einen Schritt zurück und starrte sie an.

»Für was hältst du mich? Einen Perversen? Einen Vergewaltiger? Nie würde ich mich zu so was herablassen!« Seine Stimme klang hart und kalt.

Freya schlang ihre Arme um ihren Körper, als ob sie sich so vor ihm schützen wollte. Es sollte ihm egal sein, was diese Frau von ihm dachte, aber es störte ihn, dass sie ihn für ein derartiges Monster hielt. Überfordert senkte er den Blick.

»José, Felipe und Nancy hatten Dienst. Sie sind meistens am Sonntag eingeteilt. José und Felipe sind auch heute unten an der Bar. Nancy hat letzten Montag gekündigt«, flüsterte

Freya. Er hob seinen Blick und sah sie an. Sie hatte ihm mit großer Wahrscheinlichkeit den entscheidenden Tipp gegeben. Diese Nancy war vielleicht diejenige, die in die Vergiftung involviert gewesen war.

»Wie lange hat Nancy hier im Club gearbeitet?«, fragte er misstrauisch.

»Erst seit ein paar Wochen.« Freyas Herz schlug immer noch so laut und schnell, dass er an die Stelle starrte.

Wieso störte es ihn, dass sie Angst vor ihm hatte? Es sollte ihm egal sein, stattdessen kam er sich wie ein Arsch vor. Gut, er kam sich oft wie einer vor, aber normalerweise war es ihm egal! Vorsichtig ließ er die Luft entweichen.

»Hast du von dieser Nancy die Telefonnummer oder ihre Adresse?«

Freya schüttelte den Kopf. »Im Büro finden Sie alle Mitarbeiterakten. Ich bin mir sicher, dass Sie sich bei Ihrem Auftreten Zugang verschaffen können.« Sie schluckte und er sah, dass sie auf ihren Armen Gänsehaut bildete.

Überfordert gab er ein *Danke* von sich. Danke? Seit wann bedankte er sich bei einem Menschen?

Wütend über sich selbst marschierte er ins Büro. Es war allerdings so, wie er es geahnt hatte: Nancys Akte war verschwunden. Fluchend verließ er den Raum und suchte die Menge nach Freya ab. Sie war nirgends zu sehen.

Er ging zurück in die V.I.P. - Lounge und fand sie tatsächlich dort. Sie stand noch an derselben Stelle, an der er sie befragt hatte. Er kratzte sich hinterm Ohr. *So schlimm bin ich auch wieder nicht!*, wunderte er sich. Er hatte sie weder geschlagen noch sexuell genötigt.

»Die Akte ist weg«, informierte er sie.

Überrascht riss Freya die Augen auf. »Das wusste ich nicht«, stotterte sie.

»Gibt es jemanden, der mehr mit Nancy zu tun hatte?«, fragte er gereizt.

Freya nickte unglücklich. »Ich glaube, dass Felipe und Nancy was miteinander hatten. Vielleicht kann er Ihnen helfen.« Sie presste die Lippen aufeinander.

»Welcher ist Felipe?«

»Der mit der Igelfrisur.«

Raphael nickte und musterte Freya. Er musste ihr die Erinnerung an dieses Gespräch löschen. Damit würde sie auch ihre unangenehme Begegnung vergessen. Er trat einen Schritt auf sie zu, Freya drückte sich an die Wand.

»Sieh mich an!«, befahl er streng und sie hob die Lider. Ihre Augen waren grün. Statt mit der Löschung ihres Gedächtnisses zu beginnen, starrte er in ihre Augen. Sie waren schön. Und es gefiel ihm, dass sie ihn ansah.

Freya brach den Moment und drehte den Kopf. Erst jetzt fiel er aus seiner Trance. Was war nur in ihn gefahren? Diese Menschenfrau war ein Trampel, ein Angsthase und dazu einfach nur gewöhnlich!

»Sieh mich an!«, herrschte er und begann mit der Löschung ihrer Erinnerung. »Du hast mich nach einem Drink gefragt und ich habe verneint, danach bist du zurück an die Bar gegangen. Wir beide haben sonst nicht miteinander gesprochen.« Seine Stimme klang hypnotisch und er wusste, dass seine Augen glänzten.

Freya starrte ihn an und nickte.

Raphael wandte sich von ihr ab und verließ die Lounge. Er musste sich diesen Felipe vornehmen.

Ein Blick auf die Uhr zeigte ihm, dass er drei Stunden totschlagen musste, bis der Club seine Türen schloss und die Mitarbeiter Feierabend machten. Darauf war er absolut nicht scharf. Frustriert bestellte er sich einen Drink und beobachtete genau, was Felipe da mixte.

Nach einer halben Stunde konnte Raphael aufatmen. Der Barkeeper hatte sich für eine Raucherpause verabschiedet und steuerte den Hinterausgang an. Der Vampir setzte ihm nach und fand ihn im Hinterhof. Raphael presste Felipe an die Wand.

»Du hast was mit Nancy?«

Der Mensch brach vor Panik zusammen. Diese Rasse war schwach. Lächerlich. Raphael konnte diese Schwäche nicht ausstehen.

»Wir hatten ab und zu Sex. Nichts Ernstes.« Felipe wimmerte.

»Hast du ihre Nummer oder Adresse?«

Felipe griff nach dem Handy in seiner Hosentasche und reichte es ihm. Raphael fand die Nummer und kontrollierte den Chatverlauf. Nancy hatte Felipe ihre Adresse geschickt. Raphael speicherte die Informationen. Er löschte Felipes Erinnerung und hechtete zu seinem Wagen.

Er fuhr zu der angegebenen Adresse.

Das Apartment war stürmisch verlassen worden. Auf dem Boden lagen Klamotten herum. Raphael durchsuchte jedes Zimmer, konnte aber keine Anhaltspunkte finden. Das einzig Interessante waren die Bilder von ihr. So wusste er wenigstens, wie sie aussah.

Es gab Vampire, die Menschen für ihre Machenschaften einspannten, schließlich konnten Vampire sich gegenseitig wittern. Ein fremder Vampir im Club wäre Raphael sofort aufgefallen. Jemand hatte diese Nancy beauftragt, damit sie das Gift in seinen Drink mischte. Lebte Nancy noch? Und wenn ja, war sie auf der Flucht vor ihrem Auftraggeber? Möglicherweise war sie durch ihren Treuebeweis in der Gunst des Vampires gestiegen. Hatte man sie gewandelt? Wenn ein Mensch von ihrer Existenz erfuhr, passierte es nicht selten, dass er sich nach einer Wandlung sehnte, um Unsterblichkeit zu erlangen.

Raphael verließ die Wohnung. Hier kam er nicht weiter. Nancys Bilder steckte er aber ein. Die Frau war sein einziger Hinweis. Wer hatte seine Vergiftung und Elysas Entführung veranlasst?

Er fluchte. Raphael würde nicht aufhören, nach der Prinzessin zu suchen. Er war es nicht nur Týr schuldig, sondern auch sich selbst.

---

Die drei Wölfe liefen durch das Gebirge südlich des Snowdonia Parks. Die Sonne würde in der nächsten Stunde untergehen. Sie hatten kaum Hinweise gehabt, wohin Elysa entführt worden war, und doch hatte es sie nach Wales verschlagen. Tjell wusste, dass Ryan seinen Instinkten folgte, die ihm sagten, dass seine Schwester in der Nähe war. Elysa und Ryan verband etwas Besonderes.

Die Suche nach Elysa war beschwerlich. Sie hatten die letzten zwei Nächte in Höhlen verbracht, um keine Vampire auf sich aufmerksam zu machen.

Tjell beobachtete Romy, die sich tapfer hielt und die Spuren der Strapazen gut verbergen konnte. Seit ihrem Fast-Sex in der Höhle war sie deutlich freundlicher geworden. Leider hatte sie sich letzte Nacht nicht zu ihm gekuschelt, sondern war gleich eingeschlafen. Tjell wusste nicht, ob sie das Gespräch vermied, weil sie immer zu dritt waren, oder ob sie nicht reden wollte. Vielleicht bereute sie, was passiert war. Das war seine größte Sorge.

»Vorne ist ein Pub. Lasst uns noch was Vernünftiges essen, bevor es dunkel wird und die Blutsauger aus ihren Löchern kriechen.« Ryan seufzte und setzte sich in Bewegung.

In Tjells Hosentasche begann es zu vibrieren und er checkte den Anrufer: Bente.

»Geht schon mal rein, ich rede noch mit Bente«, ließ er die anderen beiden wissen.

Ryan und Romy verschwanden im Pub, während Tjell den Anruf seines Ziehvaters entgegennahm. »Hallo Bente. Schön, dass du anrufst. Ich wollte mich längst bei dir melden«, startete er in das Gespräch.

»Seit Tagen warte ich auf deinen Anruf! Ich versuche, mich schon lange daran zu gewöhnen, dass du erwachsen geworden bist, aber es fällt mir nicht leicht.« Der Wolf am anderen Ende der Leitung grunzte.

Tjell grinste. »Über den Punkt, wo du mir meinen ersten Samenerguss erklären musstet, sind wir ja Gott sei Dank hinaus.« Bei der Erinnerung daran musste er laut lachen. Er hörte Bente schnauben.

»Das war eines meiner härtesten Vater-Sohn-Gespräche, die ich führen musste.«

Tjell ließ sich an einem Baumstamm heruntersinken und atmete die kühle Abendluft ein.

»Wie geht es dir, Tjell?«, fragte Bente nun ernst.

»Wir suchen die Nadel im Heuhaufen. Aber Ryan glaubt, dass sie hier ist, also folgen wir seinem Instinkt«, antwortete er.

»Ryans Instinkte seine Schwester betreffend waren schon immer beeindruckend. Die beiden sind auf erstaunliche Weise miteinander verbunden. Ich hoffe, ihr findet Elysa bald. Ihr werdet zu Hause gebraucht«, fuhr Bente fort.

»Ist was passiert?«, erkundigte sich Tjell besorgt.

»Es gibt keine guten Neuigkeiten. Dustin steht mit Chester in Kontakt. Wie es scheint, ist der Prinz noch an sein Bett gefesselt. In Sao Paulo kam es zu einer weiteren Schlacht. Jona beklagt zwölf tote Wölfe und bekommt Woche für Woche eine Leiche zugeschickt. Morgan ist ein skrupelloses Schwein. Jonas Männer suchen auf Hochtouren nach den Geiseln, bisher ohne Erfolg. Morgans Versteck ist nicht zu finden«, schilderte Bente aufgewühlt.

Tjell presste die Lippen aufeinander. Er hatte viele Geschichten über die fürchterlichen Kriege zwischen den Rassen gehört, aber als er geboren wurde, waren die Schlachten vorbei. Nun klopfte der Krieg an ihre Türen und sie mussten um ihre Freiheit kämpfen. Er fühlte mit Jona und dem Rudel.

»Das ist eine Scheißlage. Was plant der Kerl?«, überlegte Tjell. Morgans ursprüngliche Idee, Elysa als Druckmittel gegen den Prinzen einzusetzen, war glücklicherweise gescheitert - zumindest wenn Ryan recht behielt und seine Schwester nicht in Morgans Händen war.

»Gesse glaubt, dass Morgan eine Armee aufbaut und die Kämpfe gegen das Rudel in Sao Paulo nur Testläufe sind. Er wird nach Rio kommen und versuchen, den König zu stürzen. Danach nimmt er sich die Wölfe vor. Gesse hat genügend Kriegserfahrung. Wir alle schätzen seine Meinung und Unterstützung.« Bente mochte den Wolf, das wusste Tjell. Die beiden hatten unter Joaquin zusammen gekämpft und sich oft zur Seite gestanden.

»Wie geht es Gesse?«, fragte Tjell.

»Beschissen. Der Mann lebt in dauerhaftem Liebeskummer, seit Elysa zur Frau geworden ist. Joaquin wäre stolz gewesen, wenn sein bester Freund seine Tochter geheiratet hätte. Na ja, noch ist nicht alle Hoffnung verloren.«

Tjell schüttelte innerlich den Kopf über Bente. In diesem Punkt fanden sie keinen gemeinsamen Nenner. »Das ist allein Elysas Entscheidung«, gab er um Frieden bemüht von sich.

»Apropos Liebeskummer! Wie steht es mit Romy?«

Tjell warf einen vorsichtigen Blick in Richtung Pub. Er senkte seine Stimme, als er seinem Ziehvater antwortete. »Wir haben uns geküsst, aber bei Romy weiß man nie. Sie ist wie ein Fähnchen im Wind.«

Bente grunzte. »So ist das mit den jungen Dingern. Ihr beide seid so ein schönes Paar. Es macht mich stolz und glücklich, dass du deine Gefährtin so jung gefunden hast. Ich hoffe sehr, dass ihr bald Nägel mit Köpfen macht.«

Tjell rieb sich über das Gesicht. Er wünschte sich das auch. »Hast du herausfinden können, warum Ryan Fata verbannt hat? Er sagt mir, dass ich Romy fragen soll, aber ich traue mich nicht, sie darauf anzusprechen. Außerdem würde Romy mir wohl keine Auskunft geben.« Frustriert ballte er seine freie Hand zur Faust. Er schätzte es, dass Ryan Geheimnisse für sich behalten konnte, aber in diesem Fall machte es ihn wahnsinnig. Was hatte dieses intrigante Weib nur getan?

»Leider weiß niemand von den Jungs Genaueres. Keiner hat sie in Rio gesichtet, in Manaus ist sie auch nicht. Wer weiß, wo sie sich rumtreibt.«

Tjell nahm Bentes Aussage frustriert zur Kenntnis. Es behagte ihm nicht, dass Fata frei herumlief und niemand eine Ahnung hatte, was die Frau als Nächstes plante.

»Ich weiß, du hast die Taktik, Romy nicht unter Druck zu setzen, aber vielleicht wäre es langsam mal an der Zeit. Schließlich hängt ihr da beide mit drin und sie sollte endlich Klartext reden.« Bente klang eindringlich. »Soll ich ihr mal ins Gewissen reden? Schließlich wäre sie meine Schwiegertochter«, fügte sein Ziehvater hinzu.

*Peinlicher geht es wohl kaum!*

»Auf keinen Fall! Meine Frauenprobleme kläre ich selbst!«, tadelte er Bente streng, zumal Bente seit Jahrhunderten als Single herumlief! Auf dessen Gefährtentipps konnte Tjell getrost verzichten. Seufzend verabschiedete sich sein Ziehvater von ihm.

»Ruf mich an und warte nicht wieder so lange!«

Tjell gesellte sich zu Ryan und Romy in den Pub, der kaum besucht war. Sie saßen in einer Ecke und aßen bereits. Tjell ließ sich neben Ryan auf der Holzbank nieder.

»Hier weiß auch keiner was«, informierte Ryan ihn leise. »Wir haben die Barkeeper-Nummer schon abgezogen«, fügte er hinzu.

Tjell warf Romy einen düsteren Blick zu. Immerhin hatte er ihre Flirtattacke verpasst. Er hasste es, wenn er dabei zusehen musste, wie sie sich an die Barkeeper ranschmiss.

»Was darf es sein?« Die Bedienung schob sich in sein Blickfeld.

Tjell bestellte sich reichlich Fleisch und dazu ein Bier.

»Gibt es Neuigkeiten von Bente?«, fragte Ryan interessiert.

»Nichts, was du nicht schon wüsstest.«

Der Alpha hatte nach dem Aufstehen als Erstes mit Dustin und Gesse telefoniert. Ryan nickte ihm zu.

Tjell blickte zu Romy herüber. Sie war so wortkarg.

»Alles in Ordnung?« Die Frage konnte er sich einfach nicht verkneifen. Zu sehr fühlte er für sie.

»Ich bin nur in Gedanken.« Sie lächelte ihm scheu zu.

Warum sollte sie ihm auch ein einziges Mal ihr Herz ausschütten? Frustriert griff er nach dem Bier, das die Kellnerin gerade brachte. Bente hatte recht. Er musste damit aufhören, Romy an der langen Leine zu lassen. So würde er nie etwas aus ihr herausbekommen. Er würde Ryan bitten, ihnen Zeit zu zweit zu geben, damit er den Druck auf seine Gefährtin erhöhen konnte.

# 18

*Zehn Tage zuvor*

Elysa spürte Rubens schweren Körper auf sich fallen und versank in einer tiefen Ohnmacht. Eine Schmerzwelle brach über ihr zusammen.

Jemand rüttelte an ihrer Schulter, Blut füllte ihren Mund. Sie hatte keine Kraft, es aufzusaugen. Jeder Zentimeter ihres Körpers pochte vor Schmerz und sie wollte nur noch sterben, damit es endlich aufhörte.

Sie wartete auf den Tod, suchte ihn regelrecht in der Dunkelheit. *Sind das die Inseln der Seligen?* Sie sah dunkles Wasser in der Ferne. Ein schwaches Licht bewegte sich langsam auf der Oberfläche. Sie konnte es nicht genau erkennen, aber es schien sich zu nähern.

Plötzlich wurde sie zurückgerissen. Ein Teil ihres Blutes war in Wallung geraten und bäumte sich auf. Es war kraftvoll und unbändig. Týrs Blut in ihr wehrte sich. Elysa starrte auf das Licht, das näherkam. Das Blut in ihr wütete und tobte und sie wusste instinktiv, das Týr nach ihr schrie. Er wollte sie nicht gehen lassen.

Sie schluckte das Blut, das in ihren Mund floss. Es schmeckte nach Zitrus. Sie kannte den Geschmack nicht, aber den Geruch sehr wohl. Sie bemerkte, dass das Licht zwar näher rückte, sie sich aber aktiv von ihm entfernte. Sie wollte zurück zu ihrem Vampir und zu ihrem Bruder.

Sie nahm alle Kraft zusammen und trank das Blut, obwohl sie wusste, dass es zwar stark genug war, um ihr zu helfen, sie aber in die Arme eines Mannes trieb, vor dem sie Angst hatte.

Das Blut füllte ihren Körper und sie ergab sich der Müdigkeit. Erneut driftete sie weg in die Dunkelheit.

---

*Sieben Tage zuvor*

Elysa erwachte in einem spärlich eingerichteten Zimmer in einem fremden Bett. Sie blickte direkt in die schwarzen Augen des Vampires, dem sie das erste Mal in Manaus begegnet war und der sie fast vergewaltigt hatte. Wallis.

Er saß auf der Seite ihres Bettes und starrte sie an. Seine Erleichterung darüber, dass sie aufgewacht war, war ihm deutlich anzusehen.

Elysa wusste nicht, ob sie selbst erleichtert sein sollte, denn ihre Lage kam ihr verdammt beschissen vor. Dieser Mann war gefährlich und sein irrer Blick jagte ihr einen Schauer über den Rücken. Sie wehrte sich gegen ihre Furcht. Die würde ihr nichts nützen. Ihre Wölfin lauerte hinter ihr und gab ihr die seelische Kraft, die sie dringend benötigte.

Okay, was sollte sie jetzt machen? Wie reagierte man, wenn man erst verraten, danach fast umgebracht und schließlich entführt worden war? Sie folgte ihrem Bauch.

»Hi«, begrüßte sie ihn spontan.

Überrascht hob der Vampir beide Augenbrauen, entgegnete aber nichts.

»Also, wie es aussieht, habe ich überlebt, was an sich eine gute Sache wäre, wenn ich nicht dennoch gewaltig in der Scheiße stecken würde«, quasselte sie so unbedarft wie möglich drauf los.

Der Kerl sagte immer noch nichts, sondern musterte sie. Elysa konnte seinen Gesichtsausdruck nicht deuten. Scheiß drauf! Sie hielt an ihrer Unbedarftheit fest.

»Ist Morgan auch hier? Hast du mich ihm ausgeliefert?«, fragte sie weiter, obwohl sie wusste, dass das nach allem, was sie über Wallis diskutiert hatten, unwahrscheinlich war.

»Morgan wird dich nicht bekommen.« Sein schwarzer Blick war so intensiv, dass Elysa alle Mühe hatte, die Augen nicht vor ihm zu senken. Er war mächtig, das spürte sie, aber das war nicht ihr Hauptproblem. Sie hatte Angst vor seiner Fixierung. In Manaus war er über sie hergefallen. Jetzt musste sie alles in ihrer Macht Stehende tun, um seine Fixierung irgendwie auszunutzen. Am allerwichtigsten war, ihn dazu zu bringen, dass er ihr verfiel, nicht nur ihrem Körper, sondern ihrem Wesen. Nur so konnte sie Macht über ihn gewinnen.

*Bei Vergewaltigung geht es um Macht.* Sie war keine Psychologin, aber so viel wusste sie. Das, was sie nicht wissen konnte, war, ob er sie einmalig nehmen und anschließend umbringen wollte oder sich wirklich wie ein Stalker auf sie fixiert hatte, um sie zu behalten und eine krankhafte Liebesbeziehung mit ihr aufzubauen. Letzteres wäre wohl die bessere Variante, wenn sie überleben wollte. Das war wohl auch die wahrscheinlichere Variante, wenn er so viel auf sich genommen hatte, um ihr Leben zu retten.

»Ich habe Hunger. Was hast du im Haus?«, fragte sie ihn. Sie musste versuchen, so zu sein, wie immer. Er sollte ihr verfallen und normalerweise hatte sie genügend Übung darin, einen Mann um den Finger zu wickeln. Wallis schien auch damit nicht gerechnet zu haben. Er erhob sich vom Bett und ging zur Tür.

»Ich hole dir was.« Weg war er.

Besonders gesprächig schien der Vampir nicht zu sein, aber das waren bis auf Chester alle nicht. Týrs Redefreude hatte sich erst gesteigert, seit sie länger zusammen waren.

Sie biss sich auf die Lippe und kämpfte gegen die Schmerzen, die drohten, sie mit sich zu reißen. Týr… Sie wollte zu ihm.

Sie atmete tief durch. Es wäre besser für sie, wenn sie ihre Verliebtheit in diesen königlichen Vampir bestmöglich ignorierte! Die würde ihr gewaltig im Weg stehen, wenn sie einen Zugang zu diesem Ungeheuer finden wollte.

Elysa schaute an sich herab. Ihre Hände waren frei, die Fußgelenke gefesselt, um ihren Hals lag ein Silberreif, damit sie sich nicht wandeln konnte. Das Bett schien robust, sodass es wohl nichts bringen würde, an der Kette zu rütteln, die ihre Füße gefangen hielt.

Sie ließ den Blick durch den Raum schweifen. Keine Bilder schmückten die Wände. Ein vergittertes Fenster befand sich auf der rechten Seite und sie konnte nach draußen gucken. Es war dunkel, aber anscheinend dauerte es nicht mehr lange bis Tagesanbruch. Sie musste sich mindestens im ersten Stock befinden. Sie stutzte bei dem Ausblick. Es sah neblig und feucht aus. Sie waren definitiv nicht mehr in Brasilien. *Na klasse! Wohin hat mich dieser Kerl verschleppt?*

Wallis kam gerade die Tür rein und hielt ein Tablett in den Händen. Darauf lagen Brot, Butter, Käse und Marmelade. Er reichte es ihr und positionierte sich vor dem Fenster. Dort lehnte er sich an und musterte sie. Mustern klang irgendwie zu harmlos in Elysas Ohren. Der Typ stierte sie mit seinem irren Blick an.

Elysa begann, ihr Brot zu schmieren und schob sich den ersten Bissen in den Mund. »Bist du immer so schweigsam?« Sie schmatzte und warf ihm einen Seitenblick zu.

Er gab ein Grunzen von sich. Immerhin hatte sie dank Raphael Übung mit solchen Kerlen! Falls sie den Glatzkopf wiedersehen sollte, würde sie sich erkenntlich zeigen.

»Ich schätze, ich sollte mich dafür bedanken, dass du mir das Leben gerettet hast.« Wieder kam keine Reaktion. Der Kerl war wirklich schwierig zu händeln! »Weißt du, was mit Ruben geschehen ist?« Angespannt sah sie ihn an.

Ihr Trainer hatte den Schwerthieb bestimmt nicht überlebt. Warum sollte Wallis ihm auch helfen? Sie biss sich auf die Lippe.

»Meinst du den Mann, der sich zwischen dich und das Schwert geworfen hat?« Seine Stimme war tief und ähnelte einem Grollen.

Interessiert ließ Elysa ihren Blick über den Vampir gleiten. Wallis verschränkte die Arme vor der Brust, als ob er sich ihrer Musterung entziehen könnte.

»Er war mein Trainer in Selbstverteidigung.«

»Als ich ihn das letzte Mal gesehen habe, war er so gut wie tot.«

Elysa versuchte, den Schmerz zu verdrängen. Christophers Enthauptung blitzte vor ihr auf. Der Bissen blieb ihr regelrecht im Hals stecken. Innerlich schrie sie auf und wollte weinen wie ein Baby, weil ihre heile Welt nicht mehr existierte. Wieder spürte sie ihre Wölfin, die ihr Kraft gab. Es war nicht hilfreich, hier wie ein hysterisches Weib loszuheulen!

Sie konzentrierte sich auf ihr Brot, obwohl ihr der Appetit vergangen war. Sie würde sich nicht einschüchtern lassen. Nicht vor dem Vampirkönig und nicht vor Wallis! Aegir hatte es nicht geschafft, sie dazu zu zwingen, ihren Blick vor ihm zu senken. Wallis würde sie ebenso wenig brechen!

Sie musterte ihn erneut von Kopf bis Fuß. Sie musste verstehen lernen, wie dieser Kerl tickte.

»Du bist ganz anders, als ich erwartet habe.«

»Was hast du denn erwartet?«, fragte sie neugierig.

»Angst und Zurückhaltung. Meinetwegen Tränen oder Gewinsel. Du redest wie ein beschissener Wasserfall!« Er runzelte die Stirn.

»Ach so, das. Ähm ja, ich bin sozusagen der Wildfang des Rudels.« Sie zeigte ihm ein scheues Grinsen. Das allerdings war Taktik. Der Mann klebte nun mit seinen Augen auf ihren Lippen. Auf einmal verdunkelte sich seine Miene.

»Und der Wildfang des Vampirprinzen?«

»Geht es hier um mich oder suchst du nach einem Druckmittel gegen Týr?« Die Frage interessierte sie wirklich. Streitlustig sah sie ihn an.

»Der Prinz interessiert mich nicht - solange er nicht die Frau betatscht, die ich mir ausgesucht habe.«

Gefährlich grollte der Mann und Elysa schluckte aufgeregt. Wallis' Gier stand ihm nun offen ins Gesicht geschrieben. Sein Blick wanderte über ihren Körper und blieb wieder an ihrem Mund hängen. Das war ein deutlicher Hinweis, dass dieser Vampir sie wirklich behalten wollte.

Als Elysa bemerkte, dass sich seine Hose deutlich nach vorne beulte, bekam sie doch Angst vor ihrer Courage.

*Tapfer bleiben, Elysa! Um eine Vergewaltigung wirst du nicht herumkommen!* Wallis würde sie haben. Vorher musste sie so viel Kontrolle wie möglich über ihn gewinnen.

Sie beäugte ihn kritisch. »Týr ist ziemlich gut darin, eine Frau zu befriedigen, wenn du willst, dass ich dich ihm vorziehe, solltest du dich verdammt nochmal anstrengen und mir keine Angst einjagen!« Sie funkelte ihn herausfordernd an.

»Du gehörst mir und ich lasse mir von dir nichts diktieren!«, stellte Wallis klar.

»Es gibt zwei Möglichkeiten für dich: Entweder du vergewaltigst mich und bekommst das volle Schrei - und Hysterie - Programm oder wir beide handeln einen Deal miteinander aus und ich verspreche dir, dass ich willig sein werde.« *Pokerface nicht vergessen!*

»Willig?« Misstrauisch verengte der Vampir seine Augen zu Schlitzen. Aber da blitzte noch etwas anderes auf: Interesse.

»Ich habe schon oft mit Kerlen geschlafen, in die ich nicht verliebt war. Ich mag Sex, wenn er so abläuft, wie es mir passt.« Sie achtete darauf, dass er ihre Musterung zur Kenntnis nahm.

Sein ganzer Körper spannte sich an. Besonders selbstsicher im Umgang mit einer Frau schien er nicht zu sein.

»Du bist sexy - wenn man mal von diesem irren Blick und deinen Drohgebärden absieht!« Streng hob sie den Zeigefinger.

Wallis erstarrte regelrecht an seinem Platz.

»Willst du meinen Deal nun hören oder entscheidest du dich für die hysterische Opfervariante?« Oh, sie war kein ängstliches Mäuschen! In ihr schlummerte eine Kraft, die sie selber manchmal überraschte. Sie hatte sämtlichen Männern in ihrem Leben die Leviten gelesen, bei diesem hier würde sie keine Ausnahme machen. Er könnte sie brechen, wenn er anfing sie zu foltern oder zu quälen. Das würde sie verhindern.

»Welchen Deal schlägst du vor, kleiner Vanilleengel?« Der Vampir kam nun auf sie zu, direkt ans Bett.

Elysa fixierte ihn. »Du benutzt ein Kondom. Immer! Und du verschonst mich mit Zärtlichkeiten und Kuschelsex. Ich will es hart und wild. Außerdem will ich besseres Essen! Das da war absolut scheiße. Und ich brauche coolere Klamotten.« Wieder hob sie den Zeigefinger und hielt ihn direkt vor seine Nase. Sein Gesicht war nur noch wenige Zentimeter von ihrem entfernt.

»Wofür das Kondom? Du kannst sowieso nicht schwanger werden, du bist viel zu jung.«

»Ich will kein Sperma in mir haben!« Wütend schüttelte sie den Kopf.

»Wenn ich es will, kannst du nichts dagegen tun«, sagte er kalt.

»Doch, ich kann schreien und heulen und das Essen verweigern. Außerdem rede ich dann kein Wort mehr mit dir!« Sie hielt seinem Blick stand. Sie feilschte wie auf einem Marktplatz.

»Wenn ich mich an deine Regeln halte, schläfst du freiwillig mit mir? Du lässt dich beißen und bewegst dich im Takt mit mir?« Ungläubig starrte er sie an.

»Das ist der Deal.«

»Einverstanden. Heute hast du noch Schonfrist. Deine Verletzungen waren sehr schwer. Kurier dich aus. Morgen werde ich dich haben.« Er ging zur Tür. »Die Kette deiner Fußfesseln reicht bis ins Bad. Du kannst dich in diesem Raum frei bewegen. Solltest du das Bedürfnis haben, zu schreien: Mach nur, keiner hört dich hier. Diese Gegend ist verlassen«, ließ er sie wissen und verschwand.

Als er weg war, ließ Elysa die angehaltene Luft entweichen. Sie schob das Tablett mit dem Brot zur Seite, stieg aus dem Bett und ging ins Bad. Elysa starrte in den Spiegel.

Ihre Haut wies noch leichte Verfärbungen auf, die die Schwere ihrer Verletzungen andeuteten. Sie trug eine Jogginghose und dazu ein schlichtes, graues Shirt. Es passte halbwegs. Hatte er für sie eingekauft? Prüfend besah sie ihren Bauch, wo die schlimmste Verletzung gewesen war. Die Haut war lila und dunkelbraun verfärbt, wenn sie draufdrückte, tat es weh. Er musste sie die letzten Tage gesund gepflegt haben. Ihr Leben hatte auf der Kippe gestanden.

Vielleicht würde es ihr helfen, zu wissen, dass er sie gerettet hatte, um mit ihm schlafen zu können und den Sex nicht abstoßend zu finden? Was hatte sie für eine Wahl? *Tue so, als wäre es ein lockerer One-Night-Stand!*, kämpfte sie mit sich. Er durfte sie nicht brechen!

Wallis war auf ihre Bedingungen eingegangen. Das fühlte sich wie ein kleiner Sieg an.

Elysa marschierte zurück zum Bett. Viel lieber würde sie ihre Turnschuhe anziehen und laufen gehen. Sie war normalerweise ständig in Bewegung, nun würde sie auf unbestimmte Zeit in diesem Raum eingesperrt sein. Gleichzeitig verlangte ihr Körper nach Schlaf.

Als sie die Augen schloss, sah sie Týrs hellblaue Augen vor sich, die ihr immer weiche Knie bescherten. Ihr Prinz hatte sie ins Leben zurückgerufen und sie würde nicht aufgeben.

---

Elysa hatte unruhig geschlafen, aber wenigstens waren ihre Verletzungen weiter gut abgeheilt. Wallis war bereits bei ihr gewesen, hatte ihren Bauch inspiziert und ihr eine Salbe aufgetragen, die unglaublich wohltuend war. Danach hatte er ihr wieder dieses fürchterliche Brot gebracht und gemurrt, dass er ihr besseres Essen kaufen würde. Sie solle ihm aufschreiben, was sie mochte.

Elysa kontrollierte ihre Liste. Ob es das alles hier gab? Nutella gab es sicher überall, oder? Sie überflog die Zeilen: Waffeln, Kekse, M&Ms. Sie hatte eine ganze Seite mit Süßigkeiten aufgeschrieben! *Dabei ist Josh nicht in der Nähe.* Sie seufzte. Der Wolf hatte das feinste Näschen, wenn es darum ging, Süßigkeiten im Haus aufzuspüren. Unglücklich schob sie die Gedanken an ihren besten Freund beiseite. Sie begann, auf der Rückseite weitere Lebensmittel zu notieren. Tiefkühlpizza, Pommes.

»Bist du fertig mit deiner Liste?« Wallis hatte den Raum betreten, Elysa hob den Kopf in seine Richtung.

»Für den Anfang.« Sie hielt ihm das Blatt entgegen. »Allerdings wäre es gut, wenn du mir einen Laptop mit Internetanschluss besorgst, ich will meine Klamotten selber aussuchen!«

»Hältst du mich für blöd? Du kriegst von mir keinen Internetzugang!«, fauchte er.

»Reg dich ab. Du kannst ja den Laptop halten und mich überwachen. Ich sage dir, welche Sachen ich haben will.« Sie winkte ab.

Grummelnd widmete sich der Vampir ihrer Liste. »Du ernährst dich verdammt ungesund!«

Sie grinste frech. Der Satz hätte auch von ihrer Tante stammen können. »Ich kann es mir erlauben. Außerdem will ich deine Kochkünste besser nicht kennenlernen.«

Der Vampir hob eine Augenbraue und ließ seinen Blick über ihren Körper wandern. »Da stimme ich dir zu. In beiden Punkten.« Er ging in Richtung Tür. »Wenn ich vom Einkaufen zurückkomme, wirst du deinen Teil der Abmachung einhalten!«

Resigniert ließ sie sich in ihre Kissen sinken. *So schlimm wird es schon nicht werden! Er hat bestimmt einen guten Körper so durchtrainiert, wie der aussieht,* machte sie sich selber Mut. Sie müsste nur den Blick in seine irren Augen vermeiden.

Eine Stunde später stand Elysa im Bad und starrte in den Spiegel. Wieder musterte sie ihr äußeres Erscheinungsbild. Was sollte sie auch sonst in diesem verdammten Zimmer machen? Im Kreis laufen? Dank dieses beschissenen Blutsaugers hatte sie nicht viel Spielraum.

Ihre Verletzungen waren so gut wie verheilt und die Erlebnisse der vergangenen Tage konnte man ihrem Körper kaum noch ansehen. Nur die Halsfessel machte ihre Lage deutlich. Warum hatte auch ausgerechnet dieser Vampir ihr das Leben gerettet?

*Ach, komm schon, Elysa! So schlecht sieht er nicht aus!*, redete sie sich zum hundertsten Mal ein und kaute auf ihrer Unterlippe herum. *Morgan wäre noch schlimmer gewesen! Du hattest schon oft Sex mit Männern, in die du nicht verliebt warst, weil sie gut ausgesehen haben!*, fügte sie im Geiste hinzu, um sich stärker zu fühlen. *Das war bevor du dich in Týr verliebt hast! Diesen sexy Donnergott, der verdammt heiß war.*

*Okay, Elysa. Es wird Zeit ein paar Regeln aufzustellen.*

Regel Nummer eins: Týr hatte in diesem Raum nichts verloren! Weder in ihrem Kopf noch sonst wo!

Regel Nummer zwei: Sie musste sich locker machen! Es war nur Sex! Sex machte Spaß!

Regel Nummer drei: Sie durfte nicht in Wallis' irre Augen schauen! Besser, sie achtete auf seinen muskulösen Körper.

Regel Nummer vier: Klug sein! Seine Schwäche war ihre Stärke gegen ihn.

Soviel zur Theorie.

Elysa spürte Wallis' Anwesenheit sofort und erstarrte, als ihr sein Geruch in die Nase stieg. Zitrus. Im Spiegel sah sie, wie er sie von der Tür aus betrachtete. Seine Augen waren wie immer schwarz, als wäre er dauernd wütend oder misstrauisch.

Langsam näherte er sich ihr, bis er schließlich hinter ihr stand und seine Nase in ihren Locken vergrub.

*Regel Nummer eins!*, ermahnte sie sich. Sie griff nach einem Haargummi und band die Haare zusammen. Besser, viel besser!

»Ich liebe deine Haare!« Finster sah er sie an.

*Regel Nummer eins!* Ihr Herzschlag beschleunigte sich. Sie kannte diese Situation mit Týr. Was für ein beschissenes Déjà-vu! Der Prinz hatte genau das Gleiche zu ihr gesagt! *Regel Nummer eins!*

»Wir haben darüber gesprochen... Spar dir dieses bescheuerte Vorspiel! Du willst eine gefügige Elysa und ich will ein Kondom und keine Romantik.« Kälte lag in ihrem Blick und sie schob sich an ihm vorbei ins Nebenzimmer. Auf keinen Fall würde sie sich im Spiegel dabei beobachten, wie sie mit diesem Typen Sex hatte. Sie setzte sich aufs Bett.

Wallis kam zu ihr.

»Stehst du auf angezogen, Unterwäsche oder nackt?«, fragte sie ihn nüchtern.

Er hob eine Augenbraue. »Worauf steht dein Prinz?« Der Mann verschränkte die Arme vor der Brust. *Arschloch!*

Týr wollte sie immer nackt. *Regel Nummer eins!* Elysa verdrängte verzweifelt die Gedanken an den Mann, der ihr Herz gestohlen hatte.

»Du hast gesagt, dass der Prinz dich nicht interessiert. Also halte ihn aus dem Ganzen raus.«

»Es ging mir nie um den Prinzen.«

Elysa versuchte, sich ihre Überraschung nicht anmerken zu lassen. Sie musste mehr über Wallis herausfinden. Warum hatte er sich Morgan angeschlossen? Morgan wollte die Königsfamilie stürzen!

Bevor sie ihm weitere Fragen stellen konnte, drückte er sie auf die Matratze. Verdammter Mist.

»Ehrlich gesagt, weiß ich nicht worauf ich stehe. Ich werde es herausfinden müssen.« Er zerriss ihr Shirt und starrte auf ihre bloßen Brüste. Danach zog er ihre Hose aus und ruinierte mit einem Ruck ihren Slip.

Elysa wollte keine Schwäche zeigen und wehrte sich nicht gegen seinen Blick. Er würde so oder so bekommen, was er wollte.

Sie dachte daran, dass sie ihn schon einmal in die Knie gezwungen hatte. Damals hatte sie Chesters Leben dadurch retten können. Sie würde es wieder schaffen.

Elysa begann, seine Hose zu öffnen und dabei möglichst nicht zu zittern. Sie versuchte, mehr Kontrolle zu gewinnen. *Regel Nummer drei!*, bläute sie sich ein.

Der Mann stöhnte, als Elysa seine mächtige Erektion befreite und bearbeitete.

»Das Kondom!« Streng sah sie ihn an. Er schnaubte, drückte ihr aber eins in die Hand.

Gott sei Dank hielt er sich an die Vereinbarung, die sie mit ihm getroffen hatte. Elysa setzte sich neben ihn und zog das Kondom über seinen Schwanz.

Abwartend sah der Vampir sie an. Sie sollte die Sache in die Hand nehmen? Elysa versuchte, sich ihre Überraschung nicht anmerken zu lassen. Warum überließ er ihr die Führung?

Sie legte ihre Hände auf seine Schultern und drückte ihn nach hinten, damit er auf dem Bett lag und sie sich auf ihn setzen konnte.

*Bring es hinter dich*, mahnte sie sich. Als sie sich vorsichtig auf ihm niedersinken ließ, stöhnte er auf.

»Du bist so schön!«, kamen die Worte stoßweise aus seinem Mund.

Elysa stellte sich vor, sie wäre auf der Bühne. Es gab nur ihren Körper, das Tanzen und die Musik. Sie suchte nach einem Rhythmus. Rein körperlich, gefiel ihr, was sie taten. Er war stark und groß und füllte sie mehr als aus. Außerdem tat er ihr nicht weh – so wie in Manaus.

Sie spürte, wie er gegen den Orgasmus ankämpfte, also ritt sie ihn härter. Er packte sie und zog sie zu sich herunter. Als er kam, biss er sie in den Hals, so wie er es schon einmal getan hatte. Er beanspruchte sie für sich.

Keuchend ließ er von ihr ab und auch sie war außer Atem. Da sie auf keinen Fall in seinen Armen liegen wollte, setzte sie sich auf und rutschte zur Seite. Sie schaute auf ihn herunter.

Immerhin war es schnell vorbei gewesen und sie hatte die Sache in die Hand nehmen dürfen. Es war nicht so furchtbar, wie sie es befürchtet hatte. Mehr als alles andere, brauchte sie jetzt eine Dusche.

Das Gesicht des Mannes hatte zum ersten Mal einen zufriedenen Ausdruck angenommen. Seine Züge waren entspannt und er ließ einen wohligen Seufzer hören. Er setzte sich nun ebenfalls auf und drehte seinen Kopf zu ihr. Wallis sah ihr direkt in die Augen.

Elysa überkam der Schock und sie krallte ihre Hände in das Bettlaken. *Nein! Nein! Nein!*

Der irre, schwarze Blick war komplett verschwunden, stattdessen leuchteten ihr hellblaue Augen aus seinem Gesicht entgegen. Ihr Herz drohte, stehen zu bleiben. Das war unmöglich!

# 19

Romy trat aus der Dusche und trocknete sich mit einem großen Handtuch ab. Endlich konnte sie sich ordentlich waschen. Dieses tagelange Gesuche im Wald und schlafen in Höhlen war nicht ihr Ding. Gott sei Dank hielt Ryan diese Pension für abgelegen genug und hatte ihnen ein Zimmer besorgt. Sie teilten sich den Raum zu dritt, da der Alpha es für sicherer hielt, wenn sie zusammen blieben.

Romy kämmte sich die Haare und föhnte sie trocken. Sie schlüpfte in eine neue Jeans und einen frischen Pulli. Sie hatte die Sachen auf dem Weg hierher in einer Boutique erstanden. Tagelang in derselben Kleidung herumzulaufen, die schon müffelte, war ebenfalls nicht ihr Ding. Für Elysa nahm sie es auf sich.

»Romy, bist du soweit? Ich will auch duschen!« Ryan klopfte an die Badezimmertür. Sie öffnete ihm und ließ ihn durch.

Tjell saß auf dem Sofa und zappte durch die Kanäle des Fernsehers. Das Telefon auf dem Schränkchen neben der Kommode klingelte und zeigte die Rezeption an.

»Hallo?«, nahm sie fragend ab.

»Ihre Pizzen sind da, Miss. Soll ich sie Ihnen nach oben bringen?«, fragte die nette Dame, bei der sie eingecheckt hatten.

»Gerne. Vielen Dank.« Romy tigerte zur Tür und wartete. Es dauerte nicht lange, bis die Menschenfrau auf dem Flur erschien und Romy drei große Schachteln in die Hand drückte.

Tjells Augen leuchteten vor Freude, als sie sich mit den Pizzen zu ihm umdrehte. In manchen Dingen waren alle Wölfe gleich, vor allem die männlichen Exemplare. Sie hielt ihm eine Schachtel hin, über die er sich sofort hermachte. Romy setzte sich auf den Sessel ihm gegenüber und begann ebenfalls, ihre Pizza zu essen. Nach wenigen Minuten des Schweigens spürte sie seinen Blick auf sich. Fragend hob sie eine Augenbraue.

»Es wäre nett von dir, wenn du heute mit mir im großen Bett schläfst. Ich finde Ryan cool, aber in einem Bett mit einem Mann zu pennen, ist nicht mein Ding.« Er hatte seine Stimme herabgesenkt, damit der Alpha sie nicht belauschte.

Das Zimmer besaß ein Einzel- und ein Doppelbett. Romy setzte eine nachdenkliche Miene auf, um ihn ein wenig zappeln zu lassen.

»Ich könnte eventuell darüber nachdenken«, entgegnete sie frech.

»Ich erlaube dir auch, dich an mich zu kuscheln!« Tjell zwinkerte ihr zu. Er war zu süß, wenn er mit ihr flirtete.

»Das würdest du tun?«, fragte sie gespielt aufgeregt und fächerte sich Luft zu.

Tjell rollte mit den Augen. »Mach dich nur lustig über mich. Hauptsache du hast deinen Spaß.« Grummelnd biss er in seine Pizza.

»Ach komm schon, du Grummelpeter. Ich opfere mich freiwillig und teile das Bett mit dir.« Grinsend nahm sie sich einen Schluck Wasser aus der Flasche, die auf dem Tisch stand.

»Was schaust du dir da eigentlich an?«, wechselte sie das Thema.

»Nichts Bestimmtes. Ich wollte nur abgelenkt sein, während du duschst. Das ruft nämlich heftige Erinnerungen in mir wach.« Sein Blick fiel auf ihren Hals, wo er sie gebissen hatte. *Jetzt will er es aber wissen!*

»Eine Nacht, die unser aller Leben verändert hat.« Romy dachte an Fata und das Baby.

Tjell seufzte. »Ich bin ein Idiot, Romy. Es tut mir leid, dass ich alles verbockt habe. Ich schwöre dir, dass ich seit unserer gemeinsamen Nacht keine andere Frau mehr angerührt habe!« Eindringlich sah er sie an.

Romy schluckte hart. Er hatte seit einem Dreivierteljahr keinen Sex mehr gehabt? Ihretwegen?

»Du bist romantischer, als ich dachte.« Bedauern lag in ihrer Stimme. Es könnte so gut zwischen ihnen sein.

»Ich weiß nicht, ob das was mit Romantik zu tun hat oder einfach mit Liebe«, gestand er ihr ernst.

Bevor Romy etwas erwidern konnte, kam Ryan ins Zimmer und ruinierte den Moment zwischen ihnen - nicht zum ersten Mal. Sie presste die Lippen aufeinander und widmete sich ihrer Pizza. *Ryan hat wohl die Pizza gerochen und deswegen aufs Föhnen verzichtet*, überlegte Romy. Seine Wuschelhaare waren tropfnass. Fröhlich stürzte er sich auf die Familienpizza.

Romy hatte seit ihrem Fast-Sex mit Tjell noch keine Gelegenheit gefunden, mit ihm darüber zu sprechen. Auch nicht über Fata und ihre Drohungen. Sie wollte es nicht vor Ryan tun. Die dauernde Anspannung, dass jeden Moment Vampire auftauchen könnten, half auch nicht gerade. Sie wollte das Gespräch nicht erzwingen, sondern den passenden Moment abwarten. Aber gab es den überhaupt? Je länger es dauerte, desto schwieriger wurde es. Tjell schien verunsichert zu sein, wie er das Höhlenerlebnis deuten sollte.

Nachdem alle schweigend ihre Pizza verdrückt hatten, verabschiedete Tjell sich zum Duschen. Romy biss sich auf die Lippe. Auch sie erinnerte sich an ihr erstes Mal. Sie hatte seitdem ein paar One-Night-Stands gehabt, um Tjell zu vergessen.

*Hat wunderbar geklappt!*, dachte sie sarkastisch. Sie träumte davon, in seine Arme zurückzukehren, aber dazu musste sie mit ihm reden. Sie drehte sich im Kreis. Innerlich fluchend erhob sie sich von ihrem Platz und suchte im Nebenzimmer nach etwas, das sie zum Schlafen anziehen konnte.

»Suchst du was Bestimmtes?«, fragte Ryan, der ihr gefolgt war und einen kritischen Blick aus dem Fenster warf.

»Nur etwas, das ich zum Schlafen anziehen kann«, antwortete sie und zog ein XL Shirt hervor.

»Wir haben ein paar Shirts gekauft, such dir was aus.« Ryan verschloss die Fensterläden. »Die Sonne geht auf. Hauen wir uns aufs Ohr. Wo möchtest du schlafen?« Der Alpha sah sie abwartend an.

»Ich schlafe mit Tjell im großen Bett.« Sie räusperte sich.

»Das ist gut. Ich weiß, meine Anwesenheit stört eure Wiedervereinigung.« Er grinste frech. Romy befürchtete, rot anzulaufen. »Ich gehe nachher eine Runde joggen, bevor wir aufbrechen.«

»Ich weiß nicht, Ryan. Unser eigentliches Problem hat sich ja nicht in Luft aufgelöst«, flüsterte sie, damit Tjell sie nicht hören konnte.

»Vielleicht tut es das, wenn du endlich nachgibst und dein Herz die Führung übernehmen lässt«, nuschelte er ihr leise ins Ohr. »Und sag ihm bei der Gelegenheit auch die Wahrheit über Fatas Auftauchen bei eurem Date. Nicht nur, weil er es wissen sollte, der Typ geht mir mit seiner Bohrerei auf den Sack!«

Romy blickte Ryan nach, der das Schlafzimmer verlassen hatte und die Fenster im Wohnraum sicherte. Sie schätzte ihn wahnsinnig. Er war so viel herzlicher als ihr vorheriger Alpha Jona aus Sao Paulo.

Sie zog sich um, schlüpfte ins Bett und kuschelte sich in die Laken. Die Vorstellung, das Tjell gleich zu ihr klettern würde, versetzte sie in helle Aufregung. Hoffentlich würde er sie an sich ziehen und so festhalten wie in der Höhle. Nie hatte sie sich von einem Mann so halten lassen und sich dabei derart sicher und geborgen gefühlt.

Im Raum nebenan hörte sie die beiden Wölfe irgendwas murmeln und dann kam Tjell herein und stieg zu ihr ins Bett. Ihre Blicke trafen sich in der Dunkelheit und sie erkannte sein Grinsen.

»An das hier könnte ich mich gewöhnen«, flüsterte er und Romy konnte sich ein Lächeln nicht verkneifen.

Er öffnete seinen Arm und bedeutete ihr, sich zu ihm zu kuscheln. Sie krabbelte zu ihm und ließ sich von ihm halten. Tjell presste ihr einen Kuss auf die Stirn und schloss seine Augen. Sie hörte, wie Ryan zu Bett ging und lauschte dem Atem der beiden Männer. Tjells Duft umwaberte sie und Romy glitt in einen ruhigen Schlaf. In seinen Armen hatte sie keine Alpträume.

»Guten Morgen, Candy Girl«, hauchte ihr Tjell ins Ohr und Romy kam langsam zu sich. »Es tut mir leid, dass ich dich wecken muss, aber Ryan ist gerade joggen. Ich muss herausfinden, wie weit du zu gehen bereit bist, nachdem wir das letzte Mal unterbrochen wurden.«

Romy öffnete die Lider und hob den Kopf, um ihn ansehen zu können. Keine Sekunde später lag sie auf dem Rücken und Tjell auf ihr. Er küsste sie leidenschaftlich. Sie wusste kaum, wie ihr geschah, sie hatte nicht einmal die Zeit, um richtig wach zu werden. Schon küsste der Mann gierig ihren Hals und hielt nur kurz inne, um sich das Shirt über den Kopf zu ziehen. Okay, jetzt war sie wach!

Ein Schauer der Erregung überkam sie und sie starrte fasziniert auf seine Brust. Mit den Händen fuhr sie die harten Muskeln entlang. Tjell verlor keine Zeit und entledigte sich seiner Boxershorts.

Romy schluckte hart, als sie ihn nackt über sich sah und konnte den Blick doch nicht abwenden.

»Gefällt dir, was du siehst?« Der junge Wolf funkelte sie verspielt an.

»Du bist heißer als jeder Kerl, den ich kenne«, gestand sie ihm. Jetzt musste er schlucken. Romy nutzte seine kurze Reglosigkeit und zog sich ebenfalls ihr Shirt über den Kopf. Nun war Tjell derjenige, der starrte. Zärtlich fuhr er mit den Händen über ihren Körper.

»Und du bist die heißeste Frau, die ich kenne.«

Sie lächelte ihm zu. *Er sagt die Wahrheit*, stellte sie glücklich fest.

Endlich hörte er auf zu quatschen und küsste seinen Weg an ihr herunter, bis er ihre Beine öffnete und seinen Mund in ihre Mitte tauchte. Romy bäumte sich unter der sinnlichen Berührung auf. Sie hatte so lange auf diese Gelegenheit gewartet und davon geträumt. Nun wurde es Wirklichkeit.

---

Tjell küsste ihre feuchte Mitte und konnte nicht genug von ihrem Duft und ihrem Geschmack bekommen. Aus Sorge, dass sie wieder unterbrochen wurden, beschloss er, das Vorspiel kurz zu halten. Er küsste seinen Weg zurück nach oben, bis er ihre Lippen fand, und rieb sich an ihr, um zu testen, wie sie reagierte. Bei Romy gab es immer die Chance, dass sie ihn von sich stieß.

Diesmal schien es anders zu sein, sie bog sich ihm entgegen und wirkte regelrecht ungeduldig.

»Darf dein Gefährte nicht ein wenig mit dir spielen?«, hauchte er ihr ins Ohr, als er seinen Schaft weiter zwischen ihren Schamlippen rieb.

»Hinterher! Spiel hinterher mit mir!«, keuchte sie atemlos.

Ein Lächeln umspielte seinen Mund. »Nimm dir, was du willst!« Er suchte herausfordernd ihren Blick. Nach all der Zurückweisung wollte er ihren Einsatz.

Romy fackelte nicht lange. Sie richtete sich auf, griff nach seinem Schwanz und ließ sich auf ihm niedersinken. Tjell stöhnte auf. Als sie ihn losließ, übernahm er den Rest und versenkte sich vollends in ihr. Romy stöhnte nun ebenfalls auf. Sie begann, ihn zu reiten und küsste dabei gierig seine Lippen. Er passte sich ihrem Rhythmus an und sie harmonierten als Einheit. Beim Sex stimmte es sofort zwischen ihnen, wie bei ihrem ersten Mal vor so vielen Monaten.

Tjell war überwältigt. Er wollte ihr mehr Lust bescheren. Er biss sich auf die Lippen und warf den Kopf in den Nacken. Er konnte kaum glauben, dass es wirklich passierte.

»Oh Gott, hör nicht auf!« Romy stöhnte und beschleunigte ihre Hüftbewegungen. Er trieb sie weiter an. Ihr Atem ging stoßweise und er zwang sich, sie nicht anzusehen, aus Angst, dass er sofort kam, wenn er sie in ihrer Lust beobachtete.

Romy keuchte lauter und schneller und schlug ihm ihre Krallen in seinen Hintern. Das war zu viel! Er bäumte sich auf und ergoss sich in sie. Während er die Wellen seines Orgasmus ritt und ihre Pranken in seinem Hintern steckten, suchte er ihren Hals und biss hinein. Nun kam auch sie und presste sich an ihn.

Dieser Sex war noch besser als ihr erster. Nach Atem ringend leckte er über ihren Hals, um die Wunde zu schließen und sah sie an. Lustbenebelt leuchteten ihre grünen Augen, er verlor sich darin. Zärtlich streichelte sie sein Gesicht, sein Herz zog sich zusammen.

»Das war unfassbar«, flüsterte sie.

»Romy, ich liebe dich. Du bist alles für mich.« Tief in seinem Inneren hatte er Angst, dass sie ihn von sich stoßen könnte, aber er musste es ihr sagen.

Seine goldenen Augen wanderten über ihr wunderschönes Gesicht und er wusste, dass sie immer seine große Liebe sein würde. Dieses Gefährtenband war unglaublich stark – wie Stahl.

»Ich wünsche mir auch, dass wir zusammen sein können«, gestand sie ihm.

Folgte nun ein aber?

»Es ist nur so schwer für mich. Es gibt so viele Dinge, die du nicht über mich weißt.« Sie schloss die Augen und presste die Lippen zusammen.

Er beugte sich über sie und küsste ihr Gesicht.

»Du kannst mir alles sagen. Ich bleibe an deiner Seite, wo ich hingehöre. Gemeinsam können wir alles schaffen«, hauchte er ihr liebevoll ins Ohr und suchte ihre Lippen. Er konnte nur beten, dass sie ihm glaubte.

Romy erwiderte seinen Kuss gierig.

Er hatte nun die Wahl zwischen einer zweiten Runde und den Dingen, über die sie reden sollten. Obwohl sein Schwanz anderer Meinung war, zwang er sich, den Kuss abzubrechen und sich nicht diesem Wahnsinnssex zwischen ihnen hinzugeben. Stattdessen legte er sich neben sie, hob seinen Kopf und stützte ihn mit einer Hand, damit er sie ansehen konnte.

»Du willst keine Fortsetzung?« Romy hob überrascht die Augenbrauen.

»Doch, aber eine leise Stimme hat mir zugeflüstert, dass du bereit bist, dich mir anzuvertrauen. Das will ich mehr als alles andere. Ich wünsche mir dein Vertrauen.« Zärtlich streichelte er ihre Wange und sah, wie ihre Augen sich mit Tränen füllten. Sie wischte sofort mit den Händen darüber.

»Erinnerst du dich an unser Date in der Eishalle und wie du zwischenzeitlich etwas zu trinken besorgen wolltest?«

Wie könnte er das jemals vergessen? Sie war von einem Moment auf den anderen wie ausgewechselt gewesen. »Was ist in diesen fünf Minuten passiert, in denen ich weg war?«, fragte er neugierig.

»Fata hat mir aufgelauert.« Schmerzerfüllt sah sie ihn an und Tjell setzte sich aufrecht hin. Eine böse Vorahnung breitete sich in ihm aus.

»Was auch immer sie behauptet hat, wir sind nicht zusammen! Waren wir nie! Und ich stehe auch nicht auf diese Frau!« Romy musste ihm glauben.

»Ich weiß, darum ging es nicht.« Romy hatte sich auch aufgerichtet.

Atemlos wartete er, dass sie ihm endlich erzählte, was passiert war.

»Fata hat mir gedroht, Tjell. Sie hat mir deutlich zu verstehen gegeben, dass sie Elysa an Morgan ausliefern würde, wenn ich mich zwischen euch dränge.«

Tjell überkam eine unbändige Wut, die er mit allen Mitteln zügeln musste. Er zwang sich, Romy weiter zuzuhören, obwohl er ausrasten wollte und diese miese Intrigantin am liebsten eigenhändig erwürgt hätte!

»Ich habe ihr gesagt, dass Morgan an Elysa nicht herankommen kann, weil sie immer gut bewacht ist, aber sie hat nur gelacht und mir Orte und Situationen aufgezeigt, wo er Zugriff auf Elysa hätte.«

»Deswegen wolltest du gleich nach Elysa sehen!«, knurrte Tjell zwischen zusammengepressten Zähnen hindurch.

Sie nickte.

»Schatz, Elysas Leben ist in Gefahr seit Morgan erfahren hat, dass sie Týrs Seelengefährtin ist. Dafür kannst du nichts. Wie sollte Fata überhaupt an den Vampir herankommen, ohne das Risiko einzugehen, dass er ihr etwas tut? Sie wollte dir bestimmt nur Angst einjagen, damit du auf sie hörst«, tröstete er sie.

Romy schüttelte vehement den Kopf. »Das ist noch nicht alles.«

Was könnte diese Irre noch getan haben?

»Sie hat mir gedroht, mich umzubringen.« Resigniert blickte Romy ihn an. Jetzt war es mit seiner Selbstbeherrschung vorbei. Wütend sprang er vom Bett und tobte lautstark vor sich hin.

»Wie kann sie es wagen! Diese verfluchte Schlampe!«, fauchte er aufgebracht. »Wenn wir Elysa gefunden haben, erwürge ich diese falsche Schlange eigenhändig. Es ist mir scheiß egal, ob sie schwanger ist oder nicht! Niemand bedroht meine Frau!« Tjell griff nach seiner Shorts und zog sie über. Er musste auf etwas einschlagen! Wo blieb Ryan, verdammt noch mal?

»Mit Wut kommst du nicht gegen sie an.« Romy begann nun ebenfalls, sich anzuziehen.

»Ach ja? Sie wird nicht gegen mich ankommen! Das verspreche ich dir! Verlogene Bitch!«, fluchte er. Tjell sah wütend zu Romy. Sie hatte das alles mit sich selber ausgemacht. Oder war Ryan eingeweiht?

»Ryan weiß davon?«, vergewisserte er sich.

»Ich habe ihn gebeten, dich nicht mitzunehmen, damit ich Abstand zu dir halten kann und nicht das passiert.« Romy zeigte in Richtung der zerwühlten Laken. Tjell sog den Sexgeruch, der in der Luft lag, ein.

»Du darfst nicht auf ihre Drohung eingehen und dir dein Leben diktieren lassen! Du hast ein Recht auf Glück, und wenn du mich willst, wirst du mich haben. Denn ich will das, was eben zwischen uns passiert ist. Ich will mit dir zusammen sein!« Schnell durchquerte er den Raum und zog sie fest in seine Arme. »Versprich mir, dass du dich gegen sie wehren wirst!« Er küsste ihre Stirn.

»So einfach ist das nicht.«

Kopfschüttelnd fluchte er vor sich hin, ohne sie freizugeben. »Wieso macht sie dir solche Angst? Was ist zwischen euch vorgefallen?«, wollte er wissen und packte Romy an den Schultern.

Romy kaute nervös auf ihrer Lippe herum. Wütend und verzweifelt zugleich knirschte er mit den Zähnen. Er zwang sich, sich zu beruhigen. »Bitte rede mit mir, Candy Girl.«

»Ich habe keine eindeutigen Beweise, aber ich weiß, dass es so ist«, stotterte sie aufgeregt.

Er wartete angespannt auf die Bombe, die sie platzen lassen würde.

»Fata war immer eifersüchtig auf jeden, der ihr die Liebe unseres Vaters streitig machen wollte. Sie hasste meine Mutter und mich. Mein Vater liebte uns, aber es war ihm nicht möglich, Fata in ihre Schranken zu weisen. Meine Kindheit war gefüllt mit Streit, Abwertungen und Intrigen. Eines Tages belauschte ich, wie mein Vater und Fata über meine Mutter redeten. Sie wäre drogenabhängig gewesen und auf der Suche nach ihrem nächsten Rausch gestorben. Als ich älter wurde, begann ich, Nachforschungen anzustellen. Ich habe die Drogenszene Sao Paulos durchkämmt.« Romy schüttelte traurig den Kopf.

»Alleine? Das war viel zu gefährlich! Scheiße, Romy!« Tjell raufte sich die Haare und lief auf und ab.

»Ich wollte nicht, dass jemand mitkriegt, wonach ich suche. Jedenfalls hat es über drei Jahre gedauert, bis ich den richtigen Dealer an der Hand hatte, der sich an den Tod meiner Mutter erinnern konnte. Eine Kugel hatte sie direkt ins Herz getroffen. Sie war zugedröhnt, als sie starb, aber seltsamerweise hatte sie sich nie Drogen besorgt. Vielleicht war sie kein Junkie, sondern ein Opfer und jemand hat ihr welche verabreicht.« Romy starrte ihn angespannt an.

Tjell setzte sich aufs Bett und musterte sie eindringlich. Unglücklich ahnte er es. »Fata hat damit zu tun?«

»Fata hat zu dieser Zeit regelmäßig Kokain gekauft. Ich glaube, dass sie meiner Mutter dieses Zeug verabreicht hat, um sie entweder selbst zu beseitigen oder den Mord in Auftrag zu geben.«

Tjell riss die Augen auf. »Scheiße!«, fluchte er.

»Sie ist gefährlich, und wenn sie sich in den Kopf setzt, mich umzubringen, wird sie einen Weg dafür finden.«

»Ich werde das nicht zulassen! Keinen weiteren Tag werde ich auf dich verzichten.« Er kam zu ihr und schloss sie in die Arme.

Romy löste sich von ihm. »Sie bekommt dein Kind, Tjell. Elysa hat mir erzählt, wie sie dich hintergangen hat, aber es führt doch zum selben Ergebnis: Du bist an sie gebunden und an dein Kind.«

Da war die Mauer wieder. Tjell weigerte sich, Romy loszulassen.

»Ich will nichts mit ihr zu tun haben und werde mich mit diesem Kind nicht erpressen lassen«, antwortete er schlicht.

»Dann wird sie dir den Kontakt verbieten oder dir anderweitig drohen.« Romys Stimme klang schrill.

Zur Hölle mit Fata!

»Soll sie doch. Es ist mir egal!« Er hatte sich entschieden. Gab es noch ein paar Zweifel, die er wegen seiner Verantwortung seines Kindes gegenüber verspürt hatte, waren diese nun verschwunden. Er würde sich dieser Frau entgegenstellen, und wenn es das Letzte war, was er tat.

»Du willst meinetwegen auf dein Kind verzichten?« Romy schüttelte traurig den Kopf.

»Nein, Romy, nicht deinetwegen. Meinetwegen! Weil ich dich liebe und mit dir zusammen sein will. Ich weiß nicht, was die Zukunft bringt, aber gemeinsam können wir dafür sorgen, dass sie Gutes für uns bereithält.« Tjell würde Fata in ihre Schranken weisen und sich nicht erpressen lassen.

»Würdest du Fata und das Kind auch ablehnen, wenn ich mich weigere, mit dir zusammen zu sein?« Stirnrunzelnd beobachtete Romy sein Gesicht.

»Natürlich. Fata und ich werden nie eine Familie sein.« Er beobachtete ihre ungläubige Reaktion.

»Aber Wölfe lassen ihre Kinder nicht im Stich.«

»Wieso glaubst du das? Hat dein Vater dich nicht auch im Stich gelassen? Wie konnte er dabei zusehen, dass Fata dir das Leben zur Hölle macht? Es gibt unter Wölfen genauso gute und schlechte Väter wie bei den Menschen und den Vampiren.«

Romy blieb ihm eine Antwort schuldig, da sie in diesem Moment einen Schrei, gefolgt von einem lautem Wolfsheulen, hörten.

»Ryan!« Tjell stürmte zu seinen Klamotten und zog sich in Windeseile die Lederkluft über. Romy tat es ihm gleich.

»Egal, was du sagst, ich komme mit!« Während des Anziehens funkelte sie ihn streitlustig an.

»Du nimmst die Pistolen!« Er drückte ihr zwei Knarren in die Hand, wovon sie eine ins Holster schob. Schwer bewaffnet stürmte Tjell aus der Pension, Romy lief dicht hinter ihm.

Sie folgten dem Blutgeruch in Richtung des Waldes. Nicht weit entfernt entdeckte Tjell seinen Alpha in Wolfsgestalt gegen drei Vampire kämpfen.

Sofort zog Tjell zwei Messer und pfiff laut, um den Vampiren seine Ankunft anzukündigen. Einer drehte sich nach ihm um und stürmte auf ihn zu. Ein erbitterter Kampf begann und Tjell dankte innerlich Týrs Vampiren, die ihn beim Training auf diese Situation vorbereitet hatten.

Ryan kämpfte immer noch gegen zwei Vampire gleichzeitig und Romy stand am Baum. Sie inspizierte die Gegend um sie herum. Tjell war dankbar, dass sie sich nicht blindlings einmischte, sondern abwartete.

»Hey!«, rief seine Gefährtin auf einmal. »Warum kümmert sich keiner um die Lady?«

Tjell fluchte und versuchte, den Vampir vor sich auf die Knie zu zwingen. Aus dem Augenwinkel bekam er mit, wie sich einer der Vampire von Ryan löste. Er drehte sich zu Romy um und rannte auf sie zu. Blitzschnell zog sie die

Pistole hinter ihrem Rücken hervor und feuerte einen Schuss nach dem anderen auf den Blutsauger ab.

Ryan riss seinem Gegner in dem Moment den Kopf ab und auch Tjell hieb seinem Gegenüber das Messer ins Herz. Besorgt drehte er sich zu Romy um, die über dem Vampir stand, der auf dem Boden lag und blutete. Sie hielt die Knarre auf sein Herz gerichtet und zog das Bild von Wallis hervor.

»Kennst du diesen Vampir?«, fragte sie.

Tjell klappte die Kinnlade herunter. Das hatte er seiner kleinen Tänzerin nicht zugetraut! Anscheinend steckte mehr in ihr, als sie alle ahnten!

Ryan baute sich neben ihr auf, seine Machtaura umwirbelte ihn, sodass der Vampir auf dem Boden zuckte. Der Blutsauger keuchte schmerzerfüllt auf.

»Ich kenne ihn nicht.«

Es stimmte. Frustriert fuhr Tjell sich durch die Haare. Wie lange mussten sie noch suchen, bis sie endlich einen Hinweis fanden?

Ryan nahm Romy die Waffe aus der Hand und schoss dem Vampir eine Kugel ins Herz. Der würde niemandem etwas über ihre Anwesenheit in Wales verraten.

# 20

Elysa stand an dem Fenster in ihrem Zimmer und starrte nach draußen. Sechsmal hatte sie bisher mit Wallis geschlafen und so langsam wurde ihr der Mann und sein Körper vertraut. Er war um die 1,90m groß und muskulös. Interessanterweise zogen sich feine Narben über seinen Körper, die auf den ersten Blick nicht erkennbar waren, aber Elysa war sich sicher, dass der Vampir erbitterte Kämpfe gefochten haben musste. Normalerweise blieben keine Beweise zurück, wenn der Körper eines Vampires oder Wolfes verletzt wurde. Ein Blick auf ihren Bauch bekräftigte ihre bisherige Ansicht. Ihr Körper zeigte keine Spuren ihres Fast-Todes.

Aber wo hatte er gekämpft? In Europa? Wenn die amerikanischen Vampire ihn nicht kannten, blieben nicht viele Orte übrig. Welche Verbindung hatte er nach Amerika? Wieso hatte er sich Morgan angeschlossen, wenn er ihm bei der ersten Gelegenheit in den Rücken fiel? Warum behielt er das Druckmittel, das Morgan unbedingt gegen den Prinzen einsetzen wollte?

Sie traute sich nicht, Wallis ihre Fragen zu stellen, denn obwohl er sie den Umständen entsprechend gut behandelte, war er gefährlich und verdammt leicht reizbar. Er würde ihr seine Geheimnisse bestimmt nicht freiwillig anvertrauen. Sie wollte lieber nicht herausfinden, wie er reagierte, wenn er bemerkte, dass sie mehr über ihn wusste, als ihm lieb war.

Was hieß *wusste…* Sie wusste nichts, aber sie ahnte schlimme Dinge. Allein bei ihren Vermutungen stieg ihr die Galle hoch. Wallis war nicht oft entspannt, nein, meistens stand er unter Strom, aber wenn er locker ließ - und das war bisher nach jedem Sex der Fall gewesen -, nahmen seine Augen ihre ursprüngliche Farbe an: hellblau. Ein Schauer lief ihr den Rücken herunter. War dem Mann klar, dass sie seine richtige Augenfarbe kannte?

Elysa spürte, wie er hinter ihr den Raum betrat. Er war also wieder in Stimmung. Sie konnte froh sein, dass er nur einmal in der Nacht zu ihr kam und sie sonst nicht bedrängte. Aber er wollte sie täglich.

*Bring es hinter dich, Elysa.* Innerlich seufzend drehte sie sich zu ihm und erwiderte seinen Blick. Wallis Augen waren schwarz und sein typischer Wahnsinn leuchtete darin. Nicht einmal hatte sie ihren Blick vor ihm gesenkt. Von Mal zu Mal fiel ihr der Sex sogar leichter, so als ob sie sich daran gewöhnte.

*Das ist krank!*, tadelte sie sich.

Nun stand er direkt vor ihr und zog sie an seine Lippen. Sie schmeckte Zitrus und spürte, wie sein Körper unter der Berührung bebte. Seine Arme schlangen sich um sie und er küsste sie gierig und leidenschaftlich.

Elysa fuhr mit ihrer Hand unter seinen Hosenbund, wie sie es immer tat, damit er schneller bereit für sie war und die Nummer sich nicht in die Länge zog. Bisher hatte diese Taktik gut für sie funktioniert, da er sich kaum beherrschen konnte und nicht die längste Ausdauer hatte.

Er küsste ihren Hals, an dem seine Markierung deutlich zu sehen war. Sie hasste es, aber was sollte sie machen? Die Männer beider Rassen wollten eine Frau besitzen und es allen zeigen.

»Du bist so schön, Elysa.« Der Vampir war mittlerweile an ihren Brüsten angekommen und stöhnte, während Elysa ihm die Hose runterzog und ihn mit der Hand bearbeitete. Seine Bekundungen während des Sex ließen sie kalt, aber er schien darauf abzufahren.

Wallis hob sie auf die Fensterbank, sodass sie vor ihm saß und schob ihren Rock nach oben. Mit einem Ruck zerriss er ihr Höschen und wollte sich in Position bringen, um in sie einzudringen. Elysa drängte ihn von sich.

»Das Kondom!«, verlangte sie streng.

In dem Blick des Vampires lag etwas, das ihr nicht gefiel.

»Heute nicht«, knurrte er und drückte sich an sie.

Panik machte sich in Elysa breit. Er wollte ihren Deal brechen. Sie begann, zu strampeln und um sich zu schlagen.

»Du kommst nicht gegen mich an. Ich will dich endlich ganz!« Wallis fluchte und packte ihre Handgelenke, damit sie nicht mehr nach ihm schlagen konnte. Er war stark. Alles in ihr bäumte sich gegen ihn auf und sie trat immer noch wild um sich, während sie versuchte, seine Lendengegend zu treffen.

Wallis zog sie an den Handgelenken in Richtung Bett. Elysa wusste, wenn er sie im Bett hatte, könnte sie jegliche Gegenwehr vergessen. Sie schrie so hysterisch sie konnte.

Fluchend warf er sie aufs Bett und baute sich über ihr auf.

»Ich hasse dich! Du bist ein Mann ohne Ehre! Du hast es mir versprochen!« Sie schrie verzweifelt und tobte, auch ihre Wölfin fletschte die Zähne. In ihrer Panik und Wut spürte sie, wie ihre Augen sich dunkel färbten.

Wallis fixierte ihre Augen und für einen kurzen Moment bemerkte sie, wie er sich verkrampfte. Dann verschleierten Tränen ihre Sicht.

»Na los, brich mich du Scheißkerl! Fick eine tote Hülle!«, kreischte sie so laut sie konnte und spuckte ihm ins Gesicht.

Er rückte von ihr ab und stürmte aus dem Zimmer, ohne sich noch einmal umzudrehen. Immer noch schwer atmend richtete sie sich auf und rieb sich die Augen. Sie starrte ihm nach und wagte nicht, sich zu bewegen. Was machte er? Kam er zurück?

Schluchzend ließ sie sich ins Bett sinken und krümmte sich wie ein Baby zusammen. Sie hatte wirklich versucht, stark zu sein und Macht über ihn zu gewinnen, vielleicht sogar sein Herz zu finden. Aber er hatte keines! Und sie war verrückt zu glauben, dass sie die Oberhand gewinnen könnte. Wallis war komplett irre! Sie wiegte sich hin und her, bis ihre Schluchzer nachließen. Nie war Elysa alleine gewesen. Ein Wolfsrudel war immer zusammen. Zum ersten Mal war sie wirklich auf sich gestellt.

Irgendwann - sie hatte das Zeitgefühl verloren - stand sie benommen vom Bett auf und lief mit zitternden Beinen ins Bad, um sich das Gesicht zu waschen. Sie rutschte an der Wand hinunter und kauerte sich auf den Boden. Sie hörte, wie Wallis im Nebenzimmer auftauchte und schloss die Augen.

Würde er es jetzt zu Ende bringen? Sie lauschte seinen Schritten und atmete dankbar aus, als er sich wieder entfernte. Gedankenverloren saß sie da und rührte sich nicht. Es hatte begonnen. Sie würde nicht mehr versuchen, ihn dazu zu bringen, sie zu mögen. Sie würde das Essen verweigern und sich wie eine Puppe von ihm nehmen lassen.

Sie driftete in einen unruhigen Schlaf. Immer wieder wachte sie auf und starrte vor sich hin auf den gefliesten Boden. Die Sonne war mittlerweile untergegangen.

»Elysa?« Wallis stand in der Tür und sah auf sie herab. Sie ignorierte ihn und bewegte sich nicht vom Fleck.

»Ich habe dir gestern Essen gebracht, du hast nichts angerührt«, versuchte er, eine Unterhaltung in Gang zu bringen.

Sie schwieg.

Wortlos verschwand er aus der Tür und aus ihrem Zimmer.

Nach ein paar Stunden überkam sie der große Hunger und Elysa musste sich eingestehen, wie schwer so ein Essstreik war. Normalerweise bekam sie ihren Willen, wenn sie streikte. Egal ob sie nicht aß, sich ans Bett kettete oder Týr den Sex verweigerte, am Ende hatte sie immer das bekommen, wonach sie strebte. Diesmal war sie nicht das geliebte Nesthäckchen oder die verwöhnte Nichte oder die geliebte Seelengefährtin. Sie war ein Nichts für diesen Mann.

*Was ist los mit dir?* Ihre Wölfin fletschte streitlustig die Zähne. *Wir beide sind nicht depressiv, wir sind wild und frei, eins mit der Welt! Wir sind ein junges Herz, ungezügelt und verwegen!*

Elysa stiegen bei dem Appell ihrer Wölfin die Tränen in die Augen. Bilder stiegen in ihr auf, wie sie als Wölfin über weite Felder und Wälder lief. Die grenzenlose Freiheit, in der sie gelebt hatte.

*Diese Freiheit ist in unsrem Herzen! Ein neues Leben können wir jeden Tag beginnen!* Ihre Wölfin lauerte in Angriffsposition und Elysa konnte nicht anders, als zu lächeln. Sie war nicht allein. Ihre Wölfin war immer bei ihr und gab ihr neue Kraft.

Es verging eine weitere Stunde, in der sie auf dem Boden saß. Alles in ihr schrie nach Bewegung. Wenn sie doch nur laufen oder tanzen könnte.

Wallis kam wieder in ihr Zimmer und steckte den Kopf zur Tür herein. Angespannt trat er ein und ging vor ihr in die Hocke.

»Wenn ich mich in Zukunft an unseren Deal halte, bist du dann wieder wie vorher?«

War er etwa nervös? Elysa suchte seinen Blick. »Ich will einen erweiterten Deal.« Ihre Stimme klang fester, als sie erwartet hätte.

»Was ist dein Vorschlag?« Abwartend starrte er sie mit seinen schwarzen Augen an.

»Ich will die Fußfesseln los werden. Und ich will tanzen. Ich brauche Bewegung, um nicht durchzudrehen.«

Er presste die Lippen aufeinander und es ratterte offensichtlich in seinem Kopf. »Nur, wenn ich dabei bin. Während des Schlafens oder wenn ich Besorgungen für uns mache, bleibst du im Zimmer angekettet.«

»Einverstanden.«

Wallis atmete in offensichtlicher Erleichterung aus.

Elysa musterte ihn nachdenklich. Sie hatte sich tatsächlich getäuscht: Sie bedeutete ihm etwas und das ging über die rein körperliche Anziehung hinaus.

Wallis erhob sich und hielt ihr die Hand hin. Elysa ergriff sie widerwillig und ließ sich von ihm hochziehen. Ihre Beine zitterten, zu lange hatte sie sie nicht bewegt. Der Vampir stützte sie und half ihr dabei, sich auf das Bett zu setzen. Dort lagen ein Teller mit Pizza, Lasagne und haufenweise Süßigkeiten. Elysa musste über seinen hilflosen Versuch, ihren Streik zu beenden, lächeln.

Elysa wies auf ihre Füße, damit er sie von den Fesseln befreite. Seufzend griff er in seine Hosentasche und zog den Schlüssel hervor. Endlich frei von diesen Dingern fuhr sie sich über die Fußgelenke. Sie hatten nicht eingeschnitten, trotzdem fühlte sich das viel besser an.

Viel glücklicher als noch vor einer Stunde griff sie nach der Pizza, die zwar kalt war, aber das machte nichts. Sie biss hinein und kaute zufrieden darauf herum.

Der Vampir beobachtete sie, so als wäre sie von einem anderen Planeten.

Instinktiv hielt sie ihm ihr Stück Pizza vor den Mund.

»Ich teile großzügig mit dir!« Auffordernd drückte sie das leckere Essen an seine Lippen.

Er biss tatsächlich ab.

Ermutigt von seiner vorsichtigen Annäherung trennte sie noch ein Stück ab und gab es ihm. »Zu zweit essen macht viel mehr Spaß.« Sie schmatzte und griff nach der Schorle, die auf dem Nachtschränkchen stand.

Wieder ließ Wallis ungläubig seinen Blick über sie schweifen.

»Gibt es hier ein Wohnzimmer oder einen anderen Ort, wo ich Platz zum Tanzen habe?«, fragte sie ihn.

»Ich räume dir was frei.«

Er war immer noch nicht sonderlich gesprächig.

Nach der halben Pizza stoppte sie, um nicht mit vollem Bauch zu tanzen.

»Okay, dann los!« Sie erhob sich von ihrem Platz und marschierte zu ihrem Kleiderschrank, der zwar nicht annähernd so voll war, wie ihr eigener, aber er hatte die wichtigsten Bestellungen für sie aufgegeben. Sie zog eine Leggins und ein Sport-Top heraus und lief ins Bad, damit er sich nicht eingeladen fühlte, vorzeitig über sie herzufallen.

In Trainingskleidung kam sie zurück und bedeutete ihm, vorauszugehen. Wallis führte sie durch das Haus und sie blickte sich interessiert um. Es war schnuckelig klein. Im Erdgeschoss befand sich das Wohnzimmer mit einem offenen Essbereich.

»Wie viel Platz brauchst du?« Wallis schien noch etwas überfordert mit der Situation zu sein.

»So viel wie möglich!« Sie begann, Sofa und Sessel zu verrücken und beobachtete Wallis dabei, wie er die Stühle so gut es ging stapelte. »Ich brauche den Laptop, um Musik abzuspielen«, informierte sie ihn und startete mit ersten Dehnungen, während er das Gerät hochfuhr und ein Passwort eintippte, das Elysa nicht kannte. Bald darauf suchte sie nach ihrem Lieblingssong *Stimme* von EFF bei Youtube. Wallis ließ sie keine Sekunde aus den Augen. Damit hatte sie auch nicht gerechnet. In diesem Moment dachte sie aber nicht an Flucht, sondern daran, so gut es eben ging weiterzumachen.

Laut dröhnte die Musik durch den Raum und Elysas Herz schlug heftig in ihrer Brust. Endlich wieder tanzen.

Elysa lief es bei den ersten Zeilen kalt den Rücken herunter und sie schloss die Augen. Sie suchte ihre Wölfin, die sich ihr zu gerne beim Tanzen zeigte und sie antrieb. Elysa setzte sich in Bewegung. Es kam einfach aus ihr heraus.

Das Lied sprach davon, dass das Leben eine Reise ist, dass man Prüfungen bestehen muss und alles schaffen kann, wenn man auf die innere Stimme hört, auf das eigene Bauchgefühl. Elysa bewegte sich nun, wie sie es aus dem heißgeliebten Musikvideo kannte. Sie kombinierte Schritte und Sprünge. Ihre Hüfte kreiste schneller und schneller, bis sie schließlich in die Luft sprang und einen Rückwärtssalto machte. Sie steppte gekreuzt zur Seite, nahm die Arme mit, schwang ihren Kopf um ihre Achse und zog ihren Körper nach.

Am Rande nahm sie Wallis wahr, der steif an der Wand gelehnt stand und sie fixierte.

Elysa rutschte in den seitlichen Spagat. Sie brauchte die Erdung am Boden, um ihren Bauch besser spüren zu können. Sie legte den Oberkörper ab und atmete tief ein und aus. Das Finale wartete auf sie. Sie schob sich zurück, bis sie nach oben springen konnte und schließlich eine Pirouette nach der anderen drehte. Schließlich kam sie lächelnd zum Stehen, als der Song endete.

*Das ist besser als jede Therapie!* Elysa wollte gleich den nächsten Song eingeben, aber Wallis packte ihr Handgelenk und hielt sie fest.

»Du bist verdammt gut.«

Elysa entzog ihm ihren Arm, zu sehr brauchte sie mehr von dem Hochgefühl, das sie in den letzten Minuten hatte ausleben dürfen.

»Ich bin noch lange nicht fertig mit meinem Training!« Sie widmete sich dem nächsten Song.

Eine Stunde später griff sie entspannt nach der Wasserflasche auf dem Tisch und nahm mehrere Züge. Wallis verfolgte noch immer jede ihrer Bewegungen. Sie stellte die Flasche ab und tigerte auf ihn zu.

»Was ist mit dir? Kannst du tanzen?« Sie war zwar eine Gefangene und unzufrieden mit ihrer Situation, aber das Adrenalin pumpte durch ihre Adern, genauso wie die Endorphine, die das Tanzen in ihr ausgelöst hatte.

»Ich habe es nie probiert.«

Lag da Bedauern in seinem Blick? Elysa folgte ihrem Bauch und griff nach der Hand des Vampires. Sie zog ihn in die Mitte des Raumes. »Ich zeige es dir.« Sie lächelte freundlich und hoffte, dass er auf ihr Angebot einging. Er sollte sie mögen und sich öffnen. Als er keine Anstalten machte, sich ihr zu entziehen oder rumzumaulen, schöpfte sie Mut. »Bleib hier stehen.«

Sie ging zum Laptop und suchte nach *Criminal* von Britney Spears. Der Song fühlte sich passend an, nicht zu schnell für den Anfang, kein klassischer Lovesong, aber ein Text, der viel Wahrheit über diesen Vampir enthielt. Entweder die Musik machte ihn aggressiv oder sie traf ihn irgendwo in seinem Inneren.

Sie drehte sich zu ihm um und sah, wie er bei der Musik die Augen zu Schlitzen verengte. Das Lied handelte von einem Lügner und Verbrecher, in dem nichts Gutes steckte. Anscheinend fühlte er sich angesprochen. Elysa stellte sich vor ihn und legte seine rechte Hand auf ihren Rücken. Seine linke Hand nahm sie in ihre und hielt sie nach oben.

»Versuch, dich langsam zur Musik hin und her zu bewegen. Noch keine Schritte, nur im Takt hin und her schwingen«, flüsterte sie und lächelte motivierend.

Er tat, was sie sagte, und bewegte sich nach rechts und links, nicht ohne den Blick von ihr abzuwenden.

In dem Lied hieß es weiter, dass sie sich auf den Badboy mit dem verdorbenen Herzen nicht einlassen sollte. Wallis presste die Lippen aufeinander und Elysa versuchte, sich ihre Überraschung nicht anmerken zu lassen. *Es berührt ihn!* Sie war auf dem Weg, sein Herz zu finden.

Sie tanzten mittlerweile zu dem Song in Dauerschleife, nachdem Wallis ihn runtergeladen hatte. Er schien nicht genug zu bekommen. Elysa führte ihn kleinere Schritte nach rechts und links und drehte sich langsam mit ihm im Kreis. Es gefiel ihr, auch die Nähe zu ihm machte ihr nichts aus. Diesem Moment wohnte ein Zauber inne, als gäbe es einen Neuanfang zwischen ihnen. Nach ihrer Panikattacke spürte sie nun, dass Wallis ihre Grenze akzeptieren würde.

»Wenn du möchtest, können wir täglich üben. Du wirst dich schnell steigern, du hast ein besseres Körpergefühl, als ich erwartet habe«, lobte sie ihn und meinte es ehrlich.

»Was ist mit deinem Teil der Abmachung?«, fragte er angespannt. Als Antwort griff sie in seinen Nacken und zog ihn zu sich. Überrascht erwiderte er den Kuss und schlang beide Arme um sie. Er presste sie kurz darauf gegen die Wand und grub in seiner Gesäßtasche nach einem Kondom. Elysa nahm es ihm aus der Hand und kümmerte sich um den Rest. Der Sex war schnell und wild. Nach Atem ringend ließ er von ihr ab.

Nach einer ausgiebigen Dusche legte sie sich ins Bett und schloss die Augen. Ihre Füße waren wieder angekettet, wenigstens war diese stupide Gefangenschaft endlich vorüber. Sie durfte sich im Haus bewegen. Außerdem war er bereit, mit ihr zu tanzen und sie wusste, wie sehr Seele und Tanz zusammengehörten. Hoffentlich war sie dem gewachsen, was auf sie zukommen würde, wenn der Vampir sich öffnen sollte! Er musste eine schlimme Vergangenheit haben, das spürte sie.

Am nächsten Abend war sie voller Tatendrang.

»Wir brauchen passende Kleidung für dich. In dieser Lederkluft kannst du dich nicht bewegen!«, begrüßte sie ihn, als er zur Tür hereinkam.

Misstrauisch sah er sie an. »Ich fühle mich in meinen Klamotten wohl«, brummte er, während er ihre Fesseln löste.

»Du brauchst Leggins!« Streng hob sie den Zeigefinger vor sein Gesicht.

Der Mann verengte seine Augen zu Schlitzen und grollte. »Treib es nicht zu weit, Frau!«, schimpfte er. Er wies sie an, ihm nach unten zu folgen, wo schon der Tisch mit Brötchen und Aufstrich gedeckt war.

»Wow, in dir steckt ja der perfekte Hausmann!«, triezte sie ihn.

»Ich bin Krieger!«

»Ein grummeliger, humorloser Krieger.« Sie zwinkerte ihm frech zu und griff nach der Butter. »Haben deine Mundwinkel etwa gerade gezuckt?« Elysa starrte ihn fassungslos an, hob ihre Augenbrauen und begann, herzhaft zu lachen, als er noch grimmiger dreinschaute.

»Du spielst mit dem Feuer«, fauchte er.

Es war ihr egal. Sie hatte es gesehen! »Ich amüsiere dich.« Zufrieden strich sie Honig auf ihr Brötchen und biss genüsslich hinein.

Zähneknirschend schmierte Wallis sein eigenes Brötchen.

»Sind alle Frauen so?«, fragte er.

»Wie?« Sie grinste.

»Na ja, so wie du eben.« Streng sah er sie an.

»Wie bin ich denn?«

»Du bist vorlaut, frech und dabei verdammt heiß!«, schnauzte er.

»Ach so, das meinst du.« Sie winkte beiläufig ab und registrierte, wie er die Lippen aufeinanderpresste. »So sind nicht alle Frauen. Ich vermute, die Mehrzahl des weiblichen Geschlechts würde sich vor Angst in die Hose machen. Du kannst also froh sein, dass ich so nett zu dir bin!«

Einen Moment schwiegen sie beide.

»Warum hast du diese auffällige Tätowierung im Gesicht? Was sollen diese Schnörkel aussagen?« Neugierig sah sie ihn an.

»Das ist meine Angelegenheit. Hör auf mich auszuquetschen«, wies er sie ab.

Beleidigt schwieg sie und aß ihr Brötchen.

»Gefallen dir keine Tattoos?« Stirnrunzelnd musterte er sie.

»Schon, im Gesicht sind sie nur gewöhnungsbedürftig. Das macht dich zu einem richtigen Bad Boy.«

»Und du stehst eher auf Prinzen, als auf Bad Boys?«

Elysa fluchte innerlich. Sie wollte nicht an Týr denken und auch nicht über ihn reden. Das würde ihr wehtun. Die Lage war schwer genug. »Ich stehe weder auf das eine noch auf das andere. Ich wollte meinen Spaß und deswegen war das mit mir und dem Prinzen auch nicht so richtig fest.« Elysa versuchte, so nah wie möglich an der Wahrheit zu bleiben und ihre Beziehung zu Týr herunterzuspielen. Ihre tiefen Gefühle für ihren Donnergott rieb sie Wallis besser nicht unter die Nase.

Wallis begann, den Tisch abzuräumen und Elysa half ihm dabei. Danach fuhr der Vampir den Laptop hoch und forderte sie zum Tanz auf. Lächelnd ergriff sie seine Hand. Schon bald war sie im Training mit ihm vertieft und genoss den Eifer, den er an den Tag legte.

»Einen Ausfallschritt. So!« Sie zeigte ihm die Schrittkombination noch einmal. Wallis tat es ihr nach und Elysa kämpfte gegen das Lachen, weil es zu komisch aussah. Sie presste die Lippen aufeinander.

»Wage es nicht, mich auszulachen, Elysa!« Er knirschte angefressen mit den Zähnen.

»Du brauchst bequemere Kleidung.« Verzweifelt hob sie die Arme in die Luft.

»Das ist ein guter Schutz in einem Kampf!«

»Wir sind hier aber nicht bei einem Kampf, sondern beim Tanzen.« Sie stieß ihm ihren Zeigefinger gegen die Brust, um ihre Ansicht zu untermauern.

Fluchend holte er den Laptop und setzte sich auf die Couch. »Komm her, du Nervensäge.«

Elysa nahm neben ihm Platz und zog ihm das Gerät aus der Hand. Schnell fand sie die richtigen Internetseiten. »Schau! So was!« Sie wies auf eine schwarze Sporthose, die elastisch genug für ihre Trainingszwecke war.

Wallis entglitten die Gesichtszüge. »Vergiss es, der Kerl sieht aus wie eine Witzfigur!«

Sie zeigte ihm ein anderes Bild.

»Auf keinen Fall! Das tragen Frauen!« Wallis schüttelte hartnäckig den Kopf.

»Du könntest ruhig kooperativer sein«, schimpfte Elysa. »Ich bestelle ein paar Sachen und wenn du sie anprobiert hast, kannst du immer noch ablehnen.« Sie suchte einige Hosen aus, die sie richtig cool fand und legte sie im Warenkorb ab. Männer in Tanzkleidung waren extrem heiß! Sie fuhr darauf ab! Und sie mochte es auch, wenn ein Typ tanzen konnte.

Unauffällig musterte sie Wallis. Er hatte sie tatsächlich mit dieser Seite überrascht. Er hatte Talent und war obendrein ehrgeizig! Und zugegeben, sein Körper war top.

»Was?«, fragte er, ohne sie anzusehen. Ihre Musterung war dem Mann nicht entgangen.

»Du hast mir das Leben gerettet«, sagte Elysa nachdenklich.

Überrascht drehte er den Kopf zu ihr. »Das war Zufall. Ich habe dein Blut gerochen und ...« Er brach mitten im Satz ab.

»Du warst also in Rio und nicht mit Morgans Männern unterwegs?« Neugierig wartete sie seine Reaktion ab.

»Ich will nicht darüber reden.»

Elysa zwang sich, ihn nicht weiter zu drängen, und schob ihre Gedanken beiseite. Sie würde irgendwann herausfinden, wer sie verraten hatte, wer die Angreifer waren und welche

Rolle Wallis bei der Sache gespielt hatte. Eines musste sie dennoch wissen: »Weißt du, was mit Raphael passiert ist? Lebt er?« Eindringlich suchte sie seinen Blick.

»Elysa, ich kenne diese Typen des Prinzen nur von Bildern. Meinst du den Glatzkopf? Der war doch gar nicht im Parkhaus.« Wallis Augen färbten sich schwärzer, ein Beweis für seine Unruhe und ein deutliches Zeichen, dass es besser wäre, ihn nicht weiter mit Fragen zu reizen.

»Ich war vorher im Club und er lag bewusstlos am Boden. Ich glaube, er ist vergiftet worden. Jemand hat ihm etwas in den Drink gemischt, oder?« Sie konnte es sich nicht verkneifen.

Wallis packte ihren Nacken und hielt ihr Gesicht vor seines. Elysa schluckte bei seinem harten Griff.

»Ich weiß es nicht. Ich bin erst dazugekommen, als du halbtot am Boden lagst!« Er zischte.

Das war schonmal eine wichtige und brauchbare Information! Elysa wollte sich ihre Aufregung nicht anmerken lassen.

»Aber du hast deine Theorien?« Sie hielt still, ohne den Blick zu senken. Er begann, an ihrem Hals zu knabbern, schob mit der freien Hand den Laptop zur Seite und zog sie auf seinen Schoß.

»Darum kümmere ich mich zu gegebener Zeit. Und glaube mir, der Scheißkerl, der dich umbringen wollte, wird dafür büßen! Aber jetzt will ich nur mit dir zusammen sein.«

# 21

Es vergingen drei weitere Wochen in Wallis' Haus. Der Vampir war zugänglicher geworden und sie begann tatsächlich, ihn zu mögen.

»Step! Zwei, drei, vier Jump!«, rief sie ihm zu, während er die Schrittfolge wiederholte, die sie ihm beigebracht hatte.

Sie klatschte aufgeregt, als er den Sprung stand. Elysa hatte den Song *A sky full of stars* in der Version von Symphoniacs für sie herausgesucht. Der Song war bombastisch, so kraftvoll und voller Emotionen, dass sie eine Gänsehaut bekam, wenn sie Wallis dabei zusah, wie er sich darauf bewegte.

Es war unfassbar, wie der Vampir mit ihr tanzte! Nie zuvor hatte sie einen männlichen Tanzpartner mit übernatürlichen Kräften gehabt. Er war stark und hob sie hoch, als würde sie nichts wiegen. Wie eine Feder flog sie im Wind.

Sie folgte seinen Hüftbewegungen mit den Augen. Der Mann übte in jeder freien Sekunde, als wäre er neu geboren worden. Mittlerweile trug er sogar die Trainingskleidung, die sie ausgesucht hatte, und an den Wohnzimmerwänden hingen Spiegel, die sie gemeinsam angebracht hatten. Sie schmunzelte bei der Erinnerung.

»Halt die Bohrmaschine gerade, du verwöhntes Ding!«, hatte er zu ihr gesagt, als sie ihr erstes Loch in die Wand bohren wollte. »Hör auf, ich kann das nicht mitansehen!«, waren seine nächsten Worte gewesen.

»Da siehst du mal, wie tapfer ich bei deinen ersten Tanzversuchen war!« Elysa hatte dabei die Hände in die Hüften gestemmt. Es war das erste Mal gewesen, dass er gelacht hatte. Ihr Herz hatte ihr bis zum Hals geschlagen und sie war ihm in die Arme gefallen.

»Warum grinst du so, Elysa?« Wallis' Stimme riss sie aus ihren Gedanken.

»Ich musste nur an meinen Bohrversuch denken.« Sie winkte ab.

Wallis schüttelte den Kopf. »Du hast andere Talente.« Gedankenversunken beobachtete sie ihn. Er näherte sich ihr und nahm ihr Gesicht in seine Hände. Elysa fuhr mit ihren Fingern seinen Oberkörper entlang, der ihr mittlerweile vertraut geworden war, genau wie seine Augen, die seit einer Woche durchgehend hellblau leuchteten.

Seine Lippen trafen ihre und Elysa ergab sich seinem Kuss, der ihr deutlich zu verstehen gab, dass sie ihm gehörte.

»Willst du weiter trainieren oder willst du eine kreative Pause einlegen?« Ein Lächeln umspielte seinen Mund.

Elysa schluckte. Warm lagen seine Hände an ihren Wangen. Er war attraktiv, vor allem seit sein irrer Blick verschwunden war.

Als seine Hände sich von ihrem Gesicht lösten und über ihren Hintern fuhren, musste sie sich entsetzt eingestehen, dass sie Appetit auf ihn hatte. Überfordert versuchte sie, sich von ihm zu lösen. Was war nur in sie gefahren! Okay, sie hatte sich bereits eingestanden, dass ihr der Sex mit ihm gefiel, aber sie hatte nicht vor, ihm wie ein sexhungriges Häschen hinterher zu hoppeln!

Vielleicht hatte sie einen psychischen Schaden erlitten? Gab es nicht dieses Phänomen, das sich entführte Frauen in ihre Peiniger verliebten? Sie kaute auf ihrer Lippe herum. Sie war nicht verliebt! Sie horchte in sich hinein. Nein, sie war es nicht. Erleichtert dankte sie ihrer Wölfin, die bei der Frage vehement den Kopf geschüttelt hatte. Und trotzdem fand sie Wallis scharf. Grundgütiger!

»Du musst ganz schön lange darüber nachdenken.« Wallis musterte sie mit zuckenden Mundwinkeln.

Sie hatte versucht, sich mit ihm anzufreunden und alles dafür gegeben, dass er sie mochte. *Und jetzt mag ich ihn zurück?!* Frustriert marschierte sie in die Mitte des Raumes.

»Noch mal von vorne!«, diktierte sie und brachte sich in Position.

Der Vampir tat wie geheißen. Er wirkte amüsiert und stellte sich bei der Choreografie verdammt geschickt an. Er hob Elysa hoch in die Luft über seinen Kopf und hielt inne.

»Wäre es nicht cool, wenn ich dich ein Stück nach oben werfen würde?«, schlug Wallis vor.

Überrascht schaute sie zu ihm runter. »Lass es uns probieren.« Ehe sie sich's versah, schwang der Vampir sie ein

Stück in die Luft und fing sie über seinem Kopf mit gestreckten Armen wieder auf.

»Großer Gott!« Sie atmete aufgeregt. »Ein Mensch wäre dazu niemals in der Lage!«

»Wir beide wissen, dass wir keine Menschen sind, also lass uns ein paar andersartige Ideen mit einbringen.« Er setzte sie auf dem Boden ab. »Wir könnten nach draußen gehen. Da kann ich dich höher in die Luft werfen, ohne zu riskieren, dass du gegen die Decke knallst«, schlug er vor.

Elysa starrte ihn erstaunt an. »Bist du sicher? Ich meine nach draußen...« Sie brach den Satz ab. Was war nur los mit ihr? Sie war seine Gefangene und eine Flucht war ausgeschlossen. Er bewachte sie und wenn er schlief, war sie angekettet. Dieser Ausgang zeigte allerdings, dass er fahrlässiger wurde.

»Komm!« Er zog sie mit sich nach draußen, wo die Sonne bald aufgehen würde. Ein schwacher Lichtschein erhellte die Nacht. Vor sich sah Elysa das Meer. Das kleine Haus lag zwischen den Klippen. Großartig. Sie befand sich am Arsch der Welt. Es war hier nach wie vor zu kühl für ihren Geschmack. Das Meer war rau und ganz anders als zu Hause. Hatte er sie nach Europa gebracht?

Wallis zog sie an der Hand in Richtung Strand. Er hob sie über sich und warf sie in die Luft. Nach und nach steigerte er den Schwung und sie flog höher und höher in dem Wissen, das der Vampir sie sicher auffangen würde. Es fühlte sich unglaublich an!

Elysa lachte ausgelassen. Nach all den Wochen, die sie mit ihm durchhatte, löste sich endlich der Druck. Nach Atem ringend ließ er sie runter und sie setzten sich in den Sand.

»Ist dir kalt?«

Sie schüttelte den Kopf. »Ich möchte schwimmen gehen!« Bittend sah sie ihn an und hoffte, dass er es zulassen würde.

»Das Meer ist scheißkalt!«, warnte er sie.

Elysa fasste das als Zustimmung auf und zog sich grinsend die Leggins aus. »Ich probiere gerne verrückte Dinge!« Sie strahlte und spurtete zum Wasser. Sie lief hinein und warf sich in die Wellen. Scheiße, er hatte recht! Es war eisig!

Nach dem ersten Schock begann sie, sich warm zu schwimmen und quietschte aufgeregt. »Es ist so kalt! Aber ich fühle mich so lebendig!«

Wallis schüttelte den Kopf über sie und marschierte bis zu der Stelle, an der das Wasser anrollte. »Du bist komplett irre!«, rief er ihr zu. Seine Züge waren sanft.

Elysa schmiedete einen Plan.

»Scheiße, es ist so kalt! Meine Beine!« Sie ruderte wild mit den Armen und ließ sich unter Wasser sinken. Sie hörte den Vampir fluchen und vernahm zufrieden das platschende Geräusch, das ihr signalisierte, dass der Mann ins Wasser gesprungen war. Da packten sie auch schon seine starken Arme und zogen sie nach oben. Sie schwang ihre Beine um seine Hüften und lachte spielerisch, als sie die Wasseroberfläche durchbrach.

»Du kleines, verlogenes Ding!« Zähneknirschend versuchte er, sie mit sich aus dem Wasser zu ziehen, aber sie wollte nicht nachgeben und spritzte ihm mit der Hand Wasser ins Gesicht.

Wallis ließ sich nicht beirren. Kurz darauf zog er sie aus dem Wasser und sah sie streng an. »Das war sehr kindisch!«, tadelte er sie.

Elysa prustete amüsiert los. »Wer zuerst unter der Dusche ist!« Sie rannte so schnell sie konnte auf das Haus zu. Schon vor der Tür packte er sie und warf sie über seine Schulter. Wallis stieg die Stufen nach oben, während sie ihren Lachkrampf genoss.

»Kommst du mit?«, fragte sie ihn grinsend, als er sie absetzte.

Sie sah den Mann schlucken, er schob sie aber ins Bad. Sie half ihm aus seinen Klamotten und stieg mit ihm unter die Dusche, wo sie ihn einseifte.

Wallis bebte. Elysa spürte seine Nervosität. Er hatte nicht viel Erfahrung mit Frauen, das war nicht schwer zu erraten. Auch die Tatsache, dass er bei ihren ersten Malen so schnell fertig war, aber mittlerweile seine Fertigkeiten verbessert hatte, verriet ihn.

»Mit wie vielen Frauen hattest du Sex?« Parallel dazu fuhr sie mit der Seife über seinen Hintern.

»Mit dir.«

»Und davor?« Neugierig suchte sie seinen Blick.

»Mit keiner.«

Elysa entglitten sämtliche Gesichtszüge. Sie war sich sicher gewesen, dass sie nicht sein erstes Opfer gewesen war, als er sie in Manaus fast vergewaltigt hatte.

»Ich habe Erfahrungen mit Blowjobs, aber ich wollte mit dem Thema Sex nichts zu tun haben.« Er räusperte sich. »Ich wollte nicht sein wie er, aber ich bin schlimmer. Die Zeit mit Morgan und seinen Männern hat mich härter werden lassen.« Überfordert entzog er sich ihr und wollte aus der Dusche steigen. Elysa hielt ihn fest.

»Was meinst du damit? Du wolltest nicht sein wie wer?« Sie legte ihm eine Hand auf die Brust.

»Mein Vater hat meine Mutter vergewaltigt. Nur deswegen existiere ich. Ich wollte einer Frau nie so etwas antun und nun stelle ich fest, dass ich genauso bin wie er.«

Elysa zog ihn in ihre Arme und spürte, wie er zitterte.

»Du bist ein Engel, wie kannst du mich überhaupt ertragen!« Er versteinerte.

»Der Mann hinter dieser harten Schale ist unglaublich!« Sie löste sich ein kleines Stück von ihm und presste ihren Zeigefinger an seine Herzgegend. »Entscheide dich dazu, besser zu sein als er. Und dann sei besser.« Sie legte die Hände an seine Wangen, hielt ihn und küsste ihn.

Es war das erste Mal, das ein Kuss von ihr ausging, aber sie dachte nicht darüber nach, was sie tat oder warum sie es tat. Dieser Moment war etwas Besonderes und sie wollte ihn auskosten.

Er erwiderte ihren Kuss gierig. Sie stellte das Duschwasser ab und zog ihn zum Bett. Sie wälzten sich auf der Matratze, bis sie schließlich auf ihm lag. Das Feuer hatte sie längst gepackt und die wilde Wölfin folgte ihrem Trieb. Sie küsste seinen Körper bis zu seiner Lendengegend. Der Vampir zitterte unter ihr und Elysa grinste ihn frech an.

»Es fühlt sich gigantisch an, wenn ein so starker Mann unter mir zittert.«

Der Vampir ließ seinen Kopf resigniert nach hinten fallen. Er fuhr mit seinen Händen ihre Oberschenkel entlang und atmete schwer.

»Du hast ja keine Ahnung, wie viel du mir bedeutest!«

Doch, sie hatte eine Ahnung davon und wusste, wie sehr ihre Anwesenheit ihn verändert hatte.

»Heute löse ich übrigens nicht meinen Deal ein.« Die Wölfin beugte sich über ihn und hauchte ihm die Worte ins Ohr. »Heute will ich nur tun, worauf ich Lust habe.«

Sie griff nach einem der Kondome auf dem Nachtschränkchen und streifte es ihm über. Anschließend drehte sie sich mit ihm, sodass er auf ihr lag. Sie wollte, dass er die Führung übernahm, nachdem es bisher andersherum abgelaufen war.

Der Vampir stützte seine Ellbogen neben ihr ab und drang langsam in sie ein. Sie passte sich seinem Rhythmus an. Seine Hände tasteten nach ihren, seine Finger verschränkten sich mit ihren. Er wurde schneller, ergriff härter von ihr Besitz.

Sie schlang ihre Beine um ihn und drängte ihren Körper seinem entgegen. Sie stöhnte erregt auf, was ihn noch mehr anzutreiben schien. Elysa konnte ihren Orgasmus nicht aufhalten. Auch der Vampir kam.

Er stützte sich auf die Seite und streichelte ihr Gesicht. »Wow.« Er legte sich neben sie und starrte an die Decke.

Sie lagen einige Zeit schweigend da, irgendwann ließ Elysa ihre Augen zu fallen und schlief ein.

---

Als sie am nächsten Abend erwachte, war sie allein. Wallis hatte sie zugedeckt und angekettet. Nachdem sie am Vortag jegliche Gedanken von sich geschoben hatte, um sich dem Hier und Jetzt hinzugeben, traf sie ihr schlechtes Gewissen nun gnadenlos.

Schmerzverzerrt schloss sie die Augen.

Sie hatte Týr betrogen!

Bisher war ihre Devise das Überleben gewesen und der Deal das Beste, was sie in ihrer Situation herausschlagen konnte. Gestern war es anders gewesen. Der Mann hatte mehr und mehr ihre Zuneigung gewonnen. Sie mochte ihn und hatte ihn trösten wollen. Der Sex hatte ihr so viel Lust bereitet, dass sie gekommen war. Heilige Scheiße! Sie presste die Lippen aufeinander. Sie war bisher nie gekommen, das war immer nur Show gewesen.

Überfordert blickte sie zur Tür. Wie sollte sie jetzt mit ihm umgehen? Wenn sie ihm die kalte Schulter zeigte, würde sie ihn bestimmt verletzen. Er würde seine Schotten herunterfahren und sich zurückziehen. Und wenn sie es weiterlaufen ließ?

Ihre Gedanken wanderten zu Týr. Er litt bestimmt wahnsinnig. Für ihn war diese Seelenverbindung existentiell geworden. Sie hatte schon einen Vorgeschmack bekommen, was es für einen gebundenen Mann bedeutete, wenn die Gefährtin in Lebensgefahr schwebte. Tjell und Romy waren zu dem Zeitpunkt nicht einmal zusammen gewesen. Wie musste es Týr erst ergehen? Sie hatten im Liebesglück geschwebt und waren auseinandergerissen worden.

Sie fuhr sich mit den Händen über das Gesicht. Mit Absicht hatte Elysa jeden Gedanken an Týr verbannt, um sich nicht in ihre Scheißlage hineinzusteigern und heulend herumzusitzen. Was hätte es ihr gebracht? Vielleicht würde sie Monate oder Jahre bei Wallis bleiben, bevor jemand sie fand oder sich eine Möglichkeit zur Flucht ergab. Hatte sie nicht ein Recht darauf, sich ihre Gefangenschaft so ertragbar wie möglich zu gestalten?

Sie hatte keine Antwort auf ihre Fragen. Auch wollte sie nicht in der Zukunft leben, denn sie wusste nicht, was sie bereithielt. Der Moment zählte für sie, das war schon immer so gewesen. Ihre Lage war, wie sie war. Sie steckte hier mit einem Mann fest, der einen gefährlichen Reiz auf sie ausübte und für den sie Gefühle entwickelt hatte, die sie nicht zuordnen konnte. Er hatte sich verändert und Seiten von sich gezeigt, die ihr gefielen.

*Du bringst dich in Teufels Küche!*, schimpfte eine Stimme in ihrem Kopf.

Elysa hatte einige Theorien über Wallis aufgestellt, denen sie nachgehen wollte, aber er war so verdammt schweigsam, wenn sie ihm Fragen stellte oder mehr über ihn zu erfahren versuchte. Sie musste dranbleiben und die Wahrheit herausfinden. Außerdem würde sie abhauen. Sie musste nur die passende Gelegenheit abwarten.

---

Tjells Mundwinkel hoben sich nach oben, als er aufwachte und Romy quer über seiner Brust lag. Sein Candy Girl hatte aufgehört, ihn auf Abstand zu halten und schlief freiwillig jede Nacht neben ihm – oder wie im heutigen Fall auf ihm. Sein Grinsen wurde noch breiter. Und oh ja, sie schlief mit ihm, wann immer es die Umstände zuließen.

Ryan trat gerade seine frühabendliche Joggingrunde an und ermöglichte dem frischen Paar damit etwas Zweisamkeit. In den vergangenen drei Wochen waren sie ein gutes Team geworden und hatten weite Flächen nach Elysa abgesucht, die allerdings wie vom Erdboden verschwunden blieb. Je südlicher sie jedoch kamen, desto unruhiger wurde Ryan. Seine Verbindung zu Elysa war schon immer sehr eng gewesen und das gemeinsame Blut, das in ihren Adern pochte, hatte eine Sogwirkung. Der Alpha konnte es nicht richtig beschreiben, aber er war sich sicher, dass sie Elysa näher kamen. Das gab dem Dreierteam Aufschwung und Hoffnung.

Romy räkelte sich auf ihm.

»Guten Abend, Candy Girl.«

»Guten Abend, Superrapper.«

Ihr gemeinsamer Eistanz hatte mächtigen Eindruck hinterlassen und sie hielten diese Erinnerung hoch.

»Ich will mehr Dates mit dir.« Romy gähnte auf ihm.

»Ich schleife dich in jede Eishalle dieser Welt, sobald wir Elysa gefunden haben.« Schmunzelnd streichelte er ihren Rücken.

»Ich will auch ins Kino und sommerrodeln.«

Tjell hob amüsiert die Augenbrauen. »Sommerrodeln? Wo gibt's denn sowas?«

Romy hob den Kopf und sah ihn nachdenklich an. »Ich habe das mal im Fernsehen gesehen.«

Tjell grinste. »Okay, ich werde das googeln und dich dahin ausführen.«

Romy lächelte. »Seit ein paar Wochen widersprichst du mir nicht mehr.«

Tjell rollte seine Gefährtin auf den Rücken. »Ich habe keinen Grund dazu. Du bist weniger streitlustig und immer sexwillig.«

Romy begann herzhaft zu lachen.

»Apropos sexwillig, wer weiß wann Ryan zurückkommt. Ich denke, wir sollten unsere Datingplanung auf später verschieben!« Er knurrte und machte sich über ihren Mund her.

Sie erwiderte sein Verlangen und schon bald lagen sie schwer atmend nebeneinander, nachdem sie sich geliebt hatten.

»Euer Lieblingsalpha bringt frische Brötchen!«, hörten sie Ryan aus dem Nebenzimmer rufen.

Seufzend stieg Tjell aus dem Bett. »Dann lass uns mal weiter nach unserem Nesthaken suchen.«

Romy richtete sich auf und streckte sich genüsslich. »Ich kann es kaum erwarten, Elysa zu erzählen, wie der Sex mit dir ist.«

Tjell schnellte zu ihr herum. Er presste die Lippen aufeinander. »Du machst hoffentlich Witze. Das geht niemanden etwas an.« Beleidigt verschränkte er die Arme vor der Brust.

»Elysa und ich sind beste Freundinnen, wir reden über alles, auch über Sex.« Sie zwinkerte ihm frech zu und zog sich an.

»Ich hoffe, du beschränkst dich auf das Nötigste und betonst, wie gut ich bestückt bin und wie gierig du nach mir bist.«

Romy gluckste vor sich hin. »Ich muss ihr unbedingt diese Geräusche vormachen, die du von dir gibst, bevor du kommst!«

Er erstarrte, während Romy sich die Haare zu einem Zopf band. »Sei nicht so frech!«

»Wusstest du, dass Týr für Elysa gestrippt hat?« Romy kicherte vergnügt.

»Hallo? Ich habe verdammt gut Ohren!«, rief Ryan aus dem Nebenzimmer.

Tjell ignorierte den Wolf und huschte zu Romy. »Willst du mir sagen, dass der Mann strippen kann? So richtig?«, flüsterte er. Scheiße, wenn Romy das von ihm wollte, würde er sich total blamieren!

»Ich höre euch immer noch! Wenn ich mir noch eine Sekunde länger vorstellen muss, wie dieser Blutsauger für meine Schwester strippt, kotze ich in die Brötchentüte!«, ertönte es aus dem Wohnzimmer.

Augenrollend folgte Romy dem Lärmpegel.

»Sei nicht so eine Pussy, Ryan. Du weißt ganz genau, dass Elysa und Týr sehr wild aufeinander sind und dazu tiefe Gefühle füreinander haben.« Sie setzte sich neben ihn an den Tisch und griff in die Tüte, um ein Brötchen herauszuziehen.

»Was ist jetzt, Romy? Kann er es oder nicht?« Tjell musterte sie eindringlich.

»Ihr Männer und eure Egos«, grunzte seine Wölfin amüsiert.

Tjell schmierte sich fluchend sein Brötchen. »Der Vampir will die Messlatte wohl besonders hoch ansetzen«, gab er beleidigt von sich.

Romy prustete los.

»Der Mann ist ein Prinz, millionenschwer und dazu der stärkste Vampir einer ganzen Generation. Die Messlatte liegt also schon ziemlich weit oben«, murrte Ryan.

»Elysa sagt, er war süß!« Romy presste die Lippen aufeinander, um nicht wieder loszulachen.

Tjell und Ryan grinsten sich an. »Okay, er kann also nicht sonderlich gut strippen!« Entspannt lehnte sich Tjell in seinem Stuhl zurück.

»Das habe ich nicht gesagt!« Romy rümpfte die Nase.

»Wenn du willst, dass ich für dich strippe, Candy Girl, dann sag es. Ich werde dich nicht enttäuschen.«

»Ich gebe dir rechtzeitig Bescheid, damit du üben kannst.« Romy zwinkerte amüsiert. »Und jetzt zu dir, Alpha!« Romy drehte sich zu Ryan und setzte eine ernste Miene auf. »Du hast mir versprochen, dass du Elysas Entscheidung akzeptierst und dich bei Týr entschuldigen wirst. Außerdem wolltest du das Bündnis wieder aufnehmen. In dem Fall solltest du auch damit klarkommen, dass die beiden verliebt sind, und ihnen keine Steine in den Weg legen!«

Tjell beobachtete Romy glücklich. Sie war eine besondere Frau, die viel mitgemacht hatte, aber trotzdem für

Gerechtigkeit kämpfte und für diejenigen, die sie liebte. Sie dachte erst an andere und danach an sich selbst. Er bewunderte sie für ihre Stärke.

»Ich liebe dich, Kleines!« Er beugte sich über den Tisch und drückte ihr einen Kuss auf. Überrascht lächelte sie ihm zu und schaute dann wieder Ryan an.

»Ich halte mein Wort!«, antwortete Ryan. »Trotzdem ist die Vorstellung, dass meine kleine Schwester Sex hat, nicht besonders cool – egal mit wem. Und ihr dabei zuzusehen, war zu viel für mein schwaches Bruderherz.« Beleidigt schüttelte Ryan den Kopf. »In Zukunft soll sie ihren Prinzen gefälligst hinter verschlossenen Türen verführen!«

»Seit wann bist du so prüde?« Romy schnaubte.

»Bis er seine Gefährtin findet, danach gibt es auch für unseren Prachtburschen kein Halten mehr.« Tjell lachte belustigt auf.

»Ich kann gerne noch ein paar Jahrhunderte warten.« Der Alpha winkte ab.

»Das hat Elysa auch gedacht.« Romy zwinkerte Ryan zu.

»Ich bete zu Gott, dass meine Frau erst in 500 Jahren auftaucht und keine Vampirin ist! Ein Vampir in der Familie reicht mir«, murmelte Ryan.

»Immerhin zählst du ihn schon zur Familie.« Tjell klopfte seinem Kumpel auf die Schultern.

»Habe ich eine Wahl?« Brummend griff der Alpha nach dem nächsten Brötchen.

»Ach komm, so schlimm ist Týr nicht«, meinte Tjell. Er mochte den Vampir und kam gut mit ihm klar. Eigentlich war Týr sogar der Angenehmste der Truppe.

»Das ist ja das Problem. Ich mag diesen Arsch«, fluchte Ryan.

»Versteh mal einer die Männer.« Romy schüttelte den Kopf und erhob sich vom Tisch. »Ich packe schon mal zusammen. Wird Zeit, dass wir das glückliche Paar zusammenführen.«

---

Týr stand am Geländer der V.I.P. - Lounge im *Mudanca* und starrte auf die Tanzfläche. Es war masochistisch, hierher zu kommen, wo Elysa und er sich das erste Mal begegnet waren. Diese Frau hatte ihn zu einem hoffnungslosen Romantiker verkommen lassen. Für ihn war es Liebe auf den ersten Blick gewesen. Ein ziemlicher Schock, schließlich war er bis zu diesem Zeitpunkt nie verliebt gewesen. Sie hatte sein ganzes Leben auf den Kopf gestellt und mit ihrem Dackelblick alles von ihm bekommen.

Das würde zum Problem werden, wenn sie wieder auftauchte und er ihre Beziehung beendete, um ihr ein Leben in Sicherheit aufzuzwingen. Könnte er ihr widerstehen, wenn sie die Trennung nicht akzeptierte? *Wohl kaum!*, dachte er zähneknirschend.

Darum konnte er sich Gedanken machen, wenn sie wirklich zurückkam. Danach sah es im Moment nämlich nicht aus.

Er ließ sich erschöpft und unglücklich in einen der Sessel plumpsen, die in der Lounge standen, und schloss die Augen. Vier lange Wochen war er angekettet gewesen und seit sieben Tagen befand er sich endlich auf freiem Fuß.

*Das ist die härteste Zeit meines Lebens!* Jeden Winkel dieser Stadt hatte er nach ihr abgesucht. Eigentlich wusste er, dass sie nicht mehr in Rio war. Das wäre zu schön gewesen. Raphael, Kenai und Noah waren nach Sao Paulo gereist und drehten jeden Stein nach ihr um. Sein Vater hielt es für besser, Týr noch nicht aus den Augen zu lassen. Ständig schlichen Aegirs Soldaten in Týrs Nähe herum, um ihn zu kontrollieren.

»Hallo Týr!«

Týr drehte sich überrascht zu Dustin um, der in der Lounge erschienen war. In seinem Selbstmitleid hatte er den Wolf nicht bemerkt. Viel Zeit war seit ihrem letzten Aufeinandertreffen vergangen.

»Deine Augen sind immer noch verfärbt.« Dustins Mitgefühl war das Letzte, das Týr gerade gebrauchen konnte.

Er schwieg. Was sollte er auch sagen? *Ohne deine Nichte bin ich ein behindertes Wrack?* Das wusste der Wolf auch so. Dustin sah ihn abwartend an.

»Was willst du Dustin?«, fragte Týr gereizt. Er schuldete dem Mann seinen Dank für alles, was er für ihn getan hatte.

Aber scheiße, er war nicht in der Stimmung für Freundlichkeiten!

»Ryan hat mich gebeten, mit dir zu sprechen«, begann Dustin in sanftem Ton.

»Oh danke, ich verzichte. Die letzten Gespräche waren eindeutig. Der Alpha hasst mich und er hat recht damit. Es ist meine Schuld, dass Elysa weg ist. Ich hätte niemals Hand an sie legen dürfen!« Er kippte den Wodka herunter, den er bestellt hatte.

»Als Elysas Seelengefährte ist es dein gutes Recht, außerdem hattest du ihr Einverständnis«, erklärte Dustin streng.

Týr erhob sich, um die Lounge zu verlassen. Er konnte den Trost des Mannes nicht ertragen.

»Ryan ist kurz davor, Elysa aufzuspüren!«

Týr verharrte auf der Stelle, sein ganzer Körper spannte sich an. Er kämpfte gegen die Hoffnung, die in ihm aufkeimen wollte. »Wie?«, presste er hervor.

»Wir können dieses Phänomen nicht genau benennen, aber es ist so, dass Ryan immer zu Elysa findet. Wenn sie als Kind gestreikt hat, ist sie in den Dschungel gelaufen, um sich zu verkriechen. Sie hockte in verwinkelten Höhlen oder hinter Wasserfällen. Ryan hat sie immer gefunden. Egal, wo sie war. Die beiden sind miteinander verbunden. Wir wissen nicht genau, was dieses Band zu sagen hat, vielleicht ist es Teil von Ryans Gabe oder es ist eine höhere Macht. Fakt ist, er spürt sie und folgt diesem Sog.« Dustin sah ihn eindringlich an.

»Wo sucht er?«, fragte Týr unruhig.

»In Wales.«

Irritiert setzte er sich zurück auf seinen Platz. »Wie kommt er auf Wales? Warum sollte Morgan Elysa dorthin verschleppen?« Týr beobachtete Dustin angespannt.

»Ryan ist schon seit Wochen in Wales, zusammen mit Romy und Tjell. Wir hatten ein paar Hinweise, denen sie nachgehen wollten. Romy war ihm eine große Unterstützung. Schließlich kennt sie Wallis am besten.«

Týr war die Möglichkeit, das Elysa diesem Irren in die Hände gefallen war, kurz durchgegangen, hatte sie aber verworfen. Zahlreiche Vampire hatten in dem Parkhaus gekämpft. Wie hätte Wallis erst Raphael schachmatt setzen und Elysa danach ins Parkhaus schleppen sollen? Dazu hätte er gegen die ganzen Vampire allein kämpfen müssen. Das hätte er nicht geschafft. Es ergab keinen Sinn. Morgan musste sie haben. Aus irgendwelchen Gründen hielt er Elysas Gefangenschaft geheim. Vielleicht wartete er auf einen bestimmten Zeitpunkt, um seine Forderungen zu stellen.

»Das kann nicht sein. Wir haben die Hinweise auch zusammengetragen und dieser Psychopath kann sie nicht haben. Wie sollte er das anstellen? Elysa hätte seine Anwesenheit im Club bemerkt und sofort Alarm geschlagen!« Alles in ihm wehrte sich gegen diese Theorie. Zu schmerzhaft war der Gedanke, dass sie seit Wochen von diesem Liebeskranken vergewaltigt wurde. Sein Atem ging stoßweise.

»Wer auch immer sie hat, wird bald auffliegen und sein blaues Wunder erleben. Ryan ist in ihrer Nähe«, versuchte Dustin, ihn zu trösten.

»Du bist hier, weil du mir Hoffnung machen willst?« Týr schüttelte gequält den Kopf.

»Ich bin hier, weil du Teil unserer Familie bist und Ryan das endlich eingesehen hat.«

Týr sog die Luft ein. Der Wolf glaubte, was er da sagte. Ryan hatte ihn akzeptiert? Eher gefror die Hölle zu!

»Ich bitte dich um Stillschweigen, niemand darf wissen, wo Ryan sich aufhält. Nachher geht der Schuss nach hinten los und der Entführer bringt Elysa weg. Offiziell hat Ryan sich in die Villa zurückgezogen und trauert vor sich hin. Es ist wichtig, dass du schweigst!«

Er nickte. »Ich verspreche es.«

Dustin tippte eine Nachricht auf seinem Handy und der Prinz beobachtete ihn neugierig. Der Wolf folgte seinem Blick.

»Ich gebe Ryan Bescheid, dass du auf freiem Fuß bist und er dich anrufen kann. Es wird Zeit, dass ihr endlich miteinander redet. Ich weiß, ich habe kein Recht, das zu verlangen, aber ich bitte dich trotzdem inständig, dass du Ryan eine Chance gibst, sich bei dir zu entschuldigen.«

Týr musterte den Wolf. Er würde sich dem Frieden mit Ryans Rudel auf keinen Fall in den Weg stellen. »Ich trage ihm nichts nach. Ich kann ihn verstehen.«

Überraschung spiegelte sich in Dustins Gesicht. Der Wolf wusste, wie weit Ryan in seinem Hass gegangen war, um Týr zu beseitigen.

»Ich weiß, dass er versucht hat, Elysa zu schützen und ihm dabei sein aufbrausendes Temperament im Weg stand. Elysa hat mir versichert, dass Ryan niemals einen Mord an mir planen würde, sondern seine Reaktion vorschnell aus seiner Verletzung heraus gefolgt ist.«

»Ich hätte nicht erwartet, dass du so verständnisvoll reagierst. Und ich denke Elysa liegt mit ihrer Einschätzung richtig.« Ein dankbares Lächeln erschien auf Dustins Gesicht.

»Ryan und Elysa sind sich sehr ähnlich. Ich habe mir eine Freundschaft mit Ryan gewünscht und tue es noch. Aber natürlich brauche ich etwas Zeit, um mein Vertrauen zu Ryan wiederherzustellen. Dabei muss er mir helfen. Ich muss mich vergewissern, dass er es ernst meint.«

Dustin erhob sich von seinem Sessel und der Prinz tat es ihm nach. Er ließ zu, dass Elysas Onkel seine Hand auf seiner Schulter platzierte. »Ich danke dir, Týr. Du wirst ein guter König werden. Ich freue mich darauf. Und was Elysa betrifft… versuche, dich zusammen zu reißen. Wenn sie dich so sieht, brichst du ihr das Herz!« Dustin meinte wohl seine Augen, die immer noch verrieten, welcher Kampf in Týr tobte.

Der Wolf ging genauso lautlos davon, wie er gekommen war.

Mit schweren Schritten lief Týr zu den Toiletten und warf einen Blick in den Spiegel. Seine Augen waren nicht mehr so schwarz und irre, wie noch vor ein paar Wochen, aber er sah furchtbar aus. Er wusste es. Eingefallene Wangen, zerzauste Haare und die gefährliche Stimmung, die über ihm hing. Leicht reizbar, schnell auf hundertachtzig und dazu furchtbar depressiv.

Er hatte mit dem Schicksal gerungen und darum gebetet, dass sie lebend zurückkam. Wenn ausgerechnet Ryan sie fand, bestärkte es ihn in seiner Entscheidung, Elysa freizugeben. Ryan hatte bewiesen, dass er der bessere Beschützer war. Er würde ihr eine liebende Familie bieten, etwas, das Týr nicht konnte. In seiner Nähe würde immer eine Zielscheibe über ihrem Kopf schweben. Der Fluch auf ihrer Verbindung würde ihr den Tod bringen. Das konnte er nicht zulassen.

# 22

Týr saß in seinem Wagen und fuhr ins Marriot Hotel, um sich für den Tag zurückzuziehen. Sein Vater hatte sämtliche Regierungsgeschäfte übernommen und ihm Zeit gegeben, sich zu regenerieren und zu seiner alten Stärke zurückzufinden.

Zwei Tage waren seit Dustins Auftauchen im Club vergangen und Týr hatte noch keine Nachricht von Ryan erhalten. Týr schwieg, wie Dustin es wünschte, und hatte niemandem von den vermeintlichen Fortschritten berichtet.

Er parkte in der Tiefgarage und fuhr mit dem Lift nach oben. In seiner Suite angekommen verschloss er Türen und Fenster und ließ sich in voller Montur aufs Bett fallen. Irgendwann klingelte sein Handy und zeigte Ryans Nummer an. Aufgeregt richtete er sich auf. Konnte es sein, dass der Alpha wirklich auf ihn zuging? Wie ein kleiner Junge sehnte er sich nach dem Respekt dieses Jungspundes! Týr biss die Zähne zusammen und nahm ab.

»Hallo, hier spricht Týr«, eröffnete er das Gespräch.

»Hier ist Ryan. Danke, dass du bereit bist, mit mir zu reden, nach allem, was ich getan und gesagt habe«, begann der Alpha.

»Ich stehe zu meinem Schwur und möchte ein friedliches Zusammenleben mit dir und deinem Rudel erreichen«, erklärte er wahrheitsgemäß.

»Wegen Elysa.«

War das eine Feststellung oder eine Frage? Týr rieb sich über sein Gesicht. »Ich gebe zu, dass es zu Beginn nur wegen Elysa war. Ich wollte eine Chance haben, ihr näher zu kommen. Aber je besser ich euch alle kennengelernt habe, umso mehr mochte ich euch. Ich habe verstanden, warum das Schicksal diese Seelenverbindung bestimmt hat. Damit ich mich für Wölfe öffne. Und das habe ich getan.« Týr lehnte sich in seine Kissen zurück.

*Elysa muss erst halb umgebracht und entführt werden, damit Ryan und ich dieses längst überfällige Gespräch miteinander führen!* Vielleicht wäre Elysa noch bei ihnen, wenn das Bündnis nicht zerbrochen wäre.

»Also hast du mir deine Freundschaft nicht vorgespielt?«, fragte Ryan am anderen Ende der Leitung.

Týr setzte sich überrascht auf. »Das hast du gedacht? Ryan, ich habe dir zwar verheimlicht, dass ich mich in deine Schwester verliebt habe, aber deswegen würde ich keine Freundschaft vortäuschen. Ich wünsche mir deinen Respekt und habe gehofft, dass wir eine Familie werden. Aber scheiße, Mann, du hast keine Ahnung, wie es ist, deine Seelengefährtin zu treffen und zu wissen, dass keiner deine Liebe akzeptiert. Zu oft hast du mir ins Gesicht gesagt, dass ich nicht gut genug für deine Schwester bin. Was hätte ich denn tun sollen?« Týr fluchte lautstark.

Ryan grunzte. »Ich kann mir vorstellen, dass die Situation auch für dich nicht einfach war. Mit etwas Abstand verstehe ich, warum ihr gelogen habt, aber im ersten Moment hat es sich wie Verrat angefühlt«, gestand Ryan.

»Ich weiß. Das tut mir leid.«

Einen Moment schwiegen die beiden Männer. Schließlich ergriff Ryan das Wort. »Ich muss dich um Entschuldigung bitten. Ich habe dich in meiner blinden Wut verraten. Es beschämt mich, dass du es niemandem erzählt hast. Ich hätte mich dafür verantworten müssen, vor dir und deinen Männern.« Der Alpha sprach mit fester Stimme.

Týr atmete schwer aus.

»Ich bin bereit, mich zu verantworten.«

Týr schüttelte vehement den Kopf. »Es bleibt dabei. Niemand muss davon wissen. Es würde meine Friedensbemühungen im Keim ersticken. Außerdem würde Elysa mir das nie verzeihen und ich mir auch nicht.« Týr meinte es ernst. Sein Vater würde Ryans Verrat nicht auf die leichte Schulter nehmen. Er hielt sich stets an sein Wort und erwartete es auch von anderen, vor allem wenn es um einen Blutschwur ging. Týr würde die Angelegenheit mit Ryan klären.

»Wie kann ich es sonst wiedergutmachen?«, fragte Ryan zweifelnd.

»Bring Elysa zurück. Damit ist alle Schuld, die du mir gegenüber jemals auf dich geladen hast, getilgt.«

»Das zählt nicht, ich würde so oder so alles tun, um sie zu finden. Dafür liebe ich sie zu sehr«, hielt der Wolf dagegen.

»Damit haben wir eine klassische Win-win Situation. Wir bekommen beide, was wir wollen.« Týr konnte sich ein Grinsen nicht verkneifen. Das Gespräch lief gut, besser als er gehofft hatte.

»Bist du bereit, die Zusammenarbeit wieder aufzunehmen?«, fragte Týr neugierig.

»Das bin ich. Meinetwegen ab sofort.«

Týr nickte erleichtert.

»Ich habe noch eine Bedingung!«, fügte Ryan schnell hinzu. Týr konnte am Klang der Stimme des Alphas hören, dass diese Bedingung ihm die Schamesröte ins Gesicht treiben würde.

»Ich bin ganz Ohr.« Er räusperte sich.

»Ich verstehe ja, dass du auf Elysa abfährst, aber in Zukunft vögelt ihr nicht mehr an öffentlichen Plätzen! Du hast dich übrigens schlimmer benommen als ein Wolf. Nicht, dass Elysa aus Zucker wäre, aber…«

Týr hustete verlegen. Peinlich berührt suchte er nach den richtigen Worten, um dieses Thema schnellstmöglich abzuschließen. »Ich will mich nicht rausreden, aber das mit dem Schreibtisch war nicht meine Idee.«

»Das habe ich mir schon gedacht. Wie du die kleine Wildkatze zu einer anständigen Königin machen willst, wird für uns alle ein Spaß!«, feixend kamen die Worte aus seinem Mund. Der Alpha entspannte sich offenbar mehr und mehr.

Sie sprachen noch 20 Minuten miteinander über dies und jenes und Týr kuschelte sich danach zufrieden in die Laken. Der Anfang war gemacht! Sie würden das Bündnis wieder aufnehmen und damit ihre Chancen gegen Morgan deutlich erhöhen.

Ryan hatte ihm vermitteln können, dass er Elysa auf der Spur war und es besser wäre, wenn Týr sich nicht einmischte. Er konnte die Nachricht nicht erwarten, bei der der Alpha ihm übermitteln würde, dass sie in Sicherheit war.

Der Prinz schob jeden Gedanken an danach beiseite. Das wollte er sich jetzt nicht antun. Hoffnung flutete sein Herz. Morgen würde er seine Jungs aus Sao Paulo zurückpfeifen, Raphael war sowieso mehr als unglücklich über die Versetzung gewesen. Der Mann hatte sich in den Kopf gesetzt, herauszufinden, wie er vergiftet worden war. Die Antwort wäre wohl Wallis. Wie auch immer er es angestellt hatte. Dieses Arschloch! Ryan würde ihn hoffentlich umbringen. Sonst würde Týr das übernehmen!

---

Romy und Tjell saßen in einem kleinen, gemütlichen Pub beim Abendessen zusammen. Sie hatten ein richtiges Date. Aufgeregt beobachtete Romy ihren Gefährten, der die Speisekarte inspizierte. Seit sie ihm alles über Fata gesagt hatte, stand nur noch die Tatsache zwischen ihnen, dass ihre Halbschwester das Kind ihrer großen Liebe unter dem Herzen trug. Aber es gab keine Lügen und Geheimnisse mehr. Endlich waren sie zusammen und konnten ihre Verliebtheit genießen.

»Ich nehme Nummer drei, sieben und acht. Dazu ein großes Bier und zwei Gläser Champagner, bitte«, orderte Tjell beim Kellner. Der Kellner lächelte freundlich, aber sichtlich irritiert, nachdem Tjell die halbe Speisekarte auf seinem Tisch sehen wollte. Romy lächelte in sich hinein. Wölfe waren verfressen, insbesondere die männlichen Exemplare.

»Ich hätte gerne die Nummer acht«, informierte sie den Kellner.

»Und zu trinken?«, fragte er höflich.

»Eine große Apfelschorle.«

Entspannt lehnte sie sich in ihrem Stuhl zurück und grinste Tjell an. Der Wolf erwiderte dieses Grinsen.

»Und Candy Girl, wie gefällt es dir, mit so einem heißen Kerl wie mir in der Öffentlichkeit gesehen zu werden?«

»Ich finde Gefallen daran. Dahinten die kleine Brünette sieht übrigens die ganze Zeit zu dir.« Romy schmunzelte. Tjell war ein junger Wolf, der es genoss, ein Hingucker zu sein. Romy hatte damit kein Problem, sie mochte seine Coolness und vertraute ihm.

»Ich bin bereits vom Markt. Die Ladies werden daran schwer zu knabbern haben«, antwortete er frech.

»Ich glaube auch. Die Frau, die dich herumgekriegt hat, muss etwas Besonderes sein.« Sie wackelte mit ihren Augenbrauen.

»Ehrlich gesagt, hat nicht sie mich herumgekriegt, sondern ich sie. Das war Schwerstarbeit!« Kopfschüttelnd nahm er einen großen Schluck von seinem Bier.

»Sie wollte dich nicht?« Romy machte ein überraschtes Gesicht.

»Hauptsache, du willst mich jetzt!« Sein amüsierter Ausdruck war einer ernsten Miene gewichen. »Ich wünsche mir, dass du in Zukunft an meiner Seite bleibst und nie wieder wegrennst«, fügte er hinzu.

»Ich habe dir doch gesagt, dass wir der Sache einen Versuch geben.« Abwehrend hob sie die Hände.

Tjell wollte am liebsten Nägel mit Köpfen machen, aber das ging ihr zu schnell. Zu lange hatte sie alles mit sich allein ausgemacht und zu viele schlechte Erinnerungen an ihre Vergangenheit. Sie war immer auf sich gestellt gewesen und hatte niemandem an ihrer Seite gehabt. Nein, sie war die lächelnde Romy, die Unnahbare.

Ihre Gedanken wanderten zu Elysa, die ihr eine neue Welt gezeigt hatte. In dieser Welt gab es Freundschaft, Zusammenhalt und Familie. Romy hatte nun die Chance auf ein neues Leben mit ihrem Gefährten in einem Rudel, das zusammenhielt. Aber sie traute dem Glück, das über ihr schwebte, nicht - sie wagte es nicht.

»*Versuch* klingt scheiße, Romy. Gibt es da nicht ein cooleres Wort?« Lässig lehnte er sich in seinem Stuhl zurück. »Ich meine, wir sind das jüngste Gefährtenpaar, das ich kenne - das überhaupt jemand kennt. Zusammen sind wir nicht mal 200 Jahre alt. Wir sind hip, Candy Girl.«

Romy grinste. »Wir sind zusammen und wir versuchen, es hinzukriegen.« Sie nickte ihm zu.

»Da ist auch *versuchen* drin!« Tjell schnaubte.

»Okay Mr. Cool! Gib uns beiden ein Wort, das dir passt.« Herausfordernd funkelte sie ihn an.

»Wir sind Mr. und Mrs. Mateos!« Er erhob feierlich sein Champagnerglas.

Da brach Romy in schallendes Gelächter aus. »Du bist wirklich süß.« Romy wischte sich die Tränen aus dem Gesicht.

»Süß«, brummte er.

»Süß und cool. Und heiß!« Sie zwinkerte und schaute ihn liebevoll an.

»Schon besser«, maulte er.

Schließlich servierte der Kellner das Abendessen und sie genoss ihren Seelachs. Aus dem Augenwinkel beobachtete sie Tjell, wie er ausgehungert seine Menüs verdrückte. Grinsend nahm sie zur Kenntnis, wie der Kellner ungläubig hinterm Tresen stand und ihrem Gefährten beim Essen zusah. Immer wieder schüttelte der Mann den Kopf und runzelte die Stirn. Das war wohl ein Zeichen dafür, dass in dieser Gegend keine Wölfe ein- und ausgingen, sonst würde ihn diese Portion nicht derart überraschen. Vampiren waren sie allerdings auch länger nicht mehr begegnet. Das wiederum würde bedeuten, dass Ryan recht hatte und sie sich Elysa näherten.

»Ryan und Týr haben sich ausgesprochen«, wechselte Tjell das Thema.

»Ich habe es mitbekommen. Ich bin so erleichtert.« Romy seufzte.

»Das haben wir auch dir zu verdanken. Du hast Ryan immer wieder den Kopf gewaschen. Das war echt cool, dass du an ihm drangeblieben bist!« Tjell legte eine Hand an ihre Wange und streichelte sie.

»Ich bin froh, dass du auch hinter Elysa und Týr stehst. Ich meine, weil Bente das ja anders sieht«, überlegte Romy laut. Sie wusste, dass Tjell und Bente ein vertrautes Verhältnis miteinander hatten und sich kaum stritten. Es hatte sie beeindruckt, dass Tjell seine Meinung so vehement vertrat.

»Weil ich weiß, wie es sich anfühlt, seine Gefährtin zu treffen. Dieser Sog und die Leidenschaft sind so krass. Es muss hart für Týr sein, dass er von allen Seiten Steine in den Weg gelegt bekommt. Und Elysa ist auch nicht die einfachste Person.«

Romy musterte den Wolf. Sie kam super mit Elysa klar, eine coolere Wölfin gab es in ihren Augen nicht. Elysa war die Schwester, die Romy sich gewünscht hätte.

»Weil sie freiheitsliebend ist?«, fragte sie neugierig.

»Ich kenne Elysa, seit sie geboren wurde. Sie ist nicht einfach freiheitsliebend, Romy. Jeder zweite Typ in Manaus, egal ob Mensch oder Wolf, ist auf sie abgefahren. Sie weiß es und sie sonnt sich in der Aufmerksamkeit. Als wir nach Rio umgesiedelt sind, war es das Gleiche. Sie kennt ihre Wirkung auf Männer«, schloss er seine Beobachtungen.

»Warst du auch in sie verliebt?«

»Nie, aber ich streite nicht ab, dass sie heiß ist. Als Ryans Kumpel habe ich ihre Spielchen oft genug aus der Nähe mitbekommen und das hat mir gereicht. Heiß hin oder her, aber man muss mit einer Frau wie ihr umgehen können, sonst reißt sie einem das Herz raus.«

»Und ich bin nicht so?« Das Thema fand Romy wahnsinnig spannend. *Tjells Sicht auf die Frauenwelt!*

»Du bist anders. Du hältst Abstand zu einem Mann. Du hattest deine Flirts, wie ich leider bezeugen musste, aber du hast trotzdem Distanz gewahrt. Du fällst nicht jedem Mann um den Hals, du musst nicht dauernd im Mittelpunkt stehen, du hast keinen Kontakt zu Expartnern und du hast auch keinen Busenfreund, mit dem du ständig abhängst. Ich weiß nicht, ob du dir vorstellen kannst, wie furchtbar so was für einen Mann sein kann. Schau dir Elysa und Joshua an. Sie gucken zusammen einen Film auf seinem Bett und Elysa pennt bei ihm ein.« Tjell verschränkte seine Arme vor der Brust und starrte sie an. Romy verstand, was er meinte.

»Ich könnte diese Nähe zu einem Mann nicht haben, aber Elysa und Joshua hatten nie Sex. Das hat sie mir gesagt.«

Tjell schnaubte. »Es kann jederzeit so weit kommen. Er sieht aus wie ein Model, zu ihr sagt sowieso kein Kerl *nein*. Ich würde ausflippen, wenn du bei Joshua im Bett pennen würdest.«

Romy hatte sich darüber nie Gedanken gemacht.

»Was magst du noch an mir?«, fragte sie ihn weiter.

Tjell lächelte. »Du bist lustig und spontan. Offen für neue Ideen und außerdem mutig und stark. Deine Optik ist sowieso der Hammer und mit dir wird mir nicht langweilig.« Er beugte sich nach vorne, damit nicht jeder ihn hören konnte. »Der Sex ist mega!«

Romy hoffte, nicht rot anzulaufen.

»Ich bin sofort auf dich abgefahren, als du in meinem Bad vor mir gestanden hast.« Er raunte ihr die Worte zu. Danach winkte er dem Kellner, um die Rechnung zu bekommen. »Wir haben nur noch 30 Minuten, bis Ryan zurückkommt. Ich würde vorschlagen, dass wir die kreativ nutzen.« Er zwinkerte ihr zu und kramte nach seiner Kohle.

Romy wurde warm. Er machte sie glücklich und sie hoffte inständig, dass es so blieb. Es waren unruhige Zeiten und wer wusste schon, was noch alles auf sie zukommen würde. Aber Abende wie diese gehörten zu den kostbarsten Erinnerungen ihres Lebens.

Sie griff nach Tjells Hand und verschränkte die Finger mit seinen. Sie genoss den Kuss, den er ihr aufdrückte, und die Schmetterlinge in ihrem Bauch brachen sich Bahn. 30 Minuten waren definitiv zu wenig für das, was sie mit ihm tun wollte. Tjell und sie standen am Anfang. Ein Ende war nicht in Sicht.

# 23

Elysa beobachtete Wallis beim Essen und konnte sich das Grinsen nicht verkneifen, als er ein Rosinenbrötchen mit Honig in seinen Mund schob. Noch vor wenigen Wochen wäre das undenkbar gewesen. Da hatte er ihr beim Essen zugesehen und sich selber nichts daraus gemacht. Jetzt hatte er Gefallen an süßem Aufstrich gefunden.

»Na los, sag, was du zu sagen hast.« Genüsslich biss er in sein Brötchen.

»Ich sehe dir beim Essen zu, was soll ich da zu sagen haben?«, fragte sie unschuldig.

»Du musst immer zu allem deinen Mund aufreißen. Wenn du es nicht tust, ist etwas faul.« Streng musterte er sie. Der Glanz in seinen Augen verriet jedoch, wie sehr er sie mochte. Der Typ kannte sie langsam besser, als ihr lieb war.

»Du isst ein Rosinenbrötchen und das habe ich grinsend zur Kenntnis genommen.«

Er verengte die Augen zu Schlitzen. »Ich wüsste nicht, was daran lustig ist.«

»Na ja, du bist doch ein Krieger«, begann sie.

Der Mann rollte schon jetzt mit den Augen. »Bist du sicher, dass es männlich genug ist, Rosinenbrötchen mit Honig zu essen?«

Wallis machte den Mund auf, um ihr seine Antwort mitzuteilen, aber Elysa quasselte frech weiter.

»Machst du dir keine Sorgen um deinen Ruf? So als Vorzeigebösewicht…«

»Halt die Klappe, Engel«, brummte er und achtete darauf, ihr nicht in die Augen zu sehen.

»Was machen wir heute?» Abwartend lehnte sie sich in ihrem Stuhl zurück. Für den Anfang hatte Elysa ihn genug aufgezogen. Inzwischen wusste sie, dass der Mann es heimlich genoss, wenn sie ihn triezte. Týr hatte es auch geliebt.

Der Bissen blieb ihr im Hals stecken und sie verschluckte sich prompt. Verdammter Mist. Zur Hölle mit ihrem Regelwerk. Das hatte noch nie funktioniert!

Sie hockte hier mit diesem Kerl fest, der einen gefährlichen Reiz auf sie ausübte. Wallis war stark und gutaussehend. Er tanzte mittlerweile extrem gut und hatte Humor, wenn auch versteckt. Mehr und mehr kam ein Mann zum Vorschein, mit dem es sich aushalten ließ.

Immer wieder brachte er sie nach draußen und übte die Hebefiguren mit ihr. Dabei warf er sie hoch in die Luft, damit sie einen Salto nach dem anderen drehen konnte. Gestern wollte er tatsächlich einen Kuchen mit ihr backen und sie hatten die Küche verwüstet. Tante Janett wäre bei dem Anblick wohl in Ohnmacht gefallen, aber es war lustig gewesen und sie hatten den Kuchen sogar essen können.

»Hast du Lust, an den Klippen spazieren zu gehen?«, fragte er sie.

Elysa staunte nicht schlecht. Der Vampir hatte wirklich eine Wandlung durchgemacht. Elysa lächelte ihm zu. »Gerne!«

Zehn Minuten später hatte sie sich eine warme Jacke, Handschuhe und Schal angezogen und spazierte mit Wallis an den Klippen entlang. Der Vampir hielt ihre Hand und sie genoss die kühle Nachtluft.

»Ich genieße jeden Tag mit dir«, brachte Wallis leise heraus.

»Ich bin auch gerne mit dir zusammen, obwohl ich meine Familie und Freunde vermisse. Ich habe einen Bruder, der mir unglaublich fehlt.«

»Vermisst du auch den Prinzen?«, fragte er angespannt. Überfordert starrte sie auf das Wasser. *Natürlich!* Aber das konnte sie ihm schlecht so sagen. Sie suchte nach einer Antwort, die ihn weniger kränken würde.

»Weißt du, was mich an Týr gestört hat?«, begann sie. »Er hatte kaum Zeit für mich. Immer waren seine Verpflichtungen wichtiger. Selbst an Romys Geburtstag kam er zu spät, weil seine Geschäfte seine Aufmerksamkeit verlangten. Ich war oft allein und dazu von meiner Familie getrennt. Richtig schwierig wurde es, als König Aegir aufgetaucht ist und mich offen abgelehnt hat. Ich wäre nicht gut genug für seinen Sohn. Die Wahrheit ist, ich war seit der Ankunft des Königs nicht mehr glücklich. Wäre Romy nicht bei mir gewesen, weiß ich nicht, ob ich überhaupt geblieben wäre.« Seufzend beobachtete sie den Mond. Sein friedlicher Schein erdete sie. Wie gerne würde sie sich wandeln und laufen. Einfach nur laufen, bis sie müde würde.

»Warum hielt der König dich für nicht gut genug?«

Elysa musterte den Vampir intensiv. Auch er wollte mehr über sie wissen. Wie sie suchte er nach jedem Detail über ihr Leben, das er ihr entlocken konnte.

»Týr ist sein ganzer Stolz. Aegir glaubt, dass die zukünftige Königin der Vampire stilvoll und moralisch überkorrekt sein sollte. Aegir ist ein geradliniger Mann und akzeptiert keine Schwäche.«

Wallis schüttelte den Kopf. »Nette Umschreibung für diesen Tyrannen.« Interessiert nahm Elysa seine Antwort zur Kenntnis. Sie schwieg, aber sie hoffte, er würde ihr mehr erklären. Aus Erfahrung wusste sie allerdings, dass es keinen Sinn machte, Wallis zu bedrängen.

»Und es gefällt dir, dass ich Zeit für dich habe?«, hakte Wallis wenige Minuten nach.

Es würde ihr noch mehr gefallen, wenn sie nicht mehr eingesperrt wäre, aber diese Wahrheit offen anzusprechen, wäre keine gute Taktik.

»Bis auf deine Einkäufe machen wir alles zusammen. Das gibt mir das Gefühl, zu zählen. Es ist komisch, denn eigentlich liebe ich es, frei zu sein. Ich mag es nicht, wenn ein Mann mich zu sehr einschränkt. Ich glaube, ich brauche so ein Mittelding. Seit wir zusammen tanzen, entsteht etwas Kraftvolles. Ich will wissen, wie es weitergeht. Der Song und diese Interpretation begeistern mich und ich teile das sehr gern mit dir. Wenn wir nicht zusammen tanzen würden, würde mir etwas fehlen.«

Týr hatte ihre Leidenschaft für das Tanzen nie verstanden. Ihm war nur wichtig, dass es nicht zu sexy war und sie Abstand zu den anderen Tänzern hielt. Wahrscheinlich wäre es ihm lieber gewesen, wenn sie einen anderen Beruf hätte.

*Sei nicht unfair! Er ist eifersüchtig, das ist der Grund seiner Abwehr!*, tadelte sie sich. Ihr Prinz hatte versucht, ihr jeden Wunsch von den Augen abzulesen und ihr sogar angeboten, den Thron für sie aufzugeben!

Gedankenverloren blickte sie in die Ferne. Sie vermisste Týr schrecklich. Egal wie sehr sie sich darüber ärgerte, was er ihr alles nicht gegeben hatte, so wusste sie, dass ihr Herz ihn liebte. Wenn sie ihn je wiedersehen sollte, würde ihr Gefährte sie erwürgen, weil sie und Wallis sich so nahegekommen waren.

»Cedric!«

Erschrocken zuckte Elysa zusammen, als sie die Frauenstimme rufen hörte. Wallis war sofort in Alarmbereitschaft und stierte die Frau, die sich ihnen mit weit aufgerissenen Augen näherte, kampfbereit an. Elysa hielt Wallis Hand fester und verharrte auf ihrem Platz.

Die Frau trug einen wehenden Umhang und hatte rote Augen. Ihre Haare waren ebenfalls rot und sehr lang, sie wehten im Wind wie der mächtige Stoffberg, der sie umgab.

Ein paar Meter von ihnen entfernt blieb sie stehen und starrte auf die Finger der beiden, die ineinander verschränkt waren.

»Die Gerüchte des Waldes sind also wahr. Du vergreifst dich an deiner zukünftigen Königin?«

Elysa schluckte bei ihren Worten. »Wer bist du? Was machst du hier?«, rief sie ihr zu.

Die Frau beachtete sie gar nicht. Sie schaute nur den Mann neben ihr an. »Du wirst deine Rache bekommen, Cedric! Aber den Prinzen trägt keine Schuld. Du solltest ihm zur Seite stehen, stattdessen verrätst du deine beiden Rassen!«

»Warum nennt sie dich Cedric?« Elysa zog an Wallis' Hand, um seine Aufmerksamkeit zu erregen, aber er reagierte nicht auf sie.

»Ich habe deiner Mutter eine Botschaft hinterlassen und sie hat mir versprochen, sie an dich weiterzugeben. Hat sie das getan?« Die Augen der Frau glühten noch intensiver und Elysa biss sich auf die Lippe. Das war mehr als unheimlich, was hier gerade vor ihren Augen ablief!

Wallis nickte. *Er kennt sie?*

»Warum folgst du nicht deiner Bestimmung, sondern tust genau das Gegenteil?« Die verzerrt klingende Stimme der Frau jagte einen Schauer über Elysas Rücken. Sie blickte verwirrt zwischen den beiden hin und her und versuchte, sich jedes Wort zu merken.

»Ich liebe Elysa!«, antwortete er laut und deutlich.

Elysa war sich seiner Kraft wieder allzu bewusst. Das Blut, das in ihm pulsierte, war mächtig.

»Der Prinz wird dich umbringen, wenn du nicht von seiner Frau ablässt. Nur du kannst die neue Ära einläuten! Deine Aufgabe ist größer, als du dir das in deiner blinden Verliebtheit eingestehen kannst!« Die Frau begann zu zucken.

Elysa hielt sich die freie Hand vor den Mund, um nicht laut aufzuschreien. Panik überkam sie, als die Augen der Frau aus den Höhlen traten und sie schließlich zusammensackte.

Elysa stieß heftig die Luft aus. »Ist sie tot?«, kreischte sie. Wallis machte kehrt und zog sie mit sich.

»Halt! Was machst du!«, rief sie, den Blick weiter auf die reglose Frau gerichtet.

Er ignorierte sie und zog sie unerbittlich zum Haus.

*Wallis lässt diese Frau einfach zurück!*

»Wir müssen ihr helfen!« Sie biss sich auf die Lippe. Die Frau war verrückt, vielleicht war es doch besser, so weit wie möglich von ihr wegzukommen. Wer war sie? Eine Hexe? Niemand hatte ihr gesagt, dass es Hexen gab! Über so was Wichtiges hätte man sie doch aufgeklärt, oder nicht?

Kurz darauf betraten sie das Haus. Wallis kettete sie an und ließ sie allein zurück. Elysa lauschte den Geräuschen, die er verursachte. Was tat er? Was hatte er vor? Oh, wie sie ihn und seine Geheimnisse in diesem Moment hasste! Cedric? Wer sollte das sein? Hieß er etwa so?

»Wallis!«, rief sie. »Verdammt, rede mit mir!«

Keine Reaktion. Fluchend ging sie ins Bad und wusch sich das Gesicht. Sie hoffte, dass das kalte Wasser ihre Gehirnzellen ankurbelte. Sie hatte einiges zu verarbeiten. Endlich hörte sie, wie er ihr Zimmer betrat. Sie stürzte regelrecht aus dem Bad, bevor er verschwinden konnte.

Der Vampir zog Klamotten aus ihrem Schrank und steckte sie in einen Rucksack.

»Wir nehmen nur das Nötigste mit«, informierte er sie. Elysas starrte einen Moment auf den Rucksack. Langsam kam ihr Hirn in die Gänge.

»Wir verschwinden? Wegen dieser Frau?« Überfordert suchte sie seinen Blick. »Aber warum? Wer war sie? Was verschweigst du mir?« Sie griff nach seinen Armen und wollte ihn zu sich umzudrehen.

Wallis Augen hatten ihre hellblaue Farbe verloren und wieder einen dunklen Ton angenommen, wie immer, wenn etwas Düsteres in ihm brodelte. Als wäre da noch jemand in ihm, der die Kontrolle übernahm.

»Hör auf, mich mit deinen Fragen zu bombardieren! Ich werde sie dir nicht beantworten!«, brüllte er sie an und baute sich vor ihr auf. Elysa zuckte vor ihm zurück. In dieser Stimmung sollte sie ihn nicht weiter reizen. Selbst wenn sie sich nähergekommen waren, der Mann blieb gefährlich.

Seufzend setzte sie sich aufs Bett und beobachtete ihn abwartend. Er nahm den Rucksack, den er mit Kleidung gefüllt hatte, mit aus dem Zimmer.

*Scheiße. Okay, denk nach!*, appellierte Elysa an sich. Wer könnte diese Frau gewesen sein und warum versetzte sie Wallis in Panik? Weil er entdeckt worden war? Wer suchte ihn? Er hatte so viele Geheimnisse und es war ihr kaum gelungen, sie aufzudecken.

»Wir müssen los!« Wallis kam hereingestürmt und machte sich an ihren Fesseln zu schaffen.

Elysa hatte keine Ahnung, ob es ihre Situation verbessern oder verschlechtern würde, wenn Wallis sie fortbrachte. Vielleicht könnte sie unterwegs fliehen? Wohl kaum. Der Vampir war eisern in seiner Kontrolle.

»Die Sonne geht bald auf! Wo willst du jetzt noch hin? Es ist gefährlich für dich draußen! Was, wenn wir keinen geeigneten Unterschlupf finden?« Elysa sah ihn eindringlich an. Es könnte ihr ja egal sein, aber die Frau hatte etwas gesagt, das sich in ihren Geist eingebrannt hatte: *»Nur du kannst die neue Ära einläuten! Deine Aufgabe ist größer, als du dir das in deiner blinden Verliebtheit eingestehen kannst!«*

Er musste leben. Sie spürte, dass es wichtig war. Eine Aufgabe lastete auf seinen Schultern. Er war dieser Sache gefolgt, bis er ihr begegnet war und alles über den Haufen geworfen hatte. Seine Pläne hatten sich ihretwegen geändert.

Der Vampir starrte aus dem Fenster. »Solana wird in den nächsten Stunden zu sich kommen. Wenn ich Pech habe, erinnert sie sich an die Begegnung und mischt sich ein.« Zischend fuhr er sich über seinen Kopf.

Elysa glaubte, sich verhört zu haben. Solana? Die Seherin? Týr hatte ihr von dieser Frau und von der Prophezeiung erzählt, die das Mal auf Elysas Oberschenkel betraf. Die Rosenblüte sollte jedermann zeigen, dass sie und Týr füreinander bestimmt waren.

*Du vergreifst dich an deiner zukünftigen Königin?,* hatte die Seherin gesagt. Hatte sie etwa von Elysa gesprochen? Großer Gott! Elysa ließ angespannt die Luft entweichen.

»Wir verschwinden, sobald die Sonne untergegangen ist«, schlug sie vor.

Wallis sah sie zweifelnd an. »Es geht hier nicht nur um mich und meine Schwäche für dich. Bei mir bist du in Sicherheit. Der Prinz kann dich nicht beschützen, Elysa. Er vertraut den falschen Leuten.«

*Týr kann das wirklich nicht!*, klickte auch das bei ihr ein. Nicht, wenn auch nur ein Teil der Horrorvorstellungen in ihrem Kopf der Wahrheit entsprach. Sie musste Wallis dazu bringen, sich ihr anzuvertrauen. Sie brauchte mehr Informationen!

Wallis zog sie in seine Arme. »Wir gehen morgen Abend. Ich habe viele Fehler gemacht, aber ich habe einen Teil von mir selbst gefunden, von dem ich nicht wusste, dass er noch da ist. Deinetwegen, Elysa. Du bist mein Engel.«

Elysa kuschelte sich an ihn und wollte ihm Trost spenden.

»Auch ich habe etwas Neues in mir gefunden, deinetwegen«, erwiderte sie gedankenverloren.

Wallis küsste sie auf die Stirn und ließ sie los.

»Versuche, etwas Schlaf zu finden. Morgen steht uns eine lange Reise bevor.«

Sie legte sich ins Bett und starrte an die Decke. An Schlaf war nicht zu denken. Ihre Gedanken überschlugen sich. Morgan war nicht länger ihr Hauptproblem. Scheiße! Es war ja zu schön gewesen, zu wissen, wer gut und wer böse war. Jetzt lagen die Dinge anders.

Tränen füllten ihre Augen. Was hatte Wallis – oder Cedric? - nur durchmachen müssen? Er war allein mit dieser Prophezeiung auf seinen Schultern und offensichtlich kam er mit dem Druck nicht besonders gut zurecht. Sie wollte ihm helfen. Aber wie?

Sie müsste Týr die Wahrheit sagen. Würde er ihr überhaupt glauben? *Das wird er nicht, zumal du keine Beweise hast!* Sie seufzte innerlich. Das Chaos würde ausbrechen.

---

Romy und die Jungs waren in Marloes angelangt und Ryan tigerte seit Stunden nervös durch die Gegend.

»Sie ist ganz in der Nähe.«

Das hatte er schon einige Male von sich gegeben, wittern konnten sie Elysa trotzdem nicht. Ryan hatte sich seiner Gabe bemächtigt und die Tiere befragt. Tatsächlich hatten sie einen Vampir in der Gegend gesehen, auf den Wallis' Beschreibung passte. Wohin genau er sich zurückzog, hatte Ryan allerdings nicht in Erfahrung bringen können.

»Vielleicht in Richtung der Klippen? Da gibt es bestimmt gute Verstecke und man kann auch nicht hören, wenn sie um Hilfe schreit«, überlegte Tjell laut.

Sie liefen als Wölfe weiter durch die Nacht und näherten sich dem Meer. Ryan lenkte sie südlicher, als Romy eine Gestalt auf dem Boden liegen sah.

Ihre Wölfin machte einen Laut, der die Männer dazu brachte, sich zu ihr umzudrehen. Sie wies mit dem Kopf in Richtung der Gestalt. Der Alpha verwandelte sich zurück und gab ihr und Tjell den stummen Befehl, es ihm nachzutun.

Vorsichtig näherten sie sich der reglosen Person. Romy konnte nur Stoff erkennen. Waren das Decken? Sie versuchte, anhand des Geruchs wahrzunehmen, ob es sich um einen Menschen handelte, aber die Person roch seltsam. War sie weder Mensch noch Vampir noch Wolf?

Die Männer schienen es auch bemerkt zu haben. Tjell ergriff ihre Hand und hielt sie fest. Auch Ryan war in Alarmbereitschaft und hatte seine Waffe gezogen.

»Wer sind Sie?«, rief er. Den Sicherheitsabstand wollte er offenbar nicht aufgeben.

Die Person regte sich nicht und der Alpha fluchte lauthals vor sich hin.

»Ich glaube, die Person ist ohnmächtig, aber ich kann die Rasse nicht wittern!« Er schaute zu Tjell.

»Ich auch nicht«, stimmte Tjell zu.

Der Alpha näherte sich der Person vorsichtig und schob mit dem Fuß den Stoff zur Seite.

»Es ist eine Frau«, ließ er sie wissen.

Romy entspannte sich etwas und auch Tjell neben ihr lockerte seinen Griff.

»Sie ist altmodisch gekleidet. Sie sieht aus, als wäre sie auf einer Mittelalter-Kostüm-Party gewesen.« Romy sah den Alpha die Nase rümpfen. »Geschmack hat die jedenfalls keinen.«

Tjell trat nun neben ihn, hatte sich aber vor Romy geschoben, sodass sie nichts sehen konnte. Sie versuchte, an seiner Seite vorbeizukommen, aber er hielt sie zurück. Beleidigt verschränkte sie die Arme vor der Brust und wartete, dass ihr Gefährte feststellte, dass ihr Leben nicht in Gefahr war.

Endlich trat er einen Schritt zur Seite und gab die Sicht auf die Frau frei. Sie hatte lange, rote Haare.

»Vielleicht wäre sie was für Chester«, überlegte Romy schmunzelnd.

Ryan warf ihr einen strengen Blick zu. Er kniete sich neben die Frau und schüttelte sie.

»Hey! Kannst du mich hören?«

Langsam regte sich die Gestalt und stöhnte. Sie hob ihre Hand an ihren Kopf und verzog das Gesicht.

Ryan fühlte ihre Stirn. »Ich glaube, du hast Fieber«, erklärte er ihr, als sie zu sich kam und die Augen öffnete.

Romy sah, wie die Frau Ryan anstarrte, als hätte sie einen Geist gesehen.

»Ich kenne diese Augen!« Ihre Stimme war kratzig, aber deutlich verständlich.

Ryan schüttelte beleidigt den Kopf. »Ich bin auch schon besser angemacht worden, Frau! Außerdem stehe ich nicht auf Vogelscheuchen!» Er brachte Abstand zwischen sich und die Rothaarige. Romy runzelte die Stirn.

»Lass sie doch erst mal zu sich kommen, bevor du ihr eine Abfuhr erteilst. Nicht jede Frau steht auf dich!«, tadelte Romy.

Ryan schnaubte und griff nach seinem Rucksack. Er hielt der Frau sein Wasser hin. Sie setzte sich auf und nahm die Flasche entgegen. Nachdem sie getrunken hatte, inspizierte sie die Wölfe.

»Du bist ein Alpha«, sagte sie zu Ryan.

Überrascht hob er die Augenbrauen. Sie starrte wieder in seine Augen und Romy bemerkte, wie beide Männer die Nasen rümpften. Irritiert schnupperte auch sie. Oh! Sie presste die Lippen aufeinander. Die Frau war erregt und fuhr anscheinend doch auf den Alpha ab.

*Na klasse! Sein Ego gibt ihm auch noch recht.*

Sie beobachtete Ryan von der Seite, er hatte abwehrend die Arme vor seiner Brust verschränkt.

»Können wir los? Diese Vogelscheuche ist jetzt wach und wir werden hier nicht mehr gebraucht.«

Dieser arrogante Idiot!

Ryan wandte sich ab und Tjell marschierte ihm nickend hinterher.

»Suchst du nach jemanden, Alpha?«, rief die Frau ihm nach. Sie kam zittrig auf die Beine.

»Ich suche jedenfalls keinen Sex mit schrulligen Frauen!« Er drehte sich nicht zu ihr um, sondern hielt ihr nur seinen Mittelfinger entgegen.

Romy schüttelte den Kopf. *Was ist nur in ihn gefahren? Er ist doch sonst nicht so ein Arsch!* Entschuldigend blickte sie zu der Frau, der man die Verletzung über seine Worte deutlich ansehen konnte.

»Komm, Candy Girl. Folge deinem Mann«, rief Tjell und machte die Sache damit nicht besser. Sie beachtete die beiden Idioten nicht.

»Ist alles in Ordnung? Hast du Schmerzen? Vergiss die Kerle, die sind beide gestresst.« Sie legte ihren Arm um die Frau, um ihr einen besseren Halt zu ermöglichen.

»Du hast einen gutaussehenden Gefährten«, flüsterte die Frau ihr zu.

»Das stimmt. Er ist so heiß, aber etwas hitzig«, gab Romy zwinkernd zurück.

»Das haben Wölfe so an sich.« Die Frau schüttelte den Kopf.

»Romy, was machst du da? Wir nehmen dieses Weib nicht mit!« Ryan baute sich vor den beiden auf.

»Keine Sorge, ich komme allein zurecht.« Die Rothaarige winkte ab.

»Da hörst du es!« Ryan griff nach Romy, um sie mit sich zu ziehen.

»Seit wann bist du so ein Arsch, Ryan Sante?« Streng entzog sie sich seinem Griff. »Sie braucht unsere Hilfe!«

»Du bist Ryan Sante?« Die Rothaarige riss die Augen auf und starrte ihn wieder an.

Ryan setzte die arroganteste Miene auf, die Romy je an ihm gesehen hatte.

»Du suchst nach deiner Schwester?«, fragte die Frau und Romy sog überrascht die Luft ein.

Ryan blinzelte, dann packte er die Frau und schüttelte sie. »Was weißt du über Elysa?«, schrie er sie an.

»Mein Gott, Ryan! Hör auf damit!« Romy versuchte, ihn von der Frau zu lösen, aber es war Tjell, der es schaffte, sich zwischen die beiden zu schieben.

»Wir reden ganz vernünftig miteinander!«, presste er hervor, während er Ryan in Schach hielt.

Die Rothaarige blickte sich suchend um. »Sie sind nicht mehr da.«

»Wovon redest du? War Elysa hier?« Romy musterte die Frau eindringlich.

»Ich habe sie nie vorher gesehen, aber es war eindeutig die Frau aus der Prophezeiung. Cedric hat sie.«

Ryan hatte aufgehört, sich gegen Tjells Griff zu wehren. »Wer ist Cedric?«, fragte er angespannt.

»Das ist eine lange Geschichte, für die wir keine Zeit haben. Er ist vorgewarnt und wird die Prinzessin wegbringen.« Sie starrte Ryan an. »Du und deine Schwester habt die gleichen Augen.«

Der Alpha schluckte hart. »Weißt du, wo wir sie finden können?«, fragte Ryan.

Die Rothaarige schüttelte den Kopf.

»Ich habe sie gesehen, Hand in Hand. Sie standen dort drüben an der Klippe. Als ich auf sie zuging, muss ich eine Vision gehabt haben, an die ich mich nicht erinnern kann. Danach falle ich in Ohnmacht und komme oft erst Stunden später zu mir.«

»Du bist eine Seherin?» Ryan musterte sie eindringlich.

»Das bin ich. Eine von den dreien, die es weltweit gibt. Ich heiße Solana«, antwortete sie und mied Ryans Blick.

»Týr hat von dir gesprochen!« Die Rädchen in Romys Kopf ratterten aufgeregt.

»Es gibt eine Prophezeiung über ihn und Elysa. Sie zu treffen, war beeindruckend. Die Prinzessin hat einen unglaublich starken Geist. Ich wette, sie schafft es sogar, den König zu blockieren.« Solana nickte Romy freundlich zu. »Es tut mir leid, dass ich nicht mehr für euch tun kann. Ihr müsst euch beeilen, bevor Cedric sie wegbringt. Sein Versteck muss in der Nähe sein.«

»Kommst du nicht mit uns?«, fragte Romy aufgeregt. Eine Seherin zu treffen, war eine Seltenheit. Diese Frauen waren scheu und standen nicht gern im Mittelpunkt. Romy wollte mehr über Solana und ihre Visionen erfahren.

Sie blickte zu Ryan hinüber, der so unfreundlich auf sie reagiert hatte. Er schien nun doch dankbar für ihre Informationen zu sein und hatte den arroganten Blick abgelegt.

»Ich stelle mich nie auf eine Seite. Das ist auch einer der Gründe, warum wir Seherinnen sowohl von den Wölfen als auch den Vampiren respektiert werden. Wir sind beiden Rassen nützlich.« Solana senkte den Blick und deutete eine Verbeugung an. Danach wandte sie sich ab und ging davon.

Romy sah ihr nach. Die Seherin drehte sich noch einmal um, schaute allerdings nicht zu ihr, sondern zu Ryan. *Liegt da Sehnsucht in ihrem Blick?*

Der Alpha war schon vorausgegangen und verschwendete keine Sekunde mehr an die Frau.

»Komm schon.« Tjell ergriff ihre Hand und lächelte ihr zu. »Wir sind kurz davor, Elysa zu finden!« Seine Augen leuchteten.

Romy dankte dem Schicksal, dass sie es bis hierher geschafft hatten. Sie gab ihrem Gefährten einen innigen Kuss, der ihm ihre Liebe für ihn zeigen sollte.

»Ich kann es kaum erwarten, ein neues Leben mit dir in Rio zu beginnen!», flüsterte er zwischen zwei Küssen.

»Hey, ihr Turteltauben! Ihr habt die Vogelscheuche gehört, wir sollen uns beeilen!«, rief Ryan ihnen zu und verwandelte sich in einen mächtigen Alphawolf.

Romy fasste neuen Mut, als sie ihre Wölfin rief und den beiden Männern zur Klippe folgte.

# 24

Sie suchten nun seit über vier Stunden und Romy merkte, wie ihre Kräfte schwanden. Die Sonne stand hoch am Himmel, aber Ryan ließ nicht locker.

»Wir müssen sie bei Tag finden, damit wir leichter verschwinden und diesen Wichser umbringen können. Der wird jetzt tief und fest schlummern.« Ryan trieb sie an.

Sie liefen am Strand entlang und suchten nach Hohlräumen in den Klippen. Es war der Alpha, der plötzlich innehielt und die Nasenflügel blähte. Romy strengte sich an, Elysas Vanillearoma zu entdecken, aber sie fand nichts. Auch Tjell schüttelte den Kopf.

Ryan bewegte sich nun langsam, aber zielsicher und deutete ihnen, leise zu sein und keinen Mucks von sich zu geben.

Tatsächlich! Romy sah es nun auch! Dort im Schutz der Klippen stand ein Häuschen verborgen. Sie waren nur noch wenige Meter entfernt. Hatten sie Elysa gefunden?

---

Elysa war überraschenderweise doch eingeschlafen, obwohl ihr Kopf wie wild von den ganzen Verschwörungstheorien gedröhnt hatte, über denen sie grübelte. Sie rieb sich die Augen. Bei der Bewegung fielen Block und Stift aus dem Bett. Sie war über ihre Notizen eingeschlafen.

Elysa hob die Papiere auf und warf einen frustrierten Blick auf das Geschriebene. Sie hatte Solanas Rede Wort für Wort notiert, damit sie nichts vergaß oder übersah.

Die Seherin hatte schon einmal ein gutes Näschen bewiesen, als es um sie und ihr Rosenmal auf dem Oberschenkel ging. Elysa musste den Hinweisen dieser Frau unbedingt nachgehen.

Elysa legte die Blätter neben sich auf den Nachttisch. Sie sollte noch ein wenig schlafen, bevor Cedric sie wegbrachte.

Plötzlich bemerkte sie den vertrauten Geruch, der sich näherte. *Ryan!* Elysa setzte sich aufrecht hin. Ihr Bruder war hier?

Tränen schossen ihr in die Augen bei der Vorstellung, was er auf sich genommen hatte, um sie am anderen Ende der Welt zu suchen, obwohl sie ihn gekränkt hatte! Sie stürzte aus dem Bett zum Fenster und stieß ein Wolfsgeheul aus, um ihm zu zeigen, wo sie war. Aufgeregt lief sie hin und her.

*Denk nach, Elysa! Wallis schläft wie ein Toter und kann nichts mehr gegen das tun, was nun passiert.* Sie musste sein Leben schützen und Ryan davon überzeugen, ihr zu vertrauen, obwohl sie ihn so oft angelogen hatte…

Sie biss sich auf die Lippe. Scheiße! Hoffentlich kam er zuerst zu ihr, bevor er sich an dem Vampir rächte. Schnell heulte sie ein weiteres Mal, um ihren Bruder zu rufen.

Sie stand noch am Fenster, als die Tür aufflog und ihr großer Bruder den Türrahmen füllte. Ihr Herz drohte bei seinem geliebten Anblick zu zerspringen. All die Sehnsucht und Trauer, die sie seit ihrem Streit in sich trug, brachen sich Bahn. Sie stürzte in seine Arme und sprang an ihm hoch, um ihn so intensiv wie möglich zu berühren. Sie musste sich vergewissern, dass er real war und ihretwegen gekommen war.

»Bitte, verzeih mir meine Lügen!« Sie schluchzte aufgelöst.

Ryan hielt sie fest, wie er es immer getan hatte, als wäre sie nach wie vor die Schwester, die er über alles liebte.

»Ich bin derjenige, der dich um Vergebung anwinseln muss!«, flüsterte er ihr ins Ohr. Erleichterung durchflutete ihr Herz, als zu ihr durchsickerte, was das bedeutete: Er liebte sie noch immer.

Ryan löste sich ein Stück von ihr, so dass sie ihn ansehen konnte.

»Wir haben nicht viel Zeit und müssen schnellstmöglich verschwinden. Aber eins verspreche ich dir Elysa: Ich habe keine Sekunde aufgehört, dich zu lieben.« Er küsste ihre Stirn und strich ihre Tränen weg. »Wir beide gegen den Rest der Welt.«

»Wir beide gegen den Rest der Welt«, wiederholte sie das Versprechen, das sie sich als Kinder gegeben hatten.

Elysa versuchte, den Sturm der Emotionen zu überwinden, obwohl alles in ihr bebte. Sie wusste, dass die Wiedersehensfreude ihnen Zeit raubte, um zu handeln.

»Ryan, bitte hör mir gut zu. Wallis schläft nebenan. Die Schlüssel für meine Fesseln befinden sich in seiner Hosentasche. Du musst zu ihm gehen und sie holen. Er wird nicht aufwachen, nicht wenn die Sonne so hoch steht wie jetzt. Bitte glaub mir, ich weiß es. Hol die Schlüssel und tu ihm nichts. Er muss leben!« Eindringlich sah sie ihn an. Sie wusste, was sie von ihm verlangte und wie schwer nachvollziehbar ihre Bitte sein musste.

»Er hat den Tod verdient!«, spie Ryan wütend aus.

»Vielleicht. Allerdings geht es um mehr als um mich oder dich. Die Seherin hat ihm etwas prophezeit. Das Schicksal hat ihm eine schwere Bürde aufgelegt. Ich erkläre dir alles später, bitte vertrau mir erst mal.« Verzweifelt klammerte sie sich an seinem Pullover fest. Wie sollte er ihr nach allem, was zwischen ihnen vorgefallen war, glauben?

Sie musste es wenigstens versuchen.

»Ich sehe seine Markierung am Hals! Er hat von dir getrunken und kann deiner Spur leicht folgen! Wir haben kaum Vorsprung und sind müde von der Suche nach dir. In diesem Land wimmelt es von angriffslustigen Vampiren. Du bringst unser Leben in Gefahr!« Ryan verzog das Gesicht.

Elysa schloss die Augen. »Ich werde ihm einen Brief hinterlassen und ihn dazu auffordern, mich gehen zu lassen und seiner Bestimmung zu folgen. Wir finden einen Weg in die Freiheit. Bitte, lass es uns versuchen, ohne ihn umzubringen!«

Sie griff nach den Händen ihres Bruders und hielt sie fest. Er nickte und verschwand aus dem Zimmer. Elysa stürzte zu dem Block, riss das Blatt mit ihren Notizen ab und steckte es in ihre Hosentasche. Eilig brachte sie die Worte aufs Papier, die Cedric davon abhalten sollten, ihr zu folgen.

*Lieber Cedric,*
*mein Bruder ist gekommen, um mich zu holen und ich werde mit ihm gehen. Bitte folge mir erst, wenn du bereit bist, die Bürde, die auf dir lastet, zu tragen.*

*Ich habe eine Vermutung, wer du bist und was du tun musst, um Gerechtigkeit zu finden. Ich muss zurück und die Wahrheit herausfinden, die Wahrheit, die du mir nicht anvertrauen konntest oder wolltest. Und wenn ich sie gefunden habe, verspreche ich dir, dass ich dir helfen werde.*

*Du hast mir in Rio das Leben gerettet, heute rette ich deines.*

*Elysa*

Ryan wartete neben ihr, während sie noch ihren Namen unter den Brief setzte. Sie legte ihn aufs Bett und hielt ihrem Bruder ihre Fesseln hin. Ihre Wölfin tobte aufgeregt in ihrem Inneren. *Gleich können wir laufen!*

Ryan befreite sie und rannte als Erster durch die Tür. Elysa folgte ihm, nicht ohne einen letzten Blick auf den Vampir zu werfen, der wie ein Toter in seinem Bett schlief.

Sie wollte die Gefühle in sich nicht zulassen, die so widersprüchlich und aufwühlend waren. In jedem Fall überwog die Freude, ihren Bruder zu sehen und mit ihm nach Hause zu gehen. Schnell wandte sie sich ab und folgte Ryan nach unten. Auf der Treppe verwandelte sie sich in ihre Wölfin und schoss durch die Eingangstür.

Aufgeregt erblickte sie Romy und Tjell. Die Wölfinnen sprangen aneinander hoch. Die Freude über das Wiedersehen überwältigte Elysa, immer wieder sprang sie Romy an und wedelte mit dem Schweif.

Der Alphawolf stieß sie an, um ihre Aufmerksamkeit zu erlangen, und sie rannten davon. Elysa hatte keine Ahnung, wohin Ryan sie bringen würde oder wie lange es dauerte. Sie genoss einfach nur die Nähe der Wölfe, die sie liebte.

Einige Zeit später hielten sie an und Ryan verwandelte sich, um jemanden anzurufen. »Wir haben Elysa und könnten deine Unterstützung gebrauchen. Wir sind in Marloes und haben noch ein weites Stück zu euch in den Snowdonia Park. Kannst du uns deine Männer entgegenschicken?«

Elysa vermutete, dass Ryan mit einem Alpha aus der Gegend sprach, und lauschte gebannt dem Telefonat.

»Natürlich! Ich schicke euch meine besten Männer, aber das dauert Stunden, bis ihr euch trefft! Habt ihr genug Kraft für den Weg oder braucht ihr einen Schlafplatz?«

»Eigentlich Letzteres, aber dafür bleibt keine Zeit. Der Vampir wird aufwachen und meine Schwester ohne Schwierigkeiten orten.«

»Scheiße!« Kam es aus dem Telefon.

»Wir versuchen, die A487 zu erwischen und mit einem Auto schneller voran zu kommen«, schlug Ryan vor.

»Gute Idee! Damit kann ein Teil von euch schlafen. Lass dein Handy an, damit wir deinen Standort kennen und meine Männer dich finden. Wir bleiben in Kontakt.«

Ryan verwandelte sich zurück und führte sie an. Elysa fühlte sich fit und kräftig, zumal sie vorher etwas Schlaf gefunden hatte. Romy aber war K.O., das spürte Elysa deutlich. Auch Tjell lahmte bereits.

Sie wusste, dass der Stress ihre Schuld war, aber was wären die Optionen gewesen? Wallis – oder Cedric? - zu fesseln, hätte auch seinen Tod bedeutet, weil niemand ihn hätte ernähren können. Der tätowierte Vampir blieb ein Risiko, er war unberechenbar und würde ihr vermutlich sofort folgen, wenn er aufwachte. Sie hoffte inständig, dass ihr Appell an ihn Wirkung zeigte, aber sie verließ sich nicht darauf.

Sie erreichten ein Städtchen. Ryan wies Tjell an, nach einem fahrbaren Untersatz zu suchen, der sie schnell ans Ziel bringen würde. Romy und sie blieben bei Ryan, der wachsam die Gegend im Blick hielt.

Endlich hörten sie ein Heulen, das von Tjell ausging und sie darüber in Kenntnis setzte, dass er fündig geworden war. Als sie neben ihm auftauchten, hatte er den Wagen bereits geknackt und zum Laufen gebracht.

»Ein Jeep Grand Cherokee!», nahm der Alpha interessiert zur Kenntnis und musterte das Auto.

»Getunt. Der müsste ein paar mehr PS haben«, entgegnete Tjell.

»Rein mit euch. Ich fahre.« Ryan schlüpfte hinters Steuer und berichtete ihnen erleichtert, dass der Wagen vollgetankt war. Elysa stieg auf der Beifahrerseite ein, während Romy und Tjell hinten Platz nahmen. Schon fuhren sie davon.

»Versucht etwas zu schlafen und Kraft zu tanken!«

Elysa beobachtete, wie Ryan die Anweisung mit Blick in den Rückspiegel durchgab.

»Weck mich, wenn du eine Pause brauchst!« Tjell war gerade dabei, eine bequemere Sitzhaltung einzunehmen, was mit seinen langen Beinen nicht so einfach war.

Elysa drehte ihren Kopf zur Seite, um aus dem Fenster zu sehen. Die Sonne ging unter. Cedric würde jeden Moment aufwachen und feststellen, dass sie weg war. Sie unterdrückte jegliche Gefühle, die sie überfordern wollten. Am Rande registrierte Elysa, wie Ryan sein Telefon herausholte.

»Wir fahren einen Jeep Grand Cherokee in der Farbe grau. Kommt uns auf der Schnellstraße entgegen.«

»Meine Männer sind unterwegs. In etwa zwei Stunden trefft ihr auf meine Wölfe.«

Elysa lauschte dem Gespräch, ohne den Kopf zu drehen. Sie starrte blicklos auf die vorbeiziehenden Wälder und Wiesen. Wenn sie das Tempo beibehalten konnten, würde Cedric sie nicht einholen. Was würde aus ihm werden? Und wie sollte sie mit Týr umgehen?

*Nicht jetzt, Elysa! Im Schutz des Wolfsrudels kannst du dich ein paar Tage ausruhen und über alles nachdenken!* Vielleicht hatte ihr Bruder hilfreiche Tipps für sie.

Einen Moment herrschte Stille im Auto, bis Elysa wieder ein Läuten hörte.

»Ich gebe Týr Bescheid, dass wir dich gefunden haben«, informierte Ryan sie.

Elysas Puls beschleunigte sich und sie schnellte mit dem Kopf zu ihm herum. »Nein! Ryan, warte, ich...« Weiter kam sie nicht, weil Týr bereits abhob.

»Hallo?«

Ihr Herz rutschte ihr in die Hose, als sie seine Stimme hörte. Der Schweiß brach auf ihrer Stirn aus.

»Týr, hier ist Ryan. Ich habe Elysa gefunden. Wir sind unterwegs in sicheres Wolfsgebiet.« Ryan beeilte sich, die wichtigsten Informationen weiterzugeben, und schaute dabei zu ihr. Ihr Bruder runzelte die Stirn.

Elysa bedeutete ihm mit Handzeichen, dass sie Týr auf keinen Fall sprechen wollte.

»Ich… ich bin sprachlos. Wie geht es ihr? Ist sie verletzt?«, hörte sie die sexy Stimme des noch heißeren Typen, den sie mit ihrem Entführer betrogen hatte.

Sie presste überfordert die Lippen aufeinander, damit ihr kein Laut entwich.

»Es geht ihr den Umständen entsprechend gut«, gab Ryan irritiert von sich, während er sie beobachtete und abwechselnd zu ihr und auf die Straße sah.

»Wo seid ihr?«

Elysas gesamter Körper spannte sich bei der Stimme an, die sie nun hörte. Wenn sie angenommen hatte, dass ihr Puls eben erhöht war, erreichte er nun ungesunde Höhen. Sie riss ihrem Bruder das Handy aus der Hand und legte auf.

»Was tust du?«, fragte er verständnislos.

Elysa starrte zitternd auf das Display, das ihr anzeigte, dass der Anruf beendet war. Als Týrs Nummer erneut aufleuchtete, zappelte sie unruhig auf ihrem Sitz hin und her. Sollte sie ihn wegdrücken?

»Elysa, verdammt! Gib mir das Telefon!«, befahl ihr Bruder in strengem Ton. Die Mailbox sprang an und Elysa fackelte nicht lange und drückte die Taste, die das Handy ausstellen sollte. Ryan fluchte und riss ihr das Gerät aus der Hand.

»Wir müssen für Sean erreichbar bleiben! Die Gegend ist gefährlich und wir sind alle müde!« Ihr Bruder kontrollierte sein Handy und schob es in seine Hosentasche. »Es tut mir leid«, sagte er nun sanfter, während er weiter die Straße entlangraste. »Du hast viel durchgemacht und ich hätte dich fragen sollen, ob du mit Týr sprechen möchtest. Ich kann mir vorstellen, dass der psychopathische Vampir nicht nur Händchen halten wollte.«

Elysa starrte aus dem Fenster. »Nicht jetzt und nicht hier«, flüsterte sie. Ryan gab ein mitfühlendes Geräusch von sich und legte eine Hand auf ihr Knie.

»Ich werde in Zukunft für dich da sein. Deine Beziehung mit Týr werde ich akzeptieren und euch unterstützen. Ich habe lange gebraucht und mein Sturkopf hat alles verschlimmert, aber ich bin jetzt in der Spur. Versprochen, Kleines!«

*Jetzt akzeptiert er meine Beziehung?* Er meinte wohl den Scherbenhaufen, der vor ihr lag?

»Danke«, sagte sie. Seine Worte hatten sie nur noch mehr aufgewühlt.

»Was sagst du eigentlich zu unserem neuen Traumpaar?«, fragte ihr Bruder leise und zwinkerte ihr zu. Überrascht drehte Elysa den Kopf. Tatsächlich! Sie hatte es nicht bemerkt, so gedankenverloren hatte sie aus dem Fenster gestarrt. Tjell saß in einer unbequem aussehenden Haltung auf der Rückbank, während Romy sich eng an ihn geschmiegt hatte und schlief. Seine Arme hatte er um sie geschlungen und seinen Kopf in ihrem Nacken vergraben. Elysa konnte außerdem das Gefährtenmal auf Romys Hals ausmachen.

Ihr Herz wärmte sich sofort. *Sie haben es geschafft!* Ein Lächeln erschien in ihrem Gesicht und sie strahlte ihren Bruder an.

»Das ist wundervoll!«, flüsterte sie. »Ich will die ganze Geschichte hören!«

Ryan weinte scherzhaft. »Es ist wohl mein Schicksal, ständig den Sex von anderen mitzubekommen!« Frech hob er eine Augenbraue.

Elysa versuchte, nicht rot anzulaufen, bei der Erinnerung, wie Ryan sie und Týr in flagranti auf seinem Schreibtisch erwischt hatte.

»Wir Wölfinnen sind ein wenig...« Sie suchte nach dem passenden Wort.

»Wild?«, schlug ihr Bruder vor.

Elysa warf ihm einen entschuldigenden Blick zu. »Es tut mir leid, wie du von Týr und mir erfahren hast.«

Ryan verzog das Gesicht. »Wenn du es mir schonender beigebracht hättest, wäre ich wahrscheinlich trotzdem nicht besonders verständnisvoll gewesen«, räumte er ein. »Aber diese Schreibtischnummer war schon ein Schock, Elysa. Ich meine, was geht bei euch ab!« Er schüttelte den Kopf. »Eine Nummer kleiner hätte gereicht.«

Elysa grinste. »Du meinst unter der Bettdecke wie Onkel Dustin und Tante Janett?« Sie hatten zwar jahrelang bei dem Gefährtenpaar gelebt, sie aber nie beim Sex erwischt. Die beiden waren absolut diskret.

Ryan kämpfte gegen einen Lachanfall, was ihm nicht sonderlich gut gelang.

»Bei euch beiden kann man wirklich nicht schlafen!«, maulte Tjell von der Rückbank. »Denkt ihr, ich will wissen, wie Dustin und Janett es miteinander treiben?«, fügte er murrend hinzu.

Elysa drehte sich zu dem Wolf um und sah, wie auch Romy sich regte. Aufgeregt löste Elysa ihren Gurt und drehte sich zu ihnen.

»Mein Gott, Romy! Ihr beide seid zusammen! Endlich!«, quiekte sie und ihre beste Freundin strahlte über das ganze Gesicht.

»Ich habe mein Candy Girl von meiner Coolness überzeugt!«, behauptete Tjell grinsend.

»Ich will alles über diesen Spitznamen wissen!« Elysas Mundwinkel hoben sich.

Sie beugte sich zu Romy nach hinten, um sie zu drücken und ihr einen Kuss auf die Wange zu pressen, als ein heftiger Aufprall das Auto erschütterte. Elysa flog durch den Wagen und knallte mit dem Rücken gegen die Frontscheibe. Der Jeep schlitterte über die Fahrbahn, während Ryan darum kämpfte, das Fahrzeug unter Kontrolle zu bringen.

»Elysa! Alles in Ordnung? Schnall dich an!«, brüllte er und ließ den Rückspiegel keine Sekunde aus den Augen. Der Aufprall kam von hinten. Hatte jemand sie gerammt? Bei dem Tempo?

Elysa legte hektisch den Gurt an und fasste sich an den blutenden Hinterkopf.

»Was war das?«, schrie Romy schrill von der Rückbank. Auch sie schnallte sich an und sah verängstigt nach draußen.

»Das Auto hinter uns ist uns auf den Fersen!«, rief Tjell. Im selben Moment wurden sie beschossen.

»Scheiße!«, fluchte der Alpha am Steuer und versuchte, noch mehr Tempo aus dem Jeep herauszuholen.

»In dem Wagen hinter uns sitzen zwei Vampire! Zumindest leuchten ihre Augen schwarz«, informierte Tjell sie und kramte in seinem Rucksack. Er zog Schusswaffen heraus und drückte eine davon Romy in die Hand, danach ließ er das Fenster neben sich herunter, streckte die Hand nach draußen und feuerte zurück. Romy tat es ihm nach und schoss von der anderen Seite.

»Halte den Kopf unten!« Tjell warf seiner Gefährtin besorgte Blicke zu.

Mehrere Kugeln trafen das Fenster an der Rückseite des Jeeps. Es zerbarst in tausende kleine Einzelteile. Die Wölfe auf der Rückbank gingen sofort in Deckung.

»Sollen wir anhalten und kämpfen?«, fragte Tjell angespannt.

»Wir müssen weiter! Es ist zu gefährlich!«

Tjell gab erneut Schüsse ab. Diesmal traf er den Fahrer, der die Kontrolle über den Wagen verlor. Das Auto schlingerte von der Fahrbahn und überschlug sich im Straßengraben.

Elysa beobachtete, wie einer der Vampire aus dem Fenster kletterte. Zu Fuß würde er sie nicht einholen. Sie stieß die Luft aus.

»Wir haben sie abgehängt!« Romy war die Erleichterung deutlich anzuhören, als sie sich zurück auf ihren Platz setzte.

Es dauerte nicht lange, bis sich ein anderer Wagen viel zu schnell von hinten näherte.

»Das ist unmöglich! Wo kommen die auf einmal alle her? Auch ihre Augen leuchten schwarz.« Ryan fluchte lautstark, als er die Personen im Auto hinter ihnen als Vampire erkannte. Gerade fuhr auch von links ein Wagen auf die Schnellstraße, der sich ebenfalls an ihre Fersen heftete.

»Scheiße!«, zischte Tjell.

»Romy, Elysa, haltet die Köpfe unten!«

Elysa kauerte sich auf ihrem Sitz zusammen. *Wo die auf einmal alle herkommen?* Sie hatte eine grauenvolle Ahnung. Sie wollten sie umbringen, so wie die Vampire im Parkhaus. Christophers Enthauptung schob sich unsanft vor ihr inneres Auge und Elysa hatte alle Mühe, nicht laut aufzuschreien. Während ihrer Entführung hatte sie viele unangenehme Dinge verdrängt, nun kamen sie wie ein Boomerang zurück.

»Hat Wallis allein gearbeitet? Sind das seine Vampire?«, fragte Ryan aufgeregt.

»Auf keinen Fall. Er würde nicht riskieren, dass ich verletzt werde.« Diesbezüglich war sie sich zu einhundert Prozent sicher.

»Woher wissen sie, dass wir hier sind? Durch das Auto können sie uns nicht riechen. Warum sind es so viele gleichzeitig?« Ryans Stimme war immer lauter geworden.

Elysa hatte keine Zeit zu antworten. Sie wurden wieder gerammt und Ryan hatte alle Mühe, die Kontrolle über den Wagen zu behalten. Er fuhr mit voller Wucht gegen das Auto rechts von ihnen und stieß es von der Fahrbahn. Wieder erklangen Schüsse und Elysa duckte sich nach unten.

»Zwei weitere Autos«, informierte Ryan sie mit deutlicher Panik in der Stimme. Elysa schloss verzweifelt die Augen. Ein weiterer heftiger Ruck erschütterte den Wagen und drängte sie von der Fahrbahn. Sie rasten einen Hügel hinunter.

Als Elysa vor sich einen dicken Baum stehen sah, schrie sie hysterisch auf. Ryan trat auf die Bremse. Kurz bevor sie in den Stamm krachten, kam der Wagen zum Stehen.

Elysa atmete hektisch, während sie sich im Wagen umblickte, ob alle in Ordnung waren. Ryan schnallte sich ab und griff nach seinem Rucksack. Er zog zwei Pistolen und ein Messer hervor.

»Verwandelt euch in Wölfinnen!«, befahl er streng und stieg aus dem Jeep. Romy gab ängstliche Geräusche von sich, während Tjell ihr einen schnellen Kuss gab und Ryan aus dem Fahrzeug folgte.

»Tun wir, was er sagt.« Zitternd löste auch Elysa ihren Gurt und warf Romy einen besorgten Blick zu. Sie konnte die Angst in den Augen ihrer Freundin sehen, aber auch Überlebenswille und Kampfgeist.

Die beiden Frauen nickten sich zu und stiegen aus. Als Wölfinnen liefen sie um den zerbeulten Jeep herum und warfen einen Blick auf die beiden Männer, die in Kampfposition vor dem Wagen standen.

Elysa musste einen Schrei unterdrücken, als sie sah, wie zahlreiche Vampire auf sie zustürmten.

# 25

War das ihr neues Leben? Gejagt von Vampiren, weil sie die Seelenverwandte des Prinzen war? Waren nun alle, die sie liebte in Gefahr?

Elysa schlug das Herz schwer in ihrer Brust, als sie von Romy zu Tjell und schließlich zu ihrem Bruder sah, die ihretwegen um ihr Leben kämpfen mussten. Nichts davon hatte sie gewollt, als sie vor fast einem Jahr dem Vampirprinzen in ihrem Lieblingsclub begegnet war.

Sie zuckte zusammen, als die ersten Schüsse fielen und bezeugte, wie Ryan und Tjell gegen eine überlegene Vampirmenge antraten. Die beiden Männer versuchten, die Gegner davon abzuhalten, zu Romy und ihr zu gelangen.

Elysas Augen füllten sich mit Tränen. Vor drei Monaten war sie in der gleichen Situation gewesen: Ruben und Christopher hatten sich als lebendes Schutzschild vor sie gestellt und waren beide hingerichtet worden. Der Horror schob sich erneut vor ihre Augen. Sie sah, wie Christopher der Kopf abgeschlagen wurde und Ruben ihre Klinge mit seinem Körper abgefangen hatte.

Wenn Ryan hier starb, könnte sie nicht weiterleben! Ihre Wölfin bäumte sich gegen den Schmerz auf, der sie bei dem Gedanken an Ryans Tod erfasste. Sie richtete den Blick auf ihren Bruder. Keine Sekunde würde sie ihn aus den Augen lassen.

Ryan kämpfte erbittert gegen mehrere Vampire gleichzeitig. Obwohl er müde war, schien das Adrenalin ihn zu pushen. Als sich ein vierter Vampir näherte und auf eine Chance lauerte, griff Elysa ihn an und nutzte den Überraschungsmoment. Sie biss ihm von hinten in den Hals und ließ nicht locker, als er zappelte und versuchte, sie abzuschütteln. Sie hatte in Manaus getötet und sie würde es wieder tun. Sie grub ihre Zähne tiefer in sein Fleisch und riss ihm mit einem Ruck die Kehle auf. Er fiel zu Boden und Elysa wandelte sich. Sie griff nach seinem Schwert und rammte ihm die silberne Klinge ins Herz. Sie musste sichergehen, dass er nicht wieder aufstand.

Sie hörte Schüsse neben sich und drehte sich erschrocken um. Romy hatte sich ebenfalls gewandelt und hielt Tjell zwei Angreifer vom Hals, indem sie sie beschoss.

Es erweckte den Anschein, dass sie sich gegen die Angreifer behaupten konnten. Ryan hatte mittlerweile zwei erledigt und kämpfte nur noch gegen einen Vampir. Tjell war noch mit zweien beschäftigt. Romy jagte derweil einem weiteren Vampir eine Kugel in den Bauch und, als er fiel, treffsicher in den Kopf.

Elysa wollte aufatmen, als sie mit Entsetzen weitere Vampire entdeckte, die die Böschung herab auf sie zuliefen. Das war doch nicht möglich!

Ryan hatte seinen letzten Angreifer gerade besiegt, als er die sich nähernden Vampire bemerkte. *Seine Beine zittern!*, stellte Elysa panisch fest. Er drehte sich zu ihr und schüttelte kaum merklich den Kopf.

Es waren zu viele. Das würden sie nicht schaffen.

In diesem Moment erscholl lautes Wolfsgeheul in der Nacht. Elysa spürte, wie der Boden unter ihr erbebte. Sie schickte ein Stoßgebet in den Himmel und legte all ihre Dankbarkeit für die Hilfe, die ihnen entgegenkam, hinein. Die Vampire hielten in der Bewegung inne, die Überraschung und das Unbehagen stand ihnen ins Gesicht geschrieben. Es dauerte nur wenige Sekunden, bis zahlreiche Wölfe zwischen den Bäumen hervorschossen und sich auf die Vampire stürzten.

Es mussten über 50 sein. Einige wandelten sich in Männer mit Schwertern in den Händen, andere behielten ihre Wolfsform bei und griffen die Vampire direkt an. Sie waren in der Überzahl. Noch mehr Wölfe kamen aus dem Wald gerannt und umringten Tjell, Romy, Ryan und Elysa, sodass sie vom Kampfgeschehen abgeschnitten wurden und von ihren Artgenossen beschützt werden konnten.

Romy fiel Tjell schluchzend um den Hals und er küsste sie über das ganze Gesicht. Ryan zog Elysa an sich und hielt sie fest.

»Wir haben es geschafft. Wir sind in Sicherheit«, flüsterte er erleichtert.

Der Kampf dauerte nicht lange. Der Wolf, der die Meute angeführt hatte, kam zu ihnen herüber.

»Samuel! Das war Rettung in letzter Minute!« Ryan zog den Mann in eine Umarmung.

»Es waren viel zu viele Vampire für eine zufällige Begegnung! Woher wussten die, wo ihr seid?«, fragte Samuel ihren Bruder eindringlich.

»Keine Ahnung. Darüber würden wir gerne an einem sicheren Ort nachdenken, nachdem wir eine ordentliche Mahlzeit verdrückt und uns ausgeschlafen haben!« Ryan seufzte.

Samuel nickte und wandte sich nun ihr zu: »Du musst Elysa sein.«

»Hi!« Sie streckte ihm die Hand entgegen, die er lächelnd annahm.

»Die Autos stehen bereit!«, rief einer der Wölfe, der an der Straße oberhalb des Hügels wartete. Ryan eilte zu dem Schrotthaufen, der mal ein Jeep gewesen war, und zog nach einer kurzen Suche sein Handy hervor. Anschließend setzten sie sich in Bewegung, um in die Autos der Wölfe umzusteigen.

»Deine Schwester ist heiß. Ist sie Single?«, raunte Samuel ihrem Bruder zu.

Elysa knirschte mit den Zähnen. *Männer!* Sie stapfte voraus, schnappte aber noch Ryans Antwort auf.

»Vergiss es. Sie hat sogar einen ziemlich eifersüchtigen Gefährten, der deine Eier grillt, wenn du zu lange in ihre Richtung blickst.« Ryan klopfte dem Wolf auf die Schulter.

Elysa kletterte auf die Rückbank eines Geländewagens, Ryan nahm neben ihr Platz. Durch die Heckscheibe beobachtete sie Romy und Tjell, die ebenfalls in ein Auto stiegen. Erleichtert atmete sie aus und lächelte Ryan erschöpft zu.

»Komm her«, flüsterte er liebevoll und sie kuschelte sich an ihn.

»Soll ich mir erst mal deine Schürfwunden ansehen? Hast du noch andere Verletzungen?« Sie hob besorgt den Kopf, nachdem sie zwei auf seinem Arm entdeckt hatte.

»Die sind harmlos. Lass uns eine Runde schlafen. Ich bin völlig erledigt.«

Elysa schloss an seiner Brust die Augen und lauschte seinem Herzschlag. Er hatte sie gefunden und sie waren in

Sicherheit. Hoffentlich blieb das erstmal so. Aber darüber wollte sie jetzt nicht nachdenken.

*Du schiebst viele unangenehme Dinge von dir!*, tadelte sie sich. Elysa presste sich stärker an ihren Bruder und er hielt sie fest. Schon bald merkte sie, wie er seinen Griff lockerte und schließlich gleichmäßig atmete. Elysa genoss noch eine Weile seine Nähe, seinen Geruch und den steten Schlag seines Herzens, bis sie ihm in den Schlaf folgte.

Sie erwachte, als sie den Park erreichten, in dem das Rudel lebte. Völlig benebelt streckte sie sich. Ryan wirkte noch immer erschöpft. Der Alpha des anderen Rudels erschien und öffnete ihre Autotür.

»Samuel hat mich bereits aufgeklärt. Ich bin erleichtert, dass wir euch rechtzeitig erreicht haben! Ich bin übrigens Sean.« Der Alpha reichte ihr die Hand.

»Das ist meine Schwester Elysa«, stellte Ryan sie vor. Sie folgte ihrem Bruder aus dem Wagen.

»Willkommen bei den Snowdonia Wölfen! Hier bist du in Sicherheit. Allerdings nicht vor Flirtversuchen.« Sean schmunzelte.

Ryan grunzte neben ihr. »Elysa ist das gewohnt.«

»Danke für eure Hilfe«, sagte sie freundlich. Alles in ihr sehnte sich nach einem Bett.

»Ihr bekommt die gleiche Hütte wie letztes Mal. Schlaft euch aus, danach sehen wir weiter. Mich würde interessieren, wieso die Vampire in dieser Menge angerückt sind. Normalerweise sind sie nur in kleinen Gruppen unterwegs. Meine Männer haben zwei Vampire ausgeknockt und gefangen genommen. Wenn sie aufwachen, wissen wir mehr.« Sean sah Ryan eindringlich an.

Ihr Bruder nickte. »Wir reden später.«

Sie liefen zu der Hütte, in der sie die nächsten Tage wohnen würden. Es war nur ein kurzer Fußmarsch.

Elysa sah sich in dem Häuschen um. Es war schnuckelig eingerichtet. Die Stühle, der Tisch und selbst die Küche sahen selbst getischlert aus.

»Die Wölfe in Wales leben noch sehr mit der Natur verbunden«, erklärte Ryan, der ihre Beobachtungen bemerkt hatte.

*Ich bin in Wales?* Elysa hatte das nicht gewusst.

Tjell betrat den Wohnraum ihrer Hütte. »Hey, ihr beiden, wir hauen uns aufs Ohr, oder braucht ihr uns noch?«

»Das ist okay. Schlaft gut.« Ryan winkte den beiden nach.

Elysa konnte es immer noch nicht glauben, dass Romy und Tjell es tatsächlich geschafft hatten, ihre Probleme zu überwinden.

»Was ist mit Fata?«, flüsterte sie fast lautlos.

»Ich habe sie aus Rio verbannt, nachdem sie Romy bedroht hat. Dustin hat mir gestern eine Nachricht geschickt, dass Gesse Fata beim Schnüffeln erwischt und sie in den nächsten Flieger nach Manaus verfrachtet hat. Dort wird man sich um sie kümmern.«

Elysa nickte erleichtert. Vielleicht würde jetzt endlich Ruhe in Romys Leben einkehren. Sie wünschte es ihrer Freundin von Herzen.

»Wo schlafen wir?«, fragte sie Ryan, der sich an dem vollgestopften Kühlschrank bediente.

»Vorne im Flur, erstes Zimmer rechts. Romy und Tjell schlafen oben«, entgegnete er schmatzend.

Elysa lächelte ihm noch einmal kurz zu und verschwand in dem Schlafzimmer, das sie sich mit ihrem Bruder teilen würde. Sie wollte auf keinen Fall allein schlafen und freute sich, dass Ryan sie ohne Worte verstand und ihr seine Geborgenheit schenkte. Sie ließ die Tür einen Spalt offen, als sie kurz unter die Dusche stieg. Hinterher zog sie ein übergroßes Shirt aus dem Schrank. Das konnte sie zum Schlafen tragen.

Elysa lag schon im Bett, als sie Ryans Stimme hörte. Er telefonierte.

»Hallo Týr, ich habe gesehen, dass du mehrere Male angerufen hast. Ich konnte nicht schneller zurückrufen.«

Elysa umarmte ihr Kissen und wappnete sich innerlich vor der Sehnsucht, die Týrs Stimme unweigerlich verursachen würde. Zeitgleich meldete sich ihr schlechtes Gewissen und die Last ihrer Verschwörungstheorien prasselten auf sie ein. Tränen füllten ihre Augen und sie achtete darauf, dass ihr kein Laut entwich.

»Was ist passiert? Geht es Elysa gut?« Týrs Stimme klang besorgt.

»Wir haben das Snowdonia Rudel sicher erreicht. Während unserer Flucht sind wir von Vampiren überrascht und angegriffen worden. Es wurden immer mehr. Wären Seans Männer uns nicht zu Hilfe gekommen, hätten wir es nicht geschafft«, erklärte Ryan ernst.

Týr zischte laut. »Wie konnten sie euch im Auto orten? Und was wollten sie? In Wales weiß doch niemand von Elysas Status als meine Seelengefährtin, oder doch?«

Elysa konnte Týr regelrecht vor sich sehen, wie er an seinem Schreibtisch stand und diesen konzentrierten Blick aufsetzte, während es in seinem Kopf ratterte.

»Niemand weiß es, auch Sean nicht. Ich kann es mir nicht erklären. Wir haben Monate gesucht und sind kaum Vampiren begegnet. Sobald wir sie finden, stürzen sich plötzlich dutzende auf uns? Das stinkt doch zum Himmel.« Ryan knurrte frustriert.

»Vielleicht waren sie mit diesem Wallis in Kontakt?« Týr schien die Zähne aufeinanderzupressen.

»Das habe ich auch vermutet, aber Elysa hat das ausgeschlossen. Sie sagt, er war allein und würde ihr Leben niemals gefährden.«

»Dieser Bastard! Hast du ihn umgebracht?« Týr spie die Worte regelrecht aus.

»Das klärst du besser mit Elysa«, brummte Ryan ausweichend.

»Was soll das heißen?«

Elysa fluchte innerlich. Warum erzählte Ryan dem Vampirprinzen alles brühwarm? Konnte er sich nicht erst mit ihr absprechen, bevor er sämtliche Informationen weitergab? Seit wann waren die beiden überhaupt wieder beste Freunde? Wütend setzte sie sich auf und überlegte, rüberzulaufen und ihren Bruder zu stoppen. Aber was dann? Týr würde sich über ihr Verhalten wundern und sie sprechen wollen. Soweit war sie nicht!

*Ryan denkt, dass du Týr liebst und vertraust!*, mahnte sie sich. Warum sollte er ihn nicht auf dem Laufenden halten? Sie würde genau das auch wollen, wenn ihre Ahnungen nicht wären.

»Das soll heißen, dass Wallis, der anscheinend Cedric heißt, noch am Leben ist, weil Elysa das so wollte.«

Stille.

Elysa saß aufrecht im Bett und lauschte angespannt auf Týrs Reaktion. Oh Gott! Wenn er herausfand, dass sie ihn betrogen hatte und nun Cedrics Leben schützte, würde er glauben, dass sie Gefühle für ihren Entführer hatte! Und damit läge er nicht mal falsch. Sie fühlte Zuneigung für den Mann, der er sein konnte, aber ein Teil von ihr hatte auch Angst vor ihm.

»Sie hat dich um sein Leben angebettelt?«

Elysa konnte Týrs drohenden Wutanfall vor sich sehen. Ihr Herz schmerzte.

»So ist es.«

»Und du hast auf sie gehört?«

Da war er auch schon. Týr brüllte ins Telefon, im Hintergrund hörte man lautes Scheppern, das Splittern von Glas.

Ryan ließ ihn wüten und wartete, bis der Lärmpegel nachließ. »Vielleicht besprechen wir alles Weitere, wenn ich zurück bin. Wir werden noch ein paar Tage hierbleiben und uns erholen, bevor wir uns in den Flieger setzen. Es war eine harte Zeit für uns alle.«

So vernünftig kannte sie Ryan gar nicht. Normalerweise hätte er sich nicht so unter Kontrolle, sondern dem Prinzen ein paar Vorwürfe an den Kopf geschleudert.

»Danke für deinen Einsatz. Du hast das Unmögliche vollbracht.« Týr seufzte erschöpft.

»Danke mir nicht. Nicht nachdem, was ich getan habe, um dir zu schaden. Gott allein weiß, warum Elysa mir die Chance gegeben hat, es in Zukunft besser zu machen.«

Týrs Reaktion ließ auf sich warten. »Das hatten wir doch schon. Lass uns darüber reden, wenn du zurück bist. Ich will dir in die Augen sehen, wenn du mir ein zweites Mal deine Bruderschaft schwörst.«

»Einverstanden.«

»Kann ich mit Elysa sprechen? Ich möchte ihre Stimme hören.«

Elysas Herz schlug ihr bis zum Hals. Am liebsten würde sie sich weinend in Týrs Arme werfen und alles Schlimme vergessen.

»Sie schläft. Gib ihr etwas Zeit. Ich bin mir sicher, dass sie auf dich zugeht, sobald sie so weit ist.«

Das Gespräch war beendet und Elysa ließ sich zurück in ihre Kissen sinken. Ryan wollte in Zukunft mit Týr zusammenarbeiten? Wenigstens etwas Gutes hatte dieser Entführungsmist!

Sie schloss die Augen und versuchte, zu schlafen. Als ihr Bruder das Zimmer betrat, tat sie so, als wäre sie längst im Land der Träume. Sie hörte, wie er ein Foto von ihr schoss und danach auf seinem Handy herumtippte. Prompt vibrierte das Gerät zur Antwort. Ryan legte das Handy aufs Bett und verschwand im Bad. Elysa hörte die Dusche und öffnete die Augen.

Sie griff nach dem Handy, um nachzusehen, wem er ihr Bild geschickt hatte. Neugierde lag den Wölfen nun mal im Blut.

*Eine tollere Seelengefährtin kann man nicht abbekommen*, hatte Ryan an Týr mit einem lächelnden Smiley und Elysas Bild in friedlicher Schlafpose geschickt.

*Da hast du recht. Sie ist wundervoll*, hatte ihr Vampir geantwortet.

Elysa presste die Lippen aufeinander. Sie legte das Handy zurück und kuschelte sich in ihre Kissen. Endlich schlief sie ein.

In ihren Träumen lag sie in Týrs Armen. Er liebte sie, wie sie es von ihm forderte: heiß und hart. Seine Augen waren golden gefärbt. Als sein Orgasmus abklang und sie ihn glücklich anlächelte, schaute sie in seine hellblauen Augen. Auf einmal waren es nicht mehr seine. Sie lag mit Cedric im Bett, der zwar nicht Týrs Grinsen teilte, aber auch sein Blick war erstaunlich sanft.

Elysas Atmung beschleunigte sich und sie schaute sich nach Týr um. Sie drehte sich und sah direkt in Týrs Augen, der auf ihrer anderen Seite lag. Beide Männer fuhren nun mit ihren Händen über ihren Körper.

»Ich liebe dich, Baby.« Ihr Prinz knabberte an ihrem Hals.
»Ich liebe dich, mein Engel«, hauchte Cedric von der anderen Seite.

Sie schrie.

»Elysa! Elysa!«

Entfernt hörte sie eine Stimme und spürte, wie jemand sie packte. Sie schrie weiter und versuchte, die Hände wegzuschieben.

»Ich bin es, Ryan!«, rief die Stimme, aber Elysa schlug nach den Händen.

Nur langsam realisierte sie, dass sie in einem Bett lag. Panisch krabbelte sie von der Matratze. Das Licht ging an. Ryan hockte sich zur ihr auf den Boden und musterte sie besorgt.

»Du hast geträumt«, erklärte er liebevoll. »Zuerst hast du gestöhnt und auf einmal geschrien. Was war los?« Ihr Bruder runzelte die Stirn.

Elysas Herz schlug wild in ihrer Brust. Das war alles ein Albtraum!

»Ich habe geträumt, dass ich Sex mit Týr habe«, stieß sie hervor.

»Gott, Elysa. Ihr beide seid echt wie triebgesteuerte Tiere!« Streng rümpfte er die Nase.

Sie richtete sich auf und setzte sich ins Bett. Sie fuhr sich über ihr Gesicht.

»Aber wenn es um Týr ging… Warum hast du geschrien?« Ihr Bruder setzte sich neben sie und streichelte über ihren Rücken.

»Auf einmal waren wir zu dritt im Bett und beide Männer haben mir ihre Liebe gestanden.« Tränen füllten ihre Augen.

Ryan zog sie an seine Brust.

»Ich hätte dieses tätowierte Arschloch umbringen sollen!«

*Beruhige dich!*, schalt sie sich. Seit wann war sie so hysterisch? Zwei heiße Kerle in ihrem Bett und sie schrie um Hilfe? Elysa suchte verzweifelt nach ihrem alten Ich, nach der lockeren, lustigen Frau. Sie musste sie wiederfinden! Auf keinen Fall wollte sie zu einer emotionalen Heulsuse verkommen. Mit diesem Appell an sich schöpfte sie neuen Mut.

»Lass uns schlafen. Ich bin müde. Morgen sieht die Welt schon wieder anders aus.« Mit diesen Worten krabbelte sie unter die Bettdecke und schob ihre Hand in die ihres Bruders.

Sie schloss die Augen und versank in einem tiefen Schlaf. Diesmal konnte sie sich nicht an ihre Träume erinnern. Die nächsten zehn Stunden schlummerte sie wie eine Tote.

# 26

Romy erwachte nach einer ausgiebigen Portion Schlaf. Sie streckte sich und spürte den Griff ihres Gefährten, der ihr zu verstehen gab, dass er nicht bereit war, seine Position zu verändern, geschweige denn aufzustehen. Lächelnd kuschelte sie sich in ihre Ausgangsposition zurück und genoss den warmen Atem in ihrem Nacken.

Heute war der erste Tag ihres neuen Lebens! Sie würde viele kleine Dates mit ihrem Liebsten haben und endlich damit beginnen, ihre Liebe zu ihm zu genießen. Inzwischen wusste sie es ganz sicher: Sie liebte Tjell.

Die Anziehung hatte sie vom ersten Moment gespürt, ihr Kennenlernen war voller Spielerei und Hingabe gewesen.

»Tjell?«, flüsterte sie.

»Hm?«, murmelte er hinter ihr.

»Wie war das, als du herausgefunden hast, dass ich deine Gefährtin bin?«, wollte sie aufgeregt wissen.

»Es war ein Schock, von dem ich mich überraschend schnell erholt habe. Ich war mit der Wahl des Schicksals mehr als einverstanden.« Er fuhr mit seiner Hand an ihren Hintern und kniff spielerisch hinein.

Romy gluckste. »Du wusstest doch nicht, wer ich bin und wie ich ticke.«

»Ich wusste aber, dass du heiß aussiehst. Das hat mir erst mal gereicht.« Seine Hand wanderte zu ihren Brüsten und streichelte darüber.

»Typisch Mann.« Sie verzog das Gesicht.

»Ich bin gerne ein Mann.« Er hob seinen Kopf und knabberte an ihrem Nacken. Romy überkam eine Gänsehaut. »Ein Mann zu sein, heißt, einen Schwanz zu haben«, informierte er sie glücklich.

Romy verkniff sich das Grinsen. »Und der Vorteil daran ist?«, fragte sie neugierig.

»Einen zu haben, ist einfach das Größte. Ich könnte mir nicht vorstellen, ohne ihn zu sein.« Tjell freute sich sichtlich.

Romy prustete los. »Du spinnst total.«

Tjell wanderte küssend ihren Hals nach unten, bis er ihre Scham erreichte und trieb sie mit seiner Zunge dem Höhepunkt entgegen.

Romy bäumte sich unter ihm auf und zog seinen Kopf nach oben. »Ich will dich in mir!«, flehte sie und er ließ sich nicht lange bitten.

Tjell stieß in sie und bewegte sich im Einklang mit ihr auf und ab. Sein Stöhnen wurde lauter und er verlor mehr und mehr die Beherrschung. Romy wollte nicht länger warten, sie hatte sich für ihn entschieden. Durch dick und dünn würde sie mit ihm gehen!

Sie packte seinen Nacken und zog ihn an ihren Hals. Sie brauchte seine Markierung mehr als alles andere. Tjell spürte ihr Begehren genauso. Als der Orgasmus anrollte, biss er sie und beanspruchte sie als seine Gefährtin. Zeitgleich biss sie in seinen Hals und trank von seinem Blut. Auch sie wollte ihren Gefährten markieren.

Der Höhepunkt rollte wie eine Lawine über sie hinweg. Sie sah Sterne vor sich explodieren und spürte, wie Tjell zitternd auf ihr zusammenbrach.

Eng umschlungen lagen sie da und Romy glaubte, die Zeit würde stillstehen. Sie waren das jüngste Gefährtenpaar, das sie kannte, aber sie würden allen zeigen, wie cool sie waren.

»Das war der Hammer, Candy Girl.« Stöhnend drehte sich ihr Rapper auf den Rücken.

»Du bist jetzt offiziell vergeben und sämtliche Candys sind für dich tabu!« Sie grinste frech.

»Genauso will ich es! Und weißt du was ich noch will? Ich bringe dich zum Candyshop. Ich lasse dich den Lutscher lecken«, begann der Wolf, zu rappen und verschränkte die Arme lässig hinter seinem Kopf.

Romy kümmerte sich um seinen Lollipop. Tjells Lässigkeit verschwand ziemlich schnell und wich einem aufgeregten Stöhnen. Romy nahm es gut gelaunt zur Kenntnis, wie ihr Mann unter ihrem Griff und ihrem Mund dahinschmolz. Als er kam und sie nach Luft ringend anstarrte, betrachtete sie seine goldenen Augen und das Glück erfasste sie von Kopf bis Fuß.

Sie stiegen tuschelnd die Treppe hinab in den Gemeinschaftsraum, wo Elysa und Ryan saßen und frühstückten.

»Wie ich sehe, ist Tjell offiziell vom Markt.« Elysa schmunzelte.

»Im Gegensatz zu dir lasse ich es mir nicht nehmen, meinen Mann offiziell zu beanspruchen.« Romy lächelte glücklich.

Elysa lachte. »So halten die Ladys Abstand von deinem Typen.«

»Und du willst nicht, dass die Frauen Abstand von Týr halten?«, fragte Ryan seine Schwester interessiert.

»Das tun sie auch so. Klammern wäre unnötig.« Elysa winkte ab.

»Das stimmt!« Romy gluckste. »Jede Frau senkt vor dem Prinzen den Blick, nur steht er nicht auf die Mäuschen-Nummer«, fügte sie augenzwinkernd hinzu.

»Ich hoffe, wir haben nicht gleich eine Besprechung«, änderte Tjell das Thema. »Ich wollte Romy heute ausführen.«

»Oh ja, die haben doch so eine coole Bar hier mit Kicker!«, quietschte Romy begeistert und Tjell warf ihr einen amüsierten Blick zu.

»Ich ziehe dich so was von ab!« Tjell präsentierte Romy seine Muckis.

»Cool, da sind wir dabei! Oder Elysa?« Ryan klatschte voller Vorfreude in die Hände.

Romy nahm schmunzelnd zur Kenntnis, wie Tjells Mundwinkel nach unten rutschten. Er wollte anscheinend mit ihr allein sein.

»Sie wollen uns nicht dabeihaben.« Tröstend legte Elysa einen Arm um ihren Bruder.

»So ein Quatsch!«, wiedersprach Romy. Sie hatte ihre beste Freundin gerade erst wiedergefunden! »Tjell und ich gegen euch beide. Der Verlierer muss den Abwasch machen. Unsere Hütte hat nämlich keinen Geschirrspüler und keinen Butler!« Den letzten Satz richtete sie an Elysa, die Hausarbeit über alles hasste.

»Streng dich ja an!« Elysa hob auch umgehend den Zeigefinger vor Ryans Gesicht.

»Ich bin der beste Kickerspieler überhaupt!«, winkte er ab.

Sie alle mussten bei Ryans Lüge lachen.

»Wir haben nicht mal einen Kicker bei uns in der Villa, weil du dich vor den anderen nicht blamieren willst!« Elysa grunzte beleidigt.

»So schlimm wird es schon nicht sein, wenn du dich nicht von Joshua abziehen lässt.« Lachend klopfte Tjell dem Alpha auf den Rücken.

»Wieso?«, fragte Romy neugierig.

»Joshua ist der schlechteste Kickerspieler auf diesem Planeten, der dreht dauernd die Spieler, ohne den Ball zu treffen. Es ist grauenvoll!«, erklärte Tjell kopfschüttelnd.

Zwei Stunden später spazierten sie gut gelaunt in die Snowdonia Bar, die voll besucht war, sodass das Quartett Mühe hatte, einen freien Tisch zu finden. Tjell diskutierte mit den Wölfen am Kicker und kam grinsend zurück.

»Wir müssen uns den Kicker erspielen.« Aufgeregt rieb er sich die Hände. »Wenn wir gewinnen, dürfen wir die nächsten 30 Minuten ran, sonst kriegen die beiden da drüben eine weitere halbe Stunde.«

Romy sog Tjells Freude und Gelassenheit in sich auf, sie konnte kaum den Blick von ihm abwenden.

»Also, lass uns die Jungs plattmachen!« Ryan erhob sich siegessicher von seinem Platz.

Tjell schüttelte vehement den Kopf. »Ich spiele mit Elysa. Sie kann es besser als du. Dieses Spiel müssen wir unbedingt gewinnen.« Tjell ließ sich nicht beirren. Elysa stand grinsend auf und streichelte Ryan über den Kopf, der sich brummend wieder hinsetzte.

»Nimm es nicht so schwer, dafür darfst du unser Alpha sein«, tröstete sie ihn mit einem frechen Blick und marschierte hinter Tjell her.

»Na los, lass uns zuschauen!«, trieb Romy den beleidigten Wolf an und huschte zum Kicker. Sie feuerte Tjell und Elysa lautstark an.

»Für jedes Tor, bekomme ich einen Kuss!«, ließ ihr Gefährte sie wissen.

»Hey! Ich stürme! Ich bin nicht der Verteidigungstyp!«, meckerte Elysa.

»Du kannst mich gerne stürmen, Süße!«, bemerkte der Wolf auf der Gegenseite.

Romy schüttelte innerlich den Kopf. Kein Wunder, dass Týr dauernd eifersüchtig war.

»Wenn ihr gewinnt, darfst du mir einen Drink ausgeben.« Elysa zwinkerte ihrem Gegner zu.

»Was soll das? Du bist vergeben«, schimpfte Tjell die Wolfsprinzessin.

»Jetzt spiel mal nicht den Moralapostel, nur weil du seit ein paar Tagen eine Freundin hast!«, tadelte Elysa ihn streng.

Romy konnte sich das Lachen nicht verkneifen. Wie sie ihre Freundin vermisst hatte. Und sie schien wieder die Alte zu werden!

Das Spiel begann.

Elysa und Tjell schrien sich ständig Befehle zu und Romy sah Ryan Tränen lachen.

»Schieß! Schieß doch, du Schnecke!«, rief Elysa lautstark.

»Pass doch auf! Du musst blocken!«, brüllte Tjell zurück. Endlich stand es eins zu null, Elysa hüpfte aufgeregt auf der Stelle und Tjell holte sich seinen Kuss.

Nach einem hart umkämpften Spiel gewannen sie schließlich mit zehn zu acht Punkten.

»Da du gewonnen hast, darfst du mich auf einen Drink einladen.« Der gegnerische Wolf lehnte sich an den Kicker und flirtete ungeniert mit Elysa.

»Ich stehe auf Sieger.« Frech streckte sie ihm die Zunge raus. Ryan zog seine Schwester an seine Seite.

»Du stürmst, ich verteidige. Wir müssen das hier gewinnen, es geht um meine Ehre vor dem vorlauten Kerl.« Ryan wies auf Tjell.

*Der Alpha ist verdammt ehrgeizig,* stellte Romy belustigt fest.

»Du musst unser Tor hüten, Candy Girl. Ich bin zu männlich, um hinten zu stehen.« Herausfordernd sah Tjell zu dem Alpha herüber. Romy und Elysa prusteten gleichzeitig los.

»Zeig mal, was du drauf hast, Wolf.« Ryan fixierte Tjell und sie starteten das Spiel.

Es war hart umkämpft und machte allen unglaublichen Spaß.

»Vorsicht! Elysa kommt immer von rechts!«, schrie Tjell und Romy versuchte, den Schuss abzupassen, war aber zu langsam und ließ ihn durchflutschen. Es stand eins zu null für die Gegenseite. Bei dem freudigen Gegröle des Geschwisterpaares fluchte Tjell und schob Romy in den Sturm.

»Ich glaube, Ryan hat recht. Man sollte euch Frauen laufen lassen und gleich an der Wurzel ansetzen.«

Romy verdrehte die Augen und grinste Elysa an. Der Positionswechsel brachte ihnen prompt den Ausgleich. Das Spiel endete eigentlich unentschieden, obwohl Tjell und Romy am Ende den zehnten Punkt setzten. Ryan hatte ein Tor geschossen, den Spieler dabei durchgedreht. Das hatte Tjell als Strafpunkt abgezogen. Sie wechselten ihre Seiten noch zweimal, damit jeder mit jedem einmal gespielt hatte und setzten sich danach an ihren Tisch. Als Ryans Handy vibrierte, verließ er die Bar, damit er in Ruhe sprechen konnte.

»Auf mein neues Lieblingspaar!«, prostete Elysa vergnügt. Tjell und Romy hoben ihre Gläser.

»Auf eine glückliche Zukunft!« Tjell streichelte mit der freien Hand über Romys Rücken und sie lächelte ihm zu. Es war der perfekte Abend!

Ryan kam zurück und sah sie entschuldigend an. »Sean hat eine Besprechung anberaumt, all seine Männer, die uns gestern im Kampf unterstützt haben, werden ihre Beobachtungen zusammentragen. Dazu sind die beiden gefangenen Vampire aufgewacht. Wir sollten da unbedingt dabei sein.«

Tjell nickte Ryan zu und stand auf.

»Es wird bestimmt nicht so lange dauern.« Tjell gab Romy einen Kuss.

»Das ist okay. Elysa und ich haben uns sowieso Einiges zu erzählen. Wir treffen uns später in der Hütte«, sicherte sie ihm zu und verabschiedete die beiden Männer.

»Ich will alles wissen! Wie war dein Geburtstags-Date? Seid ihr da zusammengekommen?«, fragte Elysa, sobald die beiden Männer durch die Tür verschwunden waren.

Romy wurde bewusst, wie lange sie eigentlich voneinander getrennt gewesen waren.

»Wir waren in der Eishalle und hatten viel Spaß! Wusstest du, dass Tjell total auf Hip-Hop steht? Allen voran 50Cent!« Romy lachte.

Elysa verzog grinsend das Gesicht. Sie begann, den berühmten Rapper nachzuahmen.

»Genauso!«, quietschte Romy. »Er hat für mich gerappt und ich habe für ihn dazu getanzt!« Sie schwelgte in der Erinnerung.

»Da hätte ich gerne Mäuschen gespielt!« Die Wolfsprinzessin zwinkerte ihr zu.

»Leider bist du zu dem Zeitpunkt entführt worden«, sagte Romy traurig.

»Das spielt jetzt keine Rolle! Wir reden über dich und Tjell. Es tut mir gut, mit dir darüber zu sprechen!« Elysa ließ sich nicht beirren.

»Okay, aber hier gibt es zu viele Ohren. Wenn ich dir ein paar schmutzige Details erzählen soll, machen wir das besser unter vier Augen.«

Kurz darauf spazierten sie durch die endlosen Felder des Snowdonia Gebietes und Romy erzählte ihrer Freundin von ihrem Glück mit Tjell.

»Zugegeben, er ist ein fürchterlicher Macho, aber dabei so cool!«, säuselte sie gerade.

»Hat er einen Namen für seinen Schwanz?«, fragte Elysa und wackelte dabei mit den Augenbrauen.

Romy prustete los. »Das habe ich ihn noch nicht gefragt!« Sie lachte ausgelassen. »Wieso? Hat Týr einen?«

»Týr ist eine halbe Jungfrau und dazu ein Vampir.« Elysa winkte ab.

Romy wusste schon aus Elysas früheren Erzählungen, dass Týr vor Elysa kaum Sex gehabt hatte.

»Ich frage Tjell! Versprochen«, raunte Romy ihr zu.

»Josh hat einen…« Elysa schmunzelte.

»Woher weißt du das? Ich dachte, ihr hattet nie was miteinander?«

»Hatten wir auch nicht, aber ich habe es trotzdem herausgefunden!«

»Wie heißt er?« Romy wartete gebannt auf Elysas Offenbarung.

»Morpheus!«

Romy konnte sich nicht halten vor Lachen, Tränen stiegen ihr in die Augen.

»Morpheus lässt all deine Träume wahr werden!« Elysa prustete los.

Sie setzten sich an den Rand der Klippe und blickten aufs Meer hinaus. Nach all dem Gelächter saßen sie nun friedlich nebeneinander und genossen den Augenblick. Romys Gedanken schweiften nach Brasilien, wo Fata mit Tjells Kind schwanger war. Sie hasste es, dass ihr Mann ein Kind mit einer anderen Frau haben würde, ausgerechnet mit dieser. Aber sie hatte es akzeptiert und würde Tjell unterstützen, so gut sie konnte. Durch die Verbannung brauchte sie sich keine Sorgen mehr zu machen, dass Fata ihr auflauern könnte. Das war auch der Grund, warum sie sich auf Rio freute. Die Wärme und das Leben dort waren ihr Ding und sie wollte bald zurück.

»Sollen wir gehen?«, fragte Elysa. »Ich möchte früh schlafen. So richtig fit bin ich noch nicht.«

»Ich möchte noch bleiben, aber geh ruhig. Wir sehen uns später oder morgen.« Romy lächelte ihrer Freundin zu.

»Da wir uns hier keine Sorgen um unser Leben machen müssen, kann ich dich wohl auch alleine lassen.« Elysa gab ihr noch einen Kuss auf die Wange.

»Bis später.« Romy sah Elysa nach.

In Ruhe dazusitzen und die Gedanken schweifen zu lassen, war wohl gerade nicht Elysas Ding. Romy konnte es nachvollziehen. Die letzten Monate mit ihrem Entführer waren bestimmt nicht leicht gewesen. Sie wusste aus eigener Erfahrung, wie es sich anfühlte, eingesperrt zu sein. Nur hatte es bei ihr weniger lang gedauert und sie war nicht vergewaltigt worden. Bei Elysa war das sicher anders. Allerdings hatte Romy Zeit für sich gebraucht, bevor sie über ihre Entführung sprechen konnte. Elysa ging es sicher ähnlich.

Romys Gedanken wanderten zurück zu Tjell. Sie fuhr sich mit der Hand über den Hals, um die Stelle zu berühren, an der sich das Gefährtenmal befand. Mit nur 51 Jahren war sie gebunden. Ein Lächeln erschien auf ihrem Gesicht. Es fühlte sich gut an.

Nach einiger Zeit erhob sie sich von ihrem Platz. Als sie sich umdrehte und zurück spazieren wollte, bemerkte sie eine

Gestalt, die sich ihr näherte. Romy schnupperte, um festzustellen, ob sie sich kannten. Erschrocken riss sie die Augen auf. Das war doch nicht möglich!

Wie hatte Fata sie hier gefunden? Und wie war sie an den anderen Wölfen vorbeigekommen? Romy überlegte, wegzulaufen und sich bei Tjell zu verkriechen, stattdessen rümpfte sie die Nase über sich selbst. Sollte Fata ihr doch sagen, was sie zu sagen hatte. Ihre Drohungen konnte sie sich sonst wohin schieben! Romy war mit Tjell zusammen und er war ihr Gefährte! Sie hatte ihn weder gestohlen noch mit einer List gebunden. Tjell wollte sie, weil er sie liebte.

Fata blieb wenige Meter von ihr entfernt stehen. Ihre Augen glühten vor Hass. Ihr Bauch war kugelrund, so als ob sie jeden Moment das Kind zur Welt bringen würde. Es versetzte Romy einen Stich, aber sie zwang sich, es zu schlucken.

»Was machst du hier?« Romy stellte sich ihr entgegen.

»Ich habe herausgefunden, dass du meine Warnung nicht ernst genommen hast!« Fata stand die Wut ins Gesicht geschrieben.

»Ryan hat mir befohlen, ihm bei der Suche nach seiner Schwester zu helfen. Er war es auch, der Tjell mitnehmen wollte. Aber es stimmt: Ich habe mich dazu entschieden, meiner Liebe und meinem Herzen zu folgen. Endlich! Nach all den Monaten.« Romy senkte den Blick nicht. Sie war angekommen und sie würde um das kämpfen, was sie liebte!

»Ihr beide könnt nicht zusammen sein. Er gehört mir. Sein Sohn kommt bald auf die Welt. Tjell wird sich nicht von ihm abwenden können.« Fata strich provozierend über ihren Bauch. Sie wollte sie verletzen, Romy wusste das.

»Ich stehe Tjell nicht im Weg, wenn er eine Beziehung zu seinem Kind aufbauen möchte.« Sie straffte die Schultern.

»Das ist wahr. Du wirst uns nicht im Weg stehen. Nie wieder. Es wird höchste Zeit, dass du das begreifst. Ich bin es leid, dich zu warnen.«

Romy runzelte die Stirn bei diesen Worten. Was wollte Fata damit sagen? Als Fata eine Pistole aus ihrem Umhang zog und sie auf Romy richtete, verstand sie.

»Du wirst heute hier sterben.«

# 27

Tjell stand in der Hütte, die der Alpha des Snowdonia Rudels ihnen zugewiesen hatte, lehnte an der Küchenzeile und schob sich abwechselnd Chips und Schokolade in den Mund. Er war heute extrem gut gelaunt! Romy hatte sich für ihn entschieden und es mit dem Mal bewiesen, das er an seinem Hals trug. An jedem Spiegel musste er stehen bleiben und es betrachten. Auch jetzt fuhr er sich mit einer Hand darüber und konnte sein Grinsen kaum unterdrücken.

Elysa kam gerade die Tür rein. Tjell schaute hinter sie und bemerkte überrascht, dass Romy nicht bei ihr war. Elysa schien seinen Blick aufgefangen zu haben.

»Sie kommt gleich nach.« Sie zwinkerte ihm zu und beäugte seinen Vorrat an kalorienreichen Lebensmitteln. Danach seufzte sie lautstark, ging auf ihn zu und zog ihn in ihre Arme. Er erwiderte die Umarmung, obwohl er nicht wusste, was in dem Kopf dieser - für seinen Geschmack viel zu lebhaften - Frau vorging. »Du machst Romy sehr glücklich und ich gratuliere euch von Herzen!« Elysa löste sich von ihm und lächelte ihm freudig entgegen.

»Danke. Auch für deine Offenheit, als Romy mit im Schloss gewohnt hat. Du hast mich nie verurteilt.« Anerkennend nickte er ihr zu.

»Wir kennen uns schon so lange, Tjell.« Elysa winkte ab und griff in seine Chipstüte.

Gerade bog Ryan telefonierend um die Ecke. »Was soll das heißen, sie ist nicht in Manaus angekommen? Gesse hat sie doch persönlich in den Flieger gesetzt!« Tjell warf dem Alpha einen irritierten Blick zu. Es ging doch wohl nicht etwa um Fata?

»Der Flieger ist in Salvador zwischengelandet. Vielleicht ist Fata dort ausgestiegen«, hörte Tjell Gesse sagen.

Tjell stürmte nach draußen. Was auch immer Ryan noch zu besprechen hatte oder über dieses Miststück herausfinden konnte, er würde Romy keine Sekunde aus den Augen lassen, so lange ihre verrückte Halbschwester auf freiem Fuß war. Im Snowdonia Park war Romy gut aufgehoben, aber er musste sie warnen und anschließend mit Ryan nach einer Lösung suchen, wie sie seine Gefährtin am besten schützen konnten.

Er atmete die Nachtluft ein und konzentrierte sich auf Romys Duft. Er nahm ihn in Richtung der Klippen wahr. Tjell suchte seinen Wolf und verwandelte sich, um den Weg zu ihr schneller zurücklegen zu können. Als er sich den Klippen näherte, sah er zwei Gestalten, die sich gegenüberstanden. Sein Bauchgefühl sagte ihm, dass das nichts Gutes verhieß! Seine scharfen Ohren trugen die Worte zu ihm.

»Hast du noch einen letzten Wunsch?«, schrie Fata wütend. Tjell überfiel die Panikwelle, als er erkannte, dass Fata eine Knarre in der Hand hielt. Großer Gott!

»Hast du meine Mutter umgebracht? Sag mir die Wahrheit!« Romys Stimme klang hysterisch.

»Du hast es also herausgefunden. Sie hat mir meinen Vater weggenommen und danach dich geboren. Ich war abgemeldet!« Fatas Stimme triefte vor Hass. »Ich habe sie mit Drogen zugepumpt und abgeknallt! Wegen der Drogen hat niemand ihren Tod hinterfragt.«

Tjell stieß ein Heulen aus, um Fata von Romy abzulenken und sein Kommen anzukündigen. Er hatte sie fast erreicht. In dem Moment feuerte Fata einen Schuss ab und Tjell sah, wie Romy versuchte, der Kugel auszuweichen und seitwärts über die Klippen stürzte. Sie schrie. Der Schock, die Angst und der Horror brachen sich in Tjell Bahn. Er schlug Fata die Waffe aus der Hand, die in hohem Bogen den Klippenabhang herunterfiel.

Er stürmte an den Rand der Klippe, verwandelte sich und starrte herunter. »Romy!«, rief er mit angsterfüllter und panischer Stimme.

Sie hing mit einer Hand an einer Steinkante und er griff nach ihrem Handgelenk.

»Ich kann mich nicht halten.« Romy weinte.

»Ich habe dich! Alles wird gut. Ich lasse dich nicht los!« Er schwor ihr diese Worte, genauso wie sich selbst. Sein Herz stockte und versagte ihm beinahe seinen Dienst. Romys Finger rutschten ab, sie hing nur noch an der Klippe, weil er sie hielt. Hätte er sie nur wenige Sekunden später erreicht… Daran durfte er nicht denken.

Besorgt nahm er zur Kenntnis, dass Fata sie mit der Kugel am linken Arm erwischt hatte. Blut quoll daraus hervor. Tjell begann, Romy nach oben zu ziehen. »Versuch, mit den Füßen Halt zu finden!«, erklärte er. Er gab sich alle Mühe, die Panik aus seiner Stimme herauszuhalten, während er sie hochzog.

»Du gehörst zu mir!«, hörte er Fata hinter sich schreien.

*Dieses irre Weibsbild! Ich hasse sie!*

Gerade als Romy den Kopf über die Klippe steckte und er mit der anderen Hand unter ihren Arm greifen wollte, erschien Fata hinter ihm und trat nach Romy. Romy rutschte nach unten und Tjell verlor beinahe das Gleichgewicht. Er packte Romys Arm mit beiden Händen und konnte gerade noch verhindern, dass sie in die Tiefe stürzte.

»Lass sie endlich los!«, schrie Fata wie eine Irre hinter ihm.

Tjell hatte nie eine schrecklichere Situation erlebt als diese. Er lag mittlerweile auf dem Bauch und versuchte, besseren Halt zu finden, um Romy endlich hochzuziehen. Gleichzeitig befürchtete er, Fata würde erneut eingreifen. Da spürte er auch schon, wie sie an ihm vorbei wollte. Instinktiv drehte er sich seitlich und trat nach ihr, um sie von Romy fernzuhalten, und traf Fata am Bein. Die Wölfin taumelte zur Seite und rutschte ab. Sie schrie, als sie über die Klippe glitt. Ihre Finger fanden einen Vorsprung. Tjell konnte seine Position festigen und besseren Halt am Klippenrand finden.

»Tjell, hilf mir!«, rief Fata.

Tjell sah voller Horror von einer Frau zur anderen. Schließlich blickte er in Romys Augen. Er würde sie jetzt hochziehen!

»Tjell, rette deinen Sohn. Lass mich los!«, erklärte seine Gefährtin mit fester Stimme. Gleichzeitig versuchte sie, sich aus seinem Griff zu lösen.

Wie konnte sie so selbstlos sein?

»Hilf mir. Lass die Kröte los!«, rief Fata von der Seite.

Tjell hatte keine Zeit. Er packte Romy fester und zog sie Stück für Stück hoch. »Tjell!«, hörte er Fata rufen, aber er ließ sich nicht beirren.

*Ich rette erst Romy und danach Fata.* Endlich hatte er Romy so weit oben, dass sie ihren Oberkörper über die Klippe schieben konnte.

In diesem Moment stieß Fata einen hysterischen Schrei aus und Tjell sah, wie sie die Klippe hinabstürzte. Es gab ein dumpfes Geräusch, als Fata aufschlug. Tjell schluckte hart. Er zog Romy das letzte Stück in Sicherheit. Sie weinte und zitterte am ganzen Körper.

»Oh Gott!«, schrie sie hysterisch und er zog sie in seine Arme.

»Schon gut, es ist vorbei«, tröstete er sie, obwohl er selbst nie etwas Schlimmeres gesehen hatte, als das Horrorspiel der letzten Minuten. Das war so verdammt knapp gewesen.

»Scheiße! Geht es euch gut?« Ryan und Elysa erschienen hinter ihnen. Der Alpha schaute die Klippe herunter. Elysa hockte sich neben ihre Freunde und umarmte sie beide.

»Es ist vorbei!«, bekräftigte Elysa.

»Ich gehe unten nachsehen«, erklärte Ryan.

»Ich komme mit!« Romy löste sich schluchzend aus der Umarmung und versuchte, auf die Beine zu kommen.

»Wir gehen zusammen.« Tjell schluckte seine Überforderung herunter.

»Warte kurz, Ryan.« Elysa wies auf Romys Arm.

Tjell verstand, was die Wölfin wollte. Schnell zog er sich seine Jacke und den Pulli aus, es folgte das T-Shirt, das er um Romys Arm band und fest zuzog, damit weniger Blut aus der Wunde trat. Danach hielt er Romy sein Handgelenk hin.

»Wir sollten nach ihr sehen, vielleicht lebt sie noch!« Romy schob seinen Arm weg und wollte sich in Bewegung setzen.

»Den Sturz kann sie nicht überlebt haben. Trink!«, befahl Ryan.

Dankbar nickte Tjell ihm zu und Romy folgte dem Befehl des Alphas.

Nachdem sie sich gestärkt hatte, zog Tjell Pulli und Jacke wieder an, legte schützend den Arm um seine Frau und sie setzten sich gemeinsam in Bewegung. Es gab einen Weg nach unten, den sie herunterstiegen. Romys Beine waren wie Pudding, Tjell konnte es nicht länger ertragen. Er nahm sie huckepack und folgte Ryan und Elysa Stufe für Stufe.

Romy umklammerte seinen Hals und hatte ihren Kopf auf seiner Schulter abgelegt. Sie schluchzte leise in seine Jacke.

Tjells Herz zog sich zusammen. Es war so knapp gewesen, fast hätte er Romy verloren.

Als sie unten am Strand ankamen, konnten sie Fatas Körper noch nicht sehen, aber der Blutgeruch stieß ihnen übermäßig in die Nase. Sie folgten dem Duft und fanden Fata oder das, was von ihr übrig war. Sie war von einem spitzen Felsen aufgespießt worden. Ihr Körper hing leblos herab, eine riesige Blutlache hatte sich über den Felsen bis in den Sand ergossen.

Ryan starrte auf die Tote, Elysa hatte sich längst abgewandt. So sehr Tjell es auch versuchte, er verspürte kein Mitleid. Das Einzige, das er fühlte, war Erleichterung darüber, dass nicht Romy auf diesem Felsen lag.

»Du hättest dein Kind retten können.« Romy weinte.

»Vielleicht. Ich hatte keine Zeit, darüber nachzudenken. Ich bin meinem Herzen gefolgt und habe dich gehalten. Ich würde es wieder so machen.« Er drückte sie an sich, während er ihr das sagte. »Ich liebe dich, Romy! Es ist endlich vorbei. Wir beide sind frei.«

---

Romy stand unter Schock. Mehr und mehr realisierte sie, was passiert war. Fata hatte sie mit einer Waffe bedroht. Sie hatte Romy umbringen wollen! Außerdem hatte Fata ihr gestanden, dass sie Romys Mutter kaltblütig und hinterhältig ermordet hatte! Romy war erst drei Jahre alt gewesen, als sie ihre Mutter verloren hatte. Und warum das Ganze? Aus Eifersucht?

Zitternd starrte sie auf Fatas leblosen Körper. Sie hatte einen grauenvollen Tod gefunden. Wäre Tjell nicht plötzlich aufgetaucht, wäre sie jetzt an Fatas Stelle.

Romy konnte nicht glauben, dass es vorbei war. Sie hatte so lange unter der Ablehnung ihrer Halbschwester gelitten und sich verzweifelt eine Familie gewünscht. Wie jedes Kind wollte sie Eltern, die sie liebten und ein heiles zu Hause erschufen, in dem ein kleines Mädchen aufwachsen konnte.

Stattdessen war sie viel zu lange Jahre allein gewesen, auf sich gestellt und ohne Vertrauen in andere.

Ihr Blick wanderte zu Elysa, der ersten Person, der sie wirklich vertraut und die sie bedingungslos angenommen und geliebt hatte. Eine Freundin, mit der sie den Humor und die Liebe zum Tanzen teilte. Elysa hatte zu ihr gestanden, obwohl sie sie bei Morgan verraten hatte. Die Wut, Verletzung und Trauer, die sie wegen Tjell und Fata durchgemacht hatte, waren bei Elysa in liebevollen Händen gewesen. Sie hatte ihr zugehört und sie verstanden und trotzdem nicht aufgehört, das Gute in Tjell zu sehen. Romy erinnerte sich an den Moment, als Elysa ihr den Song von Kerstin Ott vorgespielt hatte.

Ihre beste Freundin hatte sie durchschaut. Nie hatte sie jemandem von ihrer demütigenden Herkunft erzählen wollen, aber Elysa hatte ihre Hand genommen und ihr geholfen.

Elysa erwiderte ihren Blick und strahlte heller als die Sonne.

»Ich liebe dich«, formten Elysas Lippen. Wieder wusste diese Wölfin, was in ihr vorging.

»Ich dich auch!«

Romys Blick wanderte zu Ryan. Er war ihr bei der Suche nach Elysa so sehr ans Herz gewachsen, war loyal, liebevoll und brachte mehr Verständnis auf, als es ihr vorheriger Alpha Jona aus Sao Paulo je getan hatte. Jonas Rudel war größer und mächtiger, aber das war nicht der Grund für die Distanz gewesen. Jona war hart, unnahbar und unpersönlich. Es hatte sie nie gestört, aber jetzt wusste sie, wie es sich anfühlte, wirklich Teil eines Rudels zu sein.

Ryan erwiderte ihren Blick, als hätte er ihre Gedanken gelesen. Er nickte ihr zu.

»Es ist vielleicht nicht der beste Zeitpunkt, Romy, aber ich möchte mich bei dir bedanken. Dafür, dass du mir mehr als einmal den Kopf gewaschen und mich auf den richtigen Weg zurückgeführt hast. Ich werde dir das nie vergessen. Du gehörst zu mir und meiner Familie. Tjell kann sich glücklich schätzen, eine so starke, mutige, selbstlose und schöne Frau an seiner Seite zu haben. Hätte ich an seiner Stelle da oben gestanden, ich hätte dich auch als Erstes heraufgezogen!«

Romy schluckte bei seinen Worten, die sie tief berührten. Ihr Alpha zog sie in seine Arme und küsste sie auf die Wange.

»Wir sind jetzt deine Familie!« Ernst sah er sie an und Romy fühlte seine Stärke und seine Führungskraft.

Schließlich löste sie sich von Ryan und drehte den Kopf zu Tjell. Dieser wunderbare Mann, der so hartnäckig an ihr drangeblieben war, obwohl sie ihn weggestoßen und verletzt hatte. Der alles ausgehalten und für sie beide geträumt hatte, als sie es nicht konnte. Er hatte sie damals in dieser Scheune gefunden und gerettet, auch heute hatte er sie in ihrer dunkelsten Stunde gehalten und nicht eine Sekunde gezögert. Romy wusste instinktiv, dass er lieber mit ihr abgestürzt wäre, statt sie loszulassen.

Seit ihrer ersten Begegnung war er ihr treu. Tjell war liebevoll und leidenschaftlich. In seinen Armen fühlte sie sich geliebt wie ein kostbarer Schatz. Sie dachte an ihr Date auf dem Eis, daran, wie er rappte und dabei so lustig und sexy zugleich aussah, dass es ihr den Atem raubte. Ihr Gefährte war jung, heiß und cool. Sie presste die Lippen aufeinander und traf ihre Entscheidung erneut und endgültig.

Romy wischte sich die Tränen aus dem Gesicht und straffte die Schultern. »Tjell Mateos, du bist der hartnäckigste, liebevollste und heißeste Mann, den ich kenne. Ich schwöre dir hier und heute meine Liebe und Treue bis in den Tod! Nie wieder soll uns etwas trennen. Wir beide gehören zusammen. Ich wünsche mir, deine Gefährtin zu werden und dass wir das coolste, junge Paar sind, bis wir sesshaft werden und Kinder haben. Heirate mich!« Den letzten Satz flüsterte sie.

Tjell schossen bei ihren Worten die Tränen in die Augen. Er kam auf sie zu, legte seine Hände an ihre Wangen und hielt ihr Gesicht fest.

»Das war das schönste und wichtigste Versprechen meines Lebens! Aber wenn du glaubst, dass ich mir von dir einen Heiratsantrag machen lasse, bist du noch nicht ganz zurechnungsfähig.« Mit feuchten Augen grinste er. »Den Antrag mache ich. Also fühle dich nicht zu sicher, Candy Girl. Es kann jeden Moment soweit sein«, raunte er ihr verschwörerisch ins Ohr. Er küsste sie heiß und innig. Romy versank in seinem Kuss. Das Glück in ihr brach mit voller Wucht an die Oberfläche. Sie hieß ihr neues Leben willkommen und lachte. Nicht, weil sie ihre Einsamkeit vor der Außenwelt verbergen wollte. Sie lachte, weil sie glücklich war.

# Epilog

*Drei Tage später*

Elysa stand auf der kleinen Bühne in der Snowdonia Bar und griff nach dem Mikrophon. Eigentlich liebte sie das Tanzen mehr als das Singen, aber die Wölfe hatten keine Ruhe gegeben und sie auf die Bühne geschoben, als Ryan damit getönt hatte, wie gut sie war. Sie hatte im Internet das Instrumental zu dem Song gefunden, der in ihr um Aufmerksamkeit aufschrie. Eine gespenstische Stille legte sich über die Gäste, sobald die Musik einsetzte.

Sie hatte sich das Lied *Wir sind hier* von Alexa Feser ausgesucht. Als sie zu singen begann, verschwamm der Raum vor ihr. Sie sah sich selbst lachen, weil Týr sie über die Schulter geworfen hatte. Zuvor hatte Elysa ihm Sand in die Haare geschoben. Sie waren glücklich gewesen. Im Vergleich zu dem Horror, der jetzt in ihr tobte, kamen ihr ihre damaligen Probleme klein vor.

Das glückliche Bild von Týr verschwand, stattdessen tauchten die uniformierten Vampire mit ihren Masken auf. Christopher und Ruben kämpften für sie. Der Kopf des mutigen Vampires rutschte von seinen Schultern. Elysa schoss der Schmerz über dieses Erlebnis erneut in ihr Herz. Sie sah, wie sie die Notizen zusammentrug und nach der Wahrheit über Cedric und über den Mordanschlag auf ihr Leben suchte.

In dem Lied hieß es, dass man sich in die Falsche verlieben kann. Cedric hatte sich mehr und mehr geöffnet. Ihr Plan war aufgegangen, er war ihr mit Haut und Haaren verfallen. In diesem Mann schlummerte ein Tänzer. Er war ein Bad Boy, der heißeste Bad Boy, den sie kannte! Sie selbst hatte die Kontrolle verloren und zu viel Nähe zugelassen. Welche Konsequenzen würde das nach sich ziehen?

Elysa öffnete ihre Augen und sah Romy und Tjell, die sie anstrahlten, die zusammen leuchteten wie ein Feuerwerk. Neben ihren beiden Freunden entdeckte sie Ryan, den sie so liebte und der sie am anderen Ende der Welt gefunden hatte.

Es gab keine Garantie auf eine glückliche Zukunft, auf ein langes Leben. Dafür waren die Zeiten zu unruhig. Aber jetzt waren sie wenigstens zusammen.

Ryan lächelte sie an. Er hatte ihr verziehen und sie ihm. Ihre Beziehung würde gestärkt daraus hervorgehen. Elysa würde ihn mehr brauchen als je zuvor. Das spürte sie. Die grenzenlose Freiheit, in der Elysa aufgewachsen war, gab es nicht mehr.

Glücklicherweise hatte sie ihre Wölfin, die ungestüm und ungezähmt in ihr tobte. Sie war Elysas tiefe Kraft, die mit ihr durch das Leben lief. Elysa wollte sich ihre Lebensfreude nicht nehmen lassen.

Als das Lied endete, erschien Týr vor ihrem inneren Auge. Ein Vampir und eine Wölfin. Das Schicksal hatte ihr diesen Kerl aufgedrückt! Dieser verantwortungsbewusste Prinz, in den sie sich verliebt hatte. Sie liebte ihn, aber leichter machte er ihr Leben nicht.

Elysa atmete schwer. Die Wölfe applaudierten wild und sie bemerkte, dass viele Tränen in den Augen hatten. Sie stieg von der Bühne, während die Radiomusik wieder einsetzte.

Elysa ging zu Ryan hinüber, der ihr einen Cocktail entgegenhielt.

»Stoßen wir an! Darauf, dass wir am Leben sind und uns haben. Darauf, dass ich darüber hinweggekommen bin, ein eifersüchtiger Idiot zu sein, und nun großmütig dazu bereit bin, dich mit dem blonden Hünen zu teilen!« Er prostete ihr zu. »Allerdings finde ich, dass du bei uns wohnen solltest.« Ryan rümpfte die Nase.

»Ich werde ihn verlassen«, ließ Elysa die Bombe platzen. Diese Entscheidung tat weh, aber sie wusste keinen besseren Ausweg.

Ryan sah sie entgeistert an. Kurzerhand packte er sie am Arm und zog sie aus der Bar. Elysa wehrte sich nicht gegen seinen Griff. Drei lange Tage hatte sie geschwiegen. Bei Sonnenaufgang würden sie zurück nach Rio fliegen und bis dahin musste ihr Bruder wissen, was in ihr vorging.

Ryan hielt erst an, als sie in sicherer Entfernung waren, um sämtliche neugierige Ohren hinter sich zu lassen.

»Ich verstehe ja, dass die Zeit mit diesem kranken Bastard nicht leicht für dich war! Aber du liebst doch diesen Prinzen! Warum willst du ihn verlassen, Elysa?«

Er hieß ihre Entscheidung offensichtlich nicht gut. Wo sollte sie anfangen?

»Wallis heißt nicht Wallis, sondern Cedric«, begann sie mit einem anderen Thema.

»Ich weiß. Wallis ist ein Frauenname, den er als Deckmantel benutzt hat«, informierte Ryan sie.

Überrascht hob sie eine Augenbraue. Ein Frauenname? Vielleicht der Name seiner Mutter? Oh Gott, jetzt ergab alles noch mehr Sinn! Der Name, die auffällige Tätowierung im Gesicht. Er wollte anscheinend, dass man sich an ihn erinnert.

»Erde an Elysa! Verdammt, rede endlich mit mir!«, fluchte ihr Bruder.

»Cedric hat mir in Rio das Leben gerettet. Die Vampire, die mich umbringen wollten, trugen die Uniformen der königlichen Armee.« Sie presste die Lippen aufeinander.

Ryan sah sie entgeistert an. »Das könnte eine Tarnung gewesen sein oder hast du jemanden erkannt?«

Elysa schüttelte den Kopf. »Möglicherweise war es eine Tarnung. Mein Gefühl sagt mir jedoch etwas anderes. Als du Týr im Wagen angerufen hast, war er nicht allein. Wenige Minuten später taucht eine Horde Vampire auf, die uns überraschend entdeckt hat und uns umbringen will.«

»Die gefangenen Vampire reden nicht. Sean wird auf die Informationen, woher sie kamen, noch warten müssen«, warf Ryan ein.

Elysa winkte ab. »Sie werden den wahren Auftraggeber nicht kennen. Er ist zu gut darin, seine Taten zu vertuschen.« Bevor Ryan etwas sagen konnte, führte sie fort: »Cedric und Týr haben die gleichen Augen, die gleiche Haarfarbe, den gleichen Körperbau und auch sonst viele Ähnlichkeiten.« Unglücklich verzog Elysa ihr Gesicht. Das auszusprechen, verlangte ihr Einiges ab.

Ryan schüttelte hektisch den Kopf, als stände er unter Schock. »Willst du hier andeuten, dass Týr einen Bruder hat? Einen kriminellen, gefährlichen und skrupellosen Killer?!« Er packte sie an den Schultern und suchte in ihren Augen nach der Wahrheit.

»Die Möglichkeit besteht. Ich vermute es.« Sie verstand seinen Unglauben, schließlich hatte sie wochenlang mit ihren Überlegungen gerungen und es nicht akzeptieren wollen. Leider spürte sie die Wahrheit in sich.

»Warum sollte Týr uns das verschweigen?«

»Weil er es nicht weiß. Týr hält sich für ein Einzelkind.« Elysa seufzte schwer und schloss die Augen. Das hier war ein Albtraum und jetzt, wo sie ihre Nase in Dinge gesteckt hatte, die sie niemals aufdecken sollte, würde das Kopfgeld weiter steigen. Aber es war zu spät. Sie konnte nicht zurück. »Ryan, Cedric hat mir nie gesagt, wer sein Vater ist. Ich habe nur diese Theorien. Aber eins weiß ich ganz sicher: Cedrics Vater hat seine Mutter vergewaltigt.«

Ryan warf die Arme in die Luft. »Aegir? Ein Vergewaltiger? Der kontrollierte Herrscher, der den Friedensvertrag mit uns errungen hat? Du unterstellst deinem eigenen Schwiegervater, dass er versucht hat, dich mehrfach umzubringen? Zu guter Letzt willst du ihm eine Vergewaltigung unterschieben?« Ryan schüttelte vehement den Kopf. »Ich kann das nicht glauben. Wir sind dem König zu großem Dank verpflichtet. Týr vertraut ihm und hält große Stücke auf ihn! Das weißt du besser als ich!«

»Ich werde die Wahrheit herausfinden. Fakt ist, dass mein Bauch mich dazu zwingt, diesem Gefühl nachzugehen. Auf keinen Fall kann ich zurück ins Schloss, wo es ein Leichtes für den König wäre, mich aus dem Weg zu räumen. Genauso wenig kann ich Týr von meinem Verdacht erzählen. Das wäre der Horror für ihn. Ich habe keine Beweise für diese Anschuldigungen. Wer weiß, was Týr daraus macht oder wie Aegir reagiert. Vielleicht rastet der König aus. Ich kann das nicht riskieren. Verstehst du mich Ryan? Ich muss Týr verlassen, zumindest vorübergehend. Ich ziehe zurück in die Villa, du nimmst deine Zusammenarbeit mit ihm auf und hältst Augen und Ohren offen«, formulierte Elysa ihren Plan.

»Wie willst du allein solche Informationen und Beweise beschaffen?« Ryan rieb sich unglücklich über das Gesicht.

»Raphael. Ich brauche den Vampir. Er ist der Einzige, der mir helfen kann.« Elysa hatte von Romy erfahren, dass er überlebt hatte. Gott sei Dank!

»Dazu müsste er Týr hintergehen. Du weißt, dass Raphael niemals Geheimnisse vor ihm haben würde! Wie willst du ihn dazu kriegen?«

»Lass das mal meine Sorge sein. Ich finde schon einen Weg.« Elysa ließ die Luft entweichen. Sie wusste, dass es nicht einfach werden würde, aber es ging hier um mehr als ihr Leben. Wenn Aegir wirklich getan hatte, was sie befürchtete, war der Mann ein gefährlicher Psychopath mit zwei Gesichtern.

»Warum sollte Aegir dich umbringen, Elysa? Was für ein Motiv steckt dahinter?« Ryan schüttelte wieder den Kopf.

Das war die entscheidende Frage. Schließlich hatte er erst gewollt, dass Týr den Schatz – wie es in der Prophezeiung geheißen hatte - fand und sich gefreut, solange er Saphira für die glückliche Frau an Týrs Seite hielt. Er war nicht von Elysas Auftreten und Temperament überzeugt, aber reichte das wirklich aus, um derart gegen sie vorzugehen und seinem Sohn das Herz zu brechen?

»Ich weiß es nicht.« Sie hob hilflos die Schultern, als sie Ryan ansah.

Ihr Bruder ergriff ihre Hand. »Ich werde dir helfen, wo ich kann.«

Sie nickte und drückte seine Finger. »Es gibt da noch was, das ich loswerden muss, bevor wir zurückfliegen.« Elysa schluckte schwer.

»Weitere schlechte Nachrichten?«

»Cedric und ich sind der Seherin Solana begegnet. Sie hatte eine Vision oder Mahnung für den Vampir. Wenn ich sie richtig verstanden habe, ist es Cedrics Aufgabe, Týr zum neuen König zu machen, indem er Aegir tötet. Ich glaube, dass Cedric sich nur deswegen Morgan angeschlossen hat, um an Aegir heranzukommen. Týr war ihm die ganze Zeit egal.« Als sie ihren Verdacht endlich laut aussprach, klang es noch furchtbarer und angsteinflößender als in ihrer Vorstellung.

»Deswegen hast du sein Leben gerettet? Damit er den König beseitigen kann? Gott, Elysa, der Mann hat dich gequält und eingesperrt!« Ryan verzog schmerzerfüllt das Gesicht.

*Er hat mich auch dazu gebracht, seinen Namen zu stöhnen. Scheiße!* Das konnte sie niemandem erzählen! Selbst vor Romy hatte sie geschwiegen. Damit musste Elysa erst mal selber klarkommen. Mit dem kriminellen Bruder ihres Mannes zu schlafen, der sie nebenbei entführt und eingesperrt hatte, war selbst für sie, eine Nummer zu heavy.

»Da du nun meine Verschwörungstheorien kennst, würde ich vorschlagen, dass wir aufbrechen und uns den Problemen stellen.« Sie straffte die Schultern und ging voraus. Schweigend lief Ryan neben ihr her.

---

Ein Schauder überkam sie, als sie die Stufen zum Flieger hinaufstieg, der sie nach Hause bringen würde. Es hatte begonnen. Morgen würde sie ihrem Gefährten gegenüberstehen, sich nach ihm verzehren, aber sein Herz brechen. Danach würde sie schnüffeln gehen, versuchen, die Wahrheit über König Aegir herauszufinden, den nach Außen perfekten König, der anscheinend dazu in der Lage war, eine Frau zu vergewaltigen. Und was erwartete sie von Cedric? Würde er sie suchen? Er war unberechenbar.

Genauso wie Morgan, der seine Armee ausgebaut und einen Krieg begonnen hatte.

Elysa wusste nicht, was die Zukunft bereithielt. Sie stand in den Sternen.

Elysa drehte sich ein letztes Mal um, bevor sie Wales den Rücken kehrte. Sie würde nicht aufgeben, dafür liebte sie das Leben zu sehr. Und sie würde kämpfen für dieses Leben und für ihre Freiheit.

**Weitere Folgebände sind bereits erschienen.**

**Erhältlich auf Amazon.**

# Leseprobe aus Buch 3
# Wolfsprinzessin der Vampire
# Die Beweisjagd

## Prolog

*Ca. dreihundert Jahre zuvor, Kanada*

Ihm war so scheißkalt, dass er glaubte jeden Moment die Augen für immer schließen zu müssen. Sein Körper hatte schon lange keine Kraft mehr, aber heute war es noch schlimmer. Sonya hatte ihm zu viel Blut abgenommen. Ließ sie ihn nun endlich sterben? Er war bereit zu gehen. Mehr als das, er sehnte seinen Tod herbei.

Seit über drei Jahren lebte er als Gefangener und wurde misshandelt. Sonya und ihr Bruder Norbert hatten herausgefunden, was er war und ihn während der Sonnenstunden, als er schlief, überwältigt. Er kam in diesem Loch zu sich und seitdem experimentierten diese beiden Menschen an ihm herum. Vampire wollten sie werden, aber sie wussten nicht, wie sie die Wandlung vollziehen konnten. Allerhand hatten sie probiert und ihn gefoltert, um die Informationen aus ihm heraus zu quetschen, aber er hatte Stand gehalten. Niemals würde er diese kranken Menschen in Vampire wandeln. Die beiden würden ihn so oder so töten, um sich dann mit ihren neu gewonnenen Kräften an anderen zu vergehen. Sonya war noch brutaler vorgegangen, als Norbert. Sie hatte ihn immer wieder berührt und sein Geschlecht mit Cremes behandelt, damit es aufrecht stand und sie ihn reiten konnte. Alleine der Gedanke daran ekelte ihn derart, dass er sich schwor, nie wieder mit einer Frau intim zu werden. Er hatte eine Schutzmauer um sich errichtet und alles daran gesetzt, seine Gefühle nicht zu zeigen. Diese Genugtuung wollte er Sonya nicht geben. Fühlte er überhaupt noch etwas?

Ja, das tat er. Seine Gefühle hießen Hass, Schmerz und Scham.

Es vergingen viele, weitere Stunden, in denen er dort lag. Schließlich versank er in einer Ohnmacht, oder einem tiefen Schlaf. Er wusste es nicht. Was machte das auch für einen Unterschied? Der Vampir schreckte hoch, als es laut knallte. Seine Augen versuchten in der Dunkelheit etwas wahrzunehmen. Als die Tür aufgestoßen wurde, sah er einen Mann vor sich. Groß, blond, mit hellblauen Augen und der gewaltigsten Machtaura, die er je an einem Vampir gespürt hatte. Der Mann betrachtete ihn kurz, dann kam er zu ihm, biss sich in sein Handgelenk und ließ seinen Lebenssaft in ihn laufen. »Trink!«, befahl er ihm und er gehorchte instinktiv. Das Blut war stark, es pulsierte kräftig in seinen Venen und er spürte, wie ihm endlich wärmer wurde.

»Ich bin Týr Valdrasson. Was auch immer du hier durchmachen musstest, du bist jetzt frei.« Der Vampirprinz machte sich an seinen Fesseln zu schaffen. Scham überkam den Gefangenen. Jeder kannte Týr Valdrasson, wenn auch nicht persönlich, aber den Namen, seinen Ruhm und seinen Status. Und er lag hier ausgemergelt und nackt auf einer Steinbank. Der Gefangene atmete schwer und richtete sich gequält auf, als er spürte, wie die Fesseln zu Boden glitten.

»Warte einen Moment, ich hole dir was zum Anziehen.« Mit diesen Worten verschwand der Prinz und kehrte kurz darauf mit Kleidung zurück. »Wir besorgen dir was Besseres, als das hier, aber für den Anfang müsste es gehen.«

Wortlos griff er nach den Sachen und stülpte sie unbeholfen über. An dem Geruch erkannte er, dass es sich um Norberts Kleidung handelte. Am liebsten hätte er sich geweigert, sie zu tragen, aber der Prinz hatte recht. Besser, als nackt herum zu laufen. »Kannst du gehen? Sonst stütze ich dich«, fragte Týr.

»Ich schaffe das schon«, röchelte der Gefangene. Aber sobald er versuchte, auf seinen Beinen zu stehen, gaben sie unter ihm nach. Der Prinz griff nach ihm.

»Wir beide sind allein. Vor mir muss dir deine Situation nicht peinlich sein. Ich stehe seit Jahrhunderten mit meinen Soldaten im Krieg und habe schon viel gesehen.«

Der Gefangene sah nicht zu dem Prinzen auf, aber seine Worte spendeten ihm Trost. Gemeinsam verließen sie das Loch, in dem er jahrelang eingesperrt gewesen war und das erste Mal betrat er den Rest des Gebäudes.

Er wusste, dass Sonya und Norbert experimentiert hatten, um eine Wandlung zu erzielen, aber mit eigenen Augen das Labor vor sich zu sehen, ließ ihm die Galle hochsteigen.

»Der Mann lag schon tot da, als ich hier ankam.« Týr deutete auf den Leichnam am Boden. Norbert starrte leblos an die Decke, kreidebleich. Sein Körper wies keinen Tropfen Blut mehr auf. Sie hatte es also geschafft! Sonya war die Wandlung gelungen und als Frischling brauchte man Blut. Frischlinge hatten keine Kontrolle über den Durst, nicht am Anfang und schon gar nicht, wenn Menschen in der Nähe waren. Von Tag zu Tag wurde es leichter. Dieses Weib hatte ihren eigenen Bruder ausgetrunken und war danach wahrscheinlich hinausgestürmt, um weitere Menschen zu finden und ihren Durst zu stillen. Lange konnte ihre Wandlung nicht her sein, Sonya würde ihn nicht einfach zurück lassen. Nein, sie würde es ihm unter die Nase reiben, dass sie es geschafft hatte. Anschließend hätte sie ihn wohl umgebracht.

Eine Stunde später saß er frisch geduscht im Pensionszimmer des Prinzen und schlürfte an einer heißen Suppe. Der Prinz hatte ihm gegenüber Platz genommen und verdrückte ein deftiges Stück Fleisch. »In ein paar Tagen kannst du auch wieder ordentlich essen«, nickte er ihm zu. »Wie heißt du eigentlich?«

Der Gefangene hielt kurz inne. Sollte er seinen Namen preisgeben? Seine Scham wäre umso größer. Schließlich war er nicht irgendein Vampir. Er war der Sohn von John Richard Cornell, reinrassiger Vampir und Anführer eines großen Clans hier in Kanada. Er war der einzige Sohn seiner Eltern und würde alles erben. Er bemerkte den abwartenden Blick des Prinzen. Der Vampir war sein Retter und sein zukünftiger König.

»Ich heiße Raphael. Raphael Cornell.«

Týr hob überrascht die Augenbrauen. »Ich kenne deinen Vater. Er war vor drei Jahren bei uns in Chicago und hat um Hilfe gebeten. Er sucht nach dir.«

Raphael wunderte sich nicht über diese Information. Seine Eltern waren immer für ihn da gewesen und liebten ihn. Aber das spielte jetzt keine Rolle mehr. Er konnte nicht nach Hause zurück. Den Raphael von früher gab es nicht mehr.

»Ich werde meine Eltern besuchen und ihnen erklären, dass ich nicht zurückkomme.« Raphael suchte den Blick des Prinzen.

»Was hast du vor?«

»Ich will in deine Armee. Ich will kämpfen.«

---

Es war der Anfang von Raphaels neuem Leben. Er trainierte wie besessen und seine starke Blutlinie half ihm dabei, schnell an vielen anderen Kriegern vorbeizuziehen. Raphael wollte es bis ganz nach oben schaffen, an die Seite des Mannes, der ihm sein Leben zurückgegeben hatte. Sein Ziel war der innere Kreis des Prinzen. Es war seine Art, seinen Dank auszudrücken, wieder Ehre in sein Leben zu bringen und die Scham loszuwerden, die an ihm haftete.

Er hatte nach Sonya gesucht, aber sie nie gefunden, wahrscheinlich war sie tot. Ein Frischling völlig auf sich gestellt überlebte die ersten achtundvierzig Stunden meistens nicht. Lange hatte Raphael keine Ruhe über dieses Thema gefunden, aber an dem Tag, als Týr ihn offiziell in seinen inneren Kreis aufnahm, schloss Raphael das Kapitel Sonya und strich es aus seinem Leben.

»Willkommen in meiner Familie! Dir gehört von nun an mein blindes Vertrauen«, hatte Týr zu ihm gesagt und Raphael schwor ihm und sich, dass er dieses Vertrauen niemals verraten würde.

# 1

*Im Hier und Jetzt, Rio de Janeiro, Brasilien*

Raphael stand im Büro des Vampirprinzen Týr Valdrasson und konzentrierte sich auf die Diskussion, die lautstark zwischen ihm und seinem besten Freund Chester zugange war. Noah und Kenai, die anderen beiden Mitglieder des inneren Kreises des Prinzen waren ebenfalls anwesend, hielten sich aber, wie er, aus dem Streit heraus. Týr war seit Monaten nicht er selbst und in einer gefährlichen Stimmung. Der Vampir hatte in Elysa Sante, einer jungen Wölfin, seine Seelengefährtin gefunden und mit ihr glücklich zusammengelebt, bis sie von einem gefährlichen Psychopathen entführt worden war.

Als Elysas Bodyguard war Raphael an dieser Situation nicht unbeteiligt gewesen. Nur selten hatte der Prinz seine Auserwählte von anderen beschützen lassen, denn Raphael war stärker, dazu hochintelligent. Beide Fähigkeiten hatten ihm nichts genützt, das Gift in seinem Cocktail war derart hochwertig gewesen, dass sein hervorragendes Näschen keinerlei Gefahr gewittert hatte. Nichtsahnend war er in die Falle getappt und später völlig gerädert aufgewacht. Noah hatte neben ihm gesessen und ihm die niederschmetternde Nachricht überbracht, dass Elysa weg war. Raphaels Suche nach der vorlauten Wölfin war erfolglos verlaufen. Er hatte nur eine Spur, eine Frau namens Nancy. Leider war sie wie vom Erdboden verschluckt.

»Du machst einen großen Fehler! Und ich werde nicht zulassen, dass du euch das antust!«, brüllte Chester gerade lautstark den Prinzen an. Chester war der Einzige, mal abgesehen von Elysa und dem König selbst, der es wagte den Prinzen anzuschreien oder seine Autorität anzugreifen.

»Es ist das Beste für Elysa. Ich kann ihr Leben nicht länger gefährden!«, tobte der Prinz nicht weniger lautstark zurück.

»Wer weiß, was sie durchmachen musste bei diesem Schwein! Du solltest für sie da sein und ihr helfen darüber hinweg zu kommen. Stattdessen fällst du ihr in den Rücken!« Chester schlug mit der Faust auf dem Tisch auf. Sein Kopf war genauso rot angelaufen, wie seine Haarfarbe leuchtete.

Raphael vergrub seine Hände in den Taschen und beobachtete abwartend die Situation. Derartige Gefühlsausbrüche waren nicht sein Ding. Aber er hatte sich daran gewöhnt, dass Chester und Týr seit Jahrhunderten wie ein altes Ehepaar miteinander stritten.

»Das ganze Wolfsrudel wird für sie da sein und ihr helfen. Ich bin der Falsche dafür! Ich bin überhaupt schuld an allem, was ihr passiert ist! Sie verdient es zu leben und nicht unter diesem Fluch länger leiden zu müssen!« Týrs Augen glänzten schwarz.

Der Prinz glaubte, dass seine Seelenverbindung zu Elysa verflucht war. Raphael bezweifelte diese Theorie, allerdings war er auch nicht abergläubig.

»Der Typ hier wurde einer Gehirnwäsche unterzogen! Könntet ihr gefälligst auch mal was sagen!«, wandte Chester sich nun an ihn, Noah und Kenai. Wütend funkelte der Rothaarige ihn an. Noah und Kenai schwiegen, stattdessen starrten alle in seine Richtung.

Raphael grunzte. »Ich würde mir darüber jetzt keine Gedanken machen. Sobald Elysa aus dem Flieger steigt und ihren Dackelblick auf unseren Prinzen wirft, wird Týr sowieso einknicken. Wenn der Dackelblick nicht ausreicht, hat sie doch noch diese Schmollmundnummer, nicht zu vergessen ihre körperlichen Vorzüge, die unseren Prinzen dazu bringen, die kleine Göre auf einem öffentlichen Schreibtisch zu vögeln.« Raphael konnte absolut nicht nachvollziehen, wie der mächtigste Vampir ihrer Generation derart vor einer Frau auf die Knie fallen konnte. Aber gut, er war auch nicht romantisch gepolt oder hatte sonst irgendwelche Schwächen für Frauen.

Týr setzte sich frustriert auf seinen Schreibtischstuhl und rieb sich das Gesicht. »Ich hoffe du hast recht!«, fauchte Chester immer noch angepisst und verließ das Büro.

»Ich möchte, dass wir alle zusammen am Flugplatz auftauchen und Elysa begrüßen. Sie soll wissen, dass wir alles tun werden, um sie und ihr Rudel zu schützen.« Der Prinz rieb sich immer noch über seine Augen.

»Ich gebe übrigens Chester recht«, ergriff Noah nun das Wort und wandte sich zur Tür. Raphael beobachtete Kenai. Der erwiderte seinen Blick.

»Ihr könnt gehen, wir treffen uns dann unten bei den Autos«, gab Týr von sich und wartete, dass sie das Büro verließen.

Auf dem Flur hielt Kenai Raphael auf. »Vielleicht ist die Trennung der beiden wirklich erst mal das Beste. Wenn wir

Xander Morgan drankriegen und der Krieg abgewendet ist, kann Týr sich vielleicht verzeihen.«

»Ich glaube nicht, dass Týr sich von der Kleinen fernhalten kann. Du wirst sehen«, brummte Raphael und ließ den Indianer stehen.

Printed in Great Britain
by Amazon